中外文学中的"罪"研究

Crime in Literature and
Crime Literature

袁洪庚 著

图书在版编目(CIP)数据

中外文学中的"罪"研究 / 袁洪庚著. —北京：北京大学出版社, 2020.9
ISBN 978-7-301-31580-4

Ⅰ.①文… Ⅱ.①袁… Ⅲ.①侦探小说—小说研究—世界 Ⅳ.① I106.4

中国版本图书馆 CIP 数据核字(2020)第 167479 号

书　　　名	中外文学中的"罪"研究 ZHONGWAI WENXUE ZHONG DE "ZUI" YANJIU
著作责任者	袁洪庚　著
责 任 编 辑	李　娜
标 准 书 号	ISBN 978-7-301-31580-4
出 版 发 行	北京大学出版社
地　　　址	北京市海淀区成府路 205 号　100871
网　　　址	http://www.pup.cn　新浪微博：@北京大学出版社
电 子 信 箱	lina@pup.cn
电　　　话	邮购部 010-62752015　发行部 010-62750672　编辑部 010-62759634
印 刷 者	北京溢漾印刷有限公司
经 销 者	新华书店
	720 毫米×1020 毫米　16 开本　17.5 印张　305 千字 2020 年 9 月第 1 版　2020 年 9 月第 1 次印刷
定　　　价	68.00 元

未经许可，不得以任何方式复制或抄袭本书之部分或全部内容。
版权所有，侵权必究
举报电话：010-62752024　电子信箱：fd@pup.pku.edu.cn
图书如有印装质量问题，请与出版部联系，电话：010-62756370

国家社科基金后期资助项目
出版说明

　　后期资助项目是国家社科基金设立的一类重要项目,旨在鼓励广大社科研究者潜心治学,支持基础研究多出优秀成果。它是经过严格评审,从接近完成的科研成果中遴选立项的。为扩大后期资助项目的影响,更好地推动学术发展,促进成果转化,全国哲学社会科学工作办公室按照"统一设计、统一标识、统一版式、形成系列"的总体要求,组织出版国家社科基金后期资助项目成果。

全国哲学社会科学工作办公室

"自强不息,独树一帜。"

献给兰州大学一百一十年华诞

序

杰里米·坦布林①

或许,没有哪一种文学形式像犯罪文学那样魅力无穷。它的力量在于自身可轻易地转化为不同的形式,融入绚丽的文化,此为本书研究之焦点。在本书的作者,兰州大学袁洪庚教授在香港大学攻读博士学位期间,我曾忝列其指导教师。他潜心学术,曾专注于中国玄学侦探小说研究。毕业后,他笔耕不辍,著作颇丰,在文学与翻译领域内皆有建树,声名远播。

追根溯源,我们发现侦探小说,尤其是18世纪英语侦探小说,与西方现实主义作品几乎同时兴起。威廉·戈德温(William Godwin,1756—1836)的《卡列布·威廉斯的经历》(*The Adventures of Caleb Williams*)可视为此类型小说的早期之作,这部作品表明,侦探与犯罪文学须包含罪犯与追捕者,二者缺一不可。但是,在索福克勒斯(Sophocles,496 BC—406 BC)的名作《俄狄浦斯王》(*Oedipus the King*,约430 BC演出)中,罪犯与追捕者亦可为同一人。由此引发观众对人物身份之疑惑,即孰为小偷或凶手,孰为侦探。若将想法相似的罪犯与侦探视为两类人,犯罪行为先于侦探行为,则先有罪犯后有侦探。威廉·戈德温的《卡列布·威廉斯的经历》具有深邃意义,因为它提出谁追逐谁逃逸的问题。在作品中,罪犯与侦探往往易位,他们之间呈现一种共生关系,相互之间具有心灵感应,能够进入对方的思路,想对方之所想。

侦探与罪犯紧密相关,因此他们或许会与追捕嫌犯的警方疏离,并受到官方刑事调查人员的怀疑与排斥。这些官方刑事调查人员隶属警方,警察自1829年起开始在英国独立发挥自己的职能。警方对私家侦探的猜疑甚至敌意在美国短篇小说作家与诗人埃德加·爱伦·坡(Edgar Allan Poe,1809—1849)的故事中得到集中体现,他塑造过一位名叫迪潘的侦探。此人与警察身份不同,却常常应邀协助破案。爱伦·坡的侦探小说作于19世纪40年代,或许如今侦探小说已演进的许多形式正是在那十年内确立的,虽然我们看到此前已有人写出类似作品。我们看到一种新型的人物在19世纪上半叶出现,这就是能够预见罪犯思路的侦探。他的角色模糊,并不完全站在法律

---

① 杰里米·坦布林曾任香港大学比较文学教授、英国曼彻斯特大学文学教授。

与秩序一边。如果他完全站在法律与秩序一边,便无法揣测罪犯的想法,会显得过于单纯。

这位新型人物便是侦探迪潘先生。后来,他摇身一变,成为19世纪晚期亚瑟·柯南·道尔(Arthur Conan Doyle, 1859—1930)创造的史上最负盛名的侦探夏洛克·福尔摩斯。侦探的存在依附于19世纪创造出的罪犯这一类人,也即"了不起的罪犯",此人犯下石破天惊、意欲向中产阶级的道德与思想发起挑战的滔天大罪。警方捉不住他,因为警察也怀有典型中产阶级的想法,思路狭隘。

欧美大城市在19世纪出现,这是犯罪小说得以发展的另一个不可或缺的条件。可以想象,这一时代的小镇通过某种方式组成一个个联合体,各具特色。正如伦敦与巴黎,人们不会混淆它们。这些大城市阴暗、混乱,人们生活在一起却互不相识。现代城市就是这样,不可描绘,无法探知。

许多侦探小说以乡村或者小镇作为创作背景,如英国最负盛名的侦探小说家阿加莎·克里斯蒂(Agatha Christie, 1890—1976)的作品,它们多次再版并被不断搬上荧幕。但是,这些作品依然无法与以洛杉矶这样的大都市为故事背景的犯罪小说与电影相比。雷蒙德·钱德勒(Raymond Chandler, 1888—1959)在描写城市犯罪的短篇小说集《简单的谋杀艺术》(*The Simple Art of Murder*)中写道:"在这些城市的僻街陋巷,总有不卑微,不为人左右,无所畏惧的人。他是英雄,他就是一切,虽相貌普通,却是一位魅力十足,不寻常的男人。"事实上,这番评述又可作为达希尔·哈密特(Dashiell Hammett, 1894—1961)作品《马耳他之鹰》(*The Maltese Falcon*)中山姆·斯佩德以及钱德勒作品《长眠不醒》(*The Big Sleep*)中菲利普·马洛等美国"硬汉"式侦探的写照。好莱坞著名演员亨弗莱·鲍嘉(Humphrey Bogart, 1899—1957)曾先后在1941年、1946年扮演这两部同名影片中的侦探。他是一位"冷面"侦探,会受伤,但永远掌握着主动权。他与当时社会的价值观格格不入,却能从容应对,潇洒自如。"硬汉"式侦探小说的黄金年代适逢美国全面实施禁酒令(American Prohibition, 1920—1933),当时非法买卖酒精饮料,甚至在某些场合饮酒都会让人产生法律不再保护自己,须在暗处从事一切活动的错觉。

侦探小说拥有广大的市场,它的悬疑性令广大读者为之着迷。法国记者、小说家欧仁·苏(Eugène Sue, 1804—1857)是率先给读者造成这种印象的作者之一,1842—1843年间,他的小说《巴黎的秘密》(*The Mysteries of Paris*)在法国报纸上连载。小说中有些因素吸引读者的眼球,使他们激动不已。一是值得尊敬的人们其实并不了解巴黎这座城市鲜为人知的一面,这种想法与某种浪漫的生命意识不谋而合,即中产阶级圈子之外充满危险,所有的人都会受到威胁。二是犯罪组织使用某种特别的"隐语"(argot)的想法非常吸引人,现在依然如此。鲁道夫,这部作品的主人公是一个伪装成巴黎工人的贵族。侦探身为贵族的创意由来已久,英国作家爱德华·布尔沃-利顿(Edward Bulwer-Lytton,1803—1873)在他的畅销小说《佩勒姆,或一位绅士的冒险故事》(Pelham, or the Adventures of a Gentleman)中便描写过这样一位侦探。小说以英国1824年的真实谋杀案以及事后人尽皆知的绞刑为基本素材,主人公正是一个贵族花花公子。英国犯罪小说家多萝西·L.塞耶斯(Dorothy L. Sayers,1893—1957)在两次世界大战期间写出的11部小说中,主人公彼得·温西勋爵在贵族式的慵懒与冷漠的表象掩盖下屡屡破解犯罪之谜。此外,爱伦·坡与柯南·道尔笔下的神探皆属于上流社会,他们居高临下地俯视众生。他们的对手多为奸狡诡谲之辈,如福尔摩斯的死敌,臭名昭著的莫里亚蒂教授。1845年,乔治·W. M.雷诺兹(George W. M. Reynolds,1814—1879)效仿欧仁·苏的作品,推出连载小说《伦敦的秘密》(The Mysteries of London)。1853年,文豪查尔斯·狄更斯(Charles Dickens,1812—1870)发表后来才被视为侦探小说的《荒凉山庄》(Bleak House)。他的挚友威尔基·柯林斯(Wilkie Collins,1824—1889)随后出版《白衣女人》(The Woman in White)与《月亮宝石》(The Moonstone)。至此,侦探小说的写作规则已确立,已拥有忠实的读者。这些读者坚信社会问题与犯罪同源,社会问题不应归咎于社会,根源在于个人。侦探可以扮演类似于昔日神话人物的文化英雄角色,他谙熟自己所处的城市,了解处于城市中心密谋犯罪的神秘人物。在此意义上,在社会问题愈演愈烈的时代,侦探小说能够为读者带来极大慰藉。谋求解决社会问题的叙事显然已处于无法写作之际,叙事本身也难以为继,侦探小说却可以提供一种可行的叙事模式。叙事难以为继的迹象早已出现在自然主义小说中,如左拉(Émile Zola,1840—1902)的作品。在现代主义的作品中这类迹象也已呈现,其作者往往会阐明人无法讲清楚故事的现象。

在左拉之前,巴尔扎克(Honoré de Balzac,1799—1850)的作品早已涉及探案。巴尔扎克塑造过一位犯罪大师沃特林,他最终成为警察,这表明罪犯与执法者有相似之处。在一定程度上,作者是以现实生活中的罪犯弗朗索瓦·欧仁·维多克(François Eugène Vidocq,1775—1857)为原型塑造这个人物的。维多克后来供职警界,并写出回忆录。巴尔扎克的思想清晰可见,不过我们亦得到暗示,他认识到问题没有解决方案,只是不断循环往复地再现。一旦罪犯成为警察,犯罪会以同样方式在另一层次继续。结局会带来新的问题,这一想法催生出如今被称之为"玄学侦探小说"(the metaphysical detective novel)的概念。结局在此不再被视为问题的终结,反倒引出新的问题。

"玄学侦探小说"的内涵早在爱伦·坡的作品中就有所体现,特别是《被窃之信》(The Purloined Letter)。它曾吸引许多人,促使他们写出许多借助心理学术语分析这篇作品的文章。尤其是雅克·拉康的著述。德里达曾对拉康的论述做过精彩绝伦的开放式分析。精神分析学的要旨是将人类解决情感危机的方法视为问题,也就是说,人们通过给自己讲故事的方式舒缓不愉快的心情,走出情感困境。这些方式本身即是问题,它们会给人带来更多不愉快或沮丧的心情,精神分析学家需要面对的是人们为自己提供"解决方案"时所处的精神层面。在《被窃之信》中,侦探虽然破解了一个谜,但是这个结局却转而生成另一个谜。侦探与精神分析学家处于对立的两极,侦探的局限性在于他/她只提供社会想要得到的答案。不出所料,人们总会听到他们想听到的,这也是侦探小说这种文学体裁在西方广受欢迎的原因。玄学侦探小说,譬如博尔赫斯(Jorge Luis Borges,1899—1986)的《死亡与罗盘》(Death and the Compass),正是从精神分析学熟知的观点写起的。

也许,伟大的小说中总会出现罪犯。在陀思妥耶夫斯基(Fyodor Dostoevsky,1821—1881)的《罪与罚》(Crime and Punishment)中,犯罪并非由罪犯肇始,却应归咎于造就罪犯的社会结构。弗洛伊德(Sigmund Freud,1856—1939)在1916年写过一篇仅有两页的杰出短文,题为《罪恶感造就的罪犯》("Criminals from a Sense of Guilt")。他在此文中借鉴了从陀思妥耶夫斯基与尼采(Friedrich Nietzsche,1844—1900)那里接受的观点,即罪犯在犯罪之前已经被迫感受到自身有罪。根据弗洛伊德在其著作中不遗余力地反复阐发的观点,正是法律使人们产生罪责感。因此,"罪犯"通过犯罪以求减轻内心的罪责感,犯罪行为又使他成为一个真正的"罪犯"。可见罚罪,也即罪责感,早在犯罪之前就已存在。与正义不同,法律总会带来新的问题。法律总是站在压迫者一边,总是致力于制造犯罪,如颁布种种禁令以激发人们的欲望。

玄学侦探小说常与"后现代"纠葛在一起,被视为一码事。它质疑何为"罪疚",侦探所维护的价值观是什么。"后现代"始终是一个玄妙的词,然而在此处我们或许最好将它理解为向现实主义发起的挑战。当初,现实主义正是侦探小说诞生的沃土。现实主义倚重的是对线索的解读,将人物的某些行动与语言视为意味深长的,并且会在小说结尾得到解读的线索。正如罗兰·巴特(Roland Barthes,1915—1980)在《S/Z》(S/Z,1970)中所述,现实主义的经典展示方式引导读者采纳现实主义作家以及他们所处的社会所认同的价值观以及对"真理"的认识。

  读过巴特之后,我们意识到现实主义小说往往就是侦探小说。这类故事旨在解谜,以神秘事件开场,以破解谜团收场。若想质疑这种结构,我们需要借助后现代主义。后现代主义挑战以往的假设,即有因必有果的叙事方式。以往的人们想当然地认为,他们可以对作者遵守常识,不带感情色彩地描述的所有现象做出唯一真实而且正确的解读。在传统侦探小说中,起初侦探与罪犯置身于一系列价值观之外,这使他们颇具吸引力,不过他们最终亦会强化这些价值观。在马尔克斯(Gabriel García Márquez,1927—2014)的小说《一桩事先张扬的凶杀案》(*Chronicle of a Death Foretold*)中,凶手自幼便接受并熟知虚妄的"荣誉"观,这种价值观要求人们复仇,因此他们便去杀人。在这部我们称之为"玄学侦探小说"的作品中,马尔克斯力图表现凶杀行为是何等愚蠢,揭示侦探小说范式中的思维模式如何使读者在故事结尾感受到比开场时更多的痛苦。马尔克斯的目光已超越罪案破解,这一我们心目中的终极目标,他指引我们采取超越常规的审视世界的方式。写作玄学侦探小说恰似犯罪,玄学侦探小说总是与现世秩序发生激烈冲突,却又不像罪犯那样倒行逆施,而是质疑现状以及支撑现状的种种假设。

2018 年 5 月 27 日于伦敦
(柴櫖译)

致　谢

拙著构思已有多年,成型却是最近之事。

忆昔抚今,我在此项研究中曾得到过众多师友的鼎力支持和无私帮助。

拙著得以刊行,承蒙几位师长不吝点拨,温煦照拂。我由衷地感谢吴小美教授、申丹博士、黄德伟博士、琳达·哈钦博士(Dr. Linda Hutcheon)、帕特丽夏·梅里韦尔博士(Dr. Patricia Merivale)和杰里米·坦布林博士(Dr. Jeremy Tambling)。在过去的岁月里,大师们的远见博识令我获益良多,他们的深厚学术造诣与热心襄助后学的拳拳之心令我每每感念,没齿难忘。

多年来,我在相关研究中始终得到兰州大学社会科学研究处前任处长霍红辉先生、陈文江教授,现任处长沙勇忠博士、刘淑伟科长等同人有力的多方位支持。承蒙他们照拂,我获得中央高校基本科研业务费项目(本土"载道"与西方"担当"文学理论比较研究,18LZUJBWZY056)支持。

对于诸位匿名专家对拙著写作计划提出极有见地的中肯评审意见,我十分尊重他们的高屋建瓴的真知灼见,并留意在后期工作中汲取他们的建议,使书稿臻于完善。

承蒙他们支持,我获得2017年国家社会科学基金后期资助项目"中外文学中的'罪'研究"(17FWW006)资助,使拙著得以付梓。

Sabina Loosli,David Tool,Jonlee Joseph,刘芳、祁和平、魏晓旭、杜丽丽、杜玮、王海林、陈玉洪、冯立丽、吴赵平、马伊林、何问、张巍、姜力瑞等海内外诸君与贤契助我多方汇集或核实资料。

承蒙恩师杰里米·坦布林博士慨然应允为拙著作序。

承蒙柴橚博士将坦布林博士的序译为中文。

承蒙北京大学出版社张冰主任,责任编辑李娜老师、李颖老师玉成拙著。在拙著即将付梓之际,我衷心感谢他们。

我亦衷心感谢我的家人,他们一向理解并且支持我的工作。

这是一项对读者甚多的热门文类所做的冷门研究。虽然如此,我仍然遇到众多同好的热情鼓励。这真是我的造化。

袁洪庚
2018年8月19日

目 录

前 言 ··· 1

第一编 "罪"在文学中的呈现

第一章 犯罪文学范畴内的侦探小说起源 ·· 3
    侦探小说的渊源及定义 ··· 4
    侦探小说问世的背景 ··· 8
    经典侦探小说及其"范式" ·· 12
    由侦探小说派生出的变体 ·· 15

第二章 "探罪"叙事的演变与审美 ·· 19
    从现实到虚构：文学中"罪"的概念 ······································· 19
    善与恶的较量：前现代文学中的犯罪 ···································· 26
    对峙中的消解：现代犯罪文学中"罪"的悖论 ·························· 30

第三章 侦探小说叙事研究史述 ·· 37
    注重读者反应的早期批评 ·· 38
    结构主义贯穿其中的中期批评 ·· 41
    面向未来的近期批评 ··· 45
    攻玉之石：作为叙事个案的《被窃之信》 ······························· 48

第四章 主流与类型犯罪文学中的全景敞视主义 ····························· 52
    历史背景与理论沿革 ··· 52
    主流文学中的直观图解 ··· 55
    类型文学中"看"的隐晦政治 ·· 59

第二编 递进中的犯罪文学范式

第五章 《俄狄浦斯王》中的侦探小说因子 …… 67
"罪"或人与规训的对抗:悲剧与侦探小说的共同母题 …… 67
"突转"与"发现"中孕育的侦探小说范式 …… 71
侦探小说因子的重新演绎 …… 75

第六章 《莫格街谋杀案》中的"罪犯"以及关于"罪"的反讽 …… 80
难以成立的"谋杀案" …… 80
隐形权力下非人的"人物" …… 83
生活决定意识 …… 86
犬儒主义者的矛盾心态 …… 89

第七章 有无之间的罪:爱伦·坡的首篇侦探小说 …… 93
爱伦·坡的首篇侦探小说 …… 93
人心,一部"不容许被阅读的书" …… 95
窥视者与游荡者的角色分派 …… 97
不可靠叙事者,"我"是谁? …… 100
文本,一个有待破解的谜 …… 102

第八章 P.D.詹姆斯与侦探小说的英国传统 …… 105
社会派侦探小说家之集大成者 …… 106
"她想把我们造就为更好的人" …… 108
明晰的场景与氛围 …… 110
别具匠心的人物塑造 …… 112
隐性与显形理论 …… 114

第三编 消弭"罪"的另类犯罪文学

第九章 《一件臆想杀人案》中的犯罪心理 …… 121
"壁橱里的骷髅"与侦探小说范式 …… 122
方法与内容:精神分析学的渗透 …… 124
弑父,"想象错觉"中的犯罪焦虑 …… 127
关于罪的形而上思辨 …… 130

第十章 《塞巴斯蒂安·耐特真实的一生》中的"寻觅"母题 …… 134
- 现代版的俄狄浦斯神话 …… 134
- 虚与实之间的文本策略 …… 139

第十一章 《玫瑰之名》：以"互文"呈现的侦探小说 …… 147
- "互文性"与侦探小说程式 …… 147
- 戏仿式"互文"中的自我指涉 …… 152
- 反讽式"互文"中的隐匿反叛 …… 156

第十二章 《一桩事先张扬的凶杀案》中的"罪" …… 161
- 激发解读欲望的"化石" …… 161
- "突转"与"发现"中的悲剧内涵 …… 164
- 生与死之间的心理现实映射 …… 168

第四编 另辟蹊径的中国犯罪文学

第十三章 公案小说与侦探小说异同辨 …… 175
- 中国文化与文学视域里的公案小说 …… 175
- 附会于侦探小说视域里的公案小说 …… 183
- 南辕北辙的道统使两类小说无法交汇 …… 189

第十四章 在文学观嬗变中沉浮的中国当代犯罪文学 …… 194
- 新型犯罪文学侦探小说的勃发与式微 …… 194
- 新语境下取代侦探小说的警探小说 …… 198
- 犯罪文学的复苏及与"纯"小说的重叠 …… 200

第十五章 中国当代玄学侦探小说发生论 …… 204
- 玄学侦探小说生成的理论背景 …… 204
- 由"逆反"到"玄学"的侦探小说 …… 208
- 不自知自觉的实验者 …… 214

第十六章 王朔，当代玄学侦探小说的开拓者 …… 220
- 被忽略并误读的侦探小说家 …… 220
- 载道之器，或理念小说 …… 222

双重博弈:案件侦破中的游戏 …………………………… 224
　　无法以二分法归纳的人物形象 ………………………… 228

第十七章　格非早期作品中的弗洛伊德主义 ……………… 231
　　窥探人心的悬疑式侦探小说 …………………………… 231
　　犯罪起因与弗洛伊德主义的"欲望" …………………… 237
　　吸引读者参与的可写性文本 …………………………… 243

参考文献 ………………………………………………………… 248

前　言

　　1997年的一个春日,我枯坐在港岛薄扶林道香港大学图书馆里。透过霏霏细雨编织出的水帘,眺望窗外青翠的树林,我第一次想到古今中外文学作品中的犯罪,文学与犯罪,犯罪以及连带的高雅或低俗,严肃或不够严肃,学术或不够学术的种种话题,考虑将"罪"作为研究对象的可行性。我开始阅读这方面的中外书刊,并从某些类型小说入手,开始时断时续的写作。

　　"罪"是人类生活中一个古老的话题,是一个文学中的永恒母题,由此衍生的"罪与罚"以及它的延伸"犯罪－探罪－罚罪"则是新意迭出的主题。

　　究其实质,人们不难看出所谓"犯罪"是法律意识产生后人类的一种不被认可的出轨行为,是对某种禁忌的触犯。人类开始群居后人际交往增多,人际关系渐渐复杂。社会分层后,贫富差距必然导致社会出现等级。人们的经济地位决定他们的社会地位,客观存在的不平等阶级地位使潜伏在人们主观意识中根深蒂固的愤懑、嫉妒、仇恨等负面情绪萌发,这些"人之常情"必然导致大体可归结于"谋财害命"之类的犯罪。

　　自文学产生之日起,文学作品中对有关犯罪起因、过程与结果的描写便绵绵不绝。而社会学范畴内的犯罪学仅有一百多年的历史,源于1885年意大利人加罗法洛(Raffaele Garofalo,1851—1934)创造的专有名词"犯罪学"。相比之下,文学中的"罪"母题根深叶茂,源远流长。这充分表明文学内涵丰富,虽然源于生活亦可以超越生活。与属于行为科学,势必影响惩罚力度的犯罪学比较,作者在文学中对有关犯罪的种种描写只是直接的反映(reflection)或隐曲的折射(refraction),是坐而论道,不涉及现实,最多仅会引起读者的认同或反对。

　　犯罪、揭露犯罪、惩处犯罪,在作品中或部分或全体呈现,不仅是侦探小说、公案小说等犯罪文学中不可或缺的情节,也见诸建构在矛盾冲突基础之上的许多文学作品之中,它们并不完全依照历时性的逻辑呈现。诚如T. S. 艾略特(Thomas Stearns Eliot,1888—1965)所言,"艺术不会进步,艺术的题材亦不会完全相同"。因此,考察以"罪"为母题的文学及其规律,研究者必须历时性与共时性并重,全面评估作品。

　　我意欲从不同角度审视文学中的犯罪,以一些中外文学作品作为素材,探讨由前现代"罪与罚"主题延伸出的现代与后现代时期的"犯罪－探罪－罚罪"主题,以及呈现方式。不言而喻,所有文学理论均受到历史与文化的制约,因此无法不加区别地用于所有作品。讨论作品时,我会考虑理论的适切性,却无意出于主观意愿褒贬某一学说。

我会涉及作为某种思维方式的、广义的意识形态,却无意借助文学研究从正面阐释或反面影射现实社会问题,探究司法层面上的犯罪学理念。换言之,这是一项文学研究。犯罪文学涉及古今中外文学的诸种文类,特别是小说与戏剧,诸如源于欧美的犯罪小说、侦探小说(在不同语境中有时被视为犯罪小说项下的一个分支,有时与犯罪小说并列)、间谍小说(跨国犯罪或一国对另一国的犯罪)、犯罪纪实(根据耸人听闻的真实案件演绎,如英国的"开膛手杰克连环凶杀案"、中国澳门的"八仙饭店灭门惨案")、中世纪的复仇剧、中国文学史上的说公案以及由此孪生的公案剧、"反特小说"等由侦探小说派生出的具有中国本土特色的现当代警探小说、描写蒙冤入狱或罪有应得的囚犯狱中生活的"大墙文学",等等。

鉴于本书涉及犯罪文学项下的侦探小说甚多,我深感有必要在此为这种欧美小说中的"次文类"(subgenre)在中国的接受问题表明态度。

现代侦探小说创造性地拓展了传统欧美犯罪文学中有关侦探活动的片断,试图证明纷乱的世事自有其规律与秩序。它在欧美获得长足发展,并对近现代世界文学的演进产生过广泛而且深刻的影响。究其原委,侦探小说的繁荣反映出欧美人在人本主义基础之上执着探求真相、追求真理的文化积淀。纵观苏格拉底以降西方哲人的成就,几乎无一不与孜孜求真的坚韧与智慧相关。

19世纪末,周桂笙等翻译家基于对文学形式"旧者有尽,新者无穷"的认识,将侦探小说介绍到中国,受到众多读者的欢迎。此后程小青等中国侦探小说家借鉴外国作品,创立中国侦探小说并将其发扬光大。但是,或许囿于文学研究传统的二分法习惯思维,或许受"文以载道"的传统文学观念影响,中国文学研究界仍将侦探小说归入通俗文学,视为雕虫小技。百年以来,侦探小说及侦探小说读者甚夥,研究者及研究成果却寥寥无几。

的确,侦探小说本是一种使读者在逃避现实中获得心理愉悦的"俗文学"。孔子、亚里士多德、贺拉斯等中西先哲均肯定文学的消遣娱乐作用,这毕竟是文学的一种重要功能。由于某种自幼确立的道德伦理观念的约束,或因为惧怕行动可能带来的后果,或囿于生存环境的限制,侦探小说的读者终其一生也难以亲身体验自己由衷向往的罪犯或侦探的生活。"知不可乎骤得,托遗响于悲风。"他的所谓"逃避"并非希冀逃离生活现实,他阅读侦探小说时或许深怀体验更有意义、更充满激情的生活的隐曲愿望。类似于福克纳（William Faulkner,1897—1962）的《喧哗与骚动》(*The Sound and the Fury*, 1929)或海明威（Ernest Hemingway,1899—1961）的《老人与海》(*The Old Man and the Sea*)，侦探小说展现某种非常态的、特定时空中的生活，远比读者相对枯燥乏味的现实体验更激动人心。虽然他或许永远无法体验作品中人物的经历，在阅读侦探小说时神飞天外，驰骋八荒，沉溺于白日梦中亦无伤大雅。在文化专制主义已式微的当下，今人似应对此类非主流文学持包容态度。况且，此类作品并非完全以消遣娱乐为指归，也以独特的方式关注现实。

后现代主义文学思潮兴起后，人们对文学作品可分为"雅"与"俗"的传统观念产生怀疑，而且此种分野在各类作品中日趋模糊。欧美先锋作家们率先借用犯罪文学高度程式化的范式从事小说写作，创作出多种新颖的小说模式。

持续的创作兴盛必然引起批评界的注意。仅以侦探小说为例，在英、美等国，有关研究已成为热点，与各种理论相互阐发，跨越学科的研究方法应运而生。读者阅读并接受能够自圆其说的文本，研究者解读的依据也是文本。超越文本，对作者原意或本意一厢情愿的揣测，或无限制的发挥有使文学研究停滞不前之虞。而且，我这里所说的"文本"是狭义的、字面意义上的，并非德里达"文本之外，别无他物"中的外在"文本"。

我从事此领域内的研究时日甚久，今不揣敝陋，将一得之见撮录于此，与同好分享。知我罪我，则唯有在所不计。

作者
2017 年 8 月 19 日

第一编

"罪"在文学中的呈现

第一章　犯罪文学范畴内的
　　　　　侦探小说起源

　　侦探小说及其各种变体是现当代犯罪文学的主要形式,其范式广泛传播,影响深远。

　　各民族史籍中均不乏对犯罪的过程和结果的考察,这是人类矢志探究神秘事物的天性的自然流露,亦是有史以来"罪与罚"与人类社会生活息息相关的佐证。既然存在犯罪,也就不免会引发旨在揭露犯罪、惩处罪犯的侦破行为。对罪犯的惩处往往始于确定其身份的努力,否则惩罚便无从施行。在许多有关"罪与罚"的犯罪文学作品中,侦探活动作为连接罪与罚的中间环节得到详尽描述,侦破行为与"罪与罚"共生。

　　犯罪文学是各民族俱有的文学,现代侦探小说则是一种源于现当代欧美犯罪文学的小说形式。更准确地说,是英语国家的土壤使侦探小说生根、开花、结果的。自从美国作家埃德加·爱伦·坡创造性地继承欧美犯罪文学传统,以其发轫之作《莫格街谋杀案》(*The Murders in the Rue Morgue*)奠定基石之后①,作为小说的一种变体的现代侦探小说在英、美等英语国家里获得长足发展,并对现当代世界文学的演进产生广泛、深刻的影响。虽然世界各国都有自己的犯罪文学,英、美人似乎对侦探小说情有独钟,他们的努力与执着使这一小说形式长盛不衰,历久弥新。

　　在英、美等国,以侦探小说为主要形式的犯罪文学日益成为文化-文学研究关注的焦点,与文艺理论、美学、神话研究、精神分析学、文化研究等相互阐发的研究方法发生关联。受现代主义与后现代主义文学观念的影响,对侦探小说的全方位研究正呈现出高涨的趋势。据权威的"现代语言学会"(MLA)提供的文献目录统计,2000年以后,每年用西文发表的相关学术论文和专著均有1,000篇(部)左右。

---

① 依照发表时间,爱伦·坡的第一篇侦探小说是发表在《格雷厄姆杂志》1840年12月号上的《人群中的人》(*The Man of the Crowd*),比公认的首篇侦探小说《莫格街谋杀案》早四个月。但是《人群中的人》起初并未被看作侦探小说。参见本书第七章"有无之间的罪:爱伦·坡的首篇侦探小说"。

侦探小说的渊源及定义

与其说侦探小说的鼻祖爱伦·坡"首创"这一广泛受到欢迎的小说样式，倒不如说他将其"专门化"，使其独立于小说之林。在侦探小说出现之前，犯罪的故事早已同侦破罪案的故事纠葛在一起，以神话、寓言、趣闻逸事等形式流传。"有关犯罪和侦破的故事源远流长。犯罪的故事同该隐一样古老，而侦破的故事至少可以追溯到但以理为苏珊娜所做的辩护。"[1]这类故事饶有风趣，是侦探小说的雏形。希腊神话中俄狄浦斯（又译"俄底浦斯"）对自己身世的调查，《圣经·旧约》中无所不知的耶和华对该隐谋杀亲兄弟亚伯罪行的洞察都是欧美文学中记述的人类早期侦探行为。在18世纪法国作家伏尔泰（Voltaire,1694—1778）的哲理小说《查第格》(Zadig)中，有一节叙述同名主人公根据观察到的印迹惟妙惟肖地描绘出了王宫中走失的狗和马的外貌。伏尔泰的故事已十分接近现代侦探小说。

1827年，几乎在英国文人德·昆西（Thomas De Quincey,1785—1859）发表惊世骇俗的演说《作为一种艺术的谋杀》的同时，一部题为《里士满，或一位弓街警官生活场景》(Richmond, or Scenes in the Life of a Bow Street Officer)的作品在英国出版，描写警匪之间的激烈争斗。关于它的作者，至今仍有争议，一说为托马斯·加斯佩（Thomas Gaspey,1788—1871），一说为托马斯·斯金纳·萨（Thomas Skinner Surr,1770—1847），两人均是当时名噪一时的小说家。虽然如今这部作品被归入新门[2]小说，却是第一部以职业侦探托马斯·里士满为主人公的英文小说。

1828年，罪犯出身的法兰西刑事警察厅的创始人，弗朗索瓦·欧仁·维多克出版《维多克回忆录》(Memoirs of Vidocq)，以狡诈的罪犯、弃恶从善后的巴黎探长的双重身份现身说法，描写警匪之间的较量。苦役犯出身的维多克一生富有传奇色彩，他的回忆录不仅对爱伦·坡等侦探小说家有借鉴意义，对巴尔扎克、雨果等亦有影响。巴尔扎克在《高老头》(Le Père Goriot)等小说中的人物伏脱冷的原型便是维多克。

伏尔泰和维多克都是法国人，但是他们对侦探小说诞生之前的犯罪文学

---

[1] Ben Ray Redman, "Decline and Fall of the Whodunit", *The Saturday Review*, XXXV. 22 (May 31, 1952): 8. 关于希伯来人的先知但以理为无辜的妇女苏珊娜辩护的故事，可参见罗马天主教《圣经·旧约·但以理书》中两章"伪经"。

[2] 新门监狱原址坐落于伦敦罗马墙上的一个门——新门，因此得名。经过多次的扩建和重修，监狱在1902年永久关闭。

的发展贡献良多,因而分别被誉为"侦探小说的曾祖父"和"侦探小说的祖父"①。

动词"侦探"(detect)是中期英语时代生成的,源于拉丁文前缀 detect-。动词为 detegere,起初的意思是"暴露",后来引申为"暴露某人或某事的实际或隐蔽的性质"。而据此派生出的名词 detective 是 19 世纪中期出现的,是 the detective policeman 的简约形式。有趣的是,首创侦探小说的爱伦·坡从未使用过"侦探"这个词来描述那位名叫迪潘的法国人。在爱伦·坡的故事中,他不是"侦探",只是一位怪诞的"青年绅士"。当时"侦探小说"虽有其实,却无其名。

《莫格街谋杀案》问世 12 年后,狄更斯在《荒凉山庄》第 22 章中首次让一位律师使用"侦探警官"(the detective officer)头衔介绍警官巴克特先生。巴克特先生成为英美文学中第一位"侦探",或许正是这个人物使狄更斯在某些论者心目中成为与爱伦·坡对应的英国作家,他是"导师","不列颠侦探小说的创始人"②。《荒凉山庄》则成为英国人写的第一部侦探小说。《荒凉山庄》的确具有侦探小说的几乎全部基本元素,但是狄更斯之意并非在于破解艾斯特·萨默森的身世以及图荆霍尔律师被杀等神秘事件,而是揭露、批评英国司法制度的黑暗面,是一部情节松散、冗长的社会问题小说兼侦探小说,也是第一部法律小说。"狄更斯这部伟大的小说以恢宏的社会史诗般的方式开场……反映英格兰具有历史意义的法律已无法保护和规范国民,却在杀戮他们,令他们无所适从。"③

另一种观点更具说服力,可与爱伦·坡的其人其作媲美的英国侦探小说是出版时间比《荒凉山庄》晚十余年的威尔基·柯林斯的《月亮宝石》。这部作品叙述了一块价值连城的印度宝石失窃案的侦破过程,情节曲折,是英美文学中第一部长篇侦探小说。④ T. S. 艾略特对柯林斯的小说评价甚高,他在 1928 年为牛津世界经典版《月亮宝石》作序时指出:"在侦探小说领域,英格兰大概胜过其他国家,不过不是爱伦·坡首创的那种类型,而是柯林斯风

---

① Howard Haycraft, *Murder for Pleasure: The Life and Times of the Detective Story*, New York: Carroll and Graf Publishers, 1984, p. xvi.
② Ronald R. Thomas, "Detection in the Victorian Novel", in Deirdre David, ed., *The Cambridge Companion to the Victorian Novel*, Cambridge: Cambridge University Press, 2001, p. 172.
③ Ibid, p. 176.
④ 除上述两部小说以外,威廉·戈德温说教气息浓郁的《卡列布·威廉斯的经历》和柯林斯描写家庭财产纠葛的《白衣女人》亦是英、美大学开设的"侦探小说概论"一类课程中会提及的两部"准侦探小说"。

格的。"他认为这部小说是"现代英国侦探小说中的第一部,也是篇幅最长,最佳的"。① 时至今日,"人造的事物难免不够完美,不过《月亮宝石》在同类作品中几乎是圆满的"②。

作为一种程式化写作的侦探小说必须回答的问题不外乎案子是"谁做的"或"究凶"(whodunit)、"怎样做的"(howdunit)以及"为何要做"(whydunit)。换言之,它必须涉及对一起神秘案件的破解。侦探小说的定义是明晰的,是一种编码—解码过程,"故事的焦点应是根据主要由物证构成的实情查明已发生的一系列若隐若现、扑朔迷离的事件的实际顺序及意"③。在英、美,"侦探小说"常与"神秘小说"(mysteries 或 the mystery story)、"犯罪小说"(the crime fiction)、"推理小说"(tales of ratiocination)等术语混用,在一些场合下这些含混的用法会给读者造成不精当的理解。

"神秘小说"是最宽泛的用法。顾名思义,凡涉及一桩神秘事件的故事均可算是"神秘小说"。根据有关辞书的界定,它至少应涵盖六种形式,即侦探小说、犯罪小说、哥特小说(the Gothic novel)、冒险故事(the story of strange or frightening adventure)、悬念小说(the suspense novel)和间谍小说(the tale of espionage)。④ 侦探作为主要人物的"神秘小说"即是"侦探小说",罪犯作为主要人物的"神秘小说"则是"犯罪小说"。有时"神秘小说"又是"侦探小说"与"犯罪小说"的混合体,基本上与"侦探小说"和"犯罪小说"同义。⑤ 它不仅渲染犯罪,也不免涉及对罪案的调查和伸张正义。

"犯罪小说"有广义与狭义之分。广义的"犯罪小说"是一个涵盖性术语(umbrella word),项下有侦探小说、法律惊悚小说(the legal thriller)、法庭剧(the courtroom drama)等次文类。狭义的"犯罪小说"中虽然也描写侦探的活动,犯罪行为以及其中的原因与罪犯的心理则是作品的重心,是作者的关注

---

① T. S. Eliot, "Wilkie Collins and Dickens", in *Selected Essays of T. S. Eliot*, New York: Harcourt, Brace and World, 1960, p. 413.
② Dorothy L. Sayers, "An Introduction to *The Omnibus of Crime*", in Dorothy L. Sayers, ed., *The Omnibus of Crime*, New York: Payson and Clarke Ltd., 1929, p. 25.
③ Jacques Barzun, "Detection and the Literary Art", in Francis M. Nevins, Jr., ed., *The Mystery Writer's Art*, Bowling Green: Bowling Green University Popular Press, 1970, p. 249.
④ William Harmon and C. Hugh Holman eds., *A Handbook to Literature* (Seventh Edition), Upper Saddle River, New Jersey: Prentice Hall, 1996, p. 333.
⑤ 《新牛津英语词典》(*The New Oxford Dictionary of English*, 2001)对"神秘小说"的定义较窄:"有关一桩令人困惑的罪案,尤其是凶杀案的作品"。因此,亦有人译为"谜案小说"。

点。狭义的"犯罪小说"既包括当代小说家希金斯（George Vincent Higgins，1939—1999）的《选择敌人》（A Choice of Enemies）等畅销书，也涵盖陀思妥耶夫斯基的"倒置式侦探小说"（the inverted detective story）①或"逆向犯罪小说"（the inverted crime novel）《罪与罚》、约瑟夫·康拉德（Joseph Conrad，1857—1924）的《秘密特工》（The Secret Agent）等经典之作。

虽然"犯罪小说"中并不一定有侦探登场，如美国作家马里奥·普佐（Mario Puzo，1920—1999）的《教父》（The Godfather），但是"侦探小说"中却均有罪犯出现。"最近二十年以来人们日益广泛地使用'犯罪小说'这个术语，这个标签不可避免地失之精确，因为可以用它描述所有涉及侦探活动或暴力犯罪的故事。"②理论上，描述犯罪活动为主的作品可视为"犯罪小说"，通过侦探的调查确定罪犯身份的作品则是侦探小说。实际上，面对林林总总的各色作品，我们会发现分类并不容易，犯罪与侦探情节有时会平分秋色，相互穿插，交替出现，或重叠，或平行。在读者的感受方面，同乐观主义者与悲观主义者对同一只盛着半杯水的杯子的不同描述相仿，何谓"犯罪小说"，何谓"侦探小说"，有时实为一个见仁见智的问题。

"推理小说"较"侦探小说"古老，是"侦探小说"的同义词，曾用于指称主要通过逻辑推理揭开谜底的爱伦·坡式破案故事，因为他曾把自己的这类故事称为"推理小说"。这一术语如今主要用于特指日本侦探小说，在欧美已不常用。

国内有论者将侦探小说划分为正统、怪异荒诞、悬念、惊险、社会、幽默等流派，③笔者认为这类区分烦琐、纷乱，不能反映侦探小说的演变。如果我们考虑到一些基本事实，至少在论及英、美侦探小说传统时不宜这样区分。

一、古典并不一定自动获得"正统"地位。英、美两国的研究者将爱伦·坡开创的几种侦探小说模式均视为"正统"；

二、怪异荒诞、悬念、惊险、幽默等涉及作家个人风格的因素是所有文学作品共有的，并不是侦探小说的专利；

---

① "倒置式侦探小说"由奥斯丁·弗里曼（R. Austin Freeman）首倡。所谓"倒置"，是指不采用爱伦·坡等开创的侦探小说传统叙事顺序，在故事结尾由侦探重构犯罪详细过程，却在开篇处原原本本介绍犯罪全过程。"倒置式侦探小说"不再刻意保持"谁做的"悬念，也渲染"怎样做的"，即以闪回或倒叙（flashback）的方法重构犯罪情节，探讨迂回案件解释的社会问题，即"为何要做"。

② Julian Symons, "Crime Novel", in Rosemary Herbert, ed. *The Oxford Companion to Crime & Mystery Writing*, New York and Oxford: Oxford University Press, 1999, p. 101.

③ 曹正文：《世界侦探小说史略》，上海：上海译文出版社，1998年，第176—177页。

三、将"怪异""悬念""惊险"一类的修饰语置于"侦探小说"前不啻语义重复,犹如"有男子汉气的男人"一样滑稽,因为侦探小说本身便是以情节"惊险"取胜的读物;

四、不存在完全不反映社会问题的侦探小说,即使被列入"正统"派的克里斯蒂等也会借助情节间接表达自己善恶有报等朴素的道德伦理观念。

侦探小说问世的背景

侦探小说何以在 19 世纪的英、美出现,而不是更早?这一特定时空概念的历史、社会学、法学、哲学、美学意义是什么?

侦探小说的起因是多元互补的,它产生的背景错综复杂,不宜以非此即彼、二元对立的范式概括。科学技术的进步使宗教影响减弱,人们的思想更易接受新事物。在此背景下出现的工业革命给人类生活带来了巨大影响,也使人们首次聚集在一起,这是现代意义上的城市的开端。与相对封闭、分散居住的乡村生活相比,复杂的社会结构使城市生活更为绚丽多姿,同时也使人与人之间的矛盾和冲突激化,而抑制因人欲横流而引发的种种犯罪便成为政府的当务之急。此外,城市生活造就出以大街为家、无所事事的游荡者,他们在闲荡中有意无意地探听到别人涉及钱财等的隐私,便萌生犯罪动机。

工业化的进程使现代警察制度在约 200 年前应运而生。统计表明,国家的工业化程度与警察人数成正比。[①] 1829 年,英国通过《都市(伦敦)警察法案》,正式建立依照法律设置的警察队伍,包括担任侦探职责的便衣警察。1842 年,俗称"苏格兰场"的伦敦警察厅成立。由此可见,英国人现实生活中出现的首批侦探无一例外是具有官方身份的警察。艾伦·平克顿(Allan Pinkerton,1819—1884)稍后在大洋彼岸的美国开设了第一家私人侦探事务所(1850),他本人成为第一位私家侦探。不过,作为一种职业、一种社会现实的侦探的出现与他在文学中被表现并没有必然联系。囿于文学必须真实再现客观世界的机械现实主义论,有欧美研究者写道,"在侦探出现之前显然不可能有侦探故事(事实上亦无)"[②]。但是我们看到,没有侦探头衔的侦探很早之前便在文学作品中出现。况且,倘若这一推论成立,我们便无法解释除

---

① 中国大百科全书出版社《简明不列颠百科全书》编辑部译编:《简明不列颠百科全书(1—10 卷)》4,北京:中国大百科全书出版社,1985 年,第 443 页。
② Howard Haycraft, "Murder for Pleasure", in Howard Haycraft, ed., *The Art of the Mystery Story: A Collection of Critical Essays*, New York: Biblo and Tannen, 1976, p.161.

侦探小说外,其他传统上属于通俗小说的文类如今何以继续存在,如当代流行于欧美的哥特小说与中国的武侠小说等均是脱离社会现实,以已逝去的时代为背景的作品,而鬼故事则根本脱离现实。

侦探小说的出现无疑与法律的趋于完善有关,却不以此为必需的条件。法律只能使侦探的行动合法化。延续千年的罗马帝国亦有相当完备的法律,它的臣民并不全是完全不懂法、不守法的乌合之众,但是却不见有反映现实生活的犯罪文学传世。"抑或应该谴责的是不完善的关于证据的法律,因为在公众明白什么构成证据之前侦探业不可能繁荣,而彼时寻常的刑事诉讼程序是逮捕、拷问、招供和处死。"①

在古老的以"罪与罚"为主要情节的叙事中,对罪行的谴责和惩处是重点。法国大革命后,法律不再出自君主与贵族,转由立法机构制定。以法律至上、法律面前人人平等为核心理念的法治(the rule of law)观念逐渐深入人心,甚至成为一种个体主义与自由主义的政治理想。依法惩处犯罪使法律进一步确立自身存在的价值,涉及犯罪的一系列举措必须在法治的原则下制定、施行。随后的英国工业革命以及都市化使人们的生活方式发生重大改观,犯罪与对付犯罪的手法均不断花样翻新。警力对犯罪过程和结果以及罪犯身份的科学鉴别也变得更具有实质性意义,而采用火灼、水浸等"神裁法"一类主观臆测式的断案技术渐渐销声匿迹。犯罪文学中对犯罪过程的描述愈来愈生动、具体,逐渐与关注社会风尚的"罚罪"说教平分秋色。工业革命、都市化、现代警察制度等因素使现代市民的生活更加安全、舒适。在司法领域,法律日趋完善,依法办案取代刑讯逼供,搜集证据也显得更为重要。19世纪初,侦探小说出现之际正是大规模都市化开始之时。人类历史上的每一个时代都会产生与其社会形态相适应的文学形式,侦探小说之于近现代欧美城市居民正像神话之于尚处在人类童年的古希腊人,民间歌谣之于中世纪的英国农夫。就这样,"一种未经雕琢,受到欢迎,可能带来种种浪漫遐想的现代城市文学注定会兴起。现在它已经以通俗的侦探小说形式勃发,而且同关于罗宾汉的歌谣一样清新,令人振作"②。

---

① E. M. Wrong, "Crime and Detection", in Howard Haycraft, ed., *The Art of the Mystery Story: A Collection of Critical Essays*, New York: Biblo and Tannen, 1976, p. 19.

② G. K. Chesterton, "A Defence of Detective Stories", in Howard Haycraft, ed., *The Art of the Mystery Story: A Collection of Critical Essays*, New York: Biblo and Tannen, 1976, p. 6.

福柯把属于"新的犯罪文学"①的侦探小说的问世归结为展示权力方式的改变,统治者不再举行公开处决的原因是"罪犯死后的罪状公告既肯定了司法正义,也提高了罪犯的声誉。这就是为什么刑法制度的改革者们急切要求查禁警世宣传品的原因"②。在至高无上的权力展示力量过程中,对犯罪的惩处渐渐被对犯罪的调查取代。在论及以罪犯的生平作为反面教材的种种"警世宣传品"时,福柯指出,它们的作用往往相反。"一个罪犯死后能够成为一种圣人,他的事迹成为美谈、他的坟墓受到敬仰。"③犯罪者变得日益狡狯,"反侦察能力"愈来愈强。至此,犯罪文学中"罪与罚"的传统主题在侧重上发生微妙的变化,演变为"犯罪—探罪—罚罪"的现代主题。

为谋杀这一犯罪的最极端、最邪恶形式开脱者当推德·昆西。正是他的演讲《作为一种艺术的谋杀》在观念上将现实生活中血淋淋的谋杀与虚构文学作品中的谋杀区分开来,将杀人者与那个同侦探"斗智"的人区分开来,其结果是最终解构资产阶级将艺术与道德混为一谈的习惯做法。简而言之,这是一种文学中的"唯美主义"。在莎士比亚、狄更斯等大文学家笔下,谋杀无一例外地总是受某种社会动机驱使,如麦克白弑君、《远大前程》(Great Expectations)中的恶棍奥立克为泄私愤企图谋害匹普,而德·昆西却将谋杀抽象化,使之超越具体社会环境。

德·昆西以惊世骇俗的自传《瘾君子自白》(Confessions of an English Opium Eater)而闻名于世。他对犯罪心理颇感兴趣,认为干净利落、不留痕迹地杀人是一种艺术,可以像欣赏绘画、雕塑或其他艺术品那样供人鉴赏。《作为一种艺术的谋杀》于 1827 年 2 月首次发表在《布莱克伍德》杂志(Blackwood's)上,是关于现代审美观念的一篇里程碑式的文章,对爱伦·坡、波德莱尔等带有颓废倾向的浪漫主义作家产生过重要影响。

谋杀罪的结果是谋杀对象丧失生命,自然是灾难性的。但是,德·昆西将谋杀抽象化,以幽默、令人毛骨悚然的嘲讽口吻将它作为一个形而上的凌虚概念探讨。

> 关于谋杀的流言传到耳中时我们一定要以道德的态度对待它。可是假设事情已经发生过,你便可以说此事已完结……假设那被谋杀的可怜人已不再痛苦,那杀人的恶棍像出膛的子弹一样销声匿迹,谁也不知

---

① 米歇尔·福柯:《规训与惩罚:监狱的诞生》,刘北成、杨远婴译,北京:生活·读书·新知三联书店,1999 年,第 74 页。
② 同上。
③ 同上书,第 73 页。

道他的下落。最后,再假设我们已竭尽全力去四处找寻那个逃亡的家伙,但是仍一无所获。这时候我便要请教,再多谈德行又有什么用?道德已经谈得足够,现在轮到鉴赏和艺术。这无疑是一件可悲的事情,非常可悲,不过我们无法补救。所以,让我们还是充分利用一件坏事,并且以审美的心态对待它,看看那样是否有利用价值,反正我们已不可能在道德方面有所收益。①

德·昆西认为将"谋杀的终极目的作为一种艺术"与亚里士多德认定的悲剧功用一致,即借助怜悯和恐惧的手段净化心灵。由此可见,德·昆西秉持的大体正是亚里士多德在《诗学》中关于悲剧能够促使观众产生"宣泄快感"(cathartic pleasure)的理论。与之不同的是,德·昆西的研究对象是谋杀及其后果,他对谋杀的切入角度是审美的而并非道德的,而且这种审美观并非常人所理解的世俗审美,而是艺术家借以表现自我的主观感受以及再现这类感受的艺术手法。

德·昆西在这篇有悖常理的妙论中也不免几次涉及揭露与对抗犯罪的问题。例如,他引述17世纪法国哲学家笛卡儿(René Descartes,1596—1650)的一部传记中青年笛卡儿如何在航行中识破一伙企图谋害他的海盗的故事。这位哲学家堪称业余侦探,他的语言天赋和对犯罪心理的洞察最终使自己化险为夷。若干年后,"侦探小说之父"爱伦·坡将德·昆西对犯罪,尤其是对谋杀罪的独到看法用于揭露犯罪的技巧,在《莫格街谋杀案》中以"作为一种艺术的侦探术"与"作为一种艺术的谋杀"抗衡。他塑造的无侦探之冕的侦探迪潘同时也是凶残犯罪行为的冷峻鉴赏家。的确,仅仅为凸现、烘托谋杀术之高超便必须同时涉及至少同样高超的侦探术。久而久之,在爱伦·坡创立的别样式的犯罪文学中,"作为一种艺术的侦探术"在与"作为一种艺术的谋杀"的较量中占据上风,现代侦探小说随即应运而生。

纵观近代欧美思想史,我们可以读到一些在时间上介于亚里士多德和德·昆西之间、在理念上与他们接近的观点。在审美观念上,法国新古典主义文学理论家尼古拉·布瓦洛·德斯普雷(Nicolas Boileau Despreaux,1636—1711)将源于1世纪罗马诗人朗吉努斯(Longinus)的崇高美概念中关于崇高的体验视为审美愉悦,而并非审美痛苦。此后,英国美学家、政治哲学家艾德蒙德·伯克(Edmund Burke,1729—1797)以公开处决罪犯引起的躁动

---

① Thomas De Quincey, "On Murder Considered as One of the Fine Arts", in Thomas De Quincey, *The Works of Thomas De Quincey*, Vol. 6, ed. David Groves and Grevel Lindop, London: Pickering & Chatto, 2000, p. 115.

场面为例,将痛苦、危险与崇高联系起来,认为所谓的"崇高"归根结底不过是人类遇到痛苦或危险时自我保护的本能,而且"关于痛苦的想法比关于喜悦的想法更有力量"①。德国哲学家康德(Immanuel Kant,1724—1804)在《判断力批判》(Critique of Judgment)中首次将伯克经验与心理层面上关于崇高与美的讨论提升到哲学高度,认为审美愉悦是想象的而并非道德的,不应将美与善等同起来,崇高也可见诸破坏想象力的事物,等等。

德·昆西的演讲《作为一种艺术的谋杀》是一篇晚期浪漫主义的审美宣言,同萨德为变态性行为辩护、波德莱尔讴歌丑恶事物、王尔德倡导"为艺术而艺术"相似,德·昆西为现代侦探小说的诞生奠基,而由审美角度探讨谋杀的立意应视为爱伦·坡等人的侦探小说实验的理论基础。

经典侦探小说及其"范式"

爱伦·坡坚持唯美主义艺术观,认为艺术的目的只是娱乐,并非探究真理。爱伦·坡以《莫格街谋杀案》等短篇小说开创了侦探小说常见的一些套路,如密室杀人、失踪之人、失窃之物、伪造的书信、密码的解译、对人的心理及视觉盲点的洞察,等等。以往传统的权威观点认为,爱伦·坡的众多小说中只有三篇是名副其实的侦探小说,即《莫格街谋杀案》《玛丽·罗热疑案》(The Mystery of Marie Rogêt)和《被窃之信》(The Purloined Letter)。在《金甲虫》(The Gold Bug)和《你就是那人》(Thou Art the Man)中,侦探的推理过程直至结案后才披露,读者没有机会与他们竞争,故不能算作严格意义上的侦探小说。也有评论家倾向于把这五篇作品均视为侦探小说,如英国侦探小说家兼侦探小说批评家朱利安·西蒙斯②高度评价爱伦·坡的贡献,认为后世侦探小说基本上未脱爱伦·坡之窠臼,仍是爱伦·坡的原创性写作的某种"互文"。"后来,侦探小说出现的几乎每一种情节上的变体均可在他这五个短篇小说中找到根据,只是在细节上略有发展而已,故可以说他的这些作品为这一形式设定出界限。他是无可争议的侦探小说之父……"③

《莫格街谋杀案》讲述了一件离奇血案的侦破经过。母女俩在门窗紧锁

---

① Edmund Burke, *A Philosophical Enquiry into the Origin of Our Ideas of the Sublime and Beautiful*, London: Routledge & Kegan Paul, 1958, p.39.
② 朱利安·西蒙斯(Julian Symons,1912—1994)是英国小说家、诗人,著有《一场犯罪的进程》(*The Progress of a Crime*)等作品。
③ Julian Symons, *Bloody Murder, from the Detective Story to the Crime Novel: A History*, London: Papermac, 1992, pp.34—35.

的室内被杀，迪潘发现被警方忽略的一条进入房间的通道，又根据证人提供的情况（如听到有人说一种谁都听不懂的语言）和自己的细致观察推论出杀害两个女人者是一只大猩猩。爱伦·坡以这篇小说开创了沿用至今的"密室杀人"范式，并借迪潘之口确立侦探在工作中必须遵循的一些基本准则，如排除所有不可能的因素之后，剩余的便是真相，无论它是多么荒诞不经。

《被窃之信》中，王后的一封私人信件被一位居心叵测的大臣盗去。应警察局局长之邀，迪潘应允找回这封至关重要的密信。经过分析，迪潘断定大臣会利用人们的视觉盲点，大模大样地把信摆在显眼的地方，于是设法引开大臣的视线，盗回信件。这个故事是所有寻觅"丢失之物"的侦探小说之母本。

《玛丽·罗热疑案》是关于一个"失踪之人"的故事，根据1841年发生在纽约的一桩女郎遇害案写成，只是把故事发生的地点由纽约搬到了巴黎。迪潘端坐在安乐椅上，阅读分析自相矛盾的新闻报道，单凭细致周详的推理破案。《玛丽·罗热疑案》是侦探小说史上第一篇"安乐椅探案"。

《金甲虫》记述了勒格朗破译密码，找到一批宝藏的故事，为后世许多类似作品提供借鉴，如柯南·道尔的《跳舞的小人》等。

在《你就是那人》中，第一人称叙事者即是侦探。他借助被谋杀者的尸体、腹语术，尤其是对犯罪者心理的体察，揭露罪犯，为蒙冤者平反。

没有料事如神的迪潘出场的《金甲虫》和《你就是那人》符合侦探小说的基本特征，即有一神秘事件，有令人信服的破解过程与结果。

除这五个为侦探小说的发展和完善带来直接影响的短篇小说外，比《莫格街谋杀案》付梓更早的玄学侦探小说《人群中的人》，与传统上被视为哥特式小说的《泄密的心》（*The Tell-Tale Heart*）等篇什也为后世的侦探小说家们带来无尽灵感，如《人群中的人》中的主观臆测，作为叙事者和侦探的主体与作为（意念中的）罪犯的客体的角色互换，"无结局"（the lack of closure）式的终局等手法对后世侦探小说写作启发颇深。

传统的观点认为，以《莫格街谋杀案》等五篇作品为代表的主流侦探小说无疑是一种逃避现实，旨在为读者提供消遣的通俗读物。论及爱伦·坡写作侦探小说的初衷时，有人讽刺道，"他自以为他的情妇是艺术，实际上不过只是感官刺激"[①]。然而，娱乐毕竟也是文学的功用之一，因此爱伦·坡的继承者前仆后继，绵绵不绝：柯南·道尔、G. K. 切斯特顿（G. K. Chesterton,

---

[①] Julian Symons, *Bloody Murder, from the Detective Story to the Crime Novel: A History*, London: Papermac, 1992, p. 41.

1874—1936)、阿加莎·克里斯蒂、多萝西· L. 塞耶斯等都是其中的佼佼者。他们均属于经典侦探小说家阵营,亦都在某一方面或某种程度上曾经"修正"爱伦·坡的原创性写作,如对社会生活予以更多关注,运用更缜密的演绎推理方法,等等。

爱伦·坡开创的几种侦探小说模式是一百多年以来几乎所有现代侦探小说及其变体的原型,他所塑造的智力超群、观察入微的业余侦探迪潘是迄今为止所有侦探的前辈。待到侦探小说的"黄金时代"来临,数以千计的专业和业余侦探小说作者崭露头角,他们的作品大都因循爱伦·坡的套路,以一个超人般的私家侦探作为小说的主角,如柯南·道尔的福尔摩斯、切斯特顿的布朗神父、克里斯蒂的比利时人波洛和老处女马普尔小姐,等等。这些大侦探通常有一个十分钦佩他的朋友充当助手,并不时提出一些问题,以便侦探在解答时向读者交代案情进展。在破案过程中,这位私家侦探常常会遇到一个平庸的、屡犯错误的警察,这个笨拙的官方人物的作用实际上只是反衬他的民间同行如何高明。

侦探小说如雨后春笋般快速成长,引起批评家们对它以及相关文学观念的关注。1901 年切斯特顿发表《为侦探小说一辩》,针对有人对侦探小说不屑一顾的轻蔑态度,认为侦探小说有良莠之分,而优秀的侦探小说是通俗文学中最早的,唯一表现出现代生活之诗意的形式。此后,关于侦探小说之文学价值的争论愈演愈烈。20 世纪 40 年代,英美文学批评界围绕侦探小说是否值得一读出现激烈争论,参与者有萨默塞特·毛姆(Somerset Maugham, 1874—1965)、雷蒙德·钱德勒、雅克·巴尊(Jacques Barzun, 1907—2012)等知名作家、批评家。其中埃德蒙·威尔逊(Edmund Wilson, 1895—1972)与伯纳德·德沃托(Bernard De Voto, 1897—1955)的论战尤其引人瞩目。1944 年,威尔逊在一篇题为《人们为什么读侦探小说》的文章中认为侦探小说大都文笔拙劣,甚至克里斯蒂的作品亦"令人生厌,平庸"。读过此文后,德沃托在《哈泼斯杂志》(*Harper's Magazine*)上撰文说威尔逊不仅不懂得欣赏侦探小说,而且错误地用评判严肃文学的标准衡量它。他认为,应当以宽容的心态接受这种"目前唯一纯粹讲故事的小说形式"。威尔逊随即撰写著名评论《谁在乎谁谋杀了罗杰·阿克罗伊德?》[①](1945)反击,断言读侦探小说是一种介于吸烟和填字游戏之间的恶习,愚蠢,对人有害。"既然有那么多好书要读,

---

① 罗杰·阿克罗伊德是克里斯蒂的作品《罗杰疑案》(*The Murder of Roger Ackroyd*)中的人物,也是第一人称叙述者。

有那么多东西有待研究和认识,我们没有必要拿这些垃圾去烦扰自己。"①威尔逊斯人已逝,但是侦探小说仍健在,因为它拥有众多的读者。

侦探小说作者和读者的激增使它变为高度程式化的写作,其标志是许多人竞相为它制定"游戏规则"。范戴恩(Van Dine,1888—1939)的《写作侦探小说的20条准则》(1928)和诺克斯(Ronald A. Knox,1888—1957)的《侦探小说十诫》(1928)是众多"规则"中最知名的两篇,对侦探小说家和读者有指导意义。

由侦探小说派生出的变体

侦探小说这一形态特殊的文学样式问世以来已经历许多微妙的、不断部分否定自身的变化,然而这些变化从未彻底消解这一文类。一方面,爱伦·坡开创的传统或主流侦探小说继续大行其道;另一方面,侦探小说演化史上出现的变异,非侦探小说家们对这一小说形式的借用(亦包括源于爱伦·坡的玄学侦探小说)已派生出远离其本源的几种变体或次文类。

在英、美,至少有三种派生话语可确认为是传统爱伦·坡式经典侦探小说的主要变体,它们有意无意地"走入歧途",既继承又否定或颠覆自己的本源。这三种变体是硬派(或硬汉)侦探小说(the hard-boiled detective fiction),警探小说②以及玄学侦探小说(the metaphysical detective fiction),它们与主流侦探小说之间,彼此之间,与其他作为虚构文学的小说的次文类(如犯罪、科幻、言情、间谍、战争小说等)之间都存在着千丝万缕的联系。

由传统的爱伦·坡式经典侦探小说派生出,旨在探究"犯罪—探罪—罚罪"的过程和结果的变体名目众多,犹如一条大河纵横交错的众多支流,彼此间的分野难以厘清。其中,对侦探小说的概念产生重大影响的当属上述三类。

"硬派侦探小说"主要指雷蒙德·钱德勒、达希尔·哈密特、罗斯·麦克唐纳(Ross MacDonald,1915—1983)等美国作家在20世纪30年代前后创作,带有浓郁美国气息的侦探小说。除演绎推理外,它特别注意继承福尔摩斯等

---

① Edmund Wilson, "Who Cares Who Killed Roger Ackroyd", in Howard Haycraft, ed., *The Art of the Mystery Story: A Collection of Critical Essays*, New York: Biblo and Tannen, 1976, p. 397.

② "警探小说"是笔者的译法,英文是 police procedural fiction。国内有人译为"警察小说""警察程序小说",似乎都不贴切,与侦探小说不搭界。

侦探与罪犯斗智斗勇的情节描写。hard-boiled 原用于修饰煮得时间较长的鸡蛋等，顾名思义，这类小说中的侦破情节中穿插了不少刺激惊险的"动作"，侦探常常不得不身涉险境，被敌手或警察打得鼻青脸肿，有时还几乎丧命，如钱德勒所著《漫长的告别》(The Long Goodbye)中的马洛和哈密特的名作《马耳他之鹰》中的萨姆。这类小说容易被搬上银幕，改编为不乏血淋淋的打斗、凶杀镜头的动作片。

近年来亦有人使用"软派侦探小说"(the soft-boiled)描述与"硬派侦探小说"风格迥异，避免露骨地描写血腥暴力的作品。从克里斯蒂到夏洛特·麦克劳德(Charlotte Macleod, 1922—2005)，许多"软派"侦探小说家是女性，因此她们可以设身处地体恤某些读者厌恶暴力的心理。

"警探小说"可以追溯到 19 世纪法国作家埃米尔·加博里欧(Émile Gaboriau, 1835—1873)描写第一个警方侦探勒考克的系列小说《勒考克警探》(Monsieur Lecoq)等，勒考克比柯林斯《月亮宝石》中的克夫探长出现得更早。现当代"警探小说"是经典侦探小说发展到现今工业、后工业时代的必然结果。科学技术的进步既可增强社会对付犯罪的能力，也使犯罪分子获得许多反侦破手段。他们借助高科技手段同维护法律的正义力量周旋，因此单打独斗的私家侦探变得不合时宜。20 世纪中叶后，作为"再现"某种社会现实的侦探小说多以具有官方身份的警探取代私家侦探。警方侦探成为带有鲜明时代烙印的新一代英雄，他们组织严密，装备精良，得到法医、弹道学家、爆破学家、心理学家、犯罪学家等专家支持，以各种现代科技手段和实验室为后援。大约从美国的艾勒里·奎恩①和英国的朱利安·西蒙斯时代开始，警察不再是侦探小说中的配角。继克里斯蒂和塞耶斯之后涌现出的另一著名英国侦探小说女王 P. D. 詹姆斯(Phyllis Dorothy James, 1920—2014)的系列作品均以一位亚当·达格利什警官为主人公。20 世纪末美国的当代畅销侦探小说中也有不少警方人士成为主角，如司科特·特罗(Scott Turow, 1949—)的《假设无罪》(Presumed Innocent)中的检察官萨比克、帕特里夏·D. 康韦尔(Patricia D. Cornwell, 1956—)的《验尸》(Postmortem)中的女验尸官斯卡佩塔，等等。

在"警探小说"日趋流行的今天，以私家侦探充当主角的传统侦探小说

---

① 艾勒里·奎恩(Ellery Queen)是 1929 年开始写作的表兄弟曼弗雷德·班宁顿·李(Manfred Bennington Lee, 1905—1971)和弗雷德里克·丹奈(Frederic Dannay, 1905—1982)共用的笔名，也是他们在《希腊棺材之谜》(The Greek Coffin Mystery)等作品中塑造的警探的姓。

虽日趋式微却仍然存在。这一分支被冠以"私家侦探小说"(the private eye)①之名,如今人们已为这类侦探小说设立专门奖项,如北美的 *Shamus Awards* 等。

作为侦探小说的一种变体,玄学侦探小说已有几十年历史。当我们讨论当代小说时,"元小说"(metafiction)这个术语往往同"后现代"联系在一起,而侦探小说中的"元小说"即是"玄学侦探小说"。玄学侦探小说采用戏仿、反讽、拼凑等"互文"式手段,追求实现读者自我指涉的效果,已成为后现代主义文学的现象之一。1941年,在讨论切斯特顿以布朗神父为主人公的系列侦探小说时,有人首次使用这个术语来描述这种非常态侦探小说。"布朗神父主要从道德和宗教角度考察犯罪。实际上切斯特顿对该文类的首要贡献也许是他完善了玄学侦探小说。"②这一命名可溯源至亚里士多德死后发表的著述之一《形而上学》(*Metaphysics*),据说取此书名是因为它是作者继《物理学》(*Physics*)之后完成的著作。

玄学侦探小说摈弃常规侦探小说因循的程序,不再破解某人的神秘死因,转而探究人生旅途中的种种迷惘。它不但不提供令读者"满意"的谜底,反倒将他带入一片无涯的混沌。"玄学侦探小说"的出现是"俗"(the lowbrow)文学对"雅"(the highbrow)文学或文学本身产生深远影响的证据,是一种世界性文学现象。法国新小说派作家阿兰·罗布-格里耶(Alain Robbe-Grillet,1922—)的《橡皮》(*Les Gommes*)、意大利符号学家昂贝托·艾柯(Umberto Eco,1932—2016)的《玫瑰之名》(*The Name of the Rose*)、美国小说家保罗·奥斯特(Paul Auster,1947—)的"纽约三部曲"(*The New York Trilogy*)等均是实现后现代主义"雅俗共赏"理想的玄学侦探小说。

---

① private eye 由 private investigator 而来,investigator 的首字母 I 发音与 eye 一致,因此亦戏谑作 private eye,源于美国西部故事中的牛仔,20世纪20年代出现的犯罪小说中孤寂的侦探经达希尔·哈密特、雷蒙德·钱德勒等"硬派"侦探小说家精雕细琢后演绎成型,譬如哈密特在 private eye 小说《马耳他之鹰》中塑造的山姆·斯佩德,钱德勒作品中的菲利普·马洛。他们是最具魅力的男人,受雇于某一侦探事务所,接手调查棘手的案子,处于罪犯与警方的两面夹击之中,往往被打得头破血流,最终以硬汉的姿态大获全胜。需要说明的是,某些词典诠释 private eye"等于"private detective 是不准确的,一为侦探小说的一种形式,一为人物,两者不可混淆,后者亦译为"私家侦探",是侦探小说中常出现的三类侦探之一,与业余侦探、警察侦探并列。详见 *The Oxford Companion to Crime & Mystery Writing* (Rosemary Herbert, ed., New York and Oxford: Oxford University Press, 1999.)有关词条。"the private eye"的说法又使人将"警探小说"戏称为"the public eye"。

② Howard Haycraft, *Murder for Pleasure: The Life and Times of the Detective Story*, New York: Carroll & Graf Publishers, Inc., 1984, p. 76.

玄学侦探小说作家们采用相似的手法尽可能逼真地重构现代与后现代社会细腻、微妙的人类体验以及由此出现的幻觉。对读者而言，犯罪文学中描述的暴力及其后果无疑是最具诱惑力的手法之一。在阅读行为显得日益古板、不合时宜的今日，有人断言阅读已成为一种痛苦的仪式。经典侦探小说的几种变体的出现表明，不同文本间的碰撞促成了文本革新，使读者深刻体会到文本带来的愉悦，从而使阅读行为得以持续。

进入 21 世纪以来，侦探小说的发展趋势令与时俱进的修正主义者欢欣鼓舞，令秉持传统纯粹主义立场者失意沮丧，亦迫使保守与激进的爱好者重新审视牵扯此类小说的名与实及种种瓜葛。

侦探小说往往充斥着令人毛骨悚然的暴力、凶杀，但是它的读者以消遣、取乐为阅读目的。它以核实、确定真相为己任，却从不忌惮使用骗术，凶手试图设局欺骗侦探，作者试图设局欺骗读者。它围绕犯罪、惩罚、生死等重大严肃话题展开情节，却在线索铺陈中借用日常生活琐事。它强调法律与秩序，却对警察以及执法机构持怀疑态度，并渲染业余侦探比警察技高一筹，将警方描绘成没有想象力、迟钝的人。它在最严酷的情景中展示人性，描绘凶杀的毁灭性结局，但是这类情节以有序的方式娓娓道来，其稳定的叙事结构容许读者与作者一道预测情节的发展。它的存在是自相矛盾的，但是自相矛盾或许正是它存在的理由，符合文学的逻辑。

以上矛盾现象说明读者的喜好往往是非理性的，不论读者所处的社会是何种形态，逃避现实始终是读者的迫切需要。在逃避主义与严酷现实之间徘徊的侦探小说是一种时尚的文学潮流，作为全球化的一种副产品，它已在意识形态多元、教育普及、经济市场化的背景下由欧美走向世界。

第二章 "探罪"叙事的演变与审美

犯罪,这是一个人类迄今无法摆脱的噩梦。无论人们是否受到法律约束,"罪"始终是文学的母题之一,尤其是凶杀一类的恶性犯罪。在西方,人们普遍认为基督教的传播即是文明的传播。"罪"便是违背上帝的律法,基督教的教义孕育出现代法律。日趋完善的法律则使人们逐渐增进对犯罪问题的认识,虽然法律无法遏制犯罪。"在人类不曾制定法律保障公众福利以前的古代,杀人流血是不足为奇的事;即使在有法律以后,惨不忍闻的谋杀事件,也随时发生。"①18世纪以来,随着工业化、城市化进程的加快,以及法治思想的普及与法治社会的建立,"罪"叙事见于各类文学作品,文学中的罪(crime in literature)渐渐专门化,衍生为犯罪文学(crime literature),如为众多读者津津乐道的犯罪小说、侦探小说、间谍小说、纪实性犯罪报告,等等。

本章考察"罪"在不同时代文学中的一般和特殊概念以及在经典与犯罪文学中的不同表现方式,如何承载文学内外的理念。

从现实到虚构:文学中"罪"的概念

文学中"罪"的概念源于人们对现实生活中人的行为合法与否的界定,非法(illegal)即是犯罪。这种界定往往是人为的,即经过主体的阐释形成的意义。"外部事实,无论其客观意义是否合法,总是一个可以由感官感知的事件(因为它发生在时空中),因此它是一个由因果关系决定的自然现象。"②

英文中有几个常用词大致相当于汉语中的"罪",它们的意义则有细微差别,有时可以交替使用。一是"crime"(形容词 criminal),指违反世俗法律,对公共安全有害,在法律上被禁止的行为,通常包括现代犯罪学范畴内的具体的罪行,诸如破坏公共财物(vandalism)、盗窃(stealing)、纵火(arson)、抢劫(robbery)、入室盗窃(burglary)、人身侵犯(assault)、行凶抢劫(mugging)、凶

---

① 莎士比亚:《麦克白》,朱生豪译,《莎士比亚全集》(八),北京:人民文学出版社,1978年,第352页。

② Hans Kelsen, *Pure Theory of Law*, Max Knight, trans., Beijing: China Social Sciences Publishing House, Chengcheng Books, LTD., 1999, pp. 3—4.

杀（murder）等；二是"guilt"，与 crime 意义相近，但是亦指冒犯（offence）、违规（violation）、做错事（wrong）或犯罪前后的内疚心理，特别是与道德抵触的上述行为，譬如弑父的行为是罪行（crime），而这种欲念只是一种"guilt"；三是"evil"，意义较模糊，指令人不快的、讨厌的、邪恶的……程度可轻可重的不良行为；四是"sin"，sin 在《圣经》中的本义是"未达到目标"，指未能达到上帝的道德要求，违反上帝的意志以及被视为违反上帝意志的一切行为，尤其是刻意为之的行为。在罗马天主教教义中，"sin"又可分为两类，即"venial sin"（未失上帝恩典之轻罪）与"mortal sin"（已失上帝恩典，需经忏悔方可获得宽宥之重罪）。源于古希腊，后经基督教神学家埃瓦格留斯·庞帝库斯（Evagrius Ponticus，345—399）、托马斯·阿奎那（Thomas Aquinas，约 1225—1274）等阐释、发挥的傲慢（pride）、嫉妒（envy）、懒惰（sloth）、愤怒（wrath）、贪婪（greed）、暴食（gluttony）、淫欲（lust）等七种重大恶行（the seven deadly sins）与"mortal sin"不相互重叠。它们在其他文化中大多只被视为人性的弱点或缺点，却是基督教世界独有的"sin"。一人独处时无法实施犯罪（crime），却可以滋生犯罪（sin）之念。随着时代的发展，"罪"的内涵也有变化，由道德伦理等范畴内的"罪"和社会习俗认定的"罪"逐渐过渡到现代犯罪学意义上的"罪"，即"违反刑法的行为"①。但是隐藏在人内心，有宗教意味的"sin"始终是滋生"crime"的根源。倘若某人处心积虑地犯罪，则同时犯有"crime"和"sin"双重罪，既戕害他人，亦违背伦常。"sin"的深邃意义源远流长，与历代西方宗教法律思想密切相关。堕落、报应、救赎……这类词汇是西方话语体系特有的，非深谙个中意蕴者必会感受到陌生、隔膜。

究其本源，"罪"的观念应似与关乎人类生存的善恶概念密切相关，善恶两分法中与"善"相对的"恶"即是"罪"，故在现代汉语中这两个同义字（词）经常连用。无论在时间还是空间上，"罪恶"是由文化习俗或立法者根据法律与道德两套相互关联的行为规范设定的相对、多变的概念，没有为世人普遍接受的定义。不同文化传统遵循的道德信条与刑法不同，致使"罪"与"恶"的概念全然不同。据语言学家、翻译理论家尤金·A. 奈达（Eugene A. Nida，1914—2011）考察，南美洲委内瑞拉南部操瓜西亚语的居民对善恶的理解与他人不同，"善"意指可口的食物，杀死敌人，适量咀嚼毒品，用火灼烧不听话的妻子，偷窃其他部落的东西，等等；"恶"则指腐烂的水果，有瑕疵的物件，杀害同部落的人，偷窃自己家族的东西，撒谎，等等。他们甚至不受善恶两分法

---

① Frank Schmalleger, *Criminology Today*, Englewood Cliffs, New Jersey: Prentice-Hall, Inc., 1996, p.7.

局限,在善恶之外另有或超越善恶的"违反禁忌"之说,如乱伦、与自己的岳母过于亲近、在生第一个孩子之前吃貘肉,等等。① 法学家认为,"善良、罪恶、良民和罪犯这些名词随着历史的沿革所发生的演变,不是以在各国环境中发生的因而总是符合共同利益的变化为依据,而是以迷惑不同立法者的欲望和谬误为依据"②。

关于个人犯罪的原因,西方的观点可笼统地分为人性本质论与人性建构论两派。本质论者,也即悲观主义者或右派,认为人性大体上是邪恶的,因此犯罪的责任应由犯罪者个人承担。建构论者,也即乐观主义者或左派,认为人性趋于善良,社会应对犯罪现象负责。

柏拉图认为人作恶的原因是不知何为恶,因此只有树立正确的善观念,认识何为真正的善,方可以善为善。"有些人不欲求恶的事物,有些人对恶的事物无知,但他们欲求他们认为是善的事物,可是这些事物事实上是恶……"③

英国政治家、哲学家托马斯·霍布斯(Thomas Hobbes,1588—1679)认为人天性好勇斗狠,不受一个使人畏惧的共同权力辖制之时,每个人必定会因争风吃醋、缺乏自信或爱慕虚荣处于与他人的交战状态之中。④

康德指出,人的本性中"向善的原初禀赋"与"天生之恶"共存。同时他又指出根据经验判断人性的善与恶皆不可恃,善恶之辨只是一种假说。"两种假说的争执基于这样一个选言命题:人(天生)要么在道德上是善的,要么在道德上是恶的……经验似乎甚至证实了这两个极端之间的一种中间状态。"⑤他进而将从人的理性高于感性这一判定出发,断定人可以依照自由意志摆脱感性的束缚,或行善或作恶。

英国哲学家约翰·洛克(John Locke,1632—1704)研究人性后得出人天性趋恶的结论,判定"人心中没有天赋的原则"。"有些人在犯灭伦大罪时并没有悔恨——那些道德的规则如果是天赋的,印于人心上的,为什么竟有人在违反这些规则时,不动声色,泰然自若呢?"⑥法国启蒙思想家让-雅克·卢梭(Jean-Jacques Rousseau,1712—1778)早期是典型的建构论者,秉持自然法

---

① See Susan Bassnett, *Translation Studies* (Third Edition), Shanghai: Shanghai Foreign Language Education Press, 2004, pp.36—37.
② 切萨雷·贝卡里亚:《论犯罪与刑罚》,黄风译,北京:北京大学出版社,2008年,第18页。
③ 柏拉图:《〈米诺篇〉〈费多篇〉译注》,徐学庸译,北京:北京大学出版社,2015年,第35页。
④ Thomas Hobbes, *Leviathan: Of Man and Common-wealth*, Chengdu: Sichuan People's Publishing House, 2017, pp.107—108.
⑤ 康德:《单纯理性限度内的宗教》,李秋零译,北京:中国人民大学出版社,2003年,第6页。
⑥ 洛克:《人类理解论》(上册),关文运译,北京:商务印书馆,1983年,第229页。

则,强调人性本善,但是被财产、科学、商业等概念与活动败坏。后来,他意识到人的自然状态不足取,便修正自己早期的观点。"我认为人类曾经达到过这样一种境地:在自然状态下危及他们的生存的障碍之大,已经超过了每一个人为了在这种状态下继续生存所能运用的力量,因此,这种原始状态已不可能再继续存在。人类如果不改变其生存方式,就会灭亡。"①

卢梭发展霍布斯与洛克的关于人与社会订立契约的主张,论断当人们同意建立政府和教育制度以纠正文明带来的弊病之时,社会契约便已出现,人性中邪恶的成分可以在良好的社会中被克服并消除,犯罪可望得到遏制。卢梭关于人类天性的精辟见解与人不免会受到环境摆布的现实主义文学观念暗合,某些文学作品常以人物的悲惨经历诠释人是社会环境牺牲品的思想,无法选择自己的生活,如雨果(Victor Hugo,1802—1885)所著《悲惨世界》(*Les Miserables*)中的苦役犯冉·阿让,司汤达(Stendhal,Marie-Henri Beyle,1783—1842)著《红与黑》(*Le Rouge et le Noir*)中野心勃勃的外省青年于连,狄更斯小说中的众多人物,等等。

本质论源远流长,更多地见诸文学作品中。希腊神话中的俄狄浦斯本性善良,却被冥冥中的命运左右。《圣经·旧约》中人类始祖亚当和夏娃在伊甸园中受到诱惑,偷吃禁果,这一罪行成为人类出生就带有"原罪"(the original sin),必须得到基督救赎的依据。"我是在罪孽里生的,在我母亲怀胎的时候就有了罪。"(《旧约·诗篇》51:5)《圣经》中没有明确论及"原罪",其概念是天主教思想家圣·奥勒留·奥古斯丁(Saint Aurelius Augustinus,354—430)根据前人的说法定义而成的。虽然人本性是罪人,"原罪"是一切犯罪的本源,凡人本性中都有犯罪的基因,但是罪恶的秉性不一定会在每个人身上都表现出来。狄更斯的小说《远大前程》中的马格韦契纯真质朴,早年被父亲抛弃,为活命从偷萝卜开始逐步走上犯罪的邪路,而教唆他行骗的康佩生则是一个天生的恶棍,无恶不作。本质论,尤其是带有基督教色彩的本质论,虽然强调与生俱来的反体制冲动是犯罪成因,亦承认欲望对犯罪的催化。犯罪者总是不计后果地企图满足自己的欲望,罔顾上帝的意志。

弗洛伊德借助精神分析学解释犯罪的原因,"分析得出惊人的发现,人们犯罪的主要原因是因为犯罪行为是被禁止的,可使犯罪者减轻精神压力"。"虽然听起来似乎是矛盾的。我必须坚持我的观点:罪恶感先于罪行,而不是

---

① 卢梭:《社会契约论》,李平沤译,北京:商务印书馆,2017年,第17页。

在罪行中生成。"①他的"力比多"(libido)理论比食色一类的"欲望"更精确地描述了犯罪的生理与心理形成机制。作为本我中的本能能量或动力,力比多驱力或许会与文明行为规范抵牾,这抵牾也是反映人的生物本能的本我与追求完美以期适应社会的超我的冲突。冲突使自我迷失,无法分辨现实与想象,产生心理障碍,危及人格的健康发展,最终引发种种反常或变态行为,包括违法行为。根据弗洛伊德的人格理论,某人犯罪的原因是其超我发展滞后,其受享乐原则支配的本我异军突起,因此其自我不能遵守道德规范。许多犯罪者往往行事贪图一时痛快,不计后果。在王权受到遏制的近代西方,各国政府秉持性恶论,假定人与人处于交战状态之中,以法律遏制犯罪,尤其警惕统治者破坏法治的犯罪行为,避免法律的终点成为暴政的起点。

中国古代哲人对人性善恶问题的认识似乎更复杂,有人性本善、本恶、无善无恶、可善可恶、亦善亦恶等多种莫衷一是的说法。第一个断言人性本善的是孟子,"仁义礼智,非由外铄我也,我固有之也,弗思耳矣"(《孟子·告子上》)。孟子倡导仁义,笃信性善论,认为恻隐、羞恶、恭敬、是非之心等是本原的人类情感,存在于人的意识中。"人性之善也,犹水之就下也。人无有不善,水无有不下。"(《孟子·告子上》)但是,他借这个似是而非的类比呈现的论点并不具逻辑性。他若反面着笔,宣称"人性之恶,犹如水之就下",亦无不可。可见,水往低处流与人性之善恶本无关联。与孟子针锋相对,荀子首倡人性本恶,直指"人之性恶,其善者伪也"(《荀子·性恶》)。

人若率性而为,早晚必定会触犯法律,因此后天的礼仪教化使人弃恶趋善。但是,若皆以个人为尺度,没有他人作为参照物,人性善恶均无从谈起。遵循这一思路,我们悟到犯罪是人的社会属性,为遏制犯罪而制定的法律针对的亦是人的社会属性。关于人性的本质,无论持孟子还是荀子的观点,都在试图混淆人的社会属性与人的自然属性。被社会化的人来源于自然界,永远不能完全摆脱兽性;同时人又是理性动物,能够做出趋利避害的选择,包括犯罪。人性是复杂的现象,无法以善恶属性概括。不过,在人性恶是犯罪的主要因素、法律有助于遏制恶人这一假说上,中西方观念相互吻合。

汉语中的"罪"是会意字,意为作奸犯科。"皋(罪,秦人认为'皋'易与'皇'混淆,遂改用'罪'代替'皋'),犯法也。"(《说文》)轻罪则是过失,"此天之亡我,非战之罪也"(《史记》),因而有"罪过"之说。中国历史上从未产生西方基督教那样的全民宗教信仰,也没有出现过在全国范围内长期存在的政教合

---

① Sigmund Freud,"Some Character-Types Met with in Psycho-Analytic Work", in James Strachey, ed., *The Standard Edition of the Complete Psychological Works of Sigmund Freud*, Vol. 14, London: Hogarth Press and Institute of Psychoanalysis,1957,p. 3118.

一政权,"罪"一词没有英文中"sin"的宗教内涵,仅部分覆盖世俗的"crime"与"guilt"之义项。

中国古人认为犯罪的内在原因主要在于尔虞我诈,道德沦丧。"昔者尧治天下,不赏而民劝,不罚而民畏。今子赏罚,而民且不仁,德自此衰,刑自此立,后世之乱,自此始矣。"(《庄子·外篇·天地》)而权力和利益的诱惑与财产私有制则使人产生贪欲,是犯罪的外部诱因。法律使民心不轨,反倒滋生觊觎不义之财之贪念,即所谓"法令滋彰,盗贼多有"(《老子·五十七》)。古往今来,中国对惩处犯罪的方法与力度亦与欧美大体一致。在惩处与预防犯罪方面,中国的立法与司法机构常以孟子"恻隐之心,人皆有之"的性善论为依据,更多地强调以德治国,教育人约束自己。既然没有类似基督教中的"原罪"等本源观念,中国人心目中的"罪"比欧美人更不确定。他们对"罪"的认识受统治者的教化影响而生成,往往具有鲜明的政治色彩与道德内涵,譬如中国古代谋反、谋大逆、谋叛、恶逆、大不敬、不孝等被视为大逆不道的罪名,皆因这些罪行直接针对"国家",即国与家,损害帝王与作为社会基本单位的家庭的利益,而家国一体的儒家观念正是统治者的立国之基础,统治者以此号召臣民效忠于己。

在现实中,法家的"法不阿贵"(《韩非子·有度》)的理念只是一种虚幻的理想,儒家种种通权达变的权宜之计则凌驾于法律之上。因此,避嫌、依靠证据定罪等原则被"父为子隐"(《论语·子路》)、"嫂溺援手"(《孟子·离娄上》)等或重法律或重道德,此一时彼一时的游移不定之谈取代。汉代以降,历代统治者均标榜自己"以孝治天下",为孝而屈法。他们不仅混淆道德与法律的界限,也是自说自话的伪命题。"天下"本是他们的天下,与民众无涉。

有关"罪"在各民族历代文学作品中得到广泛的描述、探讨,但是源于善恶之辨的"罪"的内涵却不相同。"罪"其实是一个随时空变幻、因人而异的游移不定的概念,因此它在文学作品中的再现与审美亦是精彩纷呈的。陀思妥耶夫斯基笔下人格分裂的杀人犯拉斯柯尼科夫、意念中的弑父者伊凡·卡拉马佐夫等的犯罪性质复杂,虽有明确刑事犯罪性质,亦是种种形而上犯罪动机的体现。

有论者概括,欧美文学作品中的犯罪可大体分为神之罪(the mythic crime)与人之罪,或更加清晰地表述为神话中的罪与人世间的罪。

> 必须承认文学中的犯罪以两种截然不同的形式出现。在18世纪以前,以我们当今对犯罪文学的理解谈论犯罪便是一种时代错误(anachronism)。与俄狄浦斯王和希腊悲剧相关的"犯罪"总体上是神话中的犯罪,伊丽莎白时代或17世纪的古典戏剧,莎士比亚与拉辛的作品亦是如此。在这类文学传统中的乱伦、谋杀、强奸和残害发生在由宗教

定义的环境里……他们的行为(deed)或许会令人惧怕,却不会像人们在乡间道路上和城市街道上遇到的世俗犯罪(the profane crime)那样直接触及芸芸众生的生活。①

神之罪不仅限于具有某种原型意义的神话中的角色以及远离世俗生活的帝王将相的逾越行为,亦是宗教意义上的犯罪,具有形而上的性质。

人之罪则是现代意义上的犯罪,是世俗犯罪。在文学作品中,这类罪行在"17—18 世纪出现,是因文字粗陋而难以传世的通俗文学描写的热门题材,以民谣、廉价小册子(chapbook)、单面报纸(broadsheet)等形式流传"②,供粗通文墨的读者业余消遣。这几类可归于犯罪文学名下的作品,或犯罪文学视阈内的作品,涉"罪"角度各有所侧重。19 世纪初在英国流行的《新门日历:罪犯的血腥记录》(简称《新门日历》,*The Newgate Calendar*: *The Malefactors' Bloody Register*)③是这类小册子中最负盛名的,是由新门监狱看守的日志繁衍而来的当时一些著名罪犯的传记。这类过渡性作品渐渐被犯罪小说取代,这些作品以流浪汉、恶棍、骗子、杀人犯、江洋大盗为主角,渲染他们的犯罪行为。笛福描写一个女冒险家生平的《摩尔·弗兰德斯》(*Moll Flanders*)、"侦探小说的曾祖父"伏尔泰的哲理小说《查第格》、"侦探小说的祖父"维多克的短篇小说集《维多克回忆录》、埃米尔·加博里欧的《勒考克警探》等在犯罪与侦探之间平分秋色的警匪小说相继问世。最终,在 19 世纪出现由它们演变而来,以"侦探小说之父"爱伦·坡、"长篇侦探小说之父"柯林斯等英、美作家的作品为代表的侦探小说。至此,一种受大众喜好的小说应运而生。

既然采用以涉及犯罪的题材入手审视作品的路径,我们便不得不摒弃传统的雅俗二分法。以下论及的作品既有经过历代读者广泛阅读的"入典"之作,即哈罗德·布鲁姆等心目中的"正典",亦涉及现当代犯罪文学范畴之内的犯罪小说与侦探小说,且不论传统的雅俗之辨,或新近的文学与类型文学之分。无论以何种标准为文学作品分类,皆不外乎出于作者的好恶,或基于批评家的判断。格雷厄姆·格林(Graham Greene,1904—1991)将自己探索

---

① Dennis Porter, *The Pursuit of Crime*: *Art and Ideology in Detective Fiction*, New Haven and London: Yale University Press, 1981, pp.11—12.
② Ibid., p.12.
③ 《新门日历:罪犯的血腥记录》亦是简称。据记载,1824 年付梓的一种版本的完整书名是《新门日历:罪犯的血腥记录:收录最臭名昭著的人物的回忆录,这些人是 18 世纪以来因违反英格兰法律被判罪的,其中亦穿插有受刑人的趣闻逸事、观察、讲话、忏悔录,以及临终感言》。见 Dennis Porter, *The Pursuit of Crime*: *Art and Ideology in Detective Fiction*, New Haven and London: Yale University Press, 1981, p.17。

天主教教义的严肃作品称之为"小说",将偏重娱乐性的侦探小说类惊悚作品称之为"消遣之作"(the entertainment),但是两类作品之间的界线日趋模糊,最终迫使格林放弃分类。有批评家亦认为,犯罪小说,不论何种类型,它们都"不是小说(the novel)。它们只是故事(the tale)……《荒凉山庄》或《罪与罚》一类的作品包含凶杀或身份谜团,但是花在解谜上的时间不多。作者不时提及这个谜,但是谜的答案在掩卷处才提供,并无确切理由。作品自始至终关注人物与社会现实"①。10年后,巴尊在另一篇短文中间接解构自己早先提出的雅俗二分法:"不止一位伟大的小说家写过故事,狄更斯写的故事几乎与小说数量相当……从埃德加·爱伦·坡的四个样板故事开始,侦探小说便是趣味高雅者为趣味高雅者写的。许多这类故事都是艺术品,有些堪称'经典之作'。"②此处论及的某些作品虽因已"入典"而荣膺"经典文学"的标签,笔者仍将它们视为犯罪文学范畴之内的消遣性作品。

善与恶的较量:前现代文学中的犯罪

得以流传并仍被阅读的前现代作品基本属于经典文学。犯罪,无论是神之罪或是人之罪,在经典文学中或呈阳刚之气,轰轰烈烈,或朦胧隐晦,莫测高深。

该隐杀害弟弟亚伯是基督教出现后前现代西方文学中"罪与罚"主题之下的第一宗谋杀案,动机是嫉妒。耶和华偏爱牧人亚伯献上的供品——头生的羊和羊油,却瞧不上农夫该隐收获的谷物。"该隐与他的兄弟说话,二人正在田间,该隐起来打他的兄弟亚伯,把他杀死了。"(《旧约·创世记》)根据这段简洁的文本分析,读者看出这是为泄私愤的典型预谋犯罪。该隐蓄谋已久,但是设法把自己的行凶装扮为激情杀人,以求减轻处罚。耶和华严厉惩处他,判决他流浪,"你必流离飘荡在地上"。《圣经》文字质朴,留下许多空白有待读者去填补,但是基本脉络清晰。后人对此案件做出了种种根据想象的推衍,诸如该隐杀人时使用何种凶器,等等。

《麦克白》(*Macbeth*)是描写犯罪的名著,作者通过已建立功业,位极人臣的同名主人公弑君的故事,描写他内心中善与恶的交锋,意志与欲望的冲突。"破山中贼易,破心中贼难",骁勇的麦克白外御强敌,内平叛乱,所向披靡,最终却被非分的欲望毁灭。莎士比亚没有直接描写麦克白杀害国王邓肯,渲染

---

① Jacques Barzun, "A Catalogue of Crime", in Michael Murray, ed., *A Jacques Barzun Reader*, New York: Harper Collins Publishers, 2003, p.568.
② Ibid., p.574.

犯罪行为如何血腥。麦克白在钟声响起时决定下手:"我去,就这么干;钟声在招引我。不要听他,邓肯,这是召唤你上天堂或下地狱的丧钟。"事后,他对夫人交代:"我已经把事情办好了。你没有听见一个声音吗?"①对于弑君这等滔天大罪,他只是以平淡的措辞"事情"一语带过。此后关于"声音"的问题以及夫妻二人对各种声音的讨论却展示出罪人惧怕罪行暴露,行凶后良心亦受到无情的折磨。钟声促使他下手,杀人后的敲门声使他精神恍惚,开始担心罪行败露,惧怕为之承担后果。莎士比亚以曲折手法映射罪行邪恶,描绘出犯罪者的心路历程。

这是一个悲剧中的犯罪,其根源中既有命运作祟,亦是麦克白性格使然。犯罪是悲剧的成因,悲剧则是犯罪的结果。麦克白立功凯旋,路遇三个女巫,预言他会成为国王,但是也明确告诉他不会有子嗣,下一代继承王位的会是班柯的后代。女巫的预言使麦克白怦然心动,在夫人怂恿下,麦克白听信女巫的预言,弑君篡位,虽然他本可以满足于考特爵士的封号,以忠臣终结一生。此后,为遮掩犯罪或巩固犯罪的成果,麦克白又杀死邓肯的侍卫、班柯、麦克德夫的妻小,终于招致众叛亲离,身首异处。

事后,麦克白夫妇听到各种声音。枭和蟋蟀发出的响动、人在睡梦里大笑、高喊、祷告……可以理解,这些声音全是他们心虚无法入睡时产生的幻觉,"麦克白已经杀害了睡眠"②。与此同时,心中无愧的列诺克斯等确实听到不同的响动,暴风,有人哀哭、惨叫,凶鸟在长夜里发出怪声……麦克白夫人去伪造犯罪现场,紧接着传来第一次敲门声。她返回后,夫妇二人又听到三次真切的敲门声。门房也听到这敲门声,所以可认定这是"真切"的。后来作者交代敲门者是麦克德夫,这声响使麦克白从行凶后的恍惚状态中走出来。但是大势已去后,麦克白夫人委婉地说自己要去睡觉,这时她再度产生有人敲门的幻觉。德·昆西认为谋杀引起的恐惧和怜悯具有荡涤(catharsis)人心灵的作用,足以振聋发聩,使包括谋杀者在内的人改换精神面貌。"情形会是这样,一俟行动结束,幽暗里的差事圆满收场,那时黑暗的世界像云间的绚丽一幕,转瞬即逝,然而人们随即会听到敲门声,闻其声他们便得到昭示,知道杀人的后果开始显现……"③

---

① 莎士比亚:《麦克白》,朱生豪译,《莎士比亚全集》(八),北京:人民文学出版社,1978年,第329—330页。
② 同上书,第331页。
③ Thomas De Quincey, "On the Knocking at the Gate in *Macbeth*", in M. H. Abrams, ed., *The Norton Anthology of English Literature* (Fifth Edition), Vol. 2, New York & London: W. W. Norton & Company, 1986, p. 482.

幻觉中的敲门声或许是麦克白夫妇人性复归的肇始，更是对罪的反省，对生活的反思，一直延续到他们的生命终点。虽然难以明确表白对犯罪的深切懊悔，麦克白在踌躇满志之际突然觉得人生了然无趣，只是"一个愚人所讲的故事，充满着喧哗与骚动，却找不到一点意义"①。

在《麦克白》一类描写社会精英犯罪的经典作品中，犯罪者的动物本能冲动与哲人般的思辨理性始终萦绕着血腥的谋杀展开，其中的脉络可以大致梳理为情感与理智、野蛮与文明、高尚与卑鄙、无序与律法之间的矛盾，这些矛盾具体表现为激烈的人际冲突。在冲突中，人性的光辉无处不在，俄狄浦斯、拉斯柯尼科夫等犯罪者亦可心灵高尚、举止优雅，令读者感悟到善与恶等二元对立的诸种元素如何在同一人身上淋漓尽致地表现。

自从人猿相揖别，人类开始社会生活后，人的本我便受到抑制，甚至被迫降至无意识层面，然而兽性的冲动并不能始终受到约束，仍然不时在干扰人的思维和行动。表现在麦克白夫妇身上的贪欲、嗜血与恐惧，可归结于他们血液里残存的兽性冲动在作祟。《旧约·创世记》中说上帝依照自己的模样造人，但是人因"原罪"与圣洁、慈爱、公义的神性无缘，能克服兽性，始终如一地高扬人性的人已是凡间圣人。麦克白夫人自我惩罚式的自杀，麦克白在战场上不愿杀戮他想当然地以为"是妇人所生下的"麦克德夫，这是他们人性复归的表现。

值得注意的是，批评界探讨这类作品中的犯罪问题常用的伦理、道德批评路径虽然不乏新意，有意无意之间却将内涵丰富的经典文学视为蕴藏某种寓意，可以荡涤读者心灵的说教。《麦克白》的道德寓意十分清晰：犯罪是自杀性行为，或许使犯罪者一时志得意满，心中挥之不去的罪疚感却令他们悔悟终生，身败名裂。因此麦克白夫人感悟道，"要是用毁灭他人的手段，使自己置身在充满着疑虑的欢娱里，那么还不如那被我们所害的人，倒落得无忧无虑"②。但是《麦克白》的寓意大概远不止于此，否则它只是犯罪记录或现代寓言。麦克白夫妇表现出犯罪者复杂微妙、乐极生悲的心理状态后，德·昆西独具慧眼，在当时的听众能够理解并产生共鸣的前提下，竭力表达出他独到的犯罪审美感受。"早在孩提时代，我便常常对《麦克白》中的一幕感到十分困惑。那便是邓肯被谋杀后响起的敲门声，它在我情感上产生一种永远无以名状的效果，令我想到那场谋杀具有奇怪的恐怖和深刻的肃穆性质。无

---

① 莎士比亚：《麦克白》，朱生豪译，《莎士比亚全集》（八），北京：人民文学出版社，1978年，第386页。
② 同上书，第346页。

论我如何执着地努力领悟其中的深意，多年来我从未理解这种效果何以会出现。"①

接着，德·昆西告诫读者，人类的理解力不足为训。与其相信理解力，不如诉诸正视人的卑下本能(ignoble instinct)，也就是人的兽性或动物本能，亦包括杀戮之冲动，一种原始的返祖现象，这实际上是暗示无功利动机的犯罪。② 德·昆西对谋杀美学以及审美经验中暴力的形而上认识具有前瞻性，深刻揭示出审美过程的无理性，唯一能够支撑他将本能的"嗜血"视为麦克白夫妇谋杀动机的，似乎只是麦克白杀害邓肯后出现的恍惚(trance)。关于谋杀的动机，与较易为以往读者接受的相关道德伦理批评相比，谈论麦克白夫妇嗜血或期望在杀戮中体验犯罪之美感显然不具说服力。然而，对于处于后现代语境下的读者而言，真实的伦理能否让位给超真实的(hyperreal)审美？当代读者不妨将昔日浪漫的犯罪者麦克白视为一位不再为寻常伦理道德规范所限的行为艺术家，他似乎希望以另一方式"试图证明美、诗意与对谋杀的诉求是一码事儿"③。

与德·昆西同时代的浪漫主义者普遍坚信人的自由意志源于内在的强烈意愿，动机是人类行为的本源。对于麦克白夫妇在谋杀前的准备阶段的言行透露出的动机，道德伦理解释甚为合理，即篡位，满足膨胀的权欲渴求。谋杀实施后，他们不再是冷静、功利的阴谋策划者，却沦为癫狂、暂时失智的精神病人，脑袋里一团乱麻，因此麦克白进入惚兮恍兮的幻觉状态，麦克白夫人不断洗手，试图洗去幻想中的血迹。德·昆西建议，时过境迁，道德伦理批评可以为审美让位。后来，德·昆西修正自己的谋杀美学观，认为无动机的谋杀是荒谬的，犯罪行为与现实瓜葛不断，但是动机是个人化的，难以从心理角度探究。"凡与行为有关的理由，我们称之为动机。没有动机的行为，也就是没有理由的行为，是无理性的。既然所有的行动都服从动机，也即必然论者称之为必然性，若想与必然论者针锋相对，自由自在，我们就必须建立一个不需要动机(或反动机)的个案。真正的自由……在于我们依照内心的行为(也即情感)创造自己的动机。这些想法对你我而言或许是动机，对另一个人则

---

① Thomas De Quincey, "On the Knocking at the Gate in *Macbeth*", in M. H. Abrams, ed., *The Norton Anthology of English Literature* (Fifth Edition), Vol. 2, New York & London: W. W. Norton & Company, 1986, p. 479.
② 后来，德·昆西在《〈作为一种艺术的谋杀〉续篇》(*A Second Paper on Murder Considered as One of the Fine Arts*, 1839)中论及狗、猫等动物的捕猎行为，以拟人的修辞手法称之为"谋杀"，并将它们的本能行为与人类的相提并论，视为一种审美鉴赏活动。
③ Greil Marcus, *Lipstick Traces: A Secret History of the Twenties Century*, Cambridge, Mass.: Harvard University Press, 2009, p. 17.

不是。"①

　　类似于虐恋等非常态个人化性行为，暴力犯罪，尤其谋杀，完全是个人独享的经验。在犯罪的动机、意向等排他的敏感话题上，人们难以借助言语交流。毕竟，所有的言语在描述或再现谋杀者的心理机制时都会显得苍白无力，尤其是决定痛下杀手的那一瞬间。骤起的"杀心"无法从科学角度解释，甚至难以借助精神分析学的术语描述。平铺直叙则给读者留出无限的想象空间，如麦克白的"恍惚"是由他是否听到声音的发问推断出的。在读者一端，文本解读以及伴随而来的审美快感也是因人而异的，因此所谓"恍惚"也只是一种揣测。除德·昆西描述的暴力美学外，自始至终的不确定性终于使《麦克白》等经典文学中的犯罪呈现出难以名状的朦胧美，从此角度看，德·昆西鼓吹以审美的态度看待谋杀的著名演讲确有先见之明，虽然他在演讲中津津乐道的无功利、无动机的谋杀只是从未证实的传闻，如约翰·威廉斯1811年在伦敦拉特克利夫公路附近实施的几起无动机的谋杀，以及一位姑隐其名的"知名业余艺术家"经过二十七回合搏斗后杀死住在对门的面包师一类的逸事，文学史家认为德·昆西在包括这篇著名讲演在内的诸多著述中"以事实开场，随即转为令人毛骨悚然的文学幻想"②，因此在欣赏他对人性的洞察力的同时不必十分认真地看待其中引用的"实例"。

对峙中的消解：现代犯罪文学中"罪"的悖论

　　与通行的分类接轨，笔者此处论及的"犯罪小说"是广义的③，依照由"罪与罚"繁衍而来的"犯罪－探罪－罚罪"主题厘定。基督教的影响减弱之后，上帝不再是唯一的探罪者，人类必须自己应对犯罪，于是侦探应运而生。小说可归于福柯所说的"新的犯罪文学"。

　　犯罪小说方兴未艾，其历史大致可以追溯到现代小说肇始的18世纪。《新门日历》《摩尔·弗兰德斯》《查第格》《维多克回忆录》《勒考克警探》等均是标志性作品。福柯厘定的所谓"新的犯罪文学"涵盖面甚至更广，包括涉

---

① 转引自 Joel Black, *The Aesthetics of Murder: A Study in Romantic Literature and Contemporary Culture*, Baltimore and London: The Johns Hopkins University Press, 1990, p. 94。
② Thomas De Quincy, "On the Knocking at the Gate in *Macbeth*", in M. H. Abrams, ed., *The Norton Anthology of English Literature* (Fifth Edition), Vol. 2, New York & London: W. W. Norton & Company, 1986, p. 464。
③ 参见本书第一章"犯罪文学范畴内的侦探小说起源"中关于广义与狭义"犯罪小说"的讨论。

犯罪主体的哥特小说、诗歌、文论,等等。作为文学圈子以外的评论者,他更看重此类作品的社会学意义,认为"在新的文学中犯罪受到赞美。犯罪文学的发展,是因为它们是一种艺术,因为它们是特殊性质的作品,因为它们揭露了强者和权势者的狰狞面目,因为邪恶也成为另一种特权方式。从冒险故事到德·昆西,从《奥特兰托城堡》(Castle of Otranto)到波德莱尔,有一系列关于犯罪的艺术改写。"①与福柯的激进观点相反,文学史家往往将其中多数视为文学价值可疑的作品,包括狄更斯与柯林斯的小说。桑德斯引述赫伯特·乔治·威尔斯(H. G. Wells,1866—1946)的半自传体小说《托诺·邦盖》(Tono Bungay)中叙事者读街边文学的感受:"'尤其吸引人的是《警方消息》,画得下流的图画会使智力最低下的人也会联想到一连串卑劣的罪行,诸如女人被谋杀后装进箱子里埋在地板下,老人半夜里挨强盗的棍棒,被突然扔下火车的人,幸福的恋人遭到情敌枪杀、泼硫酸毁容。'这些只是 G. W. M. 雷诺兹②率先抛出的廉价犯罪小说中的部分货色,遑论狄更斯与威尔基·柯林斯作品中的败笔……"③

在《维多克回忆录》《勒考克警探》等作品中,虽然罪犯是名义上的反面人物,他们与作为正面人物出现的侦探相互衬托,愈发显得高明。通过对近代犯罪史上拉斯纳尔④等罪犯生平事迹以及有关公共舆论的研究,福柯注意到一种带有资产阶级浪漫理想色彩的新型罪犯已出现,而且他们会在犯罪纪实与文学作品中成为侦探。他认为,在法国,类似于《新门日历》等"围绕着少数典型形象繁衍出来的犯罪文献"⑤被"新的犯罪文学"取代。这类作品带有叛逆性质,也是近代文学中暴力审美、犯罪审美之滥觞。自加博里欧以来,犯罪文学也随其第一次发生变化:这种文学所表现的罪犯狡诈、机警、诡计多端,因而不留痕迹,不引人怀疑;而凶手与侦探二者之间的纯粹

---

① 米歇尔·福柯:《规训与惩罚:监狱的诞生》,刘北成、杨远婴译,北京:生活·读书·新知三联书店,1999 年,第 74—75 页。
② G. W. M. 雷诺兹(George William MacArthur Reynolds,1814—1879),英国通俗小说家、编辑、记者,其代表作有《伦敦秘密》《年轻的骑子》等。
③ Andrew Sanders, *The Shorter Oxford History of English Literature*, Oxford: Clarendon Press, 1994, pp. 468−469.
④ 生活在 19 世纪初的巴黎人皮埃尔·弗朗索瓦·拉斯纳尔(1803—1836)是一个颇有文学天赋的杀人犯,定罪及被处决前后曾引发法国以及欧洲民众的关注。陀思妥耶夫斯基曾读过有关拉斯纳尔案件的报道,受到启示,他的小说《罪与罚》中拉斯科尼科夫的犯罪情节与这个案例有相似之处。
⑤ 米歇尔·福柯:《规训与惩罚:监狱的诞生》,刘北成、杨远婴译,北京:生活·读书·新知三联书店,1999 年,第 73 页。

斗智则构成冲突的基本形式。关于罪犯生活与罪行的记述、关于罪犯承认罪行及处决的酷刑的细致描述已经时过境迁,离我们太远了。我们的兴趣已经从展示事实和公开忏悔转移到逐步破案的过程,从处决转移到侦察,从体力较量转移到罪犯与侦察员之间的斗智。① 在"新的犯罪文学"中,犯罪行为不再被聚焦、渲染,而以往被虚化或以粗线条呈现的背景、动机与结果得到了认真探讨。

在情节建构上,"逐步破案的过程"取代以往犯罪文学中对犯罪过程的渲染。在角色分派方面,侦探与罪犯的较量取代罪犯的独角戏,情节与人物的二元化使"新的犯罪文学"从此焕发出勃勃生机。

《新门日历》《摩尔·弗兰德斯》一类的作品名义上意欲教化,使读者领悟犯罪最终会受到严厉的惩罚,警示他们不可作奸犯科,以身试法,实际上也在迎合他们刺探他人隐私的欲望,即窥淫癖(voyeurism, scopophilia)以及由此获得的难以启齿的乐趣。虽然耻于承认,亦有不少读者抱有同情罪犯的心理,甚至暗暗以罪犯自居。待侦探小说出现后,读者的这种心理有所改观,或将自己置于侦探之地位,或冷眼旁观侦探与罪犯酣斗。《摩尔·弗兰德斯》的同名女主人公摩尔·弗兰德斯的母亲是盗窃犯,摩尔(意即妓女)在新门监狱的牢房里出生,天生丽质,对未来的生活充满幻想。少女时代,她在当女仆时即被主人家大少爷诱奸,后来因生活所迫做过妓女、扒手、骗子,多次改嫁,被投入新门监狱,流放到美洲……最后,她发财致富,终于可以诚实地生活,并在辞世前真诚忏悔。摩尔认为,行窃、诈骗、卖淫是不道德的、违法的,但也是一种谋生乃至发财致富的手段。

在摩尔的时代,政治经济的进步使得宗教的影响减弱。积累财富、追求现世的快乐,已不再是违反伦理道德的观念。这里的悖论是犯罪虽应受到谴责,却使犯罪者免于饥寒交迫的生活,可以原谅,甚至受人羡慕,得到褒扬。更重要的是,真诚忏悔可以洗脱罪名,无论是世俗之罪或是基督教教义中的罪。身为女性、孤儿、穷人,摩尔的柔弱使她获得同情,她在险恶环境中练就的机智善变的超强适应社会的能力更是与时俱进的优点。某些现代批评家不顾作者写作的时代背景,以今人之理念分析古人,认为笛福同情女性,作品具有女性意识。这亦是一种时代错误,当时的作者与读者并不具备今人对女性的理解与宽容,只是欣赏她的超凡机智,羡慕她的传奇经历,特别是她通过

---

① 米歇尔·福柯:《规训与惩罚:监狱的诞生》,刘北成、杨远婴译,北京:生活·读书·新知三联书店,1999年,第75页。

犯罪享受人生、积聚财富，却又逃脱应得的惩罚的好运气。

《摩尔·弗兰德斯》等渲染犯罪的作品以现实主义格调为主，与《水浒传》一类的反抗体制、蔑视法律的中国文学作品有异曲同工之妙，意欲为读者提供宣泄渠道。法律无力解决种种社会痼疾引发的犯罪，不免被无情嘲弄，弃置一旁。为表白自己"政治上正确"，作者不忘在作品结尾处让法律现身，以伸张正义，完成以往神话中宗教氛围浓厚的环境里由神祇或命运行使的惩恶扬善使命。这些作品中关于人之罪的世俗犯罪题材逐渐被后世英国小说采用，丝毫不比以往描写神之罪的作品逊色。

法国小说家大仲马（Alexandre Dumas, père, 1802—1870）的浪漫主义巨著《基度山伯爵》（*Le Comte de Monte-Cristo*）传奇色彩浓厚，将基度山伯爵复仇的故事背景置于司法黑暗的时空中。青年爱德蒙受人所托，为拿破仑党人送信，被人设计陷害，而审案的代理检察官德·维尔福发现此事与自己的父亲有牵连，为确保自己的仕途无虞，借助法律挟私打击可能于己不利的证人，将爱德蒙关入与世隔绝的孤岛上的监狱。爱德蒙奇迹般脱逃之后获得基度山岛上的大笔宝藏，化名基度山伯爵，实施非常的复仇计划，一步步将仇人逼向绝境，他借以对抗维尔福权势的手段是无尽的金钱。政治、金钱均可以架空法律，这似乎是社会生活中常见的阴暗面。

在这类作品中对罪犯与法律的各类代表对抗的描写后来衍生为以爱伦·坡、柯林斯等英、美作家的作品为代表的现代侦探小说的情节。在侦探小说中，往昔犯罪文学中宗教、道德伦理意义上的"罪"让位于现代法律中的犯罪概念，何种行为属于犯罪理论上均由法律确定。"罪"的所指意义由成文法来规范，语焉不详的习惯法被抛弃。在美国，"犯罪，简而言之，是违反州、联邦政府或某一地方司法机构制定的刑法的行为……没有限制行为方式的法律也就没有犯罪，无论这种行为是多么有悖常理或在社会上如何遭人嫌恶"[①]。

"罪"的概念的现代化使侦探小说家一改维多克、笛福、大仲马等犯罪小说作者为特定社会环境下的犯罪行为辩护，甚至赞美犯罪的激进姿态，他们有意无意地与时俱进，与同时代的主流意识形态保持一致，表现出在权力、观念、风尚等领域内维护权威的保守姿态。他们谴责犯罪，褒扬最终使正义得到伸张的法律。在现代语境中，"知识分子最怕活在不理智的年代"[②]，如果

---

① Frank Schmalleger, *Criminology Today*, Englewood Cliffs, New Jersey: Prentice-Hall, Inc., 1996, p. 7.
② 王小波：《知识分子的不幸》，《我的精神家园》，北京：文化艺术出版社，1997年，第10页。

必须在无序造成的混乱与权力带来的压迫之间做出选择,同许多知识分子的思维逻辑大体一致,侦探小说家会毫不犹豫选择后者。

在侦探小说中,"罪"仍然貌似邪恶,但是"罪恶"在复杂的环境中难以定性,只是一团混沌。"谋杀在一个干净的地方制造混乱。因此有关谋杀的故事也就是对付混乱或解开谜团的故事。"①罪犯的身份愈发模糊,往往与他的对手、以正面主人公形象出现的侦探相互映衬,成为一种"对型人物"(antitype)。他的形象得到淋漓尽致的刻画,他的犯罪活动在侦探活动反衬(setting off by contrast)中得到详尽的描写。"对型人物"源于类型学理论,本意为《圣经·旧约》中出现的历史人物或许会再度出现在《圣经·新约》中的人物。《圣经·旧约》中可考的历史人物是"类型"(type),《圣经·新约》中与之相对应的人物则是一位"对型人物",如耶稣是亚当的"对型人物"。在此,笔者借用"对型人物"这一术语描述侦探与罪犯"预示"式的相互依存关系。

在切斯特顿的短篇小说《天主之锤》(The Hammer of God)中,助理牧师威尔弗雷德·博亨不满其兄长诺曼·博亨上校荒淫无耻的生活方式,将一把打铁的锤子从山上的教堂窗子抛下以发泄心头怒气。不料,这把锤子居然阴差阳错地正巧落在诺曼·博亨头上。受重力加速度的影响,上校的脑袋被砸得稀烂。在布朗神父的鞭策下,威尔弗雷德承认自己是罪犯,并向警方自首。但是,小说的篇名暗示作者并不认为这是一桩严重罪行,威尔弗雷德只是在冥冥中执行天主的旨意。切斯特顿似乎想引导读者思索关于"罪"的意蕴及其悖论。世俗之罪与宗教意义上的"罪"处于相交而又背离的纠葛之中,难以定性,最后布朗神父依照世俗法律行事。可以想见,在笃信基督教的读者看来,吃喝嫖赌、亵渎天主的兄长才是理应受到惩处的罪人,弟弟则只是实现天主意志的工具。

"陪衬者"(the foil)本是西方戏剧与小说中常用的人物描写方法,是一个与主人公在性格和外貌形成鲜明对照的次要人物,却不是反派人物,譬如《哈姆雷特》(Hamlet)中的同名主人公性格优柔寡断,惯于延宕,他的陪衬者,仇人雷欧提斯却性急如火,雷厉风行。在左拉的短篇小说《陪衬人》(Les Repoussoirs)中,百万富翁杜朗多的思路独特,招聘其貌不扬,甚至丑陋的女子,把她们出租给贵妇,以衬托出雇主的"美貌"。在侦探小说中,罪犯是与侦探相互衬托的人物,如《最后一案》(The Final Problem)中福尔摩斯的强劲对手莫里亚蒂教授,而"陪衬者"常常由侦探的助手担任,如第一人称叙事者华

---

① David Trotter, "Theory and Detective Fiction", *Critical Quarterly*, 33.2 (1991):70.

生医生，一个不时向福尔摩斯发问以解读者心中之惑的庸才。

在冠以"侦探小说"的作品中，此种借反衬凸现人物特征的方法尽力铺陈，不仅涉及人物的性格、外貌等，而且全面深入地借助罪犯与侦探的比衬，将犯罪的种种隐曲呈现于读者面前。道高一尺，魔高一丈，罪犯愈狡诈凶残愈能衬托出侦探的机智勇敢。跌宕不羁的福尔摩斯终于遇到"罪犯中的拿破仑"莫里亚蒂教授。"此人继承了最凶残的犯罪本性。他有罪犯的血脉。非凡的智力不仅没有减弱他的犯罪倾向，反而使他愈发邪恶，变得极端危险。"①邪恶的超人能力使莫里亚蒂教授的形象熠熠生辉，成为《福尔摩斯探案全集》(*The Complete Adventures of Sherlock Holmes*)中除福尔摩斯外唯一得到细致描写的人物。莫里亚蒂与福尔摩斯的智力相当，在较量中互有胜负，最后一起葬身于莱辛巴赫瀑布。在《福尔摩斯探案全集》其他故事中，虽然时有悬念，福尔摩斯总是在与罪犯的较量中胜出。即使是最幸运的罪犯也不免被揭露，他们或因罪轻无法提出诉讼，如《身份案》(*A Case of Identity*)中定计诱骗继女的温迪班克；或因犯罪有某种隐曲的正当理由被开脱，如《博斯科姆比溪谷秘案》(*The Boscombe Valley Mystery*)中的杀人犯特纳；或先逃之夭夭却最终遭到报应，如《希腊译员》(*The Greek Interpreter*)中谋财害命，被仇家杀死的两个英国人。

"罪"在文学中的再现远比现实绚丽多彩，穷尽人类的想象力。

在前现代经典文学中，"罪"是亘古不变的善与恶对抗的极端形式，显得无比狰狞可怖，以供人猎奇的方式呈现。作品常常流于寓言式的说教，犯罪者可恨、可鄙，有时又有几分可怜。

在福柯所说的"新的犯罪文学"中，"罪"的存在亦是合理的，并非全然不可取。"罪"不再是全然的恶，犯罪者凄婉动人，他的罪行或者可视为一种畸形的美。虽经德·昆西开脱，这类作品仍难以作为审美艺术被读者广泛接受。

经典侦探小说问世后，"罪"的意蕴更加朦胧，首次在审美心态下得到审视与估价，犯罪者的形象日益丰满。文学中"罪"的精彩纷呈的呈现方式不仅映射历史与现实，也承载不同时代的理念。侦探小说中的犯罪是小说中最具共性(generality)的一类，因此它的叙事范式往往被社会问题小说借用。"小

---

① Arthur Conan Doyle, *The Complete Adventures of Sherlock Holmes*, London: Penguin Group, 1988, pp. 470—471.

说是什么？这类叙事总是以一个问题开篇，有时是一个无可救药的反常事件，比如发生在反锁的房间里的谋杀案。"① 在现代性的语境中，侦探小说及其因子的持久性与弥散性(durability)不断增强，日久弥坚。

---

① Morse Peckham, *The Triumph of Romanticism*, Columbia, South Carolina: University of South Carolina Press, 1970, p. 305.

第三章　侦探小说叙事研究史述

作为一种深受读者欢迎的小说类别,现代侦探小说在过去一百多年中经历过许多微妙的、不断部分自我否定的变化。而近百年来欧美文学批评界对侦探小说叙事的研究也经历了由表及里、由浅入深的过程。

由于文学观念的不断更新,尤其是后现代主义的登堂入室,如今批评界已不再简单地将这一文学类型归于通俗文学的范畴,满足于描述性的客观评论,而代之以抽象化、理论化的系统探讨,对其展开由文化研究、伦理学、心理学、认识论等角度入手的全方位研究。由于侦探小说本身的特点,研究者很早便开始对其情节—叙事结构进行分析。他们认为这种叙事方式具有一种很值得注意的两重性,一方面它有别于被经典文学作品读者所熟悉的那一类叙事,只是推理游戏;另一方面它又是叙事文学中留存下来的最原始的小说形式,即大起大落的情节和对基本叙事程式的严格遵守。形式(情节—叙事结构)是这类小说赖以生存的基础,其复杂性和众说纷纭的阐释足以使侦探小说叙事同其他类型的小说叙事研究媲美。

侦探小说在其发展过程中逐渐形成了一套基本定型的情节结构。"一起凶杀案发生,许多人受到怀疑。除凶手外,其他人都被排除。结局是凶手被绳之以法或死去。"①这类"庸俗"的定义自然使遵循社会学批评准则的批评家将侦探小说定位为旨在使读者得到消遣的通俗文学。其实,经典侦探小说的独具一格的情节建构使它形成独特的叙事方式。它既是因循古老的讲故事方法,刻意渲染激动人心情节的叙事,也是要求读者积极参与的推理游戏,凸显理论上应出现的作者与读者之间的智力角斗。

P. D. 詹姆斯借鉴福斯特(Edward Morgan Forster, 1879—1970)关于如何区分故事与情节的见解,戏仿式地总结侦探小说的情节(叙事),将重点置于破解萦绕于读者心头之"谜"。

"国王死了。"这是故事。

"国王死了,之后王后因伤心而死。"这是情节。

---

① W. H. Auden, "The Guilty Vicarage", in Robin W. Winks, ed., *Detective Fiction: A Collection of Critical Essays*, Englewood Cliffs, N. J.: Prentice-Hall. Inc., 1980, p. 15.

>"王后死了,没有人知道死因。后来才有人发现国王死后她因伤心而死。"

詹姆斯指出,其实在这个情节中隐藏着一个神秘的凶杀事件,因此这是侦探小说。

>人人都以为王后因伤心而死,后来他们才发现,她的喉咙处有一处刺痕。①

犯罪引出探罪,侦探小说即由这有待发现的"一处刺痕"开篇。

注重读者反应的早期批评

两次世界大战之间的岁月是英国侦探小说的"黄金时代",克里斯蒂等作家是代表人物,大致风行于 1900—1940 年间的早期批评伴随这一时代的到来而勃发。侦探小说的首批批评家往往是业余的,譬如作者本人,或是热心的读者。虽然他们认为这类小说影响有限,发展前途并不乐观,其作者无法取得更高的文学成就,他们仍然关注诸如侦探小说的情节结构,它在文学中的地位,它的阅读策略等本源性问题。弗里曼等人也渐渐认识到侦探小说叙事与充斥于坊间的惊险小说(the thriller)有区别。即使它尚不能归入严肃文学的范畴,亦不完全是以夸张的笔触操纵读者情感的低级读物。"一种流传甚广的误解是侦探小说必须高度煽情……侦探小说不必,也不应该在叙事热点或文学技巧方面比其他样式的小说逊色。"②

追本溯源,侦探小说之所以能作为一种独具特色的文类步入文学殿堂,应归功于其开山鼻祖爱伦·坡的理论与实践。爱伦·坡秉承理想主义的审美观,将艺术视为一种完全由作家的自发冲动驱使,依靠其自身才智完成的事业。他认为小说创作应效仿解数学题所要求的精确、执着、一丝不苟。在情节设置上,作者应先设计出结局,再逐步逆向构筑情节。结局需与整个文本处处照应,使读者看出一环套一环的铺垫,从而可以从容欣赏作者匠心独具的巧妙安排。③

---

① P. D. James, *Talking About Detective Fiction*, Toronto: Vintage Canada, 2010, p. 4.
② R. A. Freeman, "The Art of the Detective Story", in Howard Haycraft, ed., *The Art of the Mystery Story: A Collection of Critical Essays*, New York: Biblo and Tannen, 1976, p. 9, p. 13.
③ T. Steele, "The Structure of the Detective Story: Classical or Modern?" *Modern Fiction Studies*, 27.4 (1981—1982): 561.

爱伦·坡的三篇以迪潘为主人公的小说被视为侦探小说的范本,它们的基本叙事模式被不断仿效。《莫格街谋杀案》中的故事发生在一个完全封闭的房间里,若干无辜者受到怀疑,这种情节设置已成为经典手法。在《玛丽·罗热疑案》中,迪潘依靠别人提供的线索,悠然自得地坐在家中分析推理,解开谜团,后世遂有"安乐椅侦探"之说。在《被窃之信》中,迪潘首创运用心理演绎方法分析案情的方法。在爱伦·坡的笔下,情节建构与主题相互映衬,文本自身成为一个有待读者与作者一道解决的难题。

弗里曼进一步发展爱伦·坡的思想,认为侦探小说如同"小说形式掩盖下的智力思辨",并据此将这类叙事分为四个阶段:提出问题、展示数据、了解真相、验证结局。[1] 批评家们希望侦探小说中的一切叙事均围绕犯罪—侦探这条线索进行,其他一切会分散读者注意力的情节,如一般叙事文学作品中均不可少的,即使是作为副情节出现的爱情纠葛或过于鲜明的人物塑造都应摈弃。这些可有可无的因素会破坏情节的"微妙平衡"以及作者挖空心思构筑出的智力陷阱。随着这一文类的发展,作者在叙事过程中做到滴水不漏已变得日益困难。欲使作品达到审美上的和谐圆满,作者必须兼顾情节建构和逻辑演绎,即将艺术性与科学性统一于一体。

自弗里曼总结侦探小说叙事的四个阶段后,范戴恩等批评家纷纷效法,制定出《写作侦探小说的20条准则》等更加具体的"游戏规则"。这些规则对侦探、受害者及罪犯之间的关系依照爱伦·坡、柯南·道尔、塞耶斯等人的创作实践做出详尽规定。其指导思想是将侦探小说视为叙事智力游戏,是作者与读者之间的智力竞赛,故作者必须光明正大,必须给读者破案的机会。倘若作者严格按照这些本身亦是游戏文章的规则写作,侦探小说的浪漫主义性质以及侦探的"求索英雄"(the quest hero)的身份便会发生根本改变,这一文类也会向全然不同的方向发展,也许会日趋僵化,最后以消亡告终。然而这类规则毕竟引发了批评家对"费厄泼赖"原则的讨论,侦探小说的情节建构既要让读者知晓所有的线索(否则便不公平),同时又要设法使这些线索变得朦朦胧胧、含混不清。于是写作侦探小说的艺术便成为"编造谎言的艺术"[2],即巧妙地叙述事实,使肯动脑的读者受这些事实的误导,去说服自己

---

[1] R. A. Freeman, "The Art of the Detective Story", in Howard Haycraft, ed., *The Art of the Mystery Story: A Collection of Critical Essays*, New York: Biblo and Tannen, 1976, pp. 14—17.

[2] Dorothy L. Sayers, "Aristotle on Detective Fiction", in Robin W. Winks, ed., *Detective Fiction: A Collection of Critical Views*, Englewood Cliffs, N. J.: Prentice-Hall, Inc., 1980, p. 31.

接受一个谎言。

如何使读者"误入歧途"是作者的首要课题。最常用的方法是迷惑读者，使之接受"双重欺骗"(the double-bluff)。"双重欺骗"指读者先被作者骗，再用错误的概念去骗自己。具体做法是由作者隐晦地、时断时续地展示出支离破碎的真相，使读者无法按照逻辑和因果关系重新理出头绪。实现"双重欺骗"的前提是读者必须信赖"隐含作者"(the implied author)，否则这场智力竞赛便无从谈起。其他令读者误入歧途的手法有：隐瞒关键信息；出尔反尔，即先向读者交代侦探推理的路径，随即又告诉他这番推理是错误的；借助一个华生式的人物让读者觉得自己更高明，同时又使事件更加扑朔迷离，因为这个人物自己也无法理解其中的意蕴；对某些情节或大肆渲染或轻描淡写，用叙事学术语表述便是运用"聚焦"(focalization)或与之相反的"散焦"(defocalization)方法。

早期侦探小说叙事批评的主要贡献是强调读者的能动作用，作品的和谐连贯不仅体现在其结构上，也体现在对读者的影响方面。但是，时至今日人们才通过"读者取向批评"(the audience-oriented criticism)等现代批评模式得以窥见它的丰富内涵。鉴于欣赏这类程式化的小说(the formulaic fiction)须遵循审美与技巧并重的原则，这样一位"隐含读者"(the implied reader)是批评家依照相应的阅读策略设计的。在"读情节"的同时，读者对不同阅读方式的领悟会产生理想的文本。骗局、障眼法、引人误入歧途的假线索等技巧均会吁请读者从全新的视角去评估作品。实际上，这同后来艾柯称之为"符号学或批评层面上的阐释"[①]如出一辙，旨在描述、解释使文本产生效应的超语言行为(the metalinguistic activity)。这类批评借助对此类"超叙事"(the meta-narrative)的评估达到一箭双雕的目的，不仅阐明这一叙事文本的功用，而且建立起一套相应的审美标准。

在此阶段，本人即是侦探小说家的塞耶斯对侦探小说叙事研究贡献良多，一些见解至今仍有启迪意义。譬如，她注意到视角变换对读者认知的影响，以黄金时代的经典派作品，爱德蒙·克莱里休·本特利(Edmund Clerihew Bentley，1875—1956)的《特仑特的最后一案》(Trent's Last Case)一页上的三段引文为例，说明"华生视角"(读者仅看到侦探的外部行为)、"中央视角"(读者看到侦探看到的场景，但是不知道侦探观察到的隐情)、"侦探视角"(读者看到侦探所看到的所有场景，而且立即知晓其做出的判断)如何不

---

① Umberto Eco, *The Limits of Interpretation*, Bloomington: Indiana University Press, 1990, p. 54.

被读者察觉地发生微妙变化。塞耶斯认为,"一位现代侦探小说家的技巧在很大程度上由他用种种视角展示的花样表现出来"[①]。

结构主义贯穿其中的中期批评

1940—1980年间的侦探小说叙事批评是20世纪中期结构主义大行其道的结果。由于结构主义的一些重要观点源于俄国形式主义,我们可以将二者放在一起考察。在早期形式主义批评家们看来,文学的本质是文体与叙事技巧的结合,而叙事技巧不仅仅是表现手法,也是文学艺术的目的。结构主义者研究侦探小说的动机与早期批评家全然不同,他们关注侦探小说情节结构的目的是借此考察一个文学分支系统是如何发挥作用的,却无意研究了如何建构情节以吸引读者。

结构主义起源于20世纪50年代的法国,此后迅速成为一种人文社会科学思潮。对于某种语言现象,结构主义重视描述其内部结构与关联,描述它与其他现象的关系。结构主义关注对结构的感受,企图通过建立关于客体事物的某种结构模式认识客体。虽然结构主义并未形成观点统一的学派,却是认识世界的一种思维方式,一种认知方法,也是一种由语言研究衍生的文学批评方法。它意欲发掘并总结在作品中、若干作品之间的关系中具有共性的结构方法,依照某些相对稳定的模式理性地认识文学规律。

持结构主义观点的批评家试图在文学作品的形式要素中抽象出各种文本的结构模式,建构小说系统模式即是其中之一。他们认为,对各种叙事文本的分析有助于更好地理解叙事。他们对昔日的民间故事和今天的系列电视肥皂剧产生兴趣是出于对形成这些传说和故事的普遍法则的关注,它们为叙事剧提供范本。同理,高度程式化的侦探小说亦有可能提供一个借"陌生化"手法祛除平淡叙事方法的理想实验场所,例如对柯南·道尔情节铺陈的借鉴。从叙事学角度审视作品,结构主义批评家高扬理性与科学,认为文学应成为一个独立的话语系统,其特点由系统内在的结构和关系决定,不应受到社会历史事实的左右。侦探小说,尤其是经典侦探小说,往往以叙事游戏呈现,回避人本主义思潮,甚少涉及社会生活,无意臧否现实,自然成为结构主义叙事研究的理想对象。

研究侦探小说叙事文本,运用结构主义叙事话语理论分析其情节建构的

[①] Dorothy L. Sayers, "The Omnibus of Crime", in Howard Haycraft, ed., *The Art of the Mystery Story: A Collection of Critical Essays*, New York: Biblo and Tannen, 1976, pp. 98—99.

主要批评家有昂贝托·艾柯、茨维坦·托多洛夫(Tzvetan Todorov,1939—2017)等。

艾柯认为由传统侦探小说派生而来的伊恩·弗莱明(Ian Fleming,1908—1964)的007系列间谍小说与民间故事和童话相仿,在结构上属于同一类型。① 把这些小说结构的基本单位和组合规则抽出,便可从中演绎出一套结构语法,其功能概括了所有可能出现的结构。所有小说均无一例外地体现出简化过的叙事结构的"自我指涉"意识。这些小说遵循逆向生成原则,一环环紧扣预先设计好的结局,像"叙事机器"似地不厌其烦地重复英雄战胜敌人的模式。

艾柯认同二元对立是建构概念,假定这类叙事有一根主轴贯穿其中。在这根主轴周围分布着一些相互对立的矛盾体,它们不仅是处于表层的代表正义的侦探与以邪恶化身出现的罪犯之间的对立,亦以结构中的本源形式在深层结构中左右主要人物之间的关系,如爱心与贪婪、适度与过度、享乐与受苦,等等。小说的基本情节要素包含由主要人物完成的业绩,也就是说,他们的行为由其在行动过程中的意义限定。这些业绩是一种"功能"(function),也可视为一连串"步骤"(moves)。它们一成不变地出现在所有小说中,只是顺序不同而已。艾柯从由侦探小说派生而来的弗莱明的007系列间谍小说中分辨出九个基本步骤:

M给邦德布置任务→反派人物出场→邦德或反派人物给对方一个下马威→女人出现→邦德有了女人(占有她或开始勾引她)→反派人物擒获邦德(女人或许也被擒)→反派人物拷问邦德(女人或许也被拷问)→邦德战胜反派人物(杀死他或他的代理人,或促成他们的死亡)→邦德恢复健康,同女人共度欢乐时光,随即又失去她。

弗莱明沿用形式主义的方法,同语言学家、民间文艺学家弗·雅·普洛普对民间传说叙事程式的梳理不谋而合。艾柯认为作品的机智和魅力在于这些变化不定的步骤,而不在于情节结构。这番见解同早期形式主义偏重形式、技巧和新奇表现方式,轻视内容、意义及传统叙事的观念一脉相承。对于这一乍看起来本末倒置的观点,波特总结道:"新意大都不存在于行动的演变之中,而是在偏离主题的描写中。侦探小说在很多情况下不是因受限主旨

---

① See Umberto Eco, "Narrative Structures, in Fleming", in Umberto Eco, *The Role of the Reader: Explorations in the Semiotics of Texts*, Bloomington: Indiana University Press, 1979, pp. 144—172.

(bound motifs),而是因其自由主旨(free motifs)得到欣赏。"①大概从这时起,研究者将侦探小说文本视为与普洛普视阈中的民间传说类似的叙事范例,企图以情节结构为中心梳理出侦探小说典范"文法",即叙事方法。

关于侦探小说的魅力所在,波特认为,"人们读侦探小说不是想欣赏它始终不变的结构,而是希望欣赏它花样无穷的装饰性内容"②。"自由主旨"和"受限主旨"是波特用以区分侦探小说的显著特点和插入其中的那些无关宏旨,许多文类共有的成分的术语。"自由主旨"即作品中那些最终使侦探小说演变为另一派生次文类的因素,如"玄学侦探小说"。"受限主旨"则是处于读者意料之中,殷切期待出现的故事情节,故波特又将二者定义为"离题的影响"(digressive effects)和"前驱成分"(progressive elements)。③

托多洛夫首次将侦探小说分为两部分:犯罪的故事和侦破的故事。犯罪的故事发生在过去(小说开始之前),与现在有隔膜。破案的故事发生在当下,其部分作用是引出第一个故事,通常它以闪回的形式呈现。④ 为说明这个问题,托多洛夫使用"暂时误置"(temporal displacement)的概念。在不同类型的侦探小说中,"暂时误置"以不同形态出现。在"究凶"小说中,犯罪的故事虽不直接显现却是重要的,而侦破故事虽显现却不那么重要,它的作用只是将过去发生的事件引入现在。而在"硬派"小说中更具活力的却是侦破故事,私家侦探破案过程中发生的事件远比从前的罪案更引人入胜。"悬念"(the suspense)小说则集"究凶"与"硬派"小说之大成,将已发生的和将要发生的事件等量齐观。侦探小说叙事的双重结构雄辩地说明,俄国形式主义者区分"故事"(fabula 或 story)与"情节"(sjuzet 或 plot)实为研究叙事之必要。

班尼特对托多洛夫的观点做出补充和修正,在综合结构主义理论和早期侦探小说研究的基础上审视故事如何在话语中逐渐显现。班尼特认为,话语只是部分显露隐匿的故事的诸方面,于是把故事分为可称之为"子叙事"(scionarrative)的更小单位,每个子叙事描写罪案发生前的一个事件,罪案与掩盖罪案的种种伎俩则可称为"核心事件"(the core event)。无法在话语中完全显露的只是子叙事,读者只能依据文本推理出其中一部分。核心事件是罪犯行动的目标,也是侦探采取行动的动力,它代表隐匿的子叙事与侦破结

---

① Dennis Porter, *The Pursuit of Crime: Art and Ideology in Detective Fiction*, New Haven and London: Yale University Press, 1981, p. 55.
② Ibid., p. 80.
③ Ibid., p. 53.
④ Tzvetan Todorov, *The Poetics of Prose*, Richard Howard, trans., Ithaca: Cornell University Press, 1977, pp. 44—46.

果嵌入话语时发生重叠的那一点,也即读者想要破译的那一神秘事件(如书房里的死尸)。侦探小说的两段叙事由此出发,子叙事回溯过去,提供破案所需的逻辑与因果联系,话语则向未来延伸,按照时间顺序将破案过程娓娓道来。①

班尼特还把"暂时误置"同作为一种叙事技巧的"碎片化"(fragmentation)一起讨论,认为它们均有助于逐渐揭示故事的谜底。"碎片化"的技巧可把故事人为地分为若干部分,再使它们有机地散布于话语之中。它可以再现过去的事件,也可以延缓读者对这些事件的认识,以免过早泄露结局,还能测试读者把零散的叙事片断重新组织起来的能力。由于侦探小说中的时间关系是杂乱无章的,而且有些线索不为读者知晓,这种重构隐匿子叙事的能力便尤为有价值。②

作者常用巧合、含糊其词等方法分散读者的注意力,把读者的视线从相关的子叙事上吸引开。柯南·道尔的小说《豁唇人》(*The Man with the Twisted Lip*)讲述了一个人化装成乞丐以养家糊口,后竟被控杀害化装前的自己。作者留下的线索使读者悟到这两个人实际上是一个人,两人的手上带有同样的伤痕。这一"巧合"只是间接地一笔带过,读者起初会忽略它。在另一名篇《斑点带子案》(*The Adventure of the Speckled Band*)中,作者利用"band"的一词多义达到含糊其词的效果,亦算是另一种"巧合"。受害人临终前说的"band"意指"绳子",但面对两项(或更多)选择的读者可能会误以为此处"band"是"gang"(一伙匪徒)。③ 在中译文中,此处的微妙荡然无存。

结构主义批评的局限在于以僵滞的眼光看待侦探小说叙事,认为叙事单位之间的结构关系不会在某一变体中因故事情节不同而发生改变,因此结构主义者将一部又一部侦探小说视为同一文本的多次重复。艾柯认为,既然全部作品出自同一程式,这类文学是多余的,读者只是在玩一个事先已预知结果的游戏。④

然而,经典结构主义的侦探小说叙事研究仍是无法替代的。时至今日,若要充分探讨这一文类就仍然必须求助于结构主义对故事与话语关系的研究。经典结构主义的研究方法已经引发很多讨论、阐释、争执,20世纪80年代发端的新一轮研究旨在弥补它的缺憾。

---

① Donna Bennett, "The Detective Story: Towards a Definition of the Genre", *PTL: A Journal for Descriptive Poetics and the Theory of Literature*, 4 (1979): 233—266.
② Ibid, p.245.
③ "Oh, My God! Helen! It was the band! The speckled band." See Arthur Conan Doyle, *The Complete Adventures of Sherlock Holmes*, London: Penguin Group, 1988, p.262.
④ Umberto Eco, *The Role of the Reader: Explorations in the Semiotics of Texts*, Bloomington: Indiana University Press, 1979, p.160.

面向未来的近期批评

20世纪80年代以来，一些文学理论家主张在大文化的背景下，在研读经典文本时顺应潮流，对以往所谓"通俗"文本予以关注。侦探小说叙事批评的第三次高潮正是在这一形势下出现的，它承继中期结构主义研究，因袭叙事学方法，同时也兼容并蓄地吸收某些解构主义观念，将研究范围扩展到侦探小说叙事文本的各个方面。

此时文学理论的多元化以及对文学作品的多种全方位阐释方案的出现大约与对语言本质的探究有密切关联。文学是语言的历时性记录，可持久呈现，人们对语言的焦虑必将在文学中得到反映。起初，索绪尔结构主义语言学认为，语言符号的意义由语言系统发出的概念和声音差别决定，意义可分为能指和所指。基于逻各斯中心主义的思维，索绪尔认为能指与所指之间的联系是任意的，两者之间存在一一对应的纵向关系，能指主导意义，再现所指。此后，巴特认为文学只是认识客观实在的一种符号，不是对它的映照。文学符号与语言符号略有不同，在语言符号中的能指和所指早横向相等关系（如玫瑰＝爱情）。依照巴特的观点，我们可以得出推论，文学符号中的能指与所指之间则呈现大体相同又有差别的纵向对等关系（玫瑰＝A，爱情＝A1、A2、A3……），它指向符号本身，却不再涉及符号以外的事实。用"玫瑰"表达爱情时它成为一种象征符号，不仅不再具有某种花朵的指称功能，自身也成为一个所指。"玫瑰"是作为结构层面的"能指"，它与作为意义层面的"所指"爱情构成"第一级符号"。"第一级符号"又作为"第二级符号"的能指，与新的"所指"共同构成"第二级符号"。如此这般，"意指行为"可以衍生出三、四……级符号系统。

德里达提出"延异"(différance)概念，力图破解能指与所指之间的纵向关系，用横向关系代之。他解构信守思维与语言合一的逻各斯中心主义对某一固定意义的执着。"延异"表示最终意义不断被延缓的状态，语言无法准确表达意义，只能指涉与意义相关的概念，由它与其他意义的差异获得标识，因此意义被延缓。在一定程度上，我们可以用"延异"的概念概括索绪尔和巴特的语言和文学符号观，他们认为语言的意义是漂浮的，文本中的符号一定会偏离它本应指称的那个概念，能指永远无法邂逅所指。意义的缺失生成语言的悖论式游戏（如"玫瑰就是玫瑰←→玫瑰不是玫瑰"……），引发语言的焦虑。有趣的是，近来许多玄学侦探小说文本在生动的情节中展现"延异"理论之过程，使读者自始至终处于罪案做过或没有做，某人是或不是罪犯的悬念之中，显现(epiphany)或启示(apocalypse)式的结局永远缺席。意义不断生成、消解,直至不明晰、令人扫兴、无限推迟(deferral)的无结局式卷终。"无限推迟"正是一种"延异",侦探小说则形象地揭示出解构的要义,即"延异"使传统的符号观徒劳地等待貌似游离于语言之外的本体实在意义显现。正如"意指行为"可以衍生出三、四……级符号系统,"延异"永无止境。语言是无休止的游戏,永无结论。

后结构主义者大多排斥结构主义者所持的文本结构趋于相对稳定的观点,也不把所有的文本笼统地归结为总体诗学问题。充其量,一种话语只是某一形态的文字实践,需要以适当的方式去阅读。依照巴特的观点,读者应学会区分书写性与阅读性文本。虽然两种文本使用同样的叙述代码,表述方式却不同。① 批评界对侦探小说再度产生兴趣是因为它极清晰地显示出支配阅读性文本的那类代码,正是这些代码决定着阅读的过程和性质。

侦探小说叙事内在的自我指涉性(self-referential)把形式和内容均置于显著位置,使作者和读者相互依存。如在结构层面,侦探小说对叙述模式的依赖表明作者的两难处境:他的构想既要与读者的期望大体一致,又要在读者最希望实现的目标上令其失望。

这种自我指涉的意识会导致作品的"互文性"(intertextuality)。法国后结构主义批评家克里斯蒂娃对"互文性"的解释是,一个文本不是孤立存在的,总不免会受到在它之前出现的或与它同时存在的其他文本影响。对作者而言,所谓"互为文本"也可表述为对其他文本高明地,甚至不露痕迹地"借用"(borrowing)。侦探小说的故事框架使它对一度借鉴后又抛弃的模式特别敏感。② 除与自身文体结构有关的模式外,侦探小说还广泛运用一切对文本起暗示作用的素材,如儿歌、《圣经》、经典小说(亦包括经典侦探小说)、电影、戏剧、见诸报刊的新闻报道,等等。以往这类"借用"很少引起注意,直到20世纪90年代,斯维尼等人才开始详尽讨论"互文"在侦探小说中发挥的作用。③

侦探小说突出经典叙事的三个基本因素:顺序性、悬念和结局。它把事件按照容易分辨的次序排列,而这样一个依照时间顺序呈线性发展的情节恰

---

① Roland Barthes, *S/Z:An Essay*, R. Miller, trans., New York: The Noonday Press, 1974, p. 5.

② Dennis Porter, *The Pursuit of Crime:Art and Ideology in Detective Fiction*, New Haven and London: Yale University Press, 1981, p.54.

③ Susan Elizabeth Sweeney, "Purloined Letters: Poe, Doyle, Nabokov", *Russian Literature Triquarterly*, 24 (1990): 214.

恰以秩序的破坏作为开端。它随即描写恢复秩序的努力,最终以达到目的收场。它迎合读者希望尽快知道结局的心理,又就谜团能否解开和如何解开制造悬念,以便充分利用罪行与侦破之间的空隙叙事。作者延宕结局的到来,目的是以隐匿的方式表现自己的高超叙事技巧,但结局最终会揭开错综复杂的情节之间逻辑或因果的联系。由此我们可以概括出这样一个结论:侦探小说结尾的解说也就是在确立作品本身的意义,而且作品的结局也意味着删除自身,借此小说最终会消解自己。

侦探小说会在不同的叙事层面和嵌入的文本中表现自身的叙事性。我们可以把这些层面视为三个同心圆,处于最外圈的是叙事行为(由一个华生式的人物或无名的叙事者主持),其次是所发生的事件,尤其是侦破过程,处于最里层的是嵌入的叙事引出的事件,其中最有意义的事件是与犯罪有关的。这些相互依存的叙事层面印证叙事的"双重逻辑":故事只有满足叙事结构的要求方可成立,而这一叙事结构又由它所讲述的故事生成。在侦探小说中,这一特点表现得尤为鲜明。侦破工作会引出一个解释罪案如何发生的故事,而罪案又使侦破顺理成章地进行。许多"华生"都致力于建构自己的叙事,描述事件以证明自己文本的合法性。此外,叙事层面与叙事时间各层面的相互对应还显示出所有叙事的"后顾性"(the backward-looking nature)。

托多洛夫认为,侦破工作与阅读过程之间有极为相似之处。"关于故事的知识,必须注意到以下同源关系(homology),即作者:读者=罪犯:侦探。"[①]他将文本内外的现实与虚拟世界联系起来,做一类比。作者与文本内的罪犯处境相似,必须努力将结局隐匿到最后,读者则是文本外的侦探,在字里行间探究,力求尽早获得真相。作为作者的罪犯与作为读者的侦探会进行一场争夺"意义"的竞争,通常以侦探获胜告终。"故事"与"话语"的结合会重复出现,侦探的侦破工作引出犯罪故事,叙事者的话语又引出侦破故事。侦探小说的这一特点使读者陷入双重迷惘之中,因为无论是犯罪故事还是侦探故事都基本不为读者知晓。幸亏有华生式的人物充任中介,他既无法有效阅读也跟不上侦探的阅读,但正是由于"华生们"无法理解侦探的解读方式,真正的读者便被置于类似侦探的位置上。他遇到一个疑云密布的"表层",其意义只有通过侦破式的仔细阅读去寻找。侦探与罪犯的较量也以类似的冲突方式反映在作者和认真阅读的读者之间。以往的侦探小说试图以有利于作者的方式解决冲突,如"究凶"小说的叙事结构在结局到来之前会尽量使情节

---

① Tzvetan Todorov, *The Poetics of Prose*, Richard Howard, trans., Ithaca: Cornell University Press, 1977, p.49.

扑朔迷离。

这种阅读方式直到"硬派"小说出现以后才发生变化,这时阐释是作为阅读主体(侦探)和客体(谜团)之间的相互作用呈现出来的,双方会相互适应。这一相互作用的阅读概念带来的结果是侦探失去支配犯罪故事及其意义的权力,在"硬派"小说中具体表现为叙事失去其社会功用。①

攻玉之石:作为叙事个案的《被窃之信》

当代侦探小说批评往往充满批评家的个性化解读,甚至牵强附会,以期证明某种理论或假说之不谬。《被窃之信》,爱伦·坡以迪潘为主人公的"推理故事"之一,便是侦探小说批评史上有代表性的个案。

无论是从某一模式借用还是同它有意识地分道扬镳,侦探小说叙事在许多方面指涉文本之间的关联。"他山之石,可以攻玉。"(《诗经·小雅·鹤鸣》)《被窃之信》被精神分析学家拉康、解构主义者德里达等当作用来阐发各自理论的典范文本,他们以此作为案例详加剖析,以挖掘其中可以支持自己理论的微言大义。他们的烦琐论证在客观上有助于提升侦探小说的文学价值,凸显其叙事特色,使之由通俗文学、次文学升堂入室,成为不容辩驳的正宗文学,并且受到文学界之外的精神分析学、解构主义等领域内研究者前所未有的热切关注,其里程碑式的意义已超越侦探小说文学作品研究。他们的论战亦在客观上推动侦探小说叙事研究,引导文学研究界重新审视、界定侦探小说的内涵与价值。

拉康曾以《被窃之信》为例,将精神分析理论用于考察作品人物关系结构,后来被视为结构主义批评的典范。他沿用索绪尔的"能指"概念,但是修正其定义,认为能指不过是另一表征主语的符号。小说中的推理高手迪潘应警方之邀,最终帮助王后找回一封失窃的密信。"信"(letter)一词在英文、法文中均有"信件"与"字母"双重含义,隐喻文本。失窃的信是一个纯粹的能指,它的内容不为人所知,因此没有所指,或者亦可理解为所指以及所指的意义被忽略。开篇密信失窃之时,也即"犯罪的故事"中,国王、王后与窃信大臣聚在一起。这一幕中的人物在后来的"侦破的故事"中的同一场景里被警察局长、大臣与迪潘分别取代。"被窃之信"是一个纯粹的能指,拉康借用这个

---

① Peter Hühn, "The Detective as Reader: Narrativity and Reading Concepts in Detective Fiction", *Modern Fiction Studies*, 33.3 (1987): 460.

故事说明主体的身份由语言的运动、一连串指派他的角色的能指确立。拉康将失窃的信件视为处于无意识状态中欲望的能指,这个能指在无意识活动中生成意义。与信件两次被盗的情景相仿,偷盗信件的大臣和迪潘最终成为意义的阐释者。这两个完全相同的三角形结构似乎可以说明信所处的不同位置和归属使人物获得能指的力量,换言之,由大臣到迪潘的叙述视角转换也是拉康的所谓语言决定人之原则的佐证。局长 G 先生的视点引领读者的视线,大臣成为聚焦对象。"'这个窃贼,'G 说,'就是 D 大臣,他什么事都敢做,不管那是不是一个男子汉该做的事⋯⋯'"①申丹认为,由全知叙事者"我"到局长的视角转换"可产生短暂的悬念,增加作品的戏剧性"②。这一段落中的句子多以局长做主语,经局长之口描述大臣窃信经过的直接引语完全体现出悬念和戏剧性。"我"这个"叙述者用人物的眼睛替代自己的眼睛来观察",局长的回忆则重现用当下眼光观察往事的过程。

拉康将《被窃之信》当作寓言解读,借这篇作品探究欲望的结构。德里达则从解构出发,反对寓言式解读。正是在叙述与叙述者的问题上,德里达发起诘难。虽然拉康表明,"若没有在故事中扮演某一角色的人物从自己的立场出发对每一场景所做的叙述"③,故事亦不存在,德里达认定国王-王后-大臣与局长-大臣-迪潘的三角形场景结构不能成立,因为叙述者被排除在外。德里达认为,应用四元组合替代三角形结构,即在两个场景中均加入叙述者"我",因为文本出自这位第一人称叙述者。叙述者的缺席会给读者造成文本即事实的错觉,并接受其中蕴含的所谓"真理"。相反,如果读者意识到文本必须借助某一叙述者方可存在,所谓"真理"就在无形中被解构。毕竟,文本描写的不是现实中的客观真实,而是作者概念中的主观真实;不是现象,而是指涉;不是生活真实,而是心理真实。

拉康的精神分析学解读与德里达的解构逻辑的参照系不同,因此难分伯仲。美国文学批评家芭芭拉·约翰逊在讨论两人论战的长文中指出,德里达在《真理的供应者》中既指出拉康的方法有缺陷,同时又在重复拉康。"我们刚才已经看到德里达在试图纠正(书写)拉康的错误时会如何在某一水平

---

① 埃德加·爱伦·坡:《被窃之信》,奎恩编:《爱伦·坡集:诗歌与故事》(下),曹明伦译,北京,生活·读书·新知三联书店,1995年,第758页。
② 申丹:《叙事、文体与潜文本——重读英美经典短篇小说》,北京:北京大学出版社,2009年,第90页。
③ Jacques Lacan, "Seminar on 'The Purloined Letter'", *Ecrits*, New York: W. W. Norton & Company, 2004, p. 7.

上重复这些错误。"①她亦从修辞角度总结《被窃之信》的核心是信/文字。"它被假定为字面意义上的(或'真正的'——本书作者注)分析对象,修辞考究地穿越这两篇冗长、详尽的论文,却全然不含字面意义。正是'信/文字'的修辞引出分析性话语本身的修辞模式问题,而不是简单地由这两篇分析性文章解释何为'信/文字'。如果'字面意义上的'意即'严格按照字面意义'(to the letter),文字即成为最费解的比喻方式。"②

考察作者、文本、读者间的联系或相互作用,是修辞学与叙事学共通之处,因此约翰逊的评述具有从叙事角度概括这场论战之意。她关注叙事以及与叙事发生联系的问题,因此未能脱离文本至上的迷误。

拉康与德里达在阐发自己观点时不免评点侦探小说叙事,譬如重复。这个故事多次重复,重复自己(在许多叙事层上重现它代代因循的程式),重复以往的叙事,甚至重复已重复过的行为。它在后来的文本中已多次被重复,如内容不为人所知的密信的失而复得成为侦探小说的一种程式,而且这语焉不详的珍贵物品变得愈发神秘。在艾柯的《玫瑰之名》与亨利·詹姆斯(Henry James,1843—1916)的《阿斯彭文稿》(*The Aspern Papers*)中,不仅两部书稿的内容无从得知,书稿也从未现身,令人不免想到这些文稿或许根本不存在。这表明叙事不外乎由重复及借用的符号构成,不可能具有唯一的、界定清晰的意义。因此我们认同,没有比侦探小说叙事更直接地体现"互文"的文本。③

侦探小说的爱好者不难看出柯南·道尔在《波西米亚丑闻》(*A Scandal in Bohemia*)中、弗拉基米尔·纳博科夫(Vladimir Nabokov,1890—1977)在《塞巴斯蒂安·耐特真实的一生》(*The Real Life of Sebastian Knight*)中都"剽窃"过爱伦·坡的《被窃之信》。他们把故事作为次文本(subtext)重复,加入一些变化,甚至是"改进",以昭示自己的作品与爱伦·坡的小说并无关联,同时也试图在技巧上超越爱伦·坡。但正如爱伦·坡的作品所示,对一篇文本的支配会使剽窃者反受自己的剽窃行为之害。《被窃之信》的"互文性"主要体现在它展现拉康等人提及的"精神分析的文学个案史",而以后的叙事虽各有千秋,却均未能超越或替代它。基于拉康等的引领作用和《被窃之信》在

---

① Barbara Johnson, "The Frame of Reference: Poe, Lacan, Derrida", *Yale French Studies*, 55.56(1975): 466. ("纠正[书写]"的原文是两个同音异形异义词[homophone]: "to right (write) Lacan's wrongs…",其中暗含"解构[建构]"之意。)

② Barbara Johnson, "The Frame of Reference: Poe, Lacan, Derrida", *Yale French Studies*, 55.56 (1975): 493.

③ Susan Elizabeth Sweeney, "Purloined Letters: Poe, Doyle, Nabokov", *Russian Literature Triquarterly*, 24 (1990): 214−216.

侦探小说小说史上的原型(prototype)意义,此类作品的叙事特点渐渐进入研究者的视野,但是得鱼忘筌亦是不可避免的结局。

综观近百年来侦探小说叙事批评所经历的几个阶段,面对浩如烟海、高潮迭起的当代侦探小说创作,我们不难预见这一叙事形式更丰富的内容尚有待发掘。在各类"主流"(the main stream)侦探小说("究凶""硬派"、警探、间谍小说,等等)继续保持旺盛势头的同时,始于 20 世纪 30 年代,以博尔赫斯、罗布-格里耶、纳博科夫、艾柯、奥斯特等人的作品为代表的"玄学侦探小说"也日趋成熟。"玄学侦探小说"对传统侦探小说的颠覆与戏仿已经引起文学批评家的注意,也表明这种亦雅亦俗的文学类型可望成为检验后现代主义文学观念的标本之一。鉴于后现代主义批评家有志于"消解""严肃文学"与"通俗文学"之间的鸿沟,将二者等量齐观,单是考察常规与先锋侦探小说之间种种"互文性"的联系便有助于我们从本体论的层面去理解现当代文学和文化现象。

第四章　主流与类型犯罪文学中的全景敞视主义

本章考察全景敞视主义及其现代性特征,探讨全景敞视主义在承载主流意识形态的"担当"(committed)[①]性主流文学与供读者消遣的亚文学中呈现方式之异同。文学作品对生活中隐形权力大幅扩张的直接反映或隐曲折射,以及看者、侦探、监视者角色渐次递进令人更深刻地领悟到全景敞视主义的内涵。文学想象与社会实验相互参照,文学内部以戏仿等手法呈现的"互文"使这一源于假想的理论日趋完善。

作为一种已被承认甚至接受的现当代文化逻辑,全景敞视主义源于1791年英国法理学家、哲学家、社会改革家杰里米·边沁(Jeremy Bentham,1748—1832)设计的"圆形监狱"(panopticon),迄今已有200多年历史。18世纪的启蒙运动在一定程度上解构宗教神权以及种种迷信思想,推动了资本主义的发展。随着偶像被打碎,新思维不断涌现,人们变得更加自信。特别是在1789年法国大革命后,思想家们试图在现代性语境下重新规划法制体系与社会组织制度,建立新的世俗化价值观念与审美认知方式。在哲学与社会科学领域,边沁提出功利主义的价值观以取代宗教,时至今日,其关于言论自由、政教分离、女性权利、废除奴隶制度和体罚的观点仍是激进的。但是,他的伦理观和法律观最终为西欧政治制度奠定了社会基础,值得称道。

历史背景与理论沿革

边沁是政治上的激进分子,也是功利主义哲学的创立者。边沁哲学的基本思想是效益主义或功利主义,除 utilitarianism 外,效益主义的另一说法 Benthamism 即以边沁之名命名。他企图建立一种完善的法律体系,一种"万全法"(Pannomion),其基础就是"功利主义"。他阐释功利主义的原则,认为

[①] committed 目前在中国学界的译法有"担当""承诺""承担",等等。根据对西奥多·W.阿多诺的论文"Commitment"(Theodor W. Adorno, *Notes to Literature*, Vol. II, Shierry Weber Nicholsen, trans., Shanghai: Shanghai Foreign Language Education Press, 2009, pp.76-94)的理解,笔者采用"担当"。

法律的功利应使相关者愉悦、向善、幸福，凡是能将效用最大化的举措便是可取的。以功利主义哲学为理论依据，边沁依托他的职业法律背景研究刑法学，提出以避免痛苦为核心的惩罚犯罪设想。

边沁设计模范监狱的计划是他改良法律设想的具体化，他将这种监狱称为"圆形监狱"，为此孜孜不倦地工作多年。他曾向爱尔兰和法国提出建立模范监狱的建议，但是未能付诸实施。1794 年，在首相小威廉·皮特（William Pitt the Younger，1759—1806）的支持下，英国决定按照边沁的设计方案建立一座监狱。据说由于英国国王乔治三世反对，几经周折后边沁的努力最终付诸东流。

"圆形监狱"的命名源于希腊神话中百眼巨人阿耳戈斯（Argus Panoptes），阿耳戈斯睡觉时也睁着一些眼睛。"圆形监狱"的想法起初出自边沁的兄弟塞缪尔的构思，在他画出的平面图基础上边沁做过许多改进。它由一座环形监狱和建造在这座建筑中间的一个瞭望塔组成，瞭望塔的塔墙上有面对环形监狱的大窗，监狱内部分隔为许多间囚室。每一囚室都有两个窗，一个与瞭望塔的窗相对，另一个面对自然光源，照亮囚室。瞭望塔里的看守可以借助逆光一览无余地监视四周囚室里所有囚犯的举动，却不会被囚犯看到。囚犯担心自己受到时刻监视，不免战战兢兢，只得恪守监规。

这样的监狱是刑罚史上的进步，不仅节省人力和开支，也可减轻暗无天日的旧式监狱给囚犯带来的痛苦，利于他们洗心革面，重新做人。无所不在的监视对囚犯的精神具有约束作用，同时亦使他们的肉体免于昔日密室禁闭、镣铐加身、冻饿、拷打等野蛮刑罚的折磨。边沁认为，类似于"圆形监狱"的设计也可用于医院、学校、疗养院、平民习艺所等政府开设的机构。

根据边沁的设计，看守随时可以看到牢房内外的囚犯，囚犯却看不见看守，因此不知自己是否受到监视。由于当时的技术所限，边沁的设计从未付诸实施。虽然如此，他的灵感影响到后世监狱建筑的设计。古巴青年岛上的"模范监狱"（Presidio Modelo）、澳大利亚弗里曼特尔的监狱"圆房子"（the Round House）等分布在许多国家的几十所监狱均在不同程度上汲取过"圆形监狱"的建筑方案，尤其是建筑的外形。边沁关于人道管理监狱的思想亦使旧式苛刻的监狱制度得以改观，使囚犯的生活环境与待遇得到改善。

更具深远意义的是，边沁的"圆形监狱"概念在近 200 年后给米歇尔·福柯以深刻启发。研究边沁的有关学说后，深谙社会学理论的福柯认为"圆形监狱"是 19 世纪司法制度的典范，并将原可从不同角度监视囚犯的"圆形监狱"概念抽象为"全景敞视主义"（panopticism，源于希腊文 panoptic，意为"展示全景的"）。我们亦可认为，他赋予旧词新义项。"全景敞视主义"是福柯在权力与空间的关系上构筑的空间理论,具体表现在对人的规训已由国家机器施加于肉体的惩戒转为旨在影响人的思想、施行未雨绸缪的监控。于是福柯将一套实验性的监狱管理方法转变为具有可操作性的大规模社会规训模式,在《规训与惩罚:监狱的诞生》(Surveiller et Punir: Naissance de La Prison)中以一章篇幅讨论作为规训的有效手段的全景敞视主义,即"当一个城市出现瘟疫时",如何使"监督不停地进行"①。

法国大革命使人们萌发自由民主意识,促进社会进步,尤其是政治与法律领域内的历史性变迁。工业革命则加快了科学技术的发展,使全景敞视主义规训机制自 17 世纪以来逐渐普及。在现代性的语境中,"规训"是一个十分笼统、抽象的概念,是理性权力运作的结果。福柯精辟地指出:"'规训'既不会等同于一种体制也不会等同于一种机构。它是一种权力类型,一种行使权力的轨道。它包括一系列手段、技术、程序、应用层次、目标。它是一种权力的'物理学'或权力'解剖学',一种技术学……这是一个从封闭的规训、某种社会'隔离区'扩展到一种无限普遍化的'全景敞视主义'机制的运动。其原因不在于权力的规训方式取代其他方式,而在于它渗透到其他方式中。"②在英文中,这个新术语由 panoptic 加后缀-ism 构成,亦可译为"全景式监视"。在其著作《规训与惩罚:监狱的诞生》中,福柯多次使用"渗透"这个词,用隐喻的方式将现代社会比作类似于"圆形监狱"的混沌场所,鱼龙混杂,在这里人们在权力的无声息运作中受到"权力之眼"的严密监视,忧心忡忡,却无从知晓监视者的诡异目光由何处射出。法文原著书名中的 surveiller 与英文 surveille, surveil 同源,本义为"监视、监督、看管",监视既是一种规训方式,亦是惩罚。③ 作为主体的被监视者不仅知道自己的境地,他者也知道这个被监视者是一个被监视的对象。被监视的状态并不始终存在,却时刻萦绕在主体想象之中。

历史上,统治者施行规训与惩罚的终极目的无非是宣示权威,将民众的反抗消解于萌芽状态,以维护其统治。福柯回顾以往的惩罚史,发现起初统治者在社会这个大监狱中采用的传统手法是直接惩处罪犯的肉体,将其公开处以肉刑、斩首,直至凌迟,以威慑民众。彼时对罪犯身体施加暴力的惩罚虽然残忍,却只是一种一次性"事件"。后来惩罚的方式改进,公开处死的场面

---

① 米歇尔·福柯:《规训与惩罚:监狱的诞生》,刘北成、杨远婴译,北京:生活·读书·新知三联书店,1999 年,第 219—256 页。
② 同上书,第 241—242 页。
③ 据中译本"译者后记"(第 375 页)所述,书名《规训与惩罚》并非译自法文原文,而是由福柯本人建议的英译本书名 Discipline and Punish 而来。

逐渐销声匿迹，这标志着对肉体控制的放松，同时也是长期禁锢人的思想的开端。"惩罚越来越有节制。人们不再（或基本上不再）直接触碰身体……现在，人的身体是一个工具或媒介。如果人们干预它，监禁它或强使它劳动，那是为了剥夺这个人的自由，因为这种自由被视为他的权利和财产。"①

身体这个媒介将受惩罚的痛感传递到何处去？马布利提出"惩罚应该打击灵魂而非肉体"的观点，18世纪的理论家们的"答案就包含在问题之中：既然对象不再是肉体，那就必然是灵魂。"②针对惩罚对象究竟是肉体还是灵魂，福柯认为无论刑罚是"血腥"还是"仁厚"，"最终涉及的总是肉体，即肉体及其力量、它们的可利用性和可驯服性、对它们的安排和征服"③。

全景敞视主义使人意识到，最"仁厚"，也是最经济、最有效的惩罚手段便是将整个社会变为一座无形的监狱，以无时无处不在的监视规训所有社会成员。规训与传统的惩罚概念不同，它施加于被监视者的力量既是肉体的，也是心智的。

改革惩罚手段的目标不是建立一种新的惩罚体系，而是建立一种效率更高的新型约束性权力机制。这种机制致力于征服人的身体，生产柔顺的身体。近代经济的高速发展在很大程度上得益于被权力关系束缚的劳动力经过组织训练后被剥夺了人性。顺从而且训练有素的劳动力资源远远胜出昔日鲁莽的苦力。约束性权力精当地体现在全景敞视主义中，它使原来封闭的惩罚制度被现代社会无限弥散化、普遍化的约束取代，在人道、仁爱、科学一类华丽辞藻掩盖下施行。

纵观历史，人们发现并非所有理论都可以与实际情况发生联系，都可以付诸实践，强制施行则不免带来弊端，甚至灾难。全景敞视主义则是一种经过验证，可成为指导实践的理论。它经过初始（边沁设计的模范监狱蓝图）—实验—升华（由福柯概括）后渐渐成熟，在相关领域内获得极大成功。有时理论的确有前瞻性指导作用，有时理论与实践大体同步，有时实践僭越理论。在文学作品中，这几种情形均有描述。

主流文学中的直观图解

圆形监狱已成为现实，不仅如此，作为一种社会现象，它亦在文学作品中

---

① 米歇尔·福柯：《规训与惩罚：监狱的诞生》，刘北成、杨远婴译，北京：生活·读书·新知三联书店，1999年，第11页。
② 同上书，第17页。
③ 同上书，第27页。

以直接的映像方式呈现。加西亚·马尔克斯在《一桩事先张扬的凶杀案》中提到为家族荣誉杀害阿拉伯人纳赛尔的维卡略兄弟被送往里奥阿查的圆形监狱（Panopticon of Riohacha）囚禁，等候判决。当代英国小说家安吉拉·卡特（Angela Carter，1940—1992）在《马戏团之夜》（Nights at the Circus）中也对圆形监狱制度做过评述。

基督教原教旨认为人无权惩罚他人，"亲爱的弟兄，不要自己申冤，宁可让步，听凭主怒（或作'让人发怒'）。因为经上记着：'主说：申冤在我，我必报应。'"（和合本《罗马书》12:19:19）边沁设计"圆形监狱"的本意是在律法施行过程中减少人的痛苦，使本应由上帝施行的人对人（罪犯）的惩罚尽量符合道德，屈就人类避苦求乐的本性。在一些与全景敞视主义理论呈互文性的主流文学作品中，边沁悲天悯人的高尚初衷似乎并未得到充分理解。

基于对第二次世界大战前后极权主义在纳粹德国等国家肆虐的认识，乔治·奥威尔在1949年出版的反乌托邦小说《1984》中深刻分析极权主义社会的共性。小说中无处不在、无时不在，最终使温斯顿和茱莉娅落入法网的"电屏"（telescreen），令读者自然而然地联想到边沁的"圆形监狱"。在开篇处对"电屏"的描写中，读者看到的正是对全景敞视主义的阐释。

> 电屏能同时进行接收和发送，温斯顿所发出的任何声音，只要比极低的细语高一点就能被它捕捉。而且不仅如此，只要他仍然保持在那块金属板的视域之内，他就不仅能被听到，而且也能被看到。当然，你在某个时刻没办法知道你是否正在被监视着。思想警察接进某条电线的频率如何以及按照何种规定进行都只能臆测而已，甚至有可能的是他们每时每刻都在监视着每个人。但不管如何，他们随时都可能接上你那条电线。你只能生活——确实是生活，开始是习惯，后来成了本能——在一个设想之下，那就是你所发出的每个声音都会被偷听，除非在黑暗之中，否则你的每个行动都会被细察。①

大洋国里等级森严，众人都吃不到肉时谁有一块马肉便显出贫富差异。社会各阶层的生活目标不同，追求各异。以英社党核心党员奥布兰为代表的上层以巩固政权为第一要务，生活奢侈，享有各种特权，甚至可以随时关掉自己办公室内的电屏。温斯顿等外围党员沦为上层的仆从和工具，受到监视和规训，个人自由被剥夺，物质生活极度艰难。等而下之的无产者则被异化为不可接触、任其自生自灭的贱民，甚至无权享受带有一股油味的廉价杜松子

---

① 乔治·奥威尔：《一九八四 上来透口气》，孙仲旭译，南京：译林出版社，2002年，第6页。本章下文凡引用同一译文，仅在引文后标明页码。

酒。在大洋国,"圆形监狱"里看守－囚犯的关系延伸到社会的每一角落,人们或是监视者或是被监视者,他们的身份随着时空的改变在两者间游移变化。为弥补电屏监控之不足,英社党上层还采用其他监视与规训手段,诸如警察巡逻队、暗探(如最先发现温斯顿图谋不轨的店主人)、思想警察。鼓励人们互相监视无疑既是最有效的方法,也是使他们无法结党的策略。图谋不轨或有异志者不仅根本无法证实人群中谁可能成为志同道合者,还须时刻注意自己的言行举止,提防被别人视为行为不端,同事、邻人、朋友、配偶,甚至子女都是潜在的检举者。温斯顿在电屏前做早操时受到教练的批评,却不敢在脸上流露出丝毫不满。在恶政下,人的凶残本性显露无遗。他们偷听外国人以及自认为或许是叛徒、破坏分子、持不同政见者的出轨谈话,向思想警察揭发。毫无先兆,忠诚的党员帕森斯便被自家七岁的"小英雄"女儿告发。

《1984》是所有反乌托邦小说中最易让人产生压抑感的作品,有对规训及其成效淋漓尽致的描写。温斯顿与茱莉娅采取多种反监视手段同思想警察对抗,结果依然一败涂地。他们最后一次幽会时,藏在墙上一幅画后面的电屏突然显露出来。紧接着,密探查林顿先生走进屋子,他们被捕。作者费去不少笔墨描写全景敞视主义无孔不入的高效率,它既是监视的手段,也是惩罚的工具,令所有的外围党员时刻生活在恐惧之中。被捕后,温斯顿曾问101号房里有什么,负责审讯他的奥布兰给他的答案是101号房里有世界上最可怕的东西。这最可怕的东西因人而异,并不确定。对于温斯顿而言,这是老鼠。因此,奥布兰用铁笼里的老鼠恐吓他,使他最终完全崩溃,歇斯底里地大叫:"咬茱莉娅吧!咬茱莉娅吧!别咬我!咬茱莉娅!我不管你们把她怎么样。把她的脸撕碎,把她啃得只剩下骨头。别咬我!咬茱莉娅!别咬我!"(267)

奥布兰何以得知温斯顿最怕老鼠?原来,安装在两人幽会场所的电屏早已逐字逐句记录下温斯顿与茱莉娅的谈话。

"别再说了!"温斯顿说着紧紧地闭上了眼睛。
"我最亲爱的温斯顿,你脸色很难看,怎么回事?它们让你不舒服吗?"
"世界上最可怕的就是老鼠了!"(135)

起初温斯顿便认识到,自己因对强加于己的苛刻规训下的生活不满已经构成思想罪,这是滔天大罪。他明白,在全景敞视的环境中他不可能长期隐匿自己的异端思想,他可以躲避一时,但是迟早会被揭发,被捕,受到折磨,被洗脑后处决。电屏上播放的歌曲已预示他和所有持不同政见者的命运:

> 在绿荫如盖的栗子树下，
> 我出卖了你，你也出卖了我。(275)

在欧美传统意识中，栗树象征接受古典智慧的能力。因此作者似乎在暗示，遇到巨大压力时相互出卖是人类社会中的常态。

奥布兰在温斯顿身上施用各种酷刑，摧垮他的人格尊严，逼迫他匍匐求饶，承担一切罪名，出卖别人以换取自己的解脱。温斯顿就范后，奥布兰认为有理由继续折磨他。"我们不满足于负面的服从，即使是最奴性的服从也不满足……对我们来说，不可忍受的是世界上存在着一个错误的念头，不管它是多么秘密和无力。"(237) 奥布兰迫使罪犯心悦诚服地服从，这正是最彻底也是最残酷的规训。果然，原宥自己的思想的温斯顿开始尝试"犯罪停止"（crimestop），劝说自己接受"二加二等于五"[①]"地球是平的"一类的荒谬的说法。这需要做脑力体操的本领，既对逻辑进行最微妙的运用，又忘掉最明显的逻辑错误。最终被彻底洗脑，看着老大哥那张大脸，他幡然悔悟，做好在思想仍然清白纯洁之时被秘密处死的准备。"斗争已经结束了。他赢得了和自己的战争。他热爱老大哥。"(278) 所谓清白纯洁的思想便是不再思考，温斯顿心甘情愿地放弃自由人的思考权利。

从小说艺术角度审视，《1984》并不特别出色。它只是一部观念小说，其价值在于揭露极权本质以及人类社会运行规律的观念。奥威尔对滥觞于18世纪，在第二次世界大战前后臻于成熟的规训机制具有过人的预见性，他预见到未来人类生活的本质仍是监视与反监视、规训与反规训，与现实中的某些高度极权社会形态完全一致，只是现实更加酷烈。从这个意义上看，它不仅是反乌托邦小说，也是被历史证实的启示录，发人深省。在此，文学描写不仅与全景敞视主义的社会实验殊途同归，而且更加具体生动。

奥威尔借助戈尔德斯坦因著作中的观点，构筑"故事中的故事"（mise en abyme，亦称为套层结构、中国匣子、戏中戏），表达他对人类的失望。在他看来，人类的历史不啻是上等人、中等人、下等人三种人的换位，循环往复，周而复始。即使侥幸逃脱被监禁、拷打、处决的厄运，普通人终其一生注定会在恐惧、匮乏、压迫中凄惨度日。

[①] 福柯亦在《规训与惩罚：监狱的诞生》中用"二加二"的例子，说明如何利用全景敞视式建筑开展隔绝教育："人们将能用不同的思想体系来教育儿童，使某些儿童相信，二加二不等于四或月亮是一块奶酪，当他们长到20岁至25岁时，再把这些青年放到一起。那时，人们将会进行比花费昂贵的布道或讲课有更大价值的讨论。人们将至少有一次机会在形而上学领域里有所发现。全景敞视建筑是一个对人进行实验并十分确定地分析对人可能进行的改造的优越场所。"（第229页）

维护极权统治的全景敞视主义在《1984》中虽然受到温斯顿微弱的抵制，最终却大获全胜。较之三大反乌托邦小说中的另外两部，即叶·伊·扎米亚京（Евгений Иванович Замятин，1884—1937）的《我们》(Мы)和英国人阿道司·赫胥黎（Aldous Huxley，1894—1963）的《美丽新世界》（Brave New World），《1984》虽然笔触夸张，却将重压下人性的显露淋漓尽致地表现了出来。

在《我们》中，全面规训已见成效。"我们"取代"我"，被统治者的个性和追求自由的意志被消灭，甘心接受无所不在的规训，被改造成为一种有用的柔顺肉体，既有生产能力又服从权威，按照时刻表工作、就餐、睡觉。他们住在透明的玻璃房子里，没有个人隐私，唯一的例外是在做爱时可以放下窗帘。

《美丽新世界》描写2532年的未来社会，人类经基因控制孵化，在工业化的育婴房里出生。在这个新世界里，自由和宗教信仰被剥夺，人们的个性完全被抹杀，沦落为动物。人们习惯做苦工，过苦日子，从出生到死亡都受到严密控制，却浑然不知。

《我们》与《美丽新世界》中的芸芸众生身陷没有围墙的监狱之中，却觉得自己生活在幸福之中，并未想过越狱，因为他们并不知道自己正生活在监狱里。完美的规训为每个人构筑出一座心狱，这是世界上登峰造极的监狱。

当代美国小说家吉尔福德（C. B. Gilford，1920—2010）在1960年发表的侦探—科幻小说《1990年的谋杀》（Murder, 1990）①中戏仿《1984》，描绘当局给"第55综合区"中所有沦为"昂贵国家财产"的人注射某种药剂，使保罗2473坦然招供自己刺死计算机给他配的"五年性伴侣"劳拉6356和情敌理查德3833的罪行。科技进步免去规训的监视环节，破案变得易如反掌。

类型文学中"看"的隐晦政治

与《1984》等涉及全景敞视主义理论以揭示极权社会本质的主流文学作品不同，作为一种亚文学的侦探小说关注全景敞视的技术，即落实到"看"的监视，②通过侦探与罪犯斗智斗勇的曲折情节展现监视与反监视、规训与反规训的过程、结果，凸显与主流文学传达的"诗性正义"不同的矛盾心理（ambivalence）。侦探小说并非全然逃避现实，它不再仅是全景敞视主义的延

---

① Charles Bernard Gilford, "Murder, 1990", in Alfred Hitchcock, selected, *The Best of Mystery*, New York: Galahad Books, 1986, pp. 374—383.
② 福柯在《规训与惩罚：监狱的诞生》中多次论及"看"，诸如"观察""盯着"等形式的"看"。全景敞视主义式的"看"则是"监视"，"监督不停地进行，到处都是机警的监视目光"。（第220页）"看"与福柯论及两性关系时用的"凝视"是全然不同的概念，不宜混淆。

伸或理想化的写照，也大力颂扬人在与规训抗争中表现出的勇气与智慧，表现丧失自由却茫然不知的现当代人的悲哀。

侦探小说的情节主线是侦探与罪犯的较量，所有的冲突均围绕监视与反监视展开。《1984》中完全处于被动状态中的温斯顿被思想警察严密监视却不自知，侦探小说中的监视者与被监视者的关系处于侦探与罪犯之间，主体与客体的地位不断变化。身份未暴露时，胆大妄为的犯罪者甚至会挑战代表权力的监视者，或以某种障眼法将侦探的视线吸引至别处，或公然规避、反抗监视与规训，以及最终会到来的惩罚。

侦探小说形象地揭示了其实质即"看"，是侦探与嫌犯之间监视与反监视、看与被看的冲突及其结果。视觉行为带来社会学意义上的对立，同时也引发心理上的较量。"看"既是实指也是隐喻，称职的侦探善于观察。他不仅用眼睛看，寻找破案线索，也用心灵或大脑"看"，分析眼睛看到的现象。侦探行为关乎知识的积累和分析判断，可以形象地用"看"描述。

按照时间顺序，看者、侦探、监视者在各类文学作品中依次出现，他们"看"的姿态不尽相同。现代侦探小说出现之前，犯罪及其结果便在文学作品中呈现，虽然当时这些文本并未被当作文学文本看待。在这类文本中，看者往往是神仙或智慧超群的人物。

《圣经》中记述，上帝偏爱弟弟亚伯献上的祭品使该隐心生妒意，竟把弟弟骗到田野里杀害。上帝追问该隐："你弟弟亚伯在哪儿？"该隐抵赖："不知道。我又不是负责看守我的弟弟的。"但是上帝是无所不能、无所不知的看者，其全视之眼（All-Seeing Eye, Eye of Providence）早已明察秋毫，遂判决该隐永世流浪。中国公案故事中依靠神仙破案的情形更普遍，譬如《包公案》中"观音菩萨托梦"的故事叙述性慧和尚谋害秀才丁日中、强占丁日中之妻邓氏的经过。因"包公巡行其地，夜梦观音引至安福寺方丈中"[①]，这个离奇的案件告破。

除神仙外，人世间亦有具有敏锐观察力的超人，明察秋毫。所罗门王"心里有神的智慧"，因此可以明断二女争子案（《圣经·列王记上》）。智者但以理"通达各样学问，知识聪明具备"，将企图侵犯正在洗澡的美女苏珊娜，遭拒后又诬陷她的师士绳之以法。[②] 法国思想家伏尔泰的小说《查第格》中同名

[①] 安遇时等编撰：《包公案》，北京：北京燕山出版社，1996年，第6—7页。

[②] 在苏珊娜洗澡被偷窥的故事中，苏珊娜拒绝两位心怀邪念的师士后被捕受审。智者但以理意识到不可让两位师士"订立攻守同盟"，遂分别问他们苏珊娜在什么树下与情人幽会。两人的说法不一致，苏珊娜讨回清白，免于一死。这个故事不仅趣味盎然，亦有侦探术的应用。

主人公观察力敏锐,能从马蹄印中看出国王御马的特点。这些智者不仅仅诉诸视觉,他们主要是用心灵在"看",综合感觉、知觉做出判断。

侦探小说出现后,看者被侦探取代,最初的侦探被赋予"看"的特权。爱伦·坡塑造的家道中落的推理奇才迪潘既是最后一位看者也是第一位侦探,虽然爱伦·坡未使用"侦探"这个词,只是称迪潘为"一位年轻的绅士"。此后,从柯南·道尔的私家侦探福尔摩斯到 P. D. 詹姆斯的警官亚当·达格利什,百年来形形色色的看者承担着监视、调查犯罪嫌疑人,维护治安的专业职责,以正面形象出现在侦探小说中。科学技术的进步使得现代侦探远比旧时的看者效率高,他们往往胜券在握。格林在《一支出卖的枪》(*A Gun for Sale*)①中写豁唇杀手莱文收到的酬金是大面额钞票,上面的号码已被警方登记下来。莱文兜里揣着一大笔钱,却买不到食物、车票,不能入住旅馆,陷入寸步难行的狼狈境地。以往看者的监视处于无序空间中,如今以强大国家机器为后盾的警方规训体系错综复杂,莱文的一举一动被纳入特定的时间序列和运行轨道,他在一系列事件编织成的网格中像一颗棋子那样无助地移动。现代无所不能的国家机器正是圆形监狱中心瞭望塔的延伸,虽然莱文可以暂时跳出警方的视野,但早晚会落入法网。在《一支出卖的枪》这类官方警探行使监视权力的故事中,监视者与被监视者之间的权力关系不再是福尔摩斯一类私家侦探与嫌犯之间的对抗,而是由瞭望塔式的国家威权形塑的全景敞视主义对违规者的强力压迫。作者以人本主义的姿态揭露出身卑微的底层人的价值和尊严被无情剥夺,被监控的莱文似乎永远处在无形的网中。

黄金时代之前的侦探小说大体依照僵化的理性主义原则将人物做非黑即白的划分,嫌犯与侦探分别归属邪恶与正义阵营,在角力中作为监视者的侦探占尽上风,在无所不在的监视中嫌犯只能被动应战,节节败退,最终毫无悬念地束手就擒。克里斯蒂等侦探小说"游戏说"实践者顺应第一次世界大战后基督教传统伦理道德式微的趋势与人的价值取向的变化,解构此类作品的人物塑造模式,在作品中淡化是非善恶的观念,使得监视者与被监视者的角色变得模糊。第二次世界大战以后,侦探小说祛道德化倾向进一步强化,转而质疑法律的绝对公正性,追求表现生活的无序与生活的荒诞。昔日侦探"看"的特权受到嫌犯的挑战,"看"的权力被平均分派,被监视者有时会取胜,在作品中的自由个性得以张扬。

克里斯蒂对侦探的监视者特权的解构体现在《罗杰疑案》中对第一人称叙事者谢泼德医生的角色的塑造上。谢泼德有案发时不在现场的证明,而且

---

① 格雷厄姆·格林:《一支出卖的枪》,傅惟慈译,上海:上海译文出版社,2010年。

与弗拉尔斯、阿克罗伊德、拉尔夫等关键人物熟识,因此在波洛的助手黑斯廷斯远在异国他乡时便自然地成为这位大侦探的临时搭档。他向波洛学习侦破术,俨然成为一个华生式的人物。他自始至终混迹于主要当事人之间,出入犯罪现场,以一个客观精确记录完整事件的观察者的角度记述所见所闻。继以拉格伦警督为代表的警方、种南瓜的退休私家侦探波洛之后,谢泼德登场。谢泼德是一个介入性叙事者(intrusive narrator),不仅客观报道观察到的事件,也掺入自己的评介。他的全知视角(omniscient point of view)与他的高明监视者身份一致,包括警方与波洛在内的所有涉案人员均在他的监视之下。所有故事都是谢泼德的自供状,第一人称叙事诱使读者从"我"的角度介入、理解情节故事,被带入模糊性表述的文本中而不自知。

罗杰·阿克罗伊德知道弗拉尔斯太太毒死丈夫,知道谢泼德勒索她,而且也知道她的死因,是一个典型的知道得太多而又不善于内敛的人,结果被同样知道很多内情却工于掩饰的谢泼德谋杀。案发前谢泼德利用"看"到的谋杀内情敲诈勒索,杀人灭口后运用"看"到的各方反应规避罪责。他狡诈、机警,观察力非常敏锐,看重第一手资料,认为"卡罗琳只是通过猜测来得到事实真相,这种做法是完全错误的"①。

第一次见到波洛后,他留下生动的记述:"这时我左边的墙头上露出了一张脸,只见那人脑袋活像个鸡蛋,上面零零星星地长着一些黑头发,两撇大大的八字胡,一双机警的眼睛。这就是我们的邻居波洛先生。"②

《隐私知道过多的人》③描写了警官光野健一破获某公司人事科长被毒死的案件。这位科长善于聚精会神地倾听同事的抱怨,常对别人不满表示理解,从不外泄谈话内容。光野发现案发时在场的十几人都曾向科长倾吐衷肠,均有作案动机,但是完全没有办法获得其中某人的谋杀证据。待案件搁置半年以后,真凶认为事情已经过去,终于露出马脚,她便是公司打字员村濑弓子。村濑弓子自己也曾与科长谈心,此后一直在窥探科长与同事会面,模仿科长的笔迹勒索同事们。监视不再是警察的专利,嫌犯早已在暗中密切监视这个"隐私知道过多的人",她借窥探别人的隐私成为"知道关键隐私的人"。

诡计多端的谢泼德、村濑弓子一类的凶手在与以国家机器为后盾的侦探的较量中虽然不免败北,却展示出被监视者的韧性。在现当代侦探小说中,

---

① 阿加莎·克里斯蒂:《罗杰疑案》,辛可加译,北京:人民文学出版社,2006年,第6页。
② 同上书,第19页。
③ 石泽英太郎:《隐私知道过多的人》,松本清张、森村诚一等:《日本推理小说选》,吴树文、文朴译,北京:群众出版社,1980年。

作为看者、侦探的继承人的监视者是全景敞视主义的另一种普及。读者以多元的开放心态欣赏他们的机智时常常会有意无意地放弃道德伦理方面的考量,忘记某一监视者的犯罪嫌疑人身份,会将他们与作为权力使者的侦探等量齐观。无形中,被解构主义视为是一种狭隘思维的二元对立模式不复存在。

继《罗杰疑案》《隐私知道过多的人》一类将监视者身份赋予犯罪嫌疑人的作品之后,一身兼侦探与嫌犯二任的监视者开始在作品中出现,这主要是对社会存在的现实主义的反映,却也在技巧方面借鉴过克里斯蒂等人的成就。这些监视者或许有助于人们认识到最经济而又高效的全景敞视主义是非强制性的监督机制,即以春风化雨的渐进方式将"正统"意识形态灌输给所有社会成员,使他们自我监督,时刻审视体察自己思想上的细微变化,时刻处于高度自我约束的状态中,同时相互监督举报。福柯认为这类监视者"隶属于这个可见领域并且意识到这一点的人承担起实施权力压制的责任。他使这种压制自动地施加于自己身上。他在权力关系中同时扮演两个角色,从而把这种权力关系铭刻在自己身上。他成为征服自己的本原"①。《1984》一类作品的寓意之一似乎是,若欲构筑一个规训社会,被"洗脑"的主体远胜于最高超的技术,他们会通过心理的"内化"(internalization)成为自身的监工。

全景敞视主义的理念在许多侦探小说中以隐曲的折射方式呈现并受到挑战,与后现代主义的解构思维相映成趣,譬如弘扬自由思想,放弃二元对立,反对正统权威,否定终极真理,等等。在对新传统的消解中,这些与主流文学全然不同的表达启发读者更深入地思考全景敞视主义独到的美学观念和哲学思想。仔细回味,我们发现以上论及的侦探小说在主题演绎、情节铺陈、人物塑造等方面表现出以下几个特色,部分消解主流文学作品对全景敞视主义的直观映照。

——以权力弥散化解构一元化威权主义、二元对立,"看"不再是代表权威的侦探的特权;

——以张扬个性与自由对抗规训与秩序,以离经叛道的乖张举止抵制循规蹈矩的传统思维;

——以小叙事替代宏大叙事,私人生活琐事僭越军国要务,成为矛盾与

---

① 米歇尔·福柯:《规训与惩罚:监狱的诞生》,刘北成、杨远婴译,北京:生活·读书·新知三联书店,1999年,第227页。英译文为:"He who is subjected to a field of visibility, and who knows it, assumes responsibility for the constraints of power; he makes them play spontaneously upon himself; he inscribes in himself the power relation in which he simultaneously plays both roles; he becomes the principle of his own subjection."

冲突的背景。

　　从建筑学上的"圆形监狱"到渗透以往所有规训方式的全景敞视主义是权力关系创新的空间理论，它影响深远，已成为人类法律史上的重大事件，也注定会由文学创作者从不同角度，以不同的观念理解"看"的隐晦政治。他们的阐释亦会在多种"延异"中丰富这种理论，最终反映在相关的社会学、政治学、法学研究当中。如果我们假设小说终结历史，则无法解释《1984》等作品之后这个世界依然存在的暴政。如果我们假设历史终结小说，则无法解释侦探小说何以在个人自由度较高的国度里仍然十分流行。但是貌似毫无关联的文学与历史却从不同角度、以不同形式对作为社会主体的人产生深刻影响，人的觉醒必将在遏制犯罪的同时抵制各类"圆形监狱"的扩张，特别是无形心狱的无限扩张。

第二编

递进中的犯罪文学范式

第五章 《俄狄浦斯王》中的侦探小说因子

在本章中,作者姑且将侦探小说之"名"确立前后散见于各类欧美文学作品的侦探故事统称为"侦探小说因子",并着重考察古希腊戏剧家索福克勒斯根据希腊神话写成的悲剧《俄狄浦斯王》中的侦探小说因子及其历时性张力,剖析《俄狄浦斯王》与侦探小说的联系。作者相信,此项研究有助于廓清侦探小说因子的演化规律及其意义,更全面、客观地认识现代侦探小说,进而加深对有关文学现象的理解。

索福克勒斯根据神话创作的《俄狄浦斯王》是西方文学中最负盛名的经典之一,对后世影响甚广,是一部令批评家至今仍不断发掘出新意,诱发后世戏剧家设法超越的"戏剧中的戏剧"①。从古罗马的塞内加到现代法国的纪德,许多文人都以索福克勒斯的《俄狄浦斯王》作为可资参照的互文,写过以俄狄浦斯的遭遇为题材的悲剧。但是,艺术品的优劣并不与新旧程度成正比,这些企图写出新意的同名之作的成就均不及索福克勒斯的剧作。2000多年来,这部描写集罪犯与侦探于一身的英雄的剧作引起人们经久不衰的兴趣,批评家们从不同角度审视这部剧作,发掘其中的哲学、美学、社会学深邃意义。侦探小说研究者亦注意到《俄狄浦斯王》是侦探小说的前文本,从心理批评、社会学批评、文化-历史批评等角度入手,研究其与侦探小说的联系已成为西方文学批评史中一个持久的话题,有关著述不胜枚举。亚里士多德、弗洛伊德、罗兰·巴特、希利斯·米勒等古今文学理论家均注意到这部剧作中的"罪"。

"罪"或人与规训的对抗:悲剧与侦探小说的共同母题

"所有的观念最终都是建立在原始的原型模式之上的,这些原型模式的具体性可以上溯到一个意识还没有开始'思考',而只有'知觉'的时代。"②罗兰·巴特从俄狄浦斯的原型模式中看出它的普遍意义,把所有的故事都视为

---

① A. J. A. Waldock, *Sophocles*, Cambridge: Cambridge University Press, 1951, p.143.
② 荣格:《集体无意识的原型(1934/1950)》,《荣格文集》,冯川译,北京:改革出版社,1997年,第73页。

这个故事的"互文"。"所有的故事不都是俄狄浦斯的故事的翻版吗？不都是旨在寻根，都表达人与规训对抗时的心境，都反映爱与恨的纠葛吗？"①就文学母题而言，巴特的此番论述具有普遍而深远的意义。人降临于世间，"个人无意识"无不期待施展远大抱负，但是社会的种种禁忌使他时刻处于枷锁之中，掣肘之势力亦不离左右，终究无法按照自己的意愿行事。铤而走险，以求改变现状是英雄与罪犯的共同选择，于是他们僭越犯上，逾轨乱伦，谋财害命，无所不为。他们的所作所为可以解释为"罪"，本质却是人与规训的对抗。在"所有的故事"中，侦探小说尤其与《俄狄浦斯王》一脉相承，极为相似。俄狄浦斯意欲探明自己的身世，是现代侦探的原型。所谓"寻根"是指俄狄浦斯在调查老国王拉伊俄斯被害案过程中无意间对自己身世的重构，"寻根"也正是对自己犯罪的调查。巴特这段话中的"规训"在英文版中被译为大写的"Law"，不仅包括现代意义上的宗教与世俗，也更多地指涉人在潜移默化中被动接受的意识形态。在不同时空，作为文明之代价，压抑人性的"规训"以不同的观念表现，处于人类童年的俄狄浦斯们的"命运"在描写前现代时期的基督教世界的《鲁滨孙漂流记》中即成为"上帝"，在现代侦探小说则变身为"理性"。

　　从巴特的精辟论断中我们可以窥见他的基本文学观念：文学不外乎是讲故事，无论"雅"或是"俗"；所有的故事都首先应具有神秘的、引人入胜的情节，同时应表现人类与命运、强权、习俗、悖逆人性的意识形态等"规训"抗争的不屈精神；应竭力再现人际关系中难以名状的、悖论式的情感纠葛。文学寄托着图谋反抗者的理想与希望，虽然难以付诸实施。在故事中，亘古至今人类对世界的认知得以婉转表达。柏拉图强调文学的教化功用，亚里士多德推崇文学的怡情和宣泄作用，贺拉斯认为文学应寓教于乐，兼备"甜美"和"有用"的双重功效……巴特关于《俄狄浦斯王》的论断在诗意地重复上述先哲观点的同时刻意突出人在孤寂中反抗命运的羁绊却又无法逃脱其摆布的悲惨遭遇，投射出处于不同逆境中的受难者受煎熬的心灵和苦衷。俄狄浦斯的自我揭露和放逐使他成为流传后世的悲剧英雄，他为正义和公众的幸福甘愿牺牲自己的崇高英雄形象，成为不知凡几人与"规训"抗争的悲剧性作品的原型，侦探小说的原型。

　　除巴特的读法，此剧尚有多种读法，如映射现实的读法，即剧情对人类历史上由家庭血缘联姻过渡到家庭人伦限定的反映；如存在主义的读法，即俄

---

① Roland Barthes, *The Pleasure of the Text*, Richard Miller, trans., New York: Hill and Wang, 1975, p. 36.

狄浦斯同命运抗争的努力、自我放逐的决定等均凸显出人生的价值、人的勇气和智慧;又如弗洛伊德精神分析式的读法,他将其中的乱伦和谋杀视为经过矫饰的性心理学。《俄狄浦斯王》"的情节就这样忽而山穷水尽,忽而柳暗花明——这个过程正好与精神分析工作相似——从而逐步揭示俄狄浦斯本人正是杀死拉伊俄斯的凶手,且还是被害人和伊俄卡斯忒的儿子"①。

将它当作一部"前侦探小说"读时,读者会注意到贯穿始终、扣人心弦的悬念。虽然俄狄浦斯不为人知的罪行从一开始便为冥冥中的神知晓,神的参与只是一种预设,它反衬出人的渺小无助,使作为命运悲剧读的《俄狄浦斯王》立意更高远。"命运是作为本源之物(Ur-Sache)而凌驾于可描绘的神祇之上的……命运始终是一种因果的量……只有当我们无法思量它的时候,我们才能真正地认识它。"②

虽然俄狄浦斯对犯罪者身份或自己身世的探究是《俄狄浦斯王》成为侦探小说的原型之一的理由,神的干预却始终是一个神秘事件,无法由人类破解。甚至在《俄狄浦斯王》的姐妹篇《俄狄浦斯在科罗诺斯》中,俄狄浦斯神话的最终破解仍依靠神的干预,凭借神对俄狄浦斯本人的神化才成功。在《莫格街谋杀案》等现代侦探小说中,读者却发现诸多乍看起来不可思议的神秘罪案均由人的罪恶动机驱使并完成。

从叙事技巧方面审视,一个神秘的、仅为当事人(即罪犯)所知(但是他却并不一定认识到自己知情)的犯罪故事(通常是一具尸体),是侦探小说中必不可少、已经仪式化的部分,虽然它在侦探故事开始前已结束,只是通过闪回得以重构。剧中的被谋杀者是拉伊俄斯,他的尸体发出的恶臭终于在多年后飘散到奥林匹亚山巅,于是愤怒的神决意惩处凶手,遂将瘟疫降入忒拜。俄狄浦斯是唯一能确定杀害拉伊俄斯的凶手的人,也是立誓要将凶手缉拿归案的人。俄狄浦斯登场伊始的第一段台词点明此剧的意旨之一便是澄清真相。"我要重新把这案子弄明白……你会看见,我也要正当的和你们一起来为城邦,为天神报复这冤仇。这不仅是为一个并不疏远的朋友,也是为我自己清除污染。"③

《俄狄浦斯王》中拉伊俄斯的死不仅为神洞察,而且也体现出神的意志。

---

① 西格蒙德·弗洛伊德:《〈俄狄浦斯王〉与〈哈姆雷特〉》,《弗洛伊德论美文选》,张唤民、陈伟奇译,裘小龙校,上海:知识出版社,1987年,第14页。
② 奥斯瓦尔德·斯宾格勒:《西方的没落》(全译本)(第二卷),吴琼译,上海:上海三联书店,2006年,第243页。
③ 索福克勒斯:《俄底浦斯王》,罗念生译,《罗念生全集》第三卷(《索福克勒斯悲剧五种》),上海:上海人民出版社,2016年,第76页。

他的死法早已命定,非如此不可。鉴于该剧的剧情源于神话,早在索福克勒斯时代观众亦已事先知晓罪魁便是以侦探形象出现,发誓必将凶手绳之以法的国王本人。俄狄浦斯出生,获悉终将弑父娶母的神谕,在科林斯国王的王宫中长大成人,杀死拉伊俄斯,破解狮身人面怪物斯芬克斯的谜,在忒拜被民众拥戴为新王……神谕全部应验,观众也洞悉一切。"与当今的神秘小说不同,《俄狄浦斯王》的观众已经知道罪犯是谁,但侦探仍蒙在鼓里。"①观众处于比现代侦探小说读者优越的地位。他们怀着怜悯、痛惜的心情意识到俄狄浦斯无法躲避悲剧发生,他所做出的探究恰恰促成神谕应验、结局到来。

德·昆西认为自己将"谋杀的终极目的作为一种艺术"与亚里士多德对悲剧功用的论断"完全一致",即"借助怜悯和恐惧的手段净化心灵",使观众产生"宣泄快感"。观众领会不可与命运抗争,"追求理性知识之愿望会带来何等灾难性后果"②一类的教谕之余,或许也会留意这个因灾难突如其来降临被提及的杀人案。拉伊俄斯父子的遭遇均被置于神秘的光环之中,有待"发现",发现的过程即是侦破。神谕指出拉伊俄斯必死于儿子之手,俄狄浦斯必会弑父娶母。悬念维系于究竟谁是杀害老国王的凶手,或拉伊俄斯的儿子究竟是何人?这正是现代侦探小说中常常出现的"身份"之谜,李代桃僵的基本范式可以用多种形式繁衍成故事。于是观众遇到一个发人深省的悖论:作为"侦探"的俄狄浦斯由作为"罪犯"的俄狄浦斯创造出来,最后将自己绳之以法。既然不知寻衅者是谁,又是在自卫中奋起杀人,俄狄浦斯其实无罪,他只是神的意志的执行者,是一只替罪羊。"是阿波罗,朋友们,是阿波罗使这些凶恶的,凶恶的灾难实现的。"③

在《俄狄浦斯在科罗诺斯》中,晚年的俄狄浦斯经历多年漂泊,意识到自己原本无罪,并对人世间的律法提出抗议,指出过去的一切均是"注定的命运"作祟。理性本是断案的基础,但是在仍由神操纵、以俄狄浦斯自己充当法官处置自己的结局中并无理性可言。"我的天性怎么算坏呢?我是先受害,然后进行报复的;即使我是明知而为之,也不能算是坏人。但事实上,我是不知不觉走上这条路的,而那些害我的人却是明明知道而要毁灭我的啊!"④

---

① J.希利斯·米勒:《解读叙事》,申丹译,北京:北京大学出版社,2002年,第7页。
② 同上书,第38页。
③ 索福克勒斯:《俄底浦斯王》,罗念生译,《罗念生全集》第三卷(《索福克勒斯悲剧五种》),上海:上海人民出版社,2016年,第108页。
④ 索福克勒斯:《俄底浦斯在科罗诺斯》,罗念生译,《罗念生全集》第三卷(《索福克勒斯悲剧五种》),上海:上海人民出版社,2016年,第268页。

"那些害我的人"似乎暗示他的父母,他们在他出生三天后即狠心地吩咐人用铁钉钉住他的双脚,把他扔进山中等死。与他们的深重罪孽相比,他只是犯有过错。"该剧最为偏离理性的地方,即它与亚里士多德的理性最为水火不相容之处,在于表明天神是地地道道的他者。人们根本无法理解或看透这些天神,因为他们与'清晰明了'相去甚远。难以用词语对这些天神进行准确的描述。他们既谈不上善,也谈不上恶;正义与非正义,残酷与同情这类区分在他们身上完全失去了意义。这些天神是黑洞。"①

"突转"与"发现"中孕育的侦探小说范式

《俄狄浦斯王》结构严密、情节整一、布局巧妙,堪称希腊悲剧的杰作,因此亚里士多德在《诗学》中将它作为解说其悲剧理论的典范之作。虽然亚里士多德的时代尚没有侦探小说,作为侦探小说家的塞耶斯读过《诗艺》后看出,侦探小说与悲剧有众多共同之处,亚里士多德关于悲剧的许多论述完全适用于侦探小说。"一开始,亚里士多德便认同侦探小说是值得认真对待的话题。他指出'悲剧亦要求体量'(悲剧在他的时代是一种与当今侦探小说相仿的文学形式),就是说它在形式与内容上变得举足轻重。"②她进一步诠释侦探小说的三个基本部分与悲剧吻合,即命运的逆转、发现、受难。"亚里士多德将受难定义为'毁灭性行动或具有痛苦性质,譬如谋杀、折磨、受伤,以及诸如此类的事情'。这些在侦探小说中都是十分常见的……"③

亦有论者认为,深究之下,读者会发现两者间的相似只是表面现象。"读第一遍时,《俄狄浦斯王》的确像一部侦探小说,有人被杀,有寻找凶手的行动,最后有回答所有问题的结局。"它不是侦探小说的理由有二:"正如斯芬克斯暗示,那个谜与人有关,真人,也就是我们。神的介入表明它涉及的可能尚不止我们,或者是在本原的意义上涉及我们。与侦探小说相悖(而且幅度甚大)的另一处是读者像索福克勒斯的观众一样,事先知道答案。"④

在"侦探小说"这一术语出现之前,旨在发掘罪案真相的侦探活动便散见于以"罪与罚"为主题的各种作品中。作为当时"最容易欣赏,广泛流传的大

---

① J.希利斯·米勒:《解读叙事》,申丹译,北京:北京大学出版社,2002年,第14—15页。
② Dorothy L. Sayers, "Aristotle on Detective Fiction", in Robin W. Winks, ed., *Detective Fiction: A Collection of Critical Views*, Englewood Cliffs, N. J.: Prentice-Hall, Inc., 1980, p. 26.
③ Ibid, p. 29.
④ David I. Grossvogel, *Mystery and Its Fiction: From Oedipus to Agatha Christie*, Baltimore and London: The Johns Hopkins University Press, 1979, pp. 23—24.

众娱乐方式"①,古希腊的悲剧与现代侦探小说有不解之缘,它们在情节建构、人物刻画、明晰或隐晦主题等方面有许多相似之处,在特定历史阶段里地位相仿,社会功用相近。在"前侦探小说"阶段,或有实无名,或名实皆备,嵌入欧美文学中的侦探小说因子业已普遍存在,与各种体裁的叙事文学发生种种联系,如相符、包孕、变形,等等。考察《莫格街谋杀案》等与《俄狄浦斯王》时间跨度极大、体裁全然不同的文本之间的相互指涉关系,我们不难窥见侦探小说因子的跨时代普遍意义。"这类小说中真正的终极问题是真相的发现。真相是神秘事件中占支配地位的符号,总是可以企及而且最终显而易见的,几乎总是全部清晰道出。"②"只要知道真情就有力量。"③正是在对真情的探寻中,古典悲剧与现代侦探小说出现交集。

先知忒瑞西阿斯是借助神力知晓事件全部真相的唯一的人,但是他对俄狄浦斯提出的谁是杀害拉伊俄斯的凶手的问题闪烁其词,避而不做明确回答。他指责俄狄浦斯虽有眼睛却看不到自己身处苦难之中,预言他的身世即将暴露,最终会身败名裂。他激怒了俄狄浦斯。俄狄浦斯认为,出于觊觎王位的险恶用心,妻弟克瑞翁在幕后指使忒瑞西阿斯编造谎言。

另一知情人是忒拜王后伊俄卡斯忒,她仅知晓部分真相。忒拜国王拉伊俄斯没有子嗣,于是他去德尔斐朝拜日神。日神答应赐他一个儿子,但是预言他会死在这个儿子手里。后来伊俄卡斯忒果真为他生下了一个儿子。三天后,她将尚在襁褓之中的俄狄浦斯亲手交给替拉伊俄斯牧羊的牧人,吩咐他把孩子抛弃在喀泰戎山上。她以为孩子已经死去,为说明神谕的虚妄,她提到拉伊俄斯在俄狄浦斯即位前不久已被一个外国强盗杀害于一个三岔路口。但是,"三岔路口"足以使俄狄浦斯胆战心惊。

第三位知情人是波吕玻斯的牧人,即"报信人"。他由科任托斯赶来报告波吕玻斯国王的死讯,说当地人欲立俄狄浦斯为新国王。他透露,波吕玻斯国王夫妇并非俄狄浦斯的亲生父母,多年前他在喀泰戎山上与拉伊俄斯的牧羊人相遇,接受此人赠予的孩子并转送给波吕玻斯国王抚养。从此,俄狄浦斯生活在波吕玻斯的王宫里,以王子身份长大成人,直至知晓神谕内容后逃离科任托斯。王后听说俄狄浦斯没有死在山上,而是去了波吕玻斯的王宫,

---

① David I. Grossvogel, *Mystery and Its Fiction: From Oedipus to Agatha Christie*, Baltimore and London: The Johns Hopkins University Press, 1979, p. 178.
② Carl D. Malmgren, *Anatomy of Murder: Mystery, Detective, and Crime Fiction*, Bowling Green: Bowling Green State University Popular Press, 2001, p. 25.
③ 索福克勒斯:《俄底浦斯王》,罗念生译,《罗念生全集》第三卷(《索福克勒斯悲剧五种》),上海:上海人民出版社,2016年,第82页。

便猜到丈夫即是自己的儿子，便央求俄狄浦斯不再追究自己的身世。俄狄浦斯不允，王后遂入宫自杀。

第四位知情人是早先替拉伊俄斯牧羊的牧人，亦被称为"拉伊俄斯的仆人""乡下人"。他透露当年自己从王后伊俄卡斯忒手中接过俄狄浦斯，但是没有执行弄死孩子的命令，而是带到山中送给为波吕玻斯牧羊的牧人。显然，他回去向王后报告时隐去孩子未死的真相。多年后，拉伊俄斯在三岔路口被俄狄浦斯杀死时他亦在场，是唯一的幸存者。剧作没有交代他是否在杀人现场认出俄狄浦斯是当年被自己送人的婴儿，但是他可以根据神谕推论出这个年轻人的真实身份。看到俄狄浦斯继承拉伊俄斯的王位，他萌生避祸的念头，便央求王后送他去乡下。遇到这位"乡下人"，波吕玻斯的牧人立即认出他来，并告诉俄狄浦斯，当年他正是从这个人手里接过那个孩子的。至此，俄狄浦斯将支离破碎的线索拼接在一起，终于恍然大悟。他冲进宫去找伊俄卡斯忒核实听来的故事，却发现母亲已经自杀。

贯穿《俄狄浦斯王》的哲学与艺术意蕴十分丰富，倘若作为一部侦探小说原型考察，它的意义在于悲剧的"突转"（peripeteia）与"发现"（anagnorisis）与侦探小说的情节铺陈相似，亦可以认为侦探小说有意无意间在继承古典悲剧范式。亚里士多德关于"突转"与"发现"的论述均以《俄狄浦斯王》为例，"突转，指行动的发展从一个方向转至相反的方向……此种转变必须符合可然或必然的原则。例如在《俄狄浦斯》一剧里，信使的到来本想使俄狄浦斯高兴并打消他害怕娶母为妻的心理，不料在道出他身世后引出了相反的结果。""发现，指从不知到知的转变，即使置身于顺达之境或败逆之境中的人物认识到对方原来是自己的亲人或仇敌。最佳的发现与突转同时发生，如《俄狄浦斯》中的发现。"①发现与突转的发生会使观众对有"个人缺陷"（hamartia）的悲剧人物产生怜悯和恐惧之情，这正是期待中的悲剧效果。

通过"突转"，索福克勒斯使谜底一个个被揭开，逐渐把冲突推向惊心动魄的结局。俄狄浦斯只是神的工具，甚至玩物，因此他的荒唐不应由自己负责。"凡是天神必须做的事，他自会使它实现，那是全不费力的。"②

既然命运不可抗拒，阿波罗神的预示必定应验，俄狄浦斯为何仍要为并非自己的罪孽受到惩罚？其实，作为侦探，俄狄浦斯的疏漏早在他进入忒拜之前，破解狮身人面怪物斯芬克斯的谜语时便已暴露，他的悲惨结局早已预

---

① 亚里士多德:《诗学》,陈中梅译注,北京:商务印书馆,2009,第 89 页。
② 索福克勒斯:《俄底浦斯王》,《罗念生全集》第三卷（《索福克勒斯悲剧五种》),上海:上海人民出版社,2016 年,第 91 页。

示。这怪物要俄狄浦斯猜一种生物,这种生物在生命的三个阶段分别用四、二、三只脚行走,而脚用得最多的时候,正是速度和力量最小的时候。英文译本中译为,"是人类"(man),俄狄浦斯回答正确。这实为知识论中的原认知问题:只有回答人是什么,人才能存在,并获得存在的意义。然而在这个与斯芬克斯单独相处的场合下更具体准确的答案或许是"一个人"(a man),"某个人"(the man)或"一个像我这样的人"(a man like me)。碰巧,这又是一个身份问题。俄狄浦斯无意间用集体名词替代"一个像我这样的人"或"我",一个具体的所指。他的措辞表明他的认知能力并不出色,注定不会成为一位称职的侦探。后来,听说自己是弑父娶母的罪人、瘟疫的罪魁祸首,俄狄浦斯羞愧难言,从母亲伊俄卡斯忒的尸首上拔下一根簪子刺瞎双眼,由既是女儿又是妹妹的安提戈涅搀扶着,走上自我放逐之路。从此安提戈涅便成为他的拐杖,他的第三条腿。他以自己的悲惨结局证明,神总是比人高明,总是在暗中窃笑自作聪明的人。

俄狄浦斯请先知忒瑞西阿斯做出判断,帮助城邦缉拿真凶。忒瑞西阿斯却对俄狄浦斯说:"我不愿使自己苦恼,也不愿使你苦恼。"①被俄狄浦斯激怒后,他关于俄狄浦斯身份的暗示越来越明晰。"你猜想不到那无穷无尽的灾难,他会使你和你自己的身份平等,使你和你自己的儿女成为平辈。"②"杀害拉伊俄斯的凶手就在这里……他将成为和他同住的儿女的父兄,他生母的儿子和丈夫,他父亲的凶手和共同播种的人。"③但是俄狄浦斯的认知能力略逊一筹,虽然他能够破解斯芬克斯的谜语,却无法揭示杀害老国王的凶手的身份,也无法预知自己的悲惨下场。俄狄浦斯听不懂先知描绘自己的贴切语言,却信誓旦旦地表示要报仇雪恨,这是绝妙的戏剧反讽(dramatic irony),确切地说是悲剧反讽(tragic irony)。

如塞耶斯等人所见,这部情节跌宕起伏,使古今读者惊愕不已、心灵得到净化的古希腊悲剧确实已具备现代侦探小说的基本程式,有人被杀,有旨在"究凶"的调查,亦有使真相大白的调查结果。剧作开演时展示的情节只是侦破部分,从前的犯罪故事通过剧中人物的回忆逐渐展现,但是需要观众耐心地将一个个支离破碎的片段连接起来,并且按照时间顺序重新排列事件,厘清其中的联系。两千多年后,爱伦·坡、柯南·道尔、克里斯蒂等现代侦探小

---

① 索福克勒斯:《俄底浦斯王》,罗念生译,《罗念生全集》第三卷(《索福克勒斯悲剧五种》),上海:上海人民出版社,2016年,第80页。
② 同上书,第83页。
③ 同上书,第84页。

说家以侦探情节为主,辅以犯罪情节的作品仍因循这一基本程式。此剧在情节建构方面酷似侦探小说,开演时俄狄浦斯弑父娶母的犯罪故事早已过去多年。"《俄狄浦斯王》犹如一个精彩的侦探故事(此剧是我们叙事传统中这类故事的蓝本),它在调查询问中逐步向前推进,目的在于回顾与重现此举开场前早已发生的罪行。"①文学教授在课堂上亦将《俄狄浦斯王》作为侦探故事介绍。"从本质上讲,这是一个侦探大师寻找犯罪大师的故事。"②

侦探小说之父爱伦·坡的几篇小说被树立为范式,拥有众多模仿者。考察《俄狄浦斯王》等原型后,我们发现爱伦·坡的贡献中创新成分并不突出。虽然开创了一种新颖的小说样式,他只是将经典文学中以"罪与罚"为主线的"犯罪—探罪"叙事,拓展为以"犯罪—探罪—罚罪"为主题与主线的叙事。或明示或隐射,爱伦·坡以戏仿的手法重新演绎了俄狄浦斯"突转"与"发现"的模式,却鲜有超越。

侦探小说因子的重新演绎

爱伦·坡的《你就是那人》叙述伪君子古德费洛杀人并栽赃陷害好人,第一人称叙事者"我"开篇便明确"我现在要扮演奥狄浦斯来解开这个嘎吱镇之谜"③。这个解谜的故事是《俄狄浦斯王》的"互文"性文本,"我"的破案本领远比俄狄浦斯高强,最终破解镇上乡绅沙特尔沃思骑马外出途中被杀害之谜。真正与俄狄浦斯厄运相仿,身败名裂的却是贼喊捉贼的"侦探"古德费洛。杀害沙特尔沃思后,他借在死马身上找到的弹丸嫁祸于死者的侄子,这颗弹丸与这位年轻人的步枪的口径吻合。年轻人平时行为放荡,是死者财产继承人,杀人证据充足,遂被判处死刑。这时"我"记起弹丸当时从马身上穿过后不翼而飞,推论被古德费洛找到的弹丸必定是后来放入的。接着,死者的尸体被发现。"我"在酒箱中安装机械装置,使死者的尸体在开启箱子时坐起来。同时,"我"运用腹语术,让"那具尸体用他腐烂而毫无光泽的眼睛悲哀地把古德费洛的脸凝视了一会儿,缓慢地,但却清楚而感人地说出了几个

---

① Hillis Miller, *Reading Narrative*, Norman: University of Oklahoma Press, 1998, p. 9.
② Jan R. Van Meter, "Sophocles and the Rest of the Boys in the Pulps: Myth and the Detective Novel", in Larry Landrum, Pat Browne and Ray B. Browne, eds., *Dimensions of Detective Fiction*, Bowling Green: Bowling Green State University Popular Press, 1976, p. 12.
③ 埃德加·爱伦·坡:《你就是那人》,奎恩编:《爱伦·坡集:诗歌与故事》(下),曹明伦译,北京:生活·读书·新知三联书店,1995年,第810页。"奥狄浦斯"即"俄狄浦斯"。

字——'你就是那人！'然后似乎心满意足地倒伏在箱沿上，伸出的肢体在餐桌上微微颤动"①。

"你就是那人"，源于《俄狄浦斯王》的英译文，18 世纪以来《俄狄浦斯王》的一些英译者大概受到《圣经》的启发，将先知忒瑞西阿斯反驳俄狄浦斯指控自己策划杀害老国王的一段话②中的一句译为"你就是那人"③。"你就是那人"始见于 1611 年钦定版英文《圣经》④，与如今罗念生的译本中"因为你就是这地方不洁的罪人"出自同一句原文。虽然"我"一开始便表明"现在要扮演奥狄浦斯来解开这个嘎吱镇之谜"，爱伦·坡引用"你就是那人"做标题，显然是揶揄俄狄浦斯的戏言。

在《莫格街谋杀案》中，爱伦·坡对《俄狄浦斯王》的指涉虽不甚明显，仍有迹可循。迪潘似乎是暗喻俄狄浦斯的推理高手，迪潘在报上读到莱斯巴拉叶太太和她女儿在巴黎莫格街门窗紧锁的寓所里被杀，警方一筹莫展。于是他便与故事的第一人称叙事者亲临现场勘察，最终侦破这一离奇血案。

我们不难发现它与俄狄浦斯王的悲惨故事之间的相似之处，诸如共有的经典侦探小说情节建构、作品的寓意以及从中窥见的关于人物是否犯罪的思辨。两个文本中引出破案故事的犯罪故事均涉及谋杀，侦探（俄狄浦斯和迪潘）均开展对当事人以及知情者（《俄狄浦斯王》中的报信人和牧羊人、《莫格街谋杀案》中的被杀母女的邻居和银行职员等人）的调查，进而根据他们提供的线索和自己的推理锁定作案凶手。在倒叙中，老国王拉伊俄斯等人血淋淋的尸体呈现在读者面前，不啻是有待侦探和读者破解的密码。

---

① 埃德加·爱伦·坡：《你就是那人》，奎恩编：《爱伦·坡集：诗歌与故事》（下），曹明伦译，北京：生活·读书·新知三联书店，1995 年，第 822 页。
② 罗念生中译本中这一段话译为："真的吗？我叫你遵守自己宣布的命令，从此不许再跟这些长老说话，也不许跟我说话，因为你就是这地方不洁的罪人。"参见索福克勒斯：《俄底浦斯在科罗诺斯》，罗念生译，《罗念生全集》第三卷（《索福克勒斯悲剧五种》），上海：上海人民出版社，2016 年，第 81 页。
③ John T. Irwin, *The Mystery to a Solution*: *Poe*, *Borges*, *and the Analytic Detective Story*, Baltimore and London: The Johns Hopkins University Press, 1994, pp. 204, 456.
④ 此语出自《圣经·撒母耳记下》。以色列人的王大卫与赫人乌利亚的美貌妻子拔士巴通奸，并且图谋永久霸占她，于是他派乌利亚上战场送死。耶和华甚不悦，便差遣拿单去见大卫。于是，拿单给大卫讲了一个富人与穷人的故事。富人有许多牛群羊群，穷人除一只母羊羔外，别无所有。有一客人来到这富户家里，富人舍不得从自己的牛群羊群中取一只屠宰给客人吃，却夺取那穷人的羊羔，预备给客人吃。大卫听完故事便对拿单说："我指着永生的耶和华起誓，行这事的人该死！他必偿还羊羔四倍，因为他行这事，没有怜恤的心。"拿单对大卫说："你就是那人！"

《俄狄浦斯王》与《莫格街谋杀案》的侦探小说情节建构比较

作品	故事一：犯罪的故事	故事二：破案的故事	侦探	"罪犯"
《俄狄浦斯王》	拉伊俄斯多年前被杀害在三岔路口	侦探（俄狄浦斯）询问四位知情人老国王拉伊俄斯被杀时的情形，分析、综合他们（第三、四位知情人）的证词后明白自己的身世，推断出自己即是元凶。	俄狄浦斯	俄狄浦斯，或缺席
《莫格街谋杀案》	母女俩前一天凌晨被杀害于密室内	侦探（迪潘）先通过报道知晓案情，分析洗衣妇、小贩、邻居、警官、银行职员、法医等知情人的证词，并亲赴犯罪现场勘察，最后在与大猩猩的主人会面时验证自己的推论是正确的。	迪潘	大猩猩，或缺席

两部作品中侦探的破案方法亦很相似，均以先将知识"碎片化"（fragmentation of knowledge）继而以"重新建构"的方法使故事显得扑朔迷离、魅力无穷。俄狄浦斯盘问四位知情人，依据其中三人对自己的身世以及拉伊俄斯被杀事件始末的证词做出判断。在《莫格街谋杀案》中，迪潘梳理洗衣妇、小贩、邻居、警官等知情人的证词，经过现场勘察的验证实现碎片化和重构。他的推理基于一些调查到的事实，譬如有通道通向室外，因而所谓"密室"根本不存在，又如他发现死者手中的黄褐色毛发似乎不是人类的，等等。

除洞悉全部真相的先知忒瑞西阿斯以外，其余三人对俄狄浦斯身世的认识均是支离破碎的，没有独立意义。侦探的职责是将三人的证词按照逻辑和时间关系衔接起来，以此"重构"也即"推理"。

先知反复暗示俄狄浦斯，他自己即是罪人，但是他既没有听懂，也无法表达自己的意思。《莫格街谋杀案》中的俄狄浦斯便是作证说作案者讲一种无人能听懂的语言的意大利人、英国人、西班牙人、荷兰人、法国人，他们都断言那是某一种外语。但是他们听不懂那种语言，因此迪潘从他们的证言中推论作案者可能不是人类。语言是交际的工具，可以晓示语符指代的事物，但是亦可以迷惑甚至歪曲事物的本来面目。侦探须善于察言观色，成为优秀的认知者与阐释者。

除迪潘曾亲赴犯罪现场勘察外，两位侦探使用基本一致的破案方法。俄狄浦斯本人便是作案人，无回到现场之必要。在他们力图获得知识的努力中随着时间推移而逝去的往事被一一重构,悲剧情节不可或缺的"发现"在侦探小说中演变为令观众和读者意想不到的罪犯的逐渐暴露。

如今被奉为现代侦探小说开山之作的《莫格街谋杀案》并不纯正,也并不是完全意义上的侦探小说。爱伦·坡写作《莫格街谋杀案》的本意并非要开创一种新型小说,他只是在恪守犬儒主义的"政治正确"的宗旨前提下讲述一个耸人听闻的推理故事。"推理"令读者联想到理性。的确,读者可以在这篇小说中发现爱伦·坡对理性的大力倡导。用第一人称叙事者的语言表述,在下棋、打牌、侦破工作中理性具体表现为"分析能力"。"分析能力不可与单纯的足智多谋混为一谈,因为虽说善分析者必然足智多谋,但足智多谋的人却往往出人意料地不具有分析能力……在足智多谋和分析能力之间实际上存在着一种比幻想和想象之间的差别还大得多的差异,不过两者之间有一个非常类似的特征。其实可以看出,足智多谋的人总是沉湎于奇思异想,而真正富于想象力的人必善分析。"[1]

爱伦·坡的其他几篇侦探小说问世后,人们对何谓侦探小说形成了清晰的概念,而嵌入悲剧、哲理小说、惊悚小说等形式的作品中的侦探小说因子也更易辨识。例如,博尔赫斯的《曲径分岔的花园》是典型的元小说,同时也是一篇曾被低估的侦探小说发展史上里程碑式的作品。这篇小说的情节与《俄狄浦斯王》和《莫格街谋杀案》相似,依然以凶手与侦探的冲突为主线,却不局限于探案。这个故事旨在揭示在一座由模糊的时间和虚构的空间构筑的迷宫中人的脆弱、无助。在这个特定时空坐标上,无情地摆布俄狄浦斯的命运再次与人为敌,于是人物落入多重时空迷宫和命运交织而成的罗网中,凶手与侦探均无法逃离。"万物发生总逢其时,那现在就是某时了。"[2]

艺术与主题、教谕性与接受度的整合是小说创作必须面对的问题。人人都喜欢读一个引人入胜的故事,侦探小说因子可算是一种诱惑。老子有言,可名之"名"并非"常名"。侦探小说的名实之辨源于人类生活方式及社会环境的改变与相对永恒的人性之间的平衡不断被打破,两种因素此消彼长,共同使这一小说形式变得丰满。或有实无名,或名实皆备,出入、飘忽于名无名之间的侦探小说之"实"像变色龙一般厕身于掩蔽物之间。侦探小说因子,作为双重或多重叙事中的一条线索始终显示出玄妙的魅力。从古希腊悲剧

---

[1] 埃德加·爱伦·坡:《莫格街谋杀案》,奎恩编:《爱伦·坡集:诗歌与故事》(上),曹明伦译,北京:生活·读书·新知三联书店,1995年,第453—454页。

[2] 豪·路·博尔赫斯:《曲径分岔的花园》,《博尔赫斯文集·小说卷》,王永年、陈众议等译,海口:海南国际新闻出版中心,1996年,第129页。

到当代畅销书,各类"雅""俗"文学中的侦探小说因子披露在"犯罪－探罪－罚罪"主题与主线阐发中人际矛盾如何激化、如何攀升到顶点的秘密。侦探小说以及含有侦探小说因子的作品不仅逃避现实,也关注世道,因而兼具"教化"与"怡情"的社会学和美学功能。

第六章 《莫格街谋杀案》中的"罪犯"以及关于"罪"的反讽

在被批评家誉为首篇"现代侦探小说"的《莫格街谋杀案》中,爱伦·坡塑造的推理高手迪潘推论出凶杀案的"作案者"竟然是一只猩猩。对于这只猩猩,爱伦·坡在叙述中流露出爱与恨交织的矛盾态度,其中隐含的意识形态与政治信息耐人寻味。他以动物暗喻人性中的非理性或兽性,同时也流露出根深蒂固,甚至延续至今的美国政治背景下的种族歧视意识。在此,文学与现实相互指涉,以一种游戏般的反讽形式出现。貌似超脱的唯美主义者与自由主义者爱伦·坡重蹈"政治正确"之覆辙,这不仅是对文学反映现实观念的佐证,也凸现出他的犬儒主义意识。

难以成立的"谋杀案"

爱伦·坡以这篇小说开创侦探小说沿用至今的"密室杀人"套路,并借迪潘之口确立侦探在工作中必须遵循的基本准则。1843 年,即该小说发表后的第三年,"侦探"(detective)一词始见于英国刊行的一种法律刊物。[①] 爱伦·坡的本意只是想写一些具有浓厚浪漫主义色彩的"推理故事",却在身后阴差阳错地成为现代侦探小说之父,这是他始料未及的。

根据福柯的观点,水手以鞭打等手段施加到猩猩身体上的权力不仅是一种"所有权",也是一种隐性的,以互动形式作用于统治阶级与被统治阶级之间,随时而变、易地而变的"微观权力"。这种"微观权力"亦是一种意识形态,它本应使猩猩安于现状,静候待价而沽的主人将其卖出。但是猩猩的反抗最终破坏平衡和稳定,引发杀人事件,遂使宏观权力的代表警方登场。他们的失利又使代表理性力量的迪潘出马调查案件的真相,找到真凶。

许多批评家(特别是研究侦探小说的批评家),在不同层面上,从不同角度发表过对《莫格街谋杀案》的权威评论。

---

① Daniel Hoffman, "Poe, Edgar Allan", in Rosemary Herbert, ed., *The Oxford Companion to Crime & Mystery Writing*, New York and Oxford: Oxford University Press, 1999, p. 332.

"这个故事首次阐明侦探术的两条原理:一是当你排除所有不可能的因素之后,剩余的便一定是真相,无论多么荒诞不经;二是越显得稀奇古怪的案子便越容易侦破。"①

"从小说艺术的角度审视,'莫格街谋杀案'的重要意义在于它确立了侦探小说的叙事原则,即结局决定此前所有的情节的发展次序和因果关系。"②

在以往研究的基础上我们可以大体归纳出要点。大致可归结为:

1. 爱伦·坡的败笔:

——作者将这篇小说命名为《莫格街谋杀案》完全不合逻辑,而且有误导读者之嫌。"凶杀"(murder)本是人类律法中的语汇,不可用于约束动物。③ 读者受到这个词误导,自然会先入为主地猜测凶手是何人,却不会联想到动物。

——作者既已交代床头顶着窗子,那只杀死莱斯巴拉叶母女的猩猩便不可能由未闩上的窗子出入。

——作者没有交代迪潘如何辨认出死者手里捏的毛发是猩猩身上脱落的。小说所引法国动物学家居维叶的著作对此未作描述,迪潘也不可能在破案前从另一只猩猩身上采集到标本。

2. 这些败笔说明这个故事根本不是颂扬理性的侦探小说,而是对理性恣意加工的一个浪漫主义传奇,其中理性或分析能力被视为最高级的悟性。

3. 迪潘对那只"凶手"猩猩别有钟情,他们均是逃亡者(fugitive)。猩猩逃离自己的主人,与现代都市生活格格不入的没落贵族迪潘则自我放逐,离群索居。

根据引自 17 世纪英国文人托马斯·布朗(Thomas Browne,1605—1682)的作品《骨灰瓮的葬仪》(*Urn Burial*)的卷首语,阿泽布卡指出小说与荷马史诗《奥德赛》和《伊利亚特》的互涉关系,猩猩和它的主人、阿基里斯和奥德修斯的两组对应关系。"塞壬唱的什么歌,或阿基里斯混在姑娘群中冒的什么

---

① Dorothy L. Sayers, "The Omnibus of Crime", in Howard Haycraft, ed., *The Art of the Mystery Story: A Collection of Critical Essays*, New York: Biblo and Tannen, 1976, p. 81.

② Dennis Porter, *The Pursuit of Crime: Art and Ideology in Detective Fiction*, New Haven & London: Yale University Press, 1981, p. 25.

③ *The New Oxford Dictionary of English* 将 "murder" 定义为 "the unlawful premeditated killing of one human being by another"。

名,虽说都是费解之谜,但也并非不可揣度。"①(451)如果爱伦·坡有意以那头猩猩影射布朗提及的阿基里斯,它的主人,那个马耳他商船上航海归来的水手便是指挥特洛伊战争、献木马计的英雄奥德修斯。女神卡吕普索将奥德修斯留在马耳他北面的戈佐达岛上达九年之久,正是马耳他这个地名将那个水手与奥德修斯联系在一起。②

两个细节可以证明爱伦·坡借助故事中并非人类的"人物"猩猩影射阿基里斯。一是阿基里斯的母亲西蒂斯不愿儿子去特洛伊参战,便给他穿上女人的衣服,让他躲在斯库诺斯国王宫中的一群女人之中。猩猩模仿主人用剃须刀刮胡子,被主人发现,因为惧怕鞭打仓皇出逃,阴差阳错地爬进莱斯巴拉叶母女的寓所避难。二是阿基里斯出生后,西蒂斯为使他长大成人后避开刀剑伤害,便把他浸入冥河里。那头猩猩的脚上恰巧也带伤,却是在甲板上被木刺扎的。

为找到阿基里斯,动员他赴特洛伊参战,狡猾的奥德修斯扮成小贩来到宫中窥探。他出售妇人使用的各种小玩意儿,其中混杂着一把武士用的利剑,阿基里斯情不自禁地抓起那柄利剑,遂在奥德修斯面前暴露出自己的真实身份。在爱伦·坡的故事中,阿基里斯手中的利剑演变为猩猩掌中的剃须刀,迪潘用缜密的推理方法重构猩猩如何手持剃刀躲进莱斯巴拉叶母女的寓所避难,如何被两个女人的尖叫声激怒杀人,如何在恐惧心理的驱使下将女儿的尸体塞进烟囱……后来这些细节均得到那位豢养猩猩的水手证实。

作为逃亡者与"罪犯"的猩猩最后却免受惩罚,得以在巴黎植物园里安享天年,它是小说中值得回味的中枢"人物"。除"凶杀"是描绘人类行为的法律术语,不适用于动物之外,笔者以为在首篇侦探小说中隐藏着关于这类作品性质的悖论,即侦探小说弘扬理性,是科学昌明的现代文学的看法只是表面现象。许多侦探小说甚至在逻辑上经不起推理,甚至基本事实有谬误。文学自有其规律,并不完全与社会发展同步。猩猩在杀人现场吼出与理性时代不合拍的非理性怪音,这是否可以解读为人类对远古质朴生活方式的留恋? 怀旧是浪漫主义文学思潮的特征之一,在猩猩身上寄托着由爱伦·坡代言的人类理想。无意识中潜伏着人格中最原始的本我,它追求心灵的无拘无束和感官快乐,完全依照快乐原则行事,为解除心理压力,会在冲动时毫无理由地攻击他人。虽然猩猩是进化论链条上与人最接近的动物,它与自我和超我无

---

① 埃德加·爱伦·坡:《莫格街谋杀案》,奎恩编:《爱伦·坡集:诗歌与故事》(上),曹明伦译,北京:生活·读书·新知三联书店,1995年,第451页。本章下文凡引用同一译文,仅在引文后标明页码。

② Charles J. Rzepka, *Detective Fiction*, Cambridge: Polity Press, 2005, p.79.

缘，无法像人那样根据社会现实、道德规范与法律约束控制自己的行为。换言之，猩猩的举止似乎在暗示弗洛伊德用于解释犯罪的人格结构理论，即如果本我的力量压倒现实原则所带来的抑制力量，或者自我和超我不完善，人便会丧失道德观念，无法抵御本能冲动的诱惑，致使犯罪。弗洛伊德在《文明及其缺憾》等著作中论述本能的冲动与文明的限制之间存在不可调和的对抗，犯罪就是违反人们捍卫文明的禁律，而文明是以违背人类本性为代价的。在享受文明带来的安宁富足的生活之余，人们不禁会遥想本初享有更多自由的美好，虽然他们也懂得鱼与熊掌不可兼得。爱伦·坡等浪漫主义者怀旧，但是并非希望回到过去，只是一种对现代性充满迷惑的情感宣泄。作者这篇小说命名为《莫格街谋杀案》完全不合逻辑，有误导读者之嫌，但是作为处于本我状态中的猩猩在世界文化之都巴黎的血腥杀戮之举意味深长，暗喻人性中兽性的一面。自爱伦·坡之后，罪犯的社会身份由动物进化到人，从卑鄙的刑事犯变为邪恶的犯罪大师，最终轮到具有浓厚意识形态色彩的敌人登场，带有鲜明个人印记的波西米亚诗意渐渐在消退，最后留存在读者记忆中的仅仅是一个警匪斗争的游戏。

隐形权力下非人的"人物"

小说的情节可分为三层：故事本身建构在推理高手迪潘与警察局长的冲突之上，两人均想赶在对手之前破案，"故事中的故事"讲述猩猩如何躲避主人的惩罚，从他那里逃走，案件本身，也即托多洛夫所说的侦探小说的第一部分，"犯罪的故事"，只是"故事中的故事中的故事"而已，叙述猩猩如何在狂暴中杀死莱斯巴拉叶母女，警方如何传讯洗衣女工等一系列证人，如何认定陪莱斯巴拉叶夫人回家的银行职员阿道夫·勒邦具有重大犯罪嫌疑，等等。小说开始时，"我"以占去整篇约九分之一的冗长篇幅议论"分析能力"，之后才开始讲述迪潘的破案故事，包括"我"引用或转述迪潘和水手的话，转引《法庭公报》等报界的广泛报道，等等，多为插叙和倒叙。

只有从纯粹侦探小说技法的角度审视，人们才会将这只惹祸的猩猩看作由于它的主人的失误阴错阳差地暂时卷入人类生活的一只动物。它是第二个子叙事中的"反面人物"或"反派人物"（antagonist），当时和今天的读者均会从中读出某种曲折、隐晦、甚至只存在于作者观念中的寓意。

以动物喻人是欧美文学中的一种传统，《伊索寓言》（Aesop's Fables）中便不乏此类描写，《格列佛游记》中有一卷专门记述格列佛在智马生活的慧骃国度里的经历。利用某种动物杀人亦并非爱伦·坡首创，此前已见诸诸多文学作品中。莎士比亚在《安东尼与克莉奥佩特拉》(Antony and Cleopatra)中描写过埃及艳后克莉奥佩特拉将尼罗河里一条"像香膏一样甜蜜,像微风一样温柔"①的毒蛇放在胸口,眼睁睁地看着它把自己咬死。在爱伦·坡发表《莫格街谋杀案》前三年,爱尔兰作家勒·法努(Joseph Thomas Sheridan Le Fanu,1814—1873)便在《绿茶》(Green Tea)中描写过一只精灵般的猴子最终使人丧命的情节。

小说中的"我"的道德伦理或政治态度,尤其是对那只猩猩所持的态度,并不完全代表作者的立场,但是其中唯一的声音来自"我"这个叙事者。据此,判断"整个作品的意思"和被感知的"存在于作品之后的正常规范(norm)"只能以"我"的叙述为依据。规范即"为读者所接受,而被叙事者所违反的准则,但不同社会历史时期的读者会建构出不同的规范"②。这"规范"也即爱伦·坡对当时社会风尚的屈从与认同,对"政治正确"原则的恪守,因为这些社会风尚和原则恰恰也是被读者所接受,认为"理应如此"的意识形态。爱伦·坡隐身于"我"身后的叙述层面,表现出"古怪地混杂在一起的各种相互矛盾的态度和倾向"③,折射出文学与现实之间多向度的联系。

长期以来,爱伦·坡的研究者通常认为他是具有颓废倾向的唯美主义、自由主义浪漫情怀的作家,因而往往"忽略其中某些作品的道德寓意"④。"除对各种形式的民主统治的反感外,爱伦·坡没有特别的政治感受……"⑤倘若考虑到文本证据与当时的社会—政治状况,我们不难看出爱伦·坡对猩猩这一非人的"人物"的选择、描绘以及它与其他人物的关系的处理是颇有深意的。这只猩猩寓言式地反映出现实,也体现出爱伦·坡对隐形权力的屈从,对强势意识形态的认同,他并非"没有特别的政治感受"。

无论立意如何静穆高远,浪漫主义是现实的产物。落实到作品中,它不免会与所有文学流派一样以某种方式反映现实。"浪漫主义的逻辑是各种矛盾必须包含在一个单一的导向之中,但是其中并没有虚伪的调和,浪漫主义

---

① 莎士比亚:《安东尼与克莉奥佩特拉》,朱生豪译,《莎士比亚全集》(十),北京:人民文学出版社,1978年,第128页。
② 申丹、韩加明、王丽亚:《英美小说叙事理论研究》,北京:北京大学出版社,2005年,第392页。
③ Charles J. Rzepka, *Detective Fiction*, Cambridge: Polity Press, 2005, p.73.
④ 申丹:《叙事、文体与潜文本——重读英美经典短篇小说》,北京:北京大学出版社,2009年,第134页。
⑤ Julian Symons, *The Tell-Tale Heart: The Life and Works of Edgar Allan Poe*, New York: Penguin Books, 1981, p.76.

即是稳定而又富有成果的导向……浪漫主义艺术家并不逃离现实,他逃入现实。"①这个"现实"也只是他对客观世界的感知,无法推及他人的经验。

除作品与荷马史诗的互涉关系,作为逃亡者的猩猩和它的主人与阿基里斯和奥德修斯的两组对应关系以外,猩猩不是理性的犯罪者(the criminal),只是非理性的作案者(the perpetrator)。虽然水手与奥德修斯扮演相仿的追逐者与迫害者的角色,迪潘其实才是这个侦探故事中的"作案者"的敌手。他以冷酷的理性演绎推理步步为营,解开猩猩杀人的谜团,不仅击败来自警方的竞争对手,令人信服地逼迫习惯了率性而为的水手就范,也精密地重构案件的全过程。理性战胜情感,这是他的胜利隐含的象征意义。

经过深入、细致的调查后,迪潘注意到作案者表现出"惊人的矫捷、超人的力量、残酷的兽性、毫无动机的残杀、绝对不符合人性的恐怖手段,再加上一个分不清音节、辨不出意义,在几个国籍的人听来都像是外国话的声音……"(476)由此迪潘断定凶手没有作案动机,排除他是"臂力过人之壮汉""踟蹰不定的白痴"(475)或是"我"所说的"一个从附近疗养院里逃出来的发了狂的疯子"(477)一类的推测。他画出一张草图,"摹画的就是证词中有一部分所说的'深紫色瘀痕和深凹的指甲印'"(477)。"我"应邀做实验:把草图包在一根同人的脖子差不多粗细的木柴上,试着把手指摁在那些指印上。于是迪潘得出结论:"这不是人的手印"(477),从而渐渐缩小调查的范围,最终确定杀人者不是人而是兽。

接着,迪潘以不容辩驳的口吻吩咐"我":"那就先来读读居维叶教授的这段文章吧……那是一段从一般习性和解剖学上对东印度洋群岛的褐色猩猩的详细描述。那种哺乳类动物以其巨大的体格、惊人的力量、非凡的机敏、异常的凶残和爱模仿的嗜好而为世人所知。我突然间明白了那桩谋杀的恐怖所在。"(478)

这是小说中第一次指明"褐色猩猩"是迪潘"猜测"到的凶手,虽然在此之前他已做过铺垫,提醒"我"注意"这暴行中残酷的兽性"。居维叶的著作对猩猩的毛发色泽未做描述,"我"亦没有交代迪潘如何辨认出死者手里捏的毛发正是猩猩身上的,而不是其他某一种更易在国际大都市巴黎中出现的动物的毛发。既然如此,读者不免会想到爱伦·坡为何选定这种动物作为这个哥特式侦探故事的凶手。或许,他的灵感来自法努的《绿茶》中的那只精灵般的猴子。虽然同属高等哺乳动物中的灵长类,猴子在身体构造(有尾)、行走方式

---

① Morse Peckham, *The Triumph of Romanticism*, Columbia, South Carolina: University of South Carolina Press, 1970, p. 35.

(树跳、四足型)等方面皆远逊于猩猩(无尾,以指撑或臂荡方式行走),因而与直立行走、二足型的人类相去更远。

毕竟,猩猩是智力与体力上最接近人类的动物。受到爱伦·坡的启发,中国台湾当代作家林佛儿在《人猿之死》中反其道而为之,以反讽手法描写主人"谋害"一只在人的影响下变得十分"色情"的猩猩的故事。①

生活决定意识

作者说明这是一只"褐色猩猩",却是在暗指非洲裔美国人。阿泽布卡指出,在爱伦·坡写作的年代里人们惯于将猩猩与非洲人作一番类比,那是当时"寻常的种族主义""固有的"一部分。从18世纪末开始,白人便无一例外地认为黑人低人一等,其中亦有部分人认为黑人并不属于人类。概括以往研究者的观点,阿泽布卡认为对猩猩狂暴行为的描写可以解读为当时白人社会对非洲裔美国人的普遍歧视,无论南方北方。② 参照下列几件史实,我们不难看出这些研究者的观点不谬。

一是南非女子萨提姬·巴特曼(Saatjie Baartman)的遗体回归故国引出的一段黑人辛酸史。"1995年,时任总统的曼德拉向法国正式提出归还巴特曼遗骸的要求,然法国对此置若罔闻,多方推诿,而南非政府与民间、科学家与作家坚持不懈,同时得到国际友人的鼎力相助,终使法国于今年初通过归还巴特曼的法案,巴特曼于今年5月3日回到自己的故土,恢复了她做人的尊严和一个民族的尊严。"③

巴特曼被肢解的遗体重归故里后,2002年8月9日适值南非的妇女节,总统姆贝基为这位186年前去世的南非妇女在其家乡东开普省汉基村举行了一场隆重庄严的"葬礼"。当时报章曾做报道:

> 8月9日是南非的"妇女节",与往年不同的是,今年庆祝活动的焦点是为一名186年前去世的南非妇女在其家乡东开普省汉基村举行一场隆重庄严的"葬礼"……
>
> 1810年,21岁的巴特曼在伦敦开始她在异国他乡的非人生活。她的吃住条件如同猪狗一般,被当作怪物在光天化日之下进行裸体展览。当时的伦敦《时报》报道说:"巴特曼像野兽一样被命令在大庭广

---

① 林佛儿:《人猿之死》,《推理》1985年2月第4期,第60—78页。
② Charles J. Rzepka, *Detective Fiction*, Cambridge: Polity Press, 2005, pp.82—83.
③ 李新烽:《"非洲维纳斯"的葬礼》,人民网,2002年8月12日。

第六章 《莫格街谋杀案》中的"罪犯"以及关于"罪"的反讽

众之下进行前后走动,每次表演长达3个小时。"她的臀部和下垂裸露的阴部成为人们讥讽的对象,由于欧洲白人蔑称非洲黑人为"霍屯督",便给她冠以"霍屯督维纳斯"的艺名,并别出心裁地将其受洗为基督徒……

1816年1月,在合同期满3个月前,27岁的巴特曼病死在巴黎一间简陋的住所,结束她充满屈辱、悲愤与无奈的短暂人生。然而,她的悲剧并未因为她的死亡而落幕,进而在文明社会里成为科学的"囚犯",充当一些人类学家撰写种族主义论文的"依据"。古人类学家古维埃就将巴特曼的臀部与母猩猩进行比较研究,试图寻找黑人与黑猩猩之间的亲缘关系,建立一种所谓的新学说。在被做成石膏像后,她的尸体被解剖,制作成骨架标本,她的大脑和生殖器被分别置入两个大玻璃瓶内,用福尔马林溶液浸泡保存,成为法定的"不可转移"的国家收藏品……①

恰巧,文中的"古人类学家古维埃"正是爱伦·坡在这个故事里提到的居维叶(Georges Cuvier,1769—1832)②,而猩猩的命运亦与巴特曼相仿:"它的主人后来把它重新捕获,以一个很高的价钱卖给了巴黎植物园"(485)。难怪有人认为,仅凭爱伦·坡提及这位"臭名昭著的种族主义者"这一事实便足以证明他是在将黑人与猩猩等量齐观。③

二是美国《纽约邮报》2009年2月18日刊登的一幅漫画引起轩然大波。在这幅漫画中,一名警察开枪击毙一头黑猩猩,另一警察对他说:"现在,得找别人制定下一个经济刺激计划了。"有人据此指责它影射时任美国总统的奥巴马。④

事实上,这幅漫画并非凭空捏造:本周一,美国康涅狄格州一只90公斤重的"电视明星黑猩猩"差点咬死主人的朋友,并且袭击警车,后来被警察击毙。

……在美国社会中,一些白人种族分子常常称黑人为猩猩,而奥巴马既是黑人,又是刺激经济方案的主要推动人。这一系列巧合很难不让人联想到它影射奥巴马。据一名不愿透露姓名的《纽约邮报》编辑说,这期报纸发行后,他们办公室的电话很快就被打爆了,许多读者打来电话

---

① 李新烽:《"非洲维纳斯"的葬礼》,人民网,2002年8月12日。
② "古维埃"是依照英文发音的转写,"居维叶"则是依照法文发音的转写。
③ Charles J. Rzepka, *Detective Fiction*, Cambridge: Polity Press, 2005, p. 82.
④ 《美报用黑猩猩影射奥巴马犯众怒》,《参考消息》2009年2月20日第三版。

指责他们品位低下、迎合了美国社会中把黑人比做猴子的歧视性思维习惯……①

三是谷歌就搜索奥巴马夫人时出现"猴子照"致歉。"当用户通过谷歌搜索引擎搜索奥巴马夫人的照片时,一张带有严重歧视性的照片出现在搜索结果前列。这张照片将米歇尔面部'恶搞'成猴子形象。这对于黑色人种的米歇尔而言,无疑是最严重的侮辱方式。"②

后现代史学家们认为应废弃线性的、连续性的传统历史观,以史为鉴的另一极是以当代作为最重要的时间构架,而对当下的认同有助于认识过去。历史与当下是互为文本的,可以相互阐发,因此奥巴马夫妇被影射之事亦有史学意义。

马克思认为,"意识在任何时候都只能是被意识到了的存在,而人们的存在就是他们的实际生活过程。""不是意识决定生活,而是生活决定意识。"③作为一种社会存在的美国社会对非洲裔美国人的普遍歧视态度是占统治地位的意识形态,对爱伦·坡也不免产生某种影响,那只影射黑人的猩猩便是思维的产物。萨义德以他特有的表述方式赞同马克思的观点,"……对于吉卜林以及受他的看法和辞令影响的人而言,做一个白人是一件自我认同的事。一个人成为白人仅仅因为他生来便是白人"④。认同、接受并且习惯自己角色的不仅仅是白人,黑人亦然。以旁观者的角度审视美国的种族问题,萨特在其剧作中揭示出黑人的强烈身份意识。

(妓女丽瑟递给避难的黑人一支手枪,鼓励他自卫。)
黑人　太太,我不能。
丽瑟　什么?
黑人　我不能开枪打白人。
丽瑟　真的吗?他们可不会这样客气。
黑人　他们是白人,太太。
丽瑟　那又怎样?因为他们是白人,他们就有权像宰猪一样放你的血吗?

---

① 董博:《黑猩猩漫画在美掀风波 社会表达严重关切》,《环球时报》2009年2月20日。
② 《谷歌就搜索奥巴马夫人出现猴子照致歉》,https://world.huanqiu.com/article/9CaKmJmHjO。
③ 马克思、恩格斯:《费尔巴哈》,《马克思恩格斯选集》(第一卷),北京:人民出版社,1972年,第30—31页。
④ Edward W. Said, *Orientalism*, New York: Pantheon Books, 1978, p.227. "白人"(White Man),原文大写。

第六章 《莫格街谋杀案》中的"罪犯"以及关于"罪"的反讽 89

黑人　他们是白人。①

意识形态是历史的,而且总是附着在具体历史事件上。"霍屯督维纳斯"巴特曼的悲惨经历无疑在包括爱伦·坡在内的文人墨客心中留下印记,而且他们大多难以摆脱占据引领地位的意识形态的束缚,即使不是刻意为之也是在有意无间与当时蔑视黑人的鼓噪合拍。譬如,与爱伦·坡同时代的英国作家萨克雷(William Makepeace Thackeray,1811—1863)的小说《名利场》(Vanity Fair)中的青年军官奥斯本便以嘲讽的口吻谈到"霍屯督维纳斯":"……我不喜欢她的皮色。你叫弗利脱市场对面那扫街的黑人娶她去吧,我可不要这么个黑漆漆的蛮子美人儿做老婆。"②

犬儒主义者的矛盾心态

以上文本证据、历史线索与社会-文化背景从作品内外证明爱伦·坡在描写那只猩猩时或以媚俗心态附和蔑视非洲裔美国人的意识形态,以表现自己"政治正确",或不自觉地表现出一种从众心理,或二者兼而有之。反讽的张力在误导读者的小说《莫格街谋杀案》的篇名中已露端倪,此后又在卷首语"塞壬唱的什么歌……"中隐晦地显现。

作者采用言语反讽,颂扬理性,宣示侦探小说的主旨,即无论多么神秘的事件也是可以破解的,而小说的离奇情节也仅仅是可以"揣测"而已,理性远非解决一切问题的灵丹妙药。女妖塞壬是非理性的象征,她迷人的歌声使意志薄弱的水手们迷失方向,不由自主地将船驶向悬崖峭壁,撞得粉身碎骨。根据神谕,阿基里斯必须在两种命运中选择一种,或者默默无闻,安度此生,或者年纪轻轻便战死沙场,流芳千古。他毫不犹豫地走上战场,同样亦成为非理性的英雄。

处于塞壬、阿基里斯和猩猩对立面的则是理性的化身奥德修斯、水手和无所不知的迪潘。在言语和戏剧反讽中,在轻松的消遣文学的名义下,爱伦·坡使格格不入的两类人物(在小说大半篇幅中那只猩猩亦是一个特殊的"人物")相互映衬,在并置(juxtaposition)中隐藏着一个理智与情感发生冲突的故事。以当代人的角度审视,爱伦·坡对人性与兽性、人格中理性与非理

---

① 让-保尔·萨特:《恭顺的妓女》,让-保尔·萨特著,艾珉选编:《萨特读本》,北京:人民文学出版社,2005年,第512页。
② 萨克雷:《名利场》(一),杨必译,北京:人民文学出版社,1957年,第261页。原文为"… I don't like the colour, sir. Ask the black that sweeps opposite Fleet Market, sir. I'm not going to marry a Hottentot Venus"。

性做出传统二元对立式的划分,是弗洛伊德人格理论的先声。他似乎秉持克尔凯郭尔式"不断消解自身的"反讽立场,宁愿采取一种开明的反逻各斯中心主义、反本质主义的态度,通过猩猩杀人事件探究微妙的人生,也展示出其内心深处现实与幻觉、情感与理智、保守与激进的冲突。

爱伦·坡对这些分别代表情感与理智的"人物"的暧昧态度可以大致概括为作为某种意识形态的犬儒主义,即"'自在的'意识形态:作为一种教条、一个思想、信念、概念等的复合体的内在的意识形态概念,其目的是说服我们相信其'真理'而实际上服务于某种秘而不宣的特殊的'权力利益'"①。爱伦·坡被这种处于若隐若现、时隐时现的微妙的意识形态——"自在意识形态"——所裹挟,最终屈服于隐性的权力。

一种有代表性的意见认为,爱伦·坡的身世等因素使他同情"被遗弃、受侮辱、精神失常、被边缘化、背离常理常情的人们",这"差不多是爱伦·坡的小说永恒不变的主题"②。从对阿基里斯的影射中,读者的确看出爱伦·坡对猩猩这一成为"受侮辱"的角色的同情。迄今为止,被研究者忽略的则是掩盖在猩猩角色象征意义之下,以反讽形式呈现的理性与非理性、文明与原始的冲突,是作为犬儒性主体的爱伦·坡对"自为—自在意识形态"的某种程度上的认同。作为知识界的一员,爱伦·坡或许知晓1838年5月轰动全美的反对废除奴隶制的暴乱③等事件的始末,也明白对黑人的偏见、丑化不过是白人权力运作的结果。这种意识形态深入人心,在共同价值观下掩藏着白人统治阶级的利益。爱伦·坡对此心知肚明,却为捍卫这种利益中自己的份额予以认同、响应。"犬儒主义的准则不再是经典马克思主义的'他们不了解,但他们在做';而是'他们非常清楚正在做什么,但是他们在做'。"④

现代犬儒主义已失去古希腊犬儒学派始创时的积极道德伦理意义,是已经启蒙的错误意识(enlightened false consciousness),即以玩世不恭、愤世嫉俗的言行表达对现实的质疑、嘲讽和藐视。它以"顺从"(conformism)的姿态被动地接受强权,虽然有时也在嗫嚅中表示消极、疏离,最终仍旧委曲求全。

---

① 斯拉沃热·齐泽克:《意识形态的幽灵》,斯拉沃热·齐泽克等:《图绘意识形态》,方杰译,南京:南京大学出版社,2002年,第13页。
② Charles J. Rzepka, *Detective Fiction*, Cambridge: Polity Press, 2005, p.86.
③ 1838年5月17日,来自南卡罗来纳州的安吉莉娜·格里姆凯(Angelina Grimké)发表演讲,号召反对奴隶制,引起骚乱。
④ 斯拉沃热·齐泽克:《意识形态的幽灵》,斯拉沃热·齐泽克等:《图绘意识形态》,方杰译,南京:南京大学出版社,2002年,第11页。

第六章 《莫格街谋杀案》中的"罪犯"以及关于"罪"的反讽

爱伦·坡正是这样一位现代犬儒主义者,对于种族歧视一类的社会不公,他从未提出抗议或以嘲讽的姿态睨视。他只是一个旁观者,屈从以知识为手段的权力,认同权力制造的"知识",甚至以帮凶的身份出现,为虎作伥。他对抽象理性的推崇有佯装无知的反讽意味,却暴露出理性也是犬儒主义的一部分。

一方面,爱伦·坡在描述那只猩猩时使用了一些时褒时贬、相互矛盾的词语,譬如"惊人的矫捷、超人的力量、残酷的兽性"(476),又如剃刀在手的猩猩令人自然联想到当时多由黑人担任的理发师,表明他在以猩猩影射黑人时态度仍是暧昧的。另一方面,他使猩猩的形象游离于拙劣的模仿者(如模仿主人用剃刀剃须)、莽撞的亡命者、罪犯和具有创新思维(如将莱斯巴拉叶小姐的尸体倒塞进烟囱的举动令人联想到强奸行为)和叛逆精神的史诗英雄之间。这些深层对立关系颇具反讽意味,而且始终处于转化过程中,如猩猩欲逃避主人惩罚,便躲进莱斯巴拉叶太太的寓所,本欲模仿主人,为莱斯巴拉叶太太剃除女人下巴上本不存在的胡须,不料却被女人的尖叫声激怒,情急之中将她杀死,杀人使它再度踏上逃亡之路,却又再次落入奥德修斯式的阴险主人之手,被当作一件展品卖出,或许还会受到更严厉的惩罚。

文学是非常态的,以影射形式呈现的政治。爱伦·坡对猩猩的暧昧态度表明他并不自觉自愿地完全赞同美国种族政治,却在充当帮凶。齐泽克等将意识形态视为存在于社会现实中的幻象,认为无意识的欲望主体受快感的支撑,出于寻求真我的需要而丧失价值判断,因此不能挺身批判乖戾的意识形态,反倒对其幻象予以认同。其实他们的观点仍未脱离马克思在《德意志意识形态》中批判过的唯心主义者的虚假、颠倒的观念体系,马克思关于存在决定意识的论述足以解释爱伦·坡在这个故事中流露的政治态度。爱伦·坡"在那样做"时并非由无意识的主体引导而置身于"做"的领域,而是受占据引领地位的彼时美国官方意识形态幻化,在自我认识的焦虑中产生很大程度上不自觉的,并非全然自为一自在的行为。

浪漫主义者爱伦·坡顺应潮流,在理性主义大行其道的时代里在《莫格街谋杀案》中张扬工业化社会里的侦破杀人惨案的英雄迪潘所代表的理性力量,同时也对受情感左右,饱受主人迫害的猩猩寄予同情。他隐晦地提及现实政治,却又留意不使自己的作品成为对某一种意识形态的解说。然而他与主流意识形态保持距离,远离现实政治的企图,无论成功与否,本身也是一种仅仅提出问题却不做出伦理判断的反讽立场。他不自觉地,以后现代主义"话说人"的方式运用反讽手法,却不是一位立意批判现实的反讽家。

他似乎在暗示推理故事或侦探小说的确是消遣文学,它的结局如何并无大碍。然而文学作品仅仅发生一次,具有不可替代、不可复制的独特性质,一旦作者在纸上留下文字痕迹,历代读者总会找到破译其中的"弦外之音"的解码器。

第七章　有无之间的罪:爱伦·坡的首篇侦探小说

美国浪漫主义思潮的旗手、多才多艺的爱伦·坡亦诗亦文,完全依赖卖文维持生计。他是现代侦探小说和科幻小说的鼻祖,在文学和艺术评论领域亦有独到见解。在他身后,法国诗人、批评家波德莱尔将他的作品译介到法国,从此崇拜者与日俱增。

爱伦·坡借助一个符合常理的故事传达人心叵测,但是比老人的心更难以揣摩的是这个摊在读者面前却又让他失望的文本。且不论文本中的谜,文本本身便是一个谜。爱伦·坡暗示它是"拒绝被阅读"的,它不是解决问题的文本,而是提出问题的文本。

爱伦·坡的首篇侦探小说

自 1841 年 4 月起,爱伦·坡成为《格雷厄姆杂志》编辑,并在 4 月号上发表他自己归入"推理小说"类的短篇小说《莫格街谋杀案》,叙述一件母女俩在门窗紧锁的室内被杀的血案侦破经过。推理的目的是"究凶",即在扑朔迷离之中锁定罪犯,故这篇"推理小说"实为破解神秘案件的侦探小说。

重新审视爱伦·坡的侦探小说创作,我们或许会意识到《人群中的人》才是他的首篇侦探小说。按照发表时间顺序排列,《莫格街谋杀案》可列为第二篇。

爱伦·坡原在威廉·伯顿创办的《绅士杂志》做编辑,并且每月为这个刊物供稿,既创作文学作品,也写过许多评论文章。1840 年夏,爱伦·坡与伯顿发生争吵,遂遭解雇。此后爱伦·坡曾经试图自己创办一份刊物,却因得不到经济资助搁置。1840 年 11 月,另一刊物《小匣子》的老板乔治·格雷厄姆买下伯顿的《绅士杂志》,将两种刊物合并为一种,并用自己的名字命名为《格雷厄姆杂志》。爱伦·坡随即在该刊 1840 年 12 月号上发表《人群中的人》,比公认的首篇侦探小说《莫格街谋杀案》早四个月。

以往涉及爱伦·坡的批评不甚看重《人群中的人》,这种态度与批评家们早先对侦探小说相对狭隘的定义有关。如今批评界对此类作品的认识已发生变化，侦探小说的概念日益变得宽泛，它被归入神秘小说，或与神秘小说通用。"神秘小说的基本原则是调查和发现隐藏的秘密，而且这一发现通常使读者认同的人物获益。"①神秘事件不仅是冒险故事等文类中的重要因素，同时也是一种程式。在侦探小说，尤其是经典侦探小说中，这种程式统领情节、背景等其他要素。因此，将凡有待解之谜的作品均归入神秘小说或侦探小说也就变得顺理成章。

传统观点认为"埃德加·爱伦·坡仅仅写过三篇侦探小说，即《莫格街谋杀案》《玛丽·罗热疑案》和《被窃之信》"②。这三篇小说均以寓居巴黎、家道中落的世家子弟迪潘为破案者，而且始创侦探小说常用的一些基本范式，如密室杀人（《莫格街谋杀案》）、失踪之人（《玛丽·罗热疑案》）和失而复得之物（《被窃之信》）。

第二种观点是"四篇说"，但是关于究竟哪一篇应列为第四篇侦探小说，不同时期的研究者们往往会在《金甲虫》与《你就是那人》之间做出选择。③《金甲虫》讲述勒格朗破译标示某一藏宝地点密码的故事，后世许多类似作品仍可视为是爱伦·坡的这一原创性写作的"互文"，如柯南·道尔的故事《跳舞的小人》、当代美国作家丹·布朗（Dan Brown，1964—　）2003 年出版的小说《达·芬奇密码》仍以破译密码为叙事圈套吸引读者，基本上未脱"金甲虫"之窠臼。海克拉夫特认为在叙述通过解译密码找到大宗财宝的《金甲虫》中，寻宝人勒格朗的确做出很机智的推理，但是推理过程中他所依据的素材当时却不为读者所知，因此不能归入侦探小说。同理，他指出在探案者装神弄鬼、利用犯罪嫌疑人心理因素破案的《你就是那人》中，作者刻意隐瞒凶手开枪射马，子弹穿过马身这一细节，误导读者。"无论用何种纯文学标准衡量，《你就是那人》是爱伦·坡先生最可悲的败笔之一……"④

已成文付梓的文学作品不会再发生变化，但是对同一作品的评价会随着时空的改变而改变，甚至同一研究者在不同时期的认识亦会不一致。当代英

---

① John G. Cawelti, *Adventure, Mystery, and Romance: Formula Stories as Art and Popular Culture*, Chicago and London: The University of Chicago Press, 1976, p.42.

② Howard Haycraft, *Murder for Pleasure: The Life and Times of the Detective Story*, New York: Carroll & Graf Publishers, 1984, p.9.

③ 由 Rosemary Herbert 主编的 *The Oxford Companion to Crime & Mystery Writing*（New York and Oxford: Oxford University Press, 1999）持"四篇说"，认为爱伦·坡作为现代侦探小说设计者的声誉落实在四篇故事之上，按照发表时间顺序排列，即《莫格街谋杀案》《玛丽·罗热疑案》《金甲虫》和《被窃之信》。

④ Howard Haycraft, *Murder for Pleasure: The Life and Times of the Detective Story*, New York: Carroll & Graf Publishers, 1984, p.10.

国侦探小说研究者朱利安·西蒙斯在他所著爱伦·坡的传记中认同《金甲虫》是四篇正宗侦探小说之一的看法，并将《你就是那人》加入，此观点即是异于"三篇说"和"四篇说"的"五篇说"①。

十多年以后，西蒙斯在其侦探小说研究专著《血腥谋杀：从侦探小说到犯罪小说的历史》(1992)中对此问题有新的认识，他仍持"五篇说"，但是将《金甲虫》从爱伦·坡已知的正宗侦探小说中剔出，将《金甲虫》与《你就是那人》并置，分别列为对后来同类作品有显著影响，不容忽视的"先驱"性作品。②此时西蒙斯已将侦探小说置于更广阔的文化潮流之中，以历时的眼光审视这两篇小说，看到《金甲虫》与密码学的联系，尤其是与爱伦·坡本人有关论述的联系，也注意到弗洛伊德主义广泛传播之后《你就是那人》中利用心理因素揭露罪犯的合理性。

基于侦探小说是作者与侦探（实为读者）之间的一场智力游戏的立场，传统观点拒绝认同"四篇说"和"五篇说"，因为在《金甲虫》和《你就是那人》中第一人称叙事者即是侦探。他们在故事末尾才披露自己的破案方法，读者没有机会与他们竞争，故这类故事不能算作严格意义上的侦探小说。

人心，一部"不容许被阅读的书"

从"三篇说"到"五篇说"，在大约百年内研究者们对侦探小说的认识逐渐加深，侦探小说的定义日益宽泛。

瓦尔特·本雅明是最早注意到《人群中的人》与侦探小说关系的研究者之一。他认为，"《人群中的人》仿佛是侦探小说的 X 光照片"③。虽然没有人犯罪，侦探小说的中枢依然存在：追踪者、人群以及处于人群中的神秘人物。关于"X 光照片"的比拟意在表明文本的侦探小说本质，这种本质是隐性的，隐藏在语词的密林中，须由读者像侦探那样自己努力窥见。

爱伦·坡以惊悚刺激的《莫格街谋杀案》等五篇小说奠定了他的"现代侦

---

① Julian Symons, *The Tell-Tale Heart：The Life and Works of Edgar Allan Poe*, New York：Penguin Books，1981，p. 221. 西蒙斯在此处提出《你就是那人》可视为第五篇侦探小说。笔者在短文《爱伦·坡首篇侦探小说有新解》(《中国社会科学报》2015 年 8 月 3 日第 7 版)中提及"五篇说"时，未仔细核对出处，仅凭记忆错误地将《金甲虫》当属第五篇侦探小说归纳为西蒙斯的观点。对此错讹表述，笔者在此深表歉意。

② Julian Symons, *Bloody Murder，from the Detective Story to the Crime Novel：A History*, London：Papermac，1992，p. 37.

③ 本雅明：《发达资本主义时代的抒情诗人》，张旭东、魏文生译，北京：生活·读书·新知三联书店，1989 年，第 66 页。

探小说之父"地位,又因情节平淡枯燥、较少为人所知的《人群中的人》等成为当之无愧的玄学侦探小说首创者之一。批评家们过去倾向于将玄学侦探小说视为经典侦探小说的一种派生话语,重读《人群中的人》《泄密的心》等篇什的心得却足以改变这一观念。被冠以"哥特小说"等名目的此类玄学侦探小说问世甚至略早于常态或经典侦探小说,它们几乎是孪生兄弟。

按照发表时间的先后顺序,《人群中的人》是爱伦·坡的首篇侦探小说;按照读者的接受顺序,《人群中的人》应成为第六篇被归入爱伦·坡侦探小说的作品,它开创了在都市迷宫中四处游荡的窥视者与跟踪者、被挫败的侦探角色、无结局等范式。

对这篇小说重新归类的大背景是后现代主义文学思潮的影响,它不仅出现在与这一思潮同时代的作品中,也启发、引导批评家们以全新的视角审视以往的作品。

侦探小说研究专家帕特丽夏·梅里韦尔仍持与众不同的"四篇说",认为以往与侦探小说毫无瓜葛的《人群中的人》是"侦探－哥特小说"(the gumshoe Gothic),与硬派侦探小说和玄学神秘故事(the metaphysical gumshoe story)相似,应列入以迪潘为主人公的三篇小说之后的第四篇爱伦·坡式侦探小说。①

与常态侦探小说读者所理解的,主要凭借情节取胜的作品全然不同,《人群中的人》的情节相对乏味。故事采取第一人称叙事,叙述某日下午大病初愈的"我"在伦敦一家饭店的凸窗里坐着,透过被烟熏黑的玻璃凝望窗外过往的行人。"我"特别留意观察他们"形形色色的身姿、服饰、神态、步法、面容以及那些脸上的表情"②,据此推测他们的年龄、职业、健康状态,甚至此时此刻的心态。不知不觉地,"我"已经在做一位侦探兼心理学家的工作,"在我当时特殊的精神状态下,似乎我甚至能在那么短促的一瞥之间,从一张脸上读出一部长长的历史……我就那样把额头靠在窗玻璃上,凝神细看街上的行人。突然,一张面孔闪进我的视野(那是一位大约六十五或七十岁的老人的脸)——由于那副面孔所具有的绝对独一无二的神情,我一下就被完全吸引住了。"(445)

---

① Patricia Merivale, "Gumshoe Gothics: Poe's 'The Man of the Crowd' and His Followers", in Patricia Merivale and Susan Elizabeth Sweeney, eds., *Detecting Texts: The Metaphysical Detective Story from Poe to Postmodernism*, Philadelphia: University of Pennsylvania Press, 1999, p.104.

② 埃德加·爱伦·坡:《人群中的人》,奎恩编:《爱伦·坡集:诗歌与故事》(上),曹明伦译,北京:生活·读书·新知三联书店 1995 年,第 442 页。本章下文凡引用同一译文,仅在引文后标明页码。

于是"我"便产生深入了解这个老人的欲望,像侦探那样一路不辞辛苦地整夜尾随老人,在大街小巷中穿行,直至第二天傍晚筋疲力尽时才放弃。"我"认定老人是"那类负有滔天大罪的高手"①,但是他拒绝孤独,是一个"人群中的人"。除此臆断外,此次"我"的侦探行为或"悄悄行走"(gumshoe)一无所获。

与《金甲虫》和《你就是那人》一样,《人群中的人》中没有推理高手迪潘的踪影,这固然是它长期被排除在爱伦·坡的侦探小说之外的原因之一。它萧疏简淡的情节,使以往的读者将它视为一篇故弄玄虚、戛然而止的惊悚小说。

作者的主旨并非意欲澄清一个致某人失踪或死亡的神秘事件,而是转而考察人心是否可探,以及探测人心中的奥秘是否可成为排遣孤独的途径。这可以从作者引用的两条隽语中窥见,一是作为题记,爱伦·坡引用的17世纪法国作家拉布吕耶尔关于孤独的论断:"不幸起源于不能承受孤独",二是作者在开篇用德文、英文提及的那部"不容许被阅读的书"。在小说结尾,作者将无法探究的人心比作书,再次提到这部"不容许被阅读的书","这世上最坏的那颗心是一部比《幽灵花园》还下流的书,它拒绝被读也许只是上帝的大慈大悲"。

值得注意的是,爱伦·坡的许多故事都借助不可解读的话语或文本传达拒绝阐释的观念。其文本不可解读的原因则不一而足,譬如莫衷一是的"外国人"呼喊声(《莫格街谋杀案》),用无法破译的密码写就(《金甲虫》),被藏匿在意料不到的隐秘之处(《被窃之信》),等等。在《人群中的人》中,不可解读的文本则以形而上的"人心"呈现,那是一部"不容许被阅读的书"。

窥视者与游荡者的角色分派

爱伦·坡在这篇小说中已娴熟运用百年后现代解构主义者津津乐道的不可判定叙事战略,读者难以避免单向的解读,往往会得出盲人摸象式的阐释。大病初愈的"我"虽处于人群中却感到无法承受的孤独,遂在夜色中不辞劳苦跟踪另一茫茫人海中孤独的人。老人在熙熙攘攘的人群中穿梭而行,似乎不全是意欲排遣孤独。倒是"我"不辞辛苦跟踪老人,似乎想排遣孤独,却又重归寂寞。孤独以及排遣孤独、跟踪与被跟踪是同一事件。

---

① 原文为"the type and the genius of deep crime"。曹明伦的译文为:"那个老人是罪孽深重的象征和本质"。

跟踪者"我"是一个窥视者，老人是一个游荡者，也是被跟踪者、被窥视者，两人一起构成现代侦探小说的基本正反人物角色分派。窥视癖令人联想到窥淫癖，一种性心理变态行为，通过窥视异性裸体或别人的性行为而获得性快感。窥视癖是窥淫癖的初级阶段，属于同一性质，均出于对别人的隐私的强烈好奇心，只是窥视行为符合道德规范，并不违法。窥视癖使窥视者获得多种生活经历，虽然只是间接的，也弥足珍贵。在某种意义上，窥视癖正是全景敞视主义者的心理基础，虽然它是个人化的，不具有强制性。"我"在看街景时突然产生了解老人的欲望，这正是窥视心理引发的冲动。虽然萨德的思想当时已在流传，爱伦·坡却极少在作品里描写性爱，因此"我"只是一个具有病态般好奇心的跟踪者。多年后，日本推理小说之父江户川乱步在《天花板上的散步者》等作品中细致地描写了窥视者的性变态心理，离奇却又有心理现实主义的铺垫。

耐人寻味的是，老人的被窥视者位置被跟踪者"我"取代，读者的主要注意力已移到"我"身上。读者紧紧跟着踽踽独行的"我"，急切地想知道这场追踪的结果。不知不觉地，视角已被颠覆，虽然读者可能不会意识到自己已处于窥视者的地位。在"我"的窥视下，老人自然是客体，但是在读者的窥视下，"我"的身份亦被客体化。"'作为客体的凝视'（gaze as object）……脱离了将他系于某个主体的束缚。"①

故事在动与静、实与虚、有与无、逃避与逆转之间循环，保持一种张力。跟踪者与被跟踪者来回奔波，身体在剧烈运动中，然而在对既定目标的追逐中他们的心境相对平静。"要么是我的眼睛欺骗了我，要么就是我真的从他那件显然是二手货的纽扣密集的长大衣的一个裂缝间瞥见了一颗钻石和一柄匕首……"(446)类似的含混描写则使故事的不可判定性（undecidability）凸显。

有论者根据字面意义理解叙事者对老人的评述，认为他是一个嫌犯。在19世纪，年届六七十岁是无可争议的老人。我们很难想见，这样一位老者能够昼夜在街上游荡。这个老人"似乎没有身份，只愿意留在人群中。"②既然老人是嫌犯，不遗余力跟踪他的"我"可算是迪潘式的业余侦探。老人出现之前，"我"坐在饭店咖啡厅里，观察、判断窗前行色匆匆的各色人等的身份。爱伦·坡对"我"的观察力的描写无疑受到19世纪名噪一时的法国警探维多克

---

① 斯拉沃热·齐泽克：《斜目而视：透过通俗文化看拉康》，季广茂译，杭州：浙江大学出版社，2011年，"中文本前言"第4页。
② Martin Priestman, *Detective Fiction and Literature: The Figure on the Carpet*, New York: St. Martin's Press, 1990, p. 41.

第七章　有无之间的罪:爱伦·坡的首篇侦探小说

的回忆录影响①,譬如老成持重的高级职员的"右耳朵由于长期夹铅笔而古怪地向外翘着耳端",赌徒"拇指太经常地以直角与其他指头分开"(443—444)。这类描写无疑使人趋于认同"我"的业余侦探身份,虽然他的原型或许来自偷窥狂(Peeping Tom)一类的人物。② 爱伦·坡有四处游荡的习惯,或许他写作这篇作品的部分灵感来自他本人落拓不羁的生活。在常人眼里,"这是个不固定的怪诞的人,是颗脱离轨道的行星,不停地从巴尔的摩到纽约,从纽约到费城,从费城到波士顿,从波士顿到巴尔的摩,从巴尔的摩到里士满。"③

18世纪末,伴随着城市化的进程,人类开始史无前例地聚集在一起,居住、工作、休闲。他们近距离接触的负面后果之一即是因种种人际矛盾引发犯罪,铤而走险随即成为胆大妄为或生计无着者的一种全新的病态生活方式。城市的景观与市民的犯罪成为侦探小说家描写的对象,并渐渐被读者接受,成为主流趣味,犹如华兹华斯等歌颂农耕时代自然风光的抒情诗、司各特的历史传奇小说之于他们同时代的读者。

在本雅明看来,流浪汉和侦探之间具有相通之处。"如果游手好闲者就这样变成了不情愿的侦探,在社会方面这对他是很有好处的,因为这使他的游荡得到人的肯定赞扬。"④"我"这个叙事者符合本雅明所说的黑夜笼罩下现代城市里四处游荡的"游手好闲者"(flâneur)的特征,是先于迪潘出世的业余私家侦探,过着离群索居的波西米亚式生活。工业革命造就城市,城市成为波德莱尔一类游手好闲者的乐园。他们自愿扮演无家可归的英雄角色,不免显得滑稽可笑。于是,现代性在种种错位中应运而生。

本雅明的都市游荡者是大都市形成以来现代性的产物,他穿梭于熙攘的人群中,以挑剔的,甚至带有敌意的眼光观察各色人物和生活。都市游荡者多为自由职业者,他们既是广义的侦探,也是资本主义时代的英雄。

与同时代描写普通人都市生活的狄更斯等不同,爱伦·坡在《人群中的

---

① Julian Symons, *Bloody Murder, from the Detective Story to the Crime Novel: A History*, London: Papermac, 1992, p. 34; Charles J. Rzepka, *Detective Fiction*, Cambridge: Polity Press, 2005, p. 74.
② 在英文中,Peeping Tom 是对"偷窥狂人"的昵称。典故来自 Lady Godiva 的故事。11世纪时,英国 Earl Leofric 的夫人 Lady Godiva 要求夫婿免去平民的税赋,Earl Leofric 则要她先裸体穿过 Coventry 的街道方可应允。于是夫人裸体骑马过街,事先要求民众不要观看。裁缝 Tom 忍不住从家中窗口偷窥,后受天惩失明。
③ 波德莱尔:《埃德加·爱伦·坡的生平及其作品》,《1846年的沙龙:波德莱尔美学论文集》,郭宏安译,桂林:广西师范大学出版社,2002年,第150页。
④ 本雅明:《发达资本主义时代的抒情诗人》,张旭东、魏文生译,北京:生活·读书·新知三联书店,1989年,第59页。

人》中以凝练、含蓄、象征的笔触塑造了一个其存在难以证实的神秘老人,他混迹于在窘迫中艰难生存的人群中。

不可靠叙事者,"我"是谁?

不仅罪处于有无之间,飘忽不定,"我"以及"我"视阈中一切均在有无之间徜徉。

采用第一人称叙事视角,爱伦·坡生动地讲述在伦敦大街小巷里跟踪老人的详细过程。与同为第一人称叙事的《莫格街谋杀案》比较,细心的读者会发现老人自始至终不曾发声,也没有以第一人称叙事者之外的视角表明自己的存在,印证"我"对他古怪的游走习性的描述。正是他的沉默使"我"成为一个不可靠叙事者。爱伦·坡似乎在暗示,大病初愈的"我"仍陷于迷茫的自我意识中不能自拔。《人群中的人》始终是一个局限于"我"的认知世界里的故事,两位一体以"我"的双重人格形式呈现。叙述者的不充分报道(underreporting)或有意误导造成的不可靠性叙述实质上凸显了一个隐形文本,即"我"在仅仅存在于自己意念的老人身上寄托着理想,希望自己步入老年后能够像老人这样成为一个"人群中的人",用超然的眼光审视客观世界,同时恪守内心的纯真。

跟踪者与被跟踪者,这两位"人群中的人"与爱伦·坡的另外一些人物同属多重人格症患者,多重人格症常表现为双重人格,是一种常见的人格分裂症。文学作品中人物的双重人格(Doppelgänger)源于18世纪德国浪漫主义作家让·保尔(Jean Paul, Johann Friedrich Richter,1763—1825)的小说《齐本科思》①,原意为"幽灵"。爱伦·坡的小说《威廉·威尔逊》(*William Wilson*)中自称"威尔逊"的主人公、《厄舍府的倒塌》(*The Fall of the House of Usher*)中的厄舍等,均是具有双重人格的人。《威廉·威尔逊》是半自传体小说,以爱伦·坡少年时代在英国就读的学校为背景。威廉·威尔逊在这所学校里遇到与自己同名同姓、同年同月同日出生的另一个威廉·威尔逊,两人音容笑貌近乎一人。他们一个荒淫无耻,一个品行端正,两人从少年时代起便不离不弃,相依相随,直到两人成年后恶的威尔逊拔刀杀死善的威尔逊。一个威尔逊临死前站在另一个威尔逊面前,这时后者才意识到他杀死的正是如影子般相随左右的自己,"恶"挣脱"善"的束缚后便意味着自我毁灭。

---

① 小说英译名为 *Flower, Fruit, and Thorn Pieces; Or, the Wedded Life, Death, and Marriage of Firmian Stanislaus Siebenkaes, Parish Advocate in the Burgh of Kuhschnappel, a Genuine Thorn Piece*。

这个关于双重人格的故事幽婉怪诞,远不如史蒂文森(Robert Louis Stevenson,1850—1894)与之相仿的小说《化身博士》(*Strange Case of Dr. Jekyll and Mr. Hyde*)受读者欢迎。

同为描写双重人格的小说,《人群中的人》则比《威廉·威尔逊》更加晦涩难解。《人群中的人》由叙事者"我"重构自己执拗地跟踪老人的故事。首先,不知不觉地,"我"在有心的路人眼中完全可能成为另一个人群中的人,一个可能自身负有重罪的疑犯。再者,另一种更符合逻辑的设想则是老人根本不存在,或仅仅存在于"我"的意念之中。"他拒绝孤独。他是人群中的人。"(450)拒绝孤独的是谁?不正是为排遣孤独出来跟踪别人的"我"吗?这个故事将"我"内心的矛盾冲突推演到极致,暗示"我"不满自我,渴望成为他者。

最后,符合逻辑的结论或许是,与《威廉·威尔逊》的同名主人公一样,"我"与被跟踪的老人、跟踪者与被跟踪者、侦探与疑犯其实是人格分裂的同一个人,是自我之中的人格分裂。"这时我从被我锲而不舍地跟踪的那位怪老头的脸上,看到了一种甚至比绝望还绝望的神情。"(449)跟踪者通常与被跟踪者保持一定距离,看到被跟踪者脸的可能性不大。只是在幻觉中,他无意间瞥到自己的神情。

> 他以一种我做梦也想不到如此年迈的老人会具有的敏捷匆匆而行,这使我费了一番劲儿才把他跟上。
>
> 他仓猝间冲到街上,焦虑地四下张望了一阵,然后以惊人的速度穿过一条条弯弯拐拐、无人行走的小巷……
>
> 但他并没有为他的行程而踌躇,而是立刻疯野地甩开大步,顺着原路返回伦敦那颗巨大的心脏。(447—449)

在后现代主义语境下,文学研究的重心渐渐由作者转为文本。依据文本,批评家提出侦探、罪犯、受害者可视为一个人的"三位一体"之说。"然而当代玄学(或后现代主义)侦探小说炫耀(flaunt)它的无结局、探案过程的失败,而且明白无误地显现,即使不是在所有侦探小说中,至少在硬派侦探小说中,侦探、罪犯,甚至受害者完全可以是同一个人。"①将完整的主体自身分解是一种碎片化,也是遁身术。"我"不再是一个物理或心理实体,而是作者建构的虚拟存在,在不同时空中以不同形式出现。

---

① Patricia Merivale, "Gumshoe Gothics: Poe's 'The Man of the Crowd' and His Followers", in Patricia Merivale and Susan Elizabeth Sweeney, eds., *Detecting Texts: The Metaphysical Detective Story from Poe to Postmodernism*, Philadelphia: University of Pennsylvania Press, 1999, p. 107.

这篇玄学侦探小说"玄"之特色亦体现在情节的可信度甚低。"我"扮演侦探角色,跟踪老人,认定他有不可告人的秘密,希望打探到他犯罪的蛛丝马迹。但是传统的猫捉老鼠游戏被不可靠叙事引出的隐形文本无情颠覆,读者领悟到在这场程式化的角逐中疑犯缺席。譬如,街上行色匆匆的三教九流均没有姓名,只有某种被叙事者"我"臆断而且从未得到证实的身份或职业,如绅士、生意人、手艺人、职员、妓女、扒手……不仅"我"无名,不停歇地在夜色中整夜疾行的老人也无名,或因篇目得到一吊诡之名,只是一个"人群中的人"。类似内心独白式的不可靠叙事使读者完全有理由猜疑这样一个昼夜在夜色中疾行的六七十岁的老人是否真的存在。抑或,整个故事皆处于限知角度下"我"的臆想笼罩之中。除非具有超人的体力,否则"我"一昼夜的狂奔只是一个人格分裂者的梦呓。

文本,一个有待破解的谜

剖析《人群中的人》中有悖侦探小说"程式"的设置,审视它对后世作品的影响,我们或许会接受梅里韦尔的上述观点,即当代玄学侦探小说是侦探小说中的"元小说",是后现代主义侦探小说的别名。需要强调指出的是,在此"后现代主义"这个术语表达的不是时间概念,而是一种文学思潮,或一个文学流派。虽然《人群中的人》是一百多年前的作品,它的先锋性、实验性丝毫不比当下的同类作品逊色。

除人物的模糊身份,以及由此产生的不可靠叙事外,作品在背景、情节等小说要素中均体现出超越时代的先锋性或元小说式的玄学侦探小说特质,全方位颠覆常态侦探小说的叙事模式。

故事背景被笼统地置于伦敦,细节则被模糊化。故事始于"我"坐在伦敦D饭店咖啡厅的凸窗前看街景,此后"我"以偷窥者的好奇心跟踪老人走在某一条大街上,再拐上一条横街,最后"转身朝着泰晤士河的方向走去"。大都市熙熙攘攘的大街小巷的地理空间本具有杂乱、易使人迷失方向的特征。爱伦·坡将美国纽约"中午时分百老汇大街靠近公园那一段的行人密度"与伦敦大街上的行人密度比较,却没有交代街名等具体地理坐标,令读者如堕五里雾中。在《莫格街谋杀案》等篇什中,爱伦·坡却会不厌其烦地记述地名,譬如"我"与迪潘初次相遇是在蒙马特街上的图书馆里,离奇血案发生在圣罗克区莫格街上一幢房子的四楼,等等。迷宫式场景迫使读者发挥想象力,将独立于时间顺序之外却又彼此关联的片断在心理空间中拼接起来。

模糊化的地理空间与"我"的瞬间感觉相互映照,行人的身姿、服饰、神态、步法、面容以及脸上的表情构成纷乱重叠的意象,像人物快照般一张张呈现。人物心理空间是更具体的地理空间在他意识中的投影,心理空间的拓展使小说文本更具张力。

爱伦·坡采用顺叙线性模式建构情节,小说以老人最后从"我"的视线中消失终局,这似乎可勉强归于"失踪之人"的范式,开篇方式却与《玛丽·罗热疑案》等以被谋害者的尸体被发现不同。侦探小说通常以"案发→探案→破案"这样的倒叙为主,附以插叙、分叙,这篇作品通过人物行动刻画他的心理活动,却不以解谜为己任。

经过一夜的跋涉,两人再次回到最繁华的市中心。"在这儿,在不断增加的人山人海中,我坚持不懈地紧跟在那位陌生老人身后。可他与昨晚一样,只是在街上走过来又走过去,整整一天也没走出那条大街的骚动与喧嚣。而当夜幕重新降临之时,我已经累得精疲力竭,于是我站到那流浪者跟前,目不转睛地注视他的脸庞。他没有注意我,但又一次开始了他庄严的历程……"(449—450)

跟踪者与被跟踪者由D饭店所在的那条大街出发,一昼夜后仍回到原处。与此对应,小说叙事或叙述行为(narration)由起点回到终点。我们从单一叙事视角下无法落实的情节发现,物理空间上的回归起点与时间上周而复始的循环暗示由"我"出发去跟踪的主要情节无开端,亦无结局。对读者而言,小说始终没有出现高潮。"我"由动入静,停止跟踪,陷入沉思。老人仍旧是一个神秘的人物,"我"亦从跟踪中一无所获,却从无结局中得到某种启示(apocalypse),因此无结局实为一种"开放式"的结局。

当代玄学侦探小说中的侦探不再是大智大勇的英雄,甚至不是正面人物,往往遭到挫败。爱伦·坡则走得更远,叙事者"我"与小说的其他人物没有交集或对话,因此他自己表明的身份无法从其他人物那里得到佐证,他自身的存在亦无法证实。不变的单一背景下情节和人物的虚幻化似乎在暗示,爱伦·坡的整个故事只是一个梦,一个尚未做完便草草收场的梦。梦也是谜,释梦便是解谜,解谜便是破案。

"在弗洛伊德精神分析学等现代思潮的影响下,不少作家把注意力完全转向人物的内心世界。他们往往只展现人物日常生活的一个片段(既无开端,也无高潮,甚至无结局),其中的事件仅仅是引发人物心理反应和意识运动的偶然契机。"[①]早在弗洛伊德创立精神分析学之前,爱伦·坡便留意借小

---

① 申丹:《叙述学与小说文体学研究》(第三版),北京:北京大学出版社,2004年,第53页。

说人物呈现人的丰富精神世界,堪称文学界超越时空的先锋派。《人群中的人》具有元小说性质,以"拒绝被读"的特质拓展本来已有多种写法的侦探小说及玄学侦探小说创作领域。有无之间,难以阐释的种种表象与当代玄学侦探小说的意旨暗合。当代美国小说家、诗人保罗·奥斯特的成名作"纽约三部曲"中的《幽灵》便是一部向爱伦·坡致敬的作品,它将玄学侦探小说的写作推向极致,堪称《人群中的人》的当代版本。私家侦探蓝先生接到上司白先生的任务,去监视黑先生。蓝先生在黑先生寓所对面实施监视,却发现黑先生每天只是呆坐在书桌前,与黑先生接触后,蓝先生最终陷入庄周梦蝶式的迷惑之中,不知究竟是自己在奉命监视黑先生,还是在被黑先生监视。

《人群中的人》在"延异"中相互换位的能指与所指之间孜孜不倦地寻找对应关系,以悬念始,以悬念终,通过身份的不确定导向本体论的人的存在问题。对于后现代主义,可有诸种理解,我们不必拘泥于"现代之后""反现代"等字面意义。如果在文学领域内将它视为一种反呈现、反阐释,或反本质主义的思潮,一种与"先锋"同义的表述,我们会辨识出《人群中的人》中后现代主义文学的特质,譬如处于有无之间,难以阐释的种种表象与"滑动的所指"。

《人群中的人》中的侦探被挫败,罪犯的反派角色被颠覆,"悬念"被"无结局"等"玄念"替代。小说中的近乎独白式的奇思遐想是对虚构的再度虚构,意欲解释本来无法解释的现象。因此,梅里韦尔认为这篇小说是爱伦·坡"关于我们心中无法触及的黑暗,一个隐秘的后现代主义阐释寓言"[1]。

---

[1] Patricia Merivale, "Gumshoe Gothics: Poe's 'The Man of the Crowd' and His Followers", in Patricia Merivale and Susan Elizabeth Sweeney, eds., *Detecting Texts: The Metaphysical Detective Story from Poe to Postmodernism*, Philadelphia: University of Pennsylvania Press, 1999, p. 112.

第八章　P.D.詹姆斯与侦探小说的英国传统

P. D. 詹姆斯(Phyllis Dorothy James)在侦探小说创作与理论领域均有建树,她力图继承英国小说家关注社会问题的传统,拓宽侦探小说的写作路径,其风格自成一体。

英国是侦探小说的两个发源地之一,英国人思维缜密,擅长鸿篇巨制,[①]在侦探小说创作领域里与美国人平分秋色。英美文学史家和侦探小说研究者在侦探小说的始创与流派等问题上见解并不完全一致,时有相互菲薄之论。虽然英国人承认法国人欧仁·苏、维多克,与美国人爱伦·坡是首创侦探小说的关键人物,仍流露出英国第一的思想。"19世纪下半叶查尔斯·狄更斯、威尔基·柯林斯与亚瑟·柯南·道尔等主要作家的贡献使英国作家得以主导并且订立这一文类的规则。"[②]继黄金时代三女王克里斯蒂、塞耶斯和约瑟芬·铁伊(Josephine Tey,原名 Elizabeth Mackintosh,1896—1952)之后,詹姆斯将源远流长的英国长篇侦探小说传统发扬光大,因此获得当代"英国犯罪小说第一夫人"的声誉。有人认为她是塞耶斯的传人,但是她们之间的"不同之处比表面的相似性更重要,这些不同之处见于她作为现代主义者必须做的,向经典侦探小说的条条框框发起的挑战"[③]。

后现代主义力图使雅俗等量齐观的思潮渐渐影响文学评论界,虽然尚不至于"从来不分雅俗"[④],雅俗之间的分野不再十分明晰,詹姆斯全方位日益渐增的声誉便是佐证。她的许多作品深受读者欢迎,继而被改编为电影或电视剧,搬上银幕,譬如《谋杀之心》(*A Mind to Murder*),《非自然原因死亡》

---

① 继爱伦·坡在大西洋彼岸发表《人群中的人》《莫格街谋杀案》等短篇侦探小说之后,英国小说家威尔基·柯林斯出版长篇侦探小说《白衣女人》《月亮宝石》。首位"侦探"巴克特警官则出现在狄更斯的《荒凉山庄》中。
② Caroline Reitz, "Detective Fiction", in David Scott Kastan, ed., *The Oxford Encyclopedia of British Literature*, Oxford & Shanghai: Oxford University Press & Shanghai Foreign Language Education Press, 2009, p.150.
③ Julian Symons, *Bloody Murder, from the Detective Story to the Crime Novel: A History*, London: Papermac, 1992, p.178.
④ 李欧梵:《中国现代文学的传统和创新——以麦家的间谍小说为例》,《中国现代文学研究丛刊》2017年第2期,第91页。

(Unnatural Causes)、《夜莺的尸衣》(Shroud for a Nightingale),等等。她曾经担任相当于英国作家协会主席的职务,也曾多次获得侦探小说奖,如英国推理小说家协会的"钻石匕首"终身成就奖。

社会派侦探小说家之集大成者

依照情节与社会现实的关联度分类,笔者认为,始于爱伦·坡的现代侦探小说作者大体可分为经典派(日本人称"本格派")、社会派、杂糅(hybridizing)派。自从发表处女作《遮住她的脸》(Cover Her Face)以来,詹姆斯出版过19部长篇侦探小说,大多可以归入社会派范畴之内。

经典派甚少涉及社会问题,以设置悬念、鼓励读者参与解谜游戏为己任。经典派的代表性人物有爱伦·坡、柯南·道尔、克里斯蒂以及"黄金时代"的大部分作家,他们的作品自有存在的充分理由。詹姆斯在谈到克里斯蒂其人其作时曾指出,克里斯蒂为广大读者提供娱乐,使千百万人在和平年代和战时暂时从焦虑和创伤中获得心灵慰藉,功不可没。

社会派是对经典派的修正,他们改变经典派作品较少关注犯罪的社会背景,日益向个人化与游戏化方向发展的趋势,不仅提供娱乐,也关注世道人心,使侦探小说成为一种润物细无声的劝善戒恶、摒除犯罪的教化读本。20世纪30年代,以钱德勒、哈密特等为代表的美国"硬派"侦探小说悬念迭生,惊险刺激,而且不乏正义与邪恶的较量。第二次世界大战后的日本推理小说注重探究犯罪的社会根源,揭露社会矛盾,渐渐形成以松本清张等为代表的社会派。20世纪50年代苏联的"反特小说"无疑是演进到极致的社会派实验。"罪"是探讨社会问题的主流小说与社会派侦探小说共同关注的焦点,两类小说家们不免在此逾越主流与类型小说的界限,进入对方的传统领地。

杂糅派集经典派与社会派的长处,也是对两派的再度修正,只是幅度较小。"在文学与文化研究中,杂糅意指占据中间地带,譬如多重、复合或融会为一体,新的构成,克里奥耳式或混杂的人群,混血儿,澳洲野狗。"① 杂糅派作品的情节不仅可能涉及现实,亦会重访过去,使探案与个人生活范畴内的家庭伦理、职业道德、两性关系,与历史文化范畴内的神学、哲学、艺术等较为艰深的学问匪夷所思地混杂在一起,以侦探小说须臾不可离的罪案结合色彩纷呈的背景知识吸引读者。丹·布朗的《达·芬奇密码》等涉及复杂的文学、

---

① Michael Payne, ed., *A Dictionary of Cultural and Critical Theory*, Oxford: Blackwell Publishers Ltd., 1996, p. 251.

历史、宗教、考古等背景知识,亦可视为杂糅侦探小说。作者以新历史主义的观念重新审视、解读达·芬奇的生活与创作,从新的角度提出颠覆性的诠释,如耶稣基督已婚并有子嗣,《最后的晚餐》中有一女人,等等。日本的"变格派"注重在破案过程中发掘人物的异常心理,探测人的隐秘心理世界,可算是杂糅派的一分支。

如果我们用几何学术语描述侦探小说中的主要情节与广阔社会生活的联系,大致会有三种情形:分离、相交、重叠。分离,即情节基本脱离社会生活。但是这类作品也无法摆脱家庭等小范围内的人际交往引发的冲突,如夏洛特·麦克劳德戏仿 D. H. 劳伦斯《查特莱夫人的情人》的短篇小说《帕特莱夫人的情人》①描写三角恋爱引发的谋杀,亦涉及道德伦理。即使是在《莫格街谋杀案》这样的经典派作品中亦有与探案没有直接关联的笔墨,譬如迪潘对既昏庸无能又热衷功名的警察局长的揶揄。相交,常见于经典与杂糅派的作品。在克里斯蒂的《无人生还》(And Then There Were None,又名 Ten Little Indians)中,破解众人丧生岛上之谜的叙事也是彰显正义的过程,两者并行不悖。重叠,作者不回避甚至以复杂多变的社会问题作为犯罪的诱因,使之成为犯罪—探罪情节的坐标主轴。《玫瑰之名》以威廉和阿德索去修道院执行调解世俗权力与神权之争开篇,后来他们受院长委托,调查发生在修道院里的离奇死亡事件,这是侦探小说的主干情节。另一平行线索是修道院高墙内外宗教派别斗争、真理与知识的传播、信仰与禁欲等复杂的哲理与伦理问题。两者孰轻孰重,完全取决于读者的兴趣。

詹姆斯对文学、对侦探小说的认识基本是亚里士多德式的、二元的。对于作为客体的读者群体(社会、宏观)而言,作为一种艺术的文学具有教化(载道)和娱乐(消遣)的两大功能,分别源于柏拉图的教化说和亚里士多德的教化与娱乐并列说。亚里士多德认为文艺能够满足人性中固有的本能、情感等心理欲求,使人更健康。通过在艺术创作中表现人的生活与本性,即模仿,洞察人生。"一切没有后患的欢乐不仅有补于人生终极(即幸福),也可借以为日常憩息。"②亚里士多德对文艺之娱乐功能的见解足以为包括侦探小说在内的一切无伤大雅的消遣读物正名,使它们的存在具有充足理由。

文学对于作者和读者具有不同的功用,对作家个人(主体、微观)而言,作为一种艺术的文学主要具有抒情、言志的功能。抒情,不仅是诗人彭斯(Robert Burns,1759—1796)"我的心儿在高原"式的正面讴歌,亦可以是宣

---

① Charlotte Macleod, "Lady Patterly's Lover", in *Grab Bag*, New York: Avon Books, 1987, pp. 128—138.
② 亚里士多德:《政治学》,吴寿彭译,北京:商务印书馆,1965 年,第 418—419 页。

泄性的,如将现实中某一忘恩负义的朋友作为一个原型写入小说,让他成为一个恶贯满盈的匪徒,或将不肯嫁给自己的女友写成妓女,让她在贫病交加中孤独地死去。詹姆斯认为侦探小说主要供读者消遣,但是应当也能够在一定程度上反映社会现实。因此,她的侦探小说中均包含亚里士多德的文艺功能多元化的思想。"这些小说当然是充满矛盾的。它们描写暴力造成的死亡和炽烈的情感,不过却是逃避现实的小说。"①

"她想把我们造就为更好的人"

詹姆斯认为侦探小说主要供读者消遣,但是应当也能够在一定程度上反映社会现实。

文学的教化与娱乐功能既可以一分为二,由两类全然不同的作品分别担负,亦可以合二为一。约翰·班扬的《天路历程》一类寓意深远的作品显然是意欲教化的,而克里斯蒂的侦探小说则以提供娱乐为主。侦探小说的英国传统也就是维多利亚时代以降积极干预生活的英国小说传统。18 世纪的工业革命使英国率先进入高度城市化的国家,市民贫困化、劳资冲突、人口急剧增长等因素引发各种社会问题,其中之一就是犯罪率的上升,这些问题均在狄更斯等的作品中得到充分描写。待到两次世界大战之间的年月,侦探小说的社会批判传统中断,较少涉及社会问题,甚至有沦落为猜谜游戏之嫌。物极必反,詹姆斯回归狄更斯等开创的在作品中探讨社会问题的传统,以"润物细无声"式的笔触揭发社会黑幕。究其本质,文学欣赏是个人化的体验,是将自我置于一个参照系中审视。"文学是对自我观念的奉献……在几乎每一个发达社会中,文学能够比广义的文化更强烈地建构自我以及他者的自我。"②詹姆斯的作品具有鲜明的自我关照的性质,读者真切地意识到她笔下的犯罪首先是每个人都有可能遇到的问题,而不仅仅是笼统抽象的社会问题。对读者心理的把握使她的原作在英语国家大获成功,却令不谙英国社会氛围、将它们当作纯粹侦探小说的译文读者困惑。

长期以来,囿于对侦探小说的肤浅认识,一些批评家只是将狄更斯作为批判现实主义的主流作家看待,却没有意识到他亦是一位侦探小说家。狄更斯的未竟之作《德鲁德疑案》(The Mystery of Edwin Drood)与《追踪》(Hunted Down)等均是公认的侦探小说,而《荒凉山庄》《我们共同的朋友》

---

① P. D. James, *Talking About Detective Fiction*, Toronto: Vintage Canada, 2010, p. 75.
② Lionel Trilling, *Freud and the Crisis of Our Culture*, Boston: Beacon Press, 1955, p. 11.

(Our Mutual Friend)等作品中均包含侦探小说元素。《我们共同的朋友》由发现一具尸体开篇,警方起初判断死者是回国继承巨额遗产的约翰·哈蒙。后来读者发现争夺财产的确是犯罪动机,死者却不是哈蒙,而是图谋杀害哈蒙的罪犯。狄更斯描写犯罪之目的不仅是将其作为吸引读者的开胃酒或桥段(bridge plot),也是狄更斯对人性恶的体察。人性恶才是犯罪的根源,个人犯罪是集体犯罪或邪恶社会的缩影。

犯罪文学,尤其是侦探小说中由"究凶"悬念导引的叙事范式往往被社会问题小说借用,与主流文学并轨。经典侦探小说家提倡"游戏说",邀请读者参与游戏,找出凶手,至于凶杀案发生的社会背景与道德因素则可以忽略不计。他们的理念难以实现,侦探小说中的"究凶"元素往往被社会问题小说采用,如狄更斯的主流与消遣文学"两栖式"作品,它们起初以针砭时事的社会问题小说著称,后来才被视为正统的犯罪小说或侦探小说。在某种程度上,社会问题与犯罪同源,均应归咎于人,或一群人,或某一人。谋求为某一社会问题提供解决方案的叙事日益凸显其说教倾向,显然难以为继,这时犯罪小说或侦探小说中的悬念却可以营造一种可行的叙事模式,既在无形中灌输某种理念亦为读者带来愉悦。

詹姆斯与狄更斯不是一个时代的人物,他们的生活环境不同,小说创作的路径与目标也不尽一致,最后却殊途同归,赢得众多读者。詹姆斯从写作经典侦探小说起步,渐渐过渡为当代社会派侦探小说家的杰出代表。柯南·道尔、克里斯蒂等经典派侦探小说家对英国社会的看法基本是积极的,他们认为大英帝国不仅是当时世界上举足轻重的强大国家,也是正义事业的化身,进步力量的代表。尽管他们在作品中也用很多篇幅反映社会不公正,总的伦理倾向仍是保守的。譬如,英国文学中的常见主题"阶级差别"(class distinction)在克里斯蒂的《无人生还》中再度彰显。众人皆坠入道德沦丧的深渊不能自拔,但是他们的犯罪动机却因社会地位的差异全然不同。

在《遮住她的脸》《一份不适合女人的工作》(An Unsuitable Job for a Woman)等早期作品中,詹姆斯即开始对人性善恶的探讨。经过两次世界大战,基督教传统伦理受到削弱,人心不古已成为常态。詹姆斯认为"破解神秘事件仍是侦探小说的核心,只是如今这个事件再也无法与当代社会隔绝"[1]。她在作品中亦身体力行地贯彻这一主张,《夜莺的尸衣》《谋杀之心》等作品的背景即是她曾工作过的医疗机构。她注重道德教化,在作品中对英国社会的恶俗予以揭露。"P.D.詹姆斯对我等读者抱有希望。她的书是投入诱饵的

---

[1] P. D. James, *Talking About Detective Fiction*, Toronto: Vintage Canada, 2010, p.194.

陷阱。她想让那些给我们带来愉悦的作品将我们变得更可爱些。她想把我们造就为更好的人。"①

狄更斯的侦探小说以及包含鲜明侦探小说元素的社会问题小说结构独具匠心,情节引人入胜,悬念迭起,文字表达幽默风趣。在后世侦探小说家中,詹姆斯是狄更斯中产阶级基督教伦理道德观的杰出继承人,她在一个上帝已死的时代里仍大声疾呼以基督的博爱善待世人。《一份不适合女人的工作》亦是一部社会黑幕小说,私家侦探科迪莉亚·格雷直斥她的委托人罗纳德·卡伦德为掩盖自己丑恶的过去不惜杀害儿子。"如果世上的人不能彼此相亲相爱,让世界变得更美好又有什么用处呢?"②格雷得出结论:看起来最体面的人可以做出最丑恶的事情。隐藏在马克被害案之后的是一个"橱柜里的骷髅",是上流社会光鲜表面之下的堕落与极端虚伪。首次独自办案的格雷与克里斯蒂塑造的"安乐椅侦探"马普尔小姐不同,倒更像哈密特的硬汉山姆·斯佩德。她亲身历险,被罪犯的帮凶推入井中,差点丧命。她不仅致力于探究案情真相,也关注人性。"人类居然如此不能首尾一贯,而又有趣。"卡伦德则为自己的罪行辩护,诡称爱并无意义,而父亲对孩子的爱或许对双方都有害,因此"没有爱,便没有爱的义务"③。类似此处对亲情的深度讨论以往极少见诸侦探小说之中,由此可见詹姆斯的视线已越过侦探小说关注的"谁做的""如何做的",亦留意"为何做"的问题及答案。

明晰的场景与氛围

场景(setting)通常指情节发生的物理背景,如地理场所(locale)、历史时期、自然和社会环境等。背景是时间维度和空间维度的交织,正是在时空的经纬之中,人物存在的迹象或情节得以展现。小说家会有选择地描绘某些场景以间接反映人物心理感受,这就是氛围(atmosphere)。氛围依托场景而生,抽象而又富于寓意,令聪慧的读者感同身受。场景是自然的,氛围则是社会化与个人化的。詹姆斯赞扬哈代的"韦塞克斯"系列小说场景生动逼真,指出"侦探小说很少留出空间仔细描写这样的场景"④。她认为场景与氛围对

---

① Dennis Porter, "Detection and Ethics: The Case of P. D. James", in Barbara A. Rader and Howard G. Zettler, eds., *The Sleuth and the Scholar: Origins, Evolutions, and Current Trends in Detective Fiction*, New York: Greenwood Press, 1988, p. 17.
② P. D. James, *An Unsuitable Job for a Woman*, New York: Warner Books, 1972, p. 226.
③ Ibid., pp. 226-227.
④ P. D. James, *Talking About Detective Fiction*, Toronto: Vintage Canada, 2010, p. 132.

人物和情节有支配性的影响,因此一些小说大家索性以地理场所为书名,譬如《呼啸山庄》等。在她的作品中,置于与情节相称的气氛中的场景与其他要素并重,以鲜明的场景渲染氛围,增加故事的可信度。小说本是虚构的,其背景出自作者的想象。小说中场景往往设在村舍、庄园、岛屿、火车车厢等相对封闭的场所,便于烘托人物的活动,凸显主题。

《灯塔》(The Lighthouse)的背景与阿加莎·克里斯蒂的名作《无人生还》相仿,均是英格兰近海孤零零的小岛。岛屿是相对封闭的空间,作者选择岛屿作为案发地点易于锁定嫌疑人。克里斯蒂笔下的黑人岛因外形而得名。教师维拉是收到上岛邀请的客人之一,"眼前的黑人岛与她不止一次在心中描画的相去甚远。那是一幅多么美丽的图画啊!紧靠着海岸,美丽的房屋鳞次栉比。可远处的黑人岛上根本看不到房子,只能看到粗犷鲜明的岩石轮廓,就像一只巨大的黑人头颅。好像有什么不祥之感。"①克里斯蒂将自己的作品作为游戏看待,读者亦被邀请入局,因此她聚精会神地摹写犯罪-侦破主线,对诸如风景一类的描绘则惜墨如金,寥寥几笔便将十人先后暴死的小岛印象交代完毕。读者体察到,这个孤岛不仅无生气,也是不祥之地。

詹姆斯则用很多笔墨多方位、立体化地勾勒出《灯塔》中科姆岛的全貌,岛上的空间建构是一个被岛民和访客的行为界定的微型社会。达格利什等外来者乘直升机来岛上调查,在他们看来,小岛的景色是中性的,所以没有表现人物好恶的情感误置(the pathetic fallacy)一类的表述。抒情诗化的描述却预示情节多变,吉凶难卜。"黑云不时堆积在他们头顶,之后将集聚的雨水猛烈倾泻下来,直升机像是在一道雨帘中梭行。雨云又突然消失,脚下呈现出雨水冲洗过、沐浴在仲夏季柔和的阳光中的田野。地上铺开的景致恰似一幅色彩斑斓的刺绣,一簇簇草像深绿色的羊毛,田野色泽柔和,像一块块棕色、淡金色、绿色的亚麻布,四周蜿蜒的道路和小溪则是一条条亮丽的绸带。"②小岛的社会属性或氛围在岛上原住民眼中全然不同,或亲或疏,或正或邪。在艾米丽、内森等在岛上出生的土著心中,小岛是温情脉脉的挚爱故乡。丹尼杀死父亲内森后,小岛变得阴森可怖,令他厌恶,恨不得早早离开。内森的女儿米兰达与编辑丹尼斯是一对地下恋人,他们在岛上找到一个幽会的僻静地点,于是这个小岛立即成为他们的伊甸园。岛民们发现内森的尸体之前,岛上起雾,灯塔(内森被杀的不祥之地)消失在雾里,只剩一个怪物似的红色圆顶依稀可辨。待众人进入灯塔后,迷雾渐渐散去,吊在灯塔上的尸体

---

① 阿加莎·克里斯蒂:《无人生还》,王丽丽、刘万勇译,贵阳:贵州人民出版社,1998年,第20页。
② P. D. James, *The Lighthouse*, London: Faber and Faber Limited, 2005, p. 92.

显露出来。这时,在岛上主事的律师觉得空气在颤抖,仿佛听到有些人在叹气、哭泣、呼喊。案件破获后,小岛再度显得祥和可爱,令人流连忘返。

《阴谋与欲望》(*Devices and Desires*)的时空背景是 20 世纪 80 年代英格兰东部诺福克郡的海岬,古老的本笃会修道院与现代化的核电站是最显著的地标,象征着传统与革新的对峙。虽然宗教信仰被科学取代,但是人们昔日安详的精神生活与古老的景致一去不复返。在小说结局处,梅格与达格利什道别。

> 回头遥望北方的核发电站,她永远无法把这个神秘潜在力量的象征与神奇美丽的蘑菇云分开,它也是人类在智慧与精神上持傲慢态度的象征,正是这种态度引导爱丽丝去杀人。片刻间,她仿佛听到海岬上回荡着发出最后警示的尖锐汽笛声,在传达可怕的消息。①

恪守经典侦探小说传统的批评家认为对场景与氛围的渲染会分散读者注意力,全无必要。对于主题单一的作品而言,或许这是公允的观点。但是在詹姆斯的作品中,作者关注更多的是罪行掩盖下深邃多变的人性,因此采用社会问题小说中借景抒情的技法。

《阴谋与欲望》以"吹哨人"(the Whistler)杀死第四个受害者开篇,是典型的以一具尸体开篇的侦探小说。十五岁少女瓦勒瑞·米歇尔在迪斯科舞厅玩得高兴,与班车交臂失之,被化装成女人的神秘连环杀手"吹哨人"在人烟稀少的荒郊杀害。"她看到单纯、迷人,几乎是带着歉意的微笑,还有火焰般灼人、残忍的眼睛。她张口呼叫,但是已经为时太晚,恐惧令她发不出声音来。只见那人一挥手,牵狗绳便忽地套到她脖子上……"②然而这个可怕的连环杀人案件只是旨在吸引读者的噱头而已,几经延宕后它以难以想象的方式终结。

别具匠心的人物塑造

凭借文字再现人物的音容笑貌,并且通过外部描写揭示人物的心理活动,这是文学创作中人物塑造的任务。福斯特的"圆形人物"和"扁形人物"之说概括性强,适用于讨论大多数小说与戏剧人物。长篇侦探小说通常以高潮迭起的情节取胜,其中人物大多是性格直率单一的"扁形人物"。詹姆斯锐意革新,不仅塑造出亚当·达格利什、私家侦探科迪莉亚·格雷等贯穿整部

---

① P. D. James, *Devices and Desires*, London: Penguin Books, 1990, p. 503.
② Ibid., p. 8.

作品的性格复杂多面的"圆形人物",她笔下的定型人物(the stock character)亦有个性,令读者回味。

以往的小说对于侦探形象塑造惜墨如金。《荒凉山庄》中的布克特是文学作品中第一个侦探,也是一位"扁形人物"。"这是个中年人,穿着一套黑衣裳,身材魁梧,态度沉着,目光异常锐利。"①这类作品中也很少提及侦探的私生活,批评家们认为描写侦探的家庭生活、两性交往等领域内的活动与情节发展不相干,甚至会干扰读者。

警官亚当·达格利什是业余诗人,文质彬彬,是"亚当·达格利什系列"长篇小说中的侦探,达格利什的细腻、善解人意的诗人气质与职业警察生涯练就的坚毅硬汉风格相互映衬,表现出平凡中的智性,强力中的柔情。在时间跨度历尽几十年的十余部小说中,这个时常带有几分忧郁的鳏夫日臻成熟。读者不妨将整个系列视为一部卷帙浩繁的成长小说,它们令人信服地描绘达格利什的生活,亦是詹姆斯人书俱老、艺术精进的记录。在《遮住她的脸》中,他在女佣萨丽被杀后去现场勘察,首次亮相并没有表现出特别吸引读者的气质。读过几部系列作品后,读者逐渐接受、欣赏达格利什,既将他看作一位机智、踏实工作的侦探,也视他为一个可以亲近,有平常心的男人。同事将妻子生孩子的消息告诉他,他不禁想起自己逝去的挚爱家人。对于这样一个寻常的消息,他居然产生多种联想,其中不免有妒忌的成分。柯南·道尔的福尔摩斯、克里斯蒂的比利时人波洛和老处女马普尔、塞耶斯的温姆赛勋爵等大侦探行为乖张,甚至不食人间烟火,令人联想到《三国演义》中几近妖人的"三绝"人物:诸葛亮智绝,曹操奸绝,关羽义绝。这些大侦探像近现代传奇里的英雄人物,达格利什则是当代社会问题小说中的正面主人公。

詹姆斯继承黄金时代以降侦探小说中的人物塑造方法,创造了一些似乎可信却又令人难忘的定型人物。虽然他们频繁出现在作品中,却并不完全与"扁形人物""模式化人物"(the stereotyped character)等同。"定型人物"不含贬义,他们并非没有个性、被读者忽略的人物,只是常常出现在这类作品中,彼此间存在细微差别的典型人物。这些人物需依赖有心的读者将散布于作品各处的外部描述、心理刻画串联在一起方可发见。他们皆由情节统领,受环境的影响,难以显现持久、一成不变的性格。詹姆斯的长篇小说不仅容量大,涉及社会生活的诸多领域,而且刻意描写当代人背负重重心理压力的诸多细节。她的定型人物推动情节发展,为情节服务,满足读者的期待心理。

---

① 狄更斯:《荒凉山庄》(上册),黄邦杰、陈少衡、张自谋译,上海:上海译文出版社,1979年,第400页。

欧美文学中常见的定型人物有几十种。人们通常用概括性的诙谐昵称概括他们,如源于古希腊哲学家泰奥弗拉斯托斯的"人物素描"列举了"喋喋不休的人"(the Garrulous Man)、"心不在焉的人"(the Absent-Minded Man)等多种人物。

詹姆斯的定型人物大多是次要人物,基本遵循此类模式塑造,易于辨认。《灯塔》中被灭口的牧师是名副其实"私德有亏"的神职人员(the Whisky Priest),教导众人过高尚的生活,却不能约束自己,酗酒成瘾。18 岁的少女米莉幼稚、淘气、做作、爱饶舌,大体是一个"轻浮的女人"(the Soubrette)。《阴谋与欲望》中曾做过教师的梅格则是"天真无邪的少女"(the Ingenue),待人接物彬彬有礼,十分讨人喜欢。爱丽丝本想毒死她,终究不忍心下手。卡罗琳是"妖精"(the Femme Fatale)式的女人,酷似达希尔·哈密特《马耳他之鹰》中的委托人布里奇·奥肖内西。她美丽动人,但是心怀鬼胎,全无道德准则。她始终在利用男友乔纳森,最后将他一脚踢开。乔纳森则是受老妈控制,"永远长不大的孩子"(Mother's Boy),虽然已独立生活,仍缺乏主见,腼腆,不善与人交往。《灯塔》中被谋杀的作家内森是一个"令人厌恶的人"(the Repulsive Man),但是他表现出的自私、刻薄有复杂的原因,不宜完全归为定型人物,而是一个麦克白夫人式邪恶的"原型人物"(the archetypal character)。① 他粗暴对待身边每一个人,甚至包括女儿、秘书,对自己的私生子也全无怜悯之心。警方发现,岛上的人几乎都有谋杀他的动机。

隐性与显形理论

侦探小说理论通常可分为描述性理论(descriptive theory)与规约性理论(prescriptive theory)两类,前者探讨侦探小说的起源、演变与分支,后者研究侦探小说的界限,为作者制定写作规范。侦探小说史上,塞耶斯、切斯特顿等前辈具有作家、批评家双重身份,均在创作之余留下关于这一文类的理论著述,许多篇什影响深远。关于一身兼作家、批评家二任,T. S. 艾略特曾作惊人之语。"我一度曾采取一种极端的立场,即真正值得一读的批评家是那些本人从事创作,而且在自己评论的那一领域内业绩甚佳的批评家。"② 詹姆斯

---

① 有学者认为,"原型人物"具有某种哲学意味,代表某种观念,不宜与"定型人物"等量齐观。参见 Rosemary Herbert 编 *The Oxford Companion to Crime & Mystery Writing* (New York and Oxford:Oxford University Press,1999,p. 431)相关词条。

② T. S. Eliot, "The Function of Criticism", in Frank Kermode, ed., *Selected Prose of T. S. Eliot*, New York:Harcourt Brace Jovanovich, Farrar, Straus and Glroux, 1975, p. 74.

正是这样一位创作业绩不凡的作家兼批评家。她善于将自己对理论的解读与感悟融会于作品之中,令读者茅塞顿开,这或许正是一身二任的益处。作为批评家的詹姆斯在其作品中嵌入某些现代理论,以增强社会批判意识。

从精神分析学入手探讨侦探小说的机理是描述性理论中颇有建树的一部分,詹姆斯洞悉弗洛伊德的学说及与之关联的种种修正,如霍妮用文化决定论补充弗洛伊德的生物决定论。《阴谋与欲望》中连环杀手"吹哨人"的性格塑造表现出作者对精神分析学说体会深刻,她借助这个有心理疾患的人物揭示人与他人或人与社会的错综复杂的关系。"吹哨人"年幼时父母即离异,他在强势而且蛮横的母亲家中艰难地长大成人,饱受精神折磨,因此很早便学会看母亲与继父的眼色行事。畸形的家庭为他的"俄狄浦斯情结"生长提供环境,他童年时代长期精神压抑的结果使他形成不信任人间真情的"神经症人格"(the neurotic personality),具体表现在他对母亲爱恨交织的复杂感情,是"俄狄浦斯情结"的倒错或逆转。霍妮分析,这种爱恨交织的复杂感情源于爱。"个人(包括正常的个人)总是处在需要大量的爱但又发现难以得到爱这样一种两难之境中。"①因为"爱"母亲,确切地说是怕母亲,他在自杀前脱下做礼拜时才穿的好衣服,以免沾上血迹,令她不悦。因为恨,他在所有被他杀死的女人额头刻上母亲名字 Lilian 的第一个字母 L。无疑,他时刻都在盼望杀死母亲,而且每一个被他杀死的女人都是母亲的一个替代者(substitute)。割颈自杀前他留下遗言:"我的情况越来越糟。我知道这是唯一让自己住手的办法。"②"吹哨人"的悲惨生活不仅令人信服地印证了弗洛伊德关于压抑源于心理因素,而心理因素又应追溯到生物或生理性(力比多)因素的假说,深刻显现出建立在个人竞争基础之上的当代文明社会给人带来的焦虑感及文化内涵。"在我们的文化中,存在着某些固有的典型困境,这些困境作为种种冲突反映在每一个人的生活中,日积月累,就可能导致神经症的形成。"③借"吹哨人",詹姆斯敏锐地揭示了人与人之间的潜在敌意如何渗透、泛滥于家庭生活与社会活动之中。偶然的个人经验与必然的文化浸淫不断给孱弱者施加巨大压力,直到他被最后一根稻草压垮,使他在弗洛伊德所说的"压抑"与霍妮所描绘的"焦虑"中不名誉地毁灭。

2009 年,詹姆斯出版以描述性为主,兼及规约性的专著《谈侦探小说》。

---

① 卡伦·霍妮:《我们时代的神经症人格》,冯川译,陈维政校译,贵阳:贵州人民出版社,2004 年,第 197 页。
② P. D. James, *Devices and Desires*, London: Penguin Books, 1990, p. 203.
③ 卡伦·霍妮:《我们时代的神经症人格》,冯川译,陈维政校译,贵阳:贵州人民出版社,2004 年,第 195 页。

她回顾侦探小说演变史,讨论侦探小说史上的名著,分析文体特征和要素、读者接受等侦探小说欣赏与批评领域里持久不衰的话题,预测它的发展前景。虽然是基于自己丰富写作经验的感悟,她明智地未涉及自己的作品。一些极有见地的警句式表述并不是原创性的,却发人深省。关于侦探小说的性质与读者审美心理,她借用源于约翰·邓恩(John Donne, 1572—1631)的传道文《突变心坦然·沉思录之十七》中"钟为谁鸣"的典故,揭示读者的复杂心态。"这些小说当然是充满矛盾的。它们描写暴力造成的死亡和炽烈的情感,不过却是逃避现实的小说……不论钟为谁鸣,它总不会是为我们而鸣的。"①

此语令读者联想到艾德蒙德·伯克在《关于崇高与美的观念的根源的哲学探讨》中关于在自我得以保全的前提下,痛苦与危险会产生崇高感的观点。距离不仅产生美,也产生安全感。关于侦探小说在整个文学系统中的定位,虽然詹姆斯也讨论了主流文学或小说与侦探小说的某些区别,实际上已摒弃传统的主流与通俗文学二分法。她将夏洛蒂·勃朗特(Charlotte Brontë, 1816—1855)的《简·爱》(Jane Eyre)、简·奥斯丁(Jane Austen, 1775—1817)的《爱玛》(Emma)与格雷厄姆·格林的《布赖顿硬糖》(Brighton Rock)、约翰·勒卡雷(John le Carre, 1931—)的《锅匠、裁缝、士兵、间谍》(Tinker, Tailor, Soldier, Spy)一起讨论,认定"无论阅读哪一种形式的小说都是一种共生性的行为"(129)。她将高度程式化的侦探小说与主流小说等量齐观,指出其特点不外乎是情节中的神秘事件,只是侦探小说中的"谜"或悬念居于统领地位。

詹姆斯提出独到的"四位一体"理论:"一本书倘若要在出版后一个月内获得成功,背景、人物、叙事与结构必须处于创造性的张力之中,而且故事的语言必须有感染力。"②詹姆斯拥有无可辩驳的侦探小说家身份,读者亦可认为她只是利用侦探小说的范式探讨社会问题,将她的许多作品视为问题小说。然而名称只是符号,与实体的对应关系是人为的,想象中的,因此不可先入为主,以概念统摄作品,"设想在命题记号与事实之间有着一种纯粹的中介物,或试图把命题记号本身纯粹化、崇高化"③。

论及塞耶斯时,詹姆斯认为她主要是文体革新者,不是形式革新者。如果我们将塞耶斯的文体革新理解为注重表现侦探小说的文艺性,使之更接近

---

① P. D. James, *Talking About Detective Fiction*, Toronto: Vintage Canada, 2010, p. 75.
② Ibid., p. 131.
③ Ludwig Wittgenstein, *Philosophical Investigations*, G. E. M. Anscombe, trans., Oxford: Basil Blackwell, 1986, p. 44.

主流小说,詹姆斯则是刻意凸显侦探小说社会性的主要革新者之一。

  关于侦探小说的未来,虽然有种种乐观与悲观的预言,它不仅一定会执拗地生存下来,亦必将焕发出勃勃生机。"故知文变染乎世情,兴废系乎时序。"①在令人普遍感到身心疲惫的后现代时空中,意欲消遣的读者依然醉心于游戏文字,因此以克里斯蒂为代表的成人童话式经典侦探小说完全没有沦为明日黄花之忧。而以詹姆斯为代表的社会—侦探小说或社会问题小说或继续变身,或时而以此时而以彼种形式呈现,必将在与时俱进的探索中大放异彩。

---

① 刘勰:《文心雕龙注释》,周振甫注,北京:人民文学出版社,1981年,第479页。

第三编

消弭"罪"的另类犯罪文学

第九章 《一件臆想杀人案》中的犯罪心理

本章以波兰小说家维托尔德·贡布罗维奇(Witold Gombrowicz,1904—1969)的中篇小说《一件臆想杀人案》为个案,分析侦探小说与精神分析学在结构、主题和情节等方面的关系。精神分析学问世后,它的思路和方法均对侦探小说的写作产生影响,这篇作品表现出两个鲜明的特色:一是由认识论思维转向本体论思维,即由破解血腥的案件转而探究涉案者的无意识心理,二是对经典侦探小说在场与缺席、形与神、爱与恨、知与行等二元对立模式的解构。与大体同期的弗洛伊德和稍后的拉康相仿,贡布罗维奇以文学方式讲述弑父以及由此引起的罪疚感等话题,凸显他对"罪"的深邃思考。

维托尔德·贡布罗维奇生于波兰凯尔采省奥帕托夫县(当时此地属于俄国)的一个地主家庭,后随父母迁居首都华沙,16 岁时开始用波兰文写作,大学毕业后曾在法院担任见习律师。

贡布罗维奇最初是以现代主义剧作家的姿态登上文坛的,他的剧作《勃艮第公主伊沃娜》(*Ivona, Princess of Burgundia*)开荒诞剧之先河。长篇小说《费尔迪杜凯》(*Ferdydurke*)出版后引起评论家广泛注意,奠定其在波兰文学界的地位。有论者认为贡布罗维奇代表荒诞派文学的最高成就,呼吁授予他诺贝尔文学奖。贡布罗维奇性格内向,精神长期处于紧张的状态中,因此健康状况不佳。1969 年 7 月,他因心脏病逝世,终于与诺贝尔文学奖失之交臂。起初官方并不欣赏他,他的作品在祖国一度受到冷落。2004 年,在他百年诞辰之际,波兰举行"贡布罗维奇年"系列纪念活动,标志着对他的成就的认同。

《一件臆想杀人案》讲述了一个侦探故事,但是根据证据断定的罪行其实并不存在。作案人不是安东尼,而是预审法官 H,他无中生有地"做"出一个案件。荒诞的故事情节出人意料,令侦探小说迷们大失所望。

"壁橱里的骷髅"与侦探小说范式

　　这个故事①是文学极简主义(minimalism)的代表作,其情节甚为简单,甚至单调。它叙述预审法官 H 为解决财产归属事务到乡间去拜访地主伊格纳西·K 的短暂经历,H 自以为从死者及家人身上看出蹊跷,经过缜密的盘诘,最终锁定嫌犯 K 的儿子犯有"弑父"罪行,并逼迫他认罪。

　　H 在一个冬天的傍晚抵达车站,却发现 K 没有按照他的要求准备马车去车站迎接他,不免心生不快。到达 K 家后,他未见到 K 出来迎接,认为 K 有意怠慢自己。此后,H 觉察到 K 的家人举止乖张,言语支吾,甚为反常。晚饭桌上,K 太太才透露 K 恰恰在 H 抵达此地前一天晚上死去了。出于礼貌,H 被迫中断晚餐去向 K 的遗体告别,根据他对尸体的仔细观察,判断出 K 死于心脏病突发。但是,或是出于对 K 家人的厌恶,或是出于没有受到殷勤接待而萌生的阴暗报复心理,H 随即指控 K 的儿子安东尼·K 扼死父亲。安东尼是死者三位遗属中最可疑的,只有他有体能作案,同时他也是遗属中对 H 最不恭敬的一位。H 深谙犯罪心理以及无意识等精神分析假说,最终生性软弱的安东尼在 H 的凌厉攻势下认罪。他挖空心思主动为 H 提供物证,潜入停放父亲尸体的房间,在死人颈上掐出"清晰可见的十个指印"(74)。

　　这篇小说的英译名为 *A Premeditated Crime*,字面意义为"预谋杀人"。实际上,"预谋杀人者"本不存在,是侦探凭主观臆想强加于犯罪嫌疑人的罪名。考虑到故事情节,译者按照"交际翻译"的模式将其译为《一件臆想杀人案》。

　　"每家人的壁橱里都藏着一具骷髅",引申为"家家都有见不得人的丑事"(Every family has a skeleton in the cupboard. 亦有人"套译"为"家家有本难念的经",其实在多数场合下后一译法不可取。)本是英国人的古老谚语,也可用来恰如其分地描写地主伊格纳西·K 家的状况。在忘记有人来访,"不大懂得待客之道"(37)的 K 家里,心怀不满的 H 运用侦探术渐渐发现许多反常的现象。虽然天冷,K 的女儿塞西莉亚"伸出的手却是汗津津的"(38),K 夫人以"一位受到怠慢、未得到充分礼遇的女王的语气干巴巴地说:'我丈夫今晚去世了。'"(40)

---

①　维托尔德·贡布罗维奇的《一件臆想杀人案》(波兰文 Zbrodnia z Premedytacja)由袁洪庚根据 Christopher Makosa 英译版 *A Premeditated Crime* 转译,此译文收入维托尔德·贡布罗维奇:《巴卡卡伊大街》,杨德友、赵刚等译,上海:上海文艺出版社,2014 年,第 36—74 页。本章下文凡引用同一译文,仅在引文后标明页码。

第九章 《一件臆想杀人案》中的犯罪心理

但是 H 并未因此产生同情心,却对死者的家人心生厌恶。"……那时我脑子里恰好是一片空白,一片空荡荡的不毛之地,而他们正沉浸在悲痛之中,正在等我开口。他们等着,目不斜视:安东尼用指节轻轻叩击桌面,塞西莉亚羞怯地拉扯脏兮兮的裙边,那位母亲则一动不动地伫立在那里,好像变成了石头人儿似的,脸上带着那副主妇特有的严厉、固执己见的神情。虽然作为预审法官一生中处理过几百桩命案,我仍然产生了一种不愉快的感觉。"(41)

这种"不愉快的感觉"是对死者遗属延宕至此才透露 K 的死讯产生的疑惑。"壁橱里的骷髅"即是 K 的死因。作为隐喻的"壁橱里的骷髅"可理解为人的内心深处都藏有难以启齿,甚至自己也不愿承认的阴暗、龌龊想法,由动物的本能冲动或被压抑的欲望构成,大多处于弗洛伊德精神层次理论中的"无意识",藏有一具骷髅的壁橱即是个体的无意识层次,由于这一层次的心理活动不符合社会道德,往往无法进入意识,被主体觉察。

在侦探小说中,"壁橱里的骷髅"即是那些神秘的、有待解释的事件,它们一旦被解码,案件即告破。在预审法官 H 眼里,死者的三位遗属的表现均与人之常情相悖。观察死者家人的举止,H 发现三人均心事重重,举止怪异,这是破案的重要线索。"……安东尼·K 先生一言不发,我不知道他是否像前一天晚上那样,认为我根本不值得他搭理,或是担心他一张口便会暴露略微有点嘶哑的嗓音。那位寡母像罗马教皇似地正襟危坐,她显得像是受到了莫大的侮辱,双手在发抖,却又努力不让人看出来。塞西莉亚·K 小姐平静地咽下仍很烫的汤汁。"(60)

出于礼貌,H 提出希望能瞻仰遗体,K 太太竟然不顾 H 尚未吃完晚饭,贸然要求他即刻便上楼去哀悼死者。无意之中,H 将自己对 K 的家人的恶感正当化(justified),遂引出以侦探的身份观察到的种种蹊跷。"若是他们一开始就把一切都告诉我,我根本就不会觉得这样窘迫……在这个职位上的多年实际经验培养了我得以窥见这类真相的能力。"(41)情节发展至此,因循侦探小说鼻祖爱伦·坡在《莫格街谋杀案》中首创,以尸体开场的一类侦探小说显形。H 仔细观察死者,判断出死因,却又故弄玄虚。

> 死者停放在床上,他就是在这张床上死去的,唯一不同的一点是,待他死后别人把他摆放成仰卧的姿态。那张肿胀、青紫色的脸表明他是因窒息而死的,心脏病人发病时通常都有这种症状。
>
> "是被扼死的。"我小声道,虽然我很清楚死因是心脏病突发。
>
> "是心脏,先生,是心脏……他死于心力衰竭……"
>
> "是啊,有时候心脏是能扼死人的……扼死……嗯,能扼死人的……"我阴阳怪气地说。(43—44)

于是 H 开始调查,企图重构这个臆想杀人案。

这篇小说使标榜科学、理性的现代侦探术蜕变为读心术、诛心术。由读心到诛心,贡布罗维奇以哥特式的笔触探讨人物心理,令人联想到罪行与罪孽、客观现实与心理现实之间的错综复杂关系,弗洛伊德的无意识理论、拉康关于个人主体产生的"三维世界"假说等话题。H 认定 K 的家人"都有很严重的神经质"(67),他对安东尼,安东尼的母亲和妹妹心理的剖析是弗洛伊德等无意识理论的图解。

方法与内容:精神分析学的渗透

《一件臆想杀人案》是以侦探小说形式呈现的心理分析案例,1936 年写成,正值弗洛伊德的精神分析学说在文学领域内流行之际。法官 H 以业余侦探的身份出现,以类似精神分析的方法发动心理攻势,迫使无罪的安东尼承认自己犯下弑父大罪,而弑父源于精神分析学派的核心概念之一"俄狄浦斯情结"。案子的性质、破案方法和结论,无一不与精神分析学发生关联。精神分析报告与侦探小说皆属解构性文本,读者从文本内容的展示中得到乐趣,随即依照自己的理解构筑语义或"实情"。精神分析师与侦探的工作均可归结为广义的阅读,精神分析师聆听病人陈述并与之交谈,侦探则是现实或象征线索、符号的读者。

故事亦会令读者联想到爱伦·坡在短篇小说《你就是那人》中开创的模式,利用犯罪嫌疑人的心理因素破案。在此,侦探成为精神分析师或诛心者。第一人称叙事者"我"一番近乎装神弄鬼的心理攻势使犯罪嫌疑人古德费洛猝不及防。"在好几分钟内,他像尊大理石雕像坐在那儿一动不动;他眼睛那种失神的样子仿佛是他的目光调转了方向,正向内凝视他自己那颗痛苦而凶残的灵魂。"[①]根据拉康的"凝视"理论,凝视并非主体"看"外界,凝视是主体带着强烈欲望"看"自己,同时在幻象中臆想有某一令人惧怕的怪物在暗处窥视自己,这个幻象使主体分裂。充分利用古德费洛心理上的罪责感,破案者最终侦破杀人案,洗脱被陷害的死者侄子的罪名。毕竟,嫌疑人有射入马匹身体的子弹、伪装血迹的波尔多葡萄酒等证据作为依据。《一件臆想杀人案》中的 H 没有证据,只是在深谙安东尼的无意识中的弑父心理基础上步步紧逼,无中生有,迫使他承认仇恨父亲,最终假装扼死父亲。

---

① 埃德加·爱伦·坡:《你就是那人》,奎恩编:《爱伦·坡集:诗歌与故事》(上),曹明伦译,北京:生活·读书·新知三联书店,1995 年,第 822 页。

率先将精神分析师的诊疗工作与侦探的破案工作相提并论的正是弗洛伊德,他发觉二者皆以见微知著见长。他在讨论过失心理学时注意到口误、无意间构成的新词、同音异义等均是人的隐秘心理活动蛛丝马迹式的迂回表达,均是无意识的自然流露。无意识可以受到压抑,却无法消除。"精神分析……所观察的材料就是经常为其他科学讥为平凡琐碎、平常、不重要的事件,或者露骨地说一句,简直就是现象世界里的废料……或者假使你是个侦探,正调查一宗谋杀案,你会期望凶手在命案现场留一张写有姓名、地址的相片给你吗?你岂不会以已有其人的蛛丝马迹感到满足吗?所以微乎其微的记号也有其相当的价值,而不容我们轻率地忽视。"①阿尔弗雷德·希区柯克(Alfred Hitchcock,1899—1980)编导的影片《爱德华大夫》(*Spellbound*)中的彼得森医生不仅是出色的精神分析师,也是干练的侦探,她运用两个领域内的相关专业知识找出真凶,如对凡伦泰梦境的解读与莫奇逊作案动机的分析。

侦探小说与精神分析的相同之处在于它们均以解谜为己任,均以呈现一个隐秘事件肇始,以破解这个隐秘事件终结。索福克勒斯叙述杀父娶母的骇人悲剧《俄狄浦斯王》是描写侦探破解隐秘事件的侦探小说的雏形,而弗洛伊德认为"俄狄浦斯情结"这一精神分析学派的核心概念正是人类之所以会犯罪的隐秘心理之源。"精神分析得出的一致结果显示,朦胧的犯罪感源于俄狄浦斯情结,是对杀害父亲,与母亲发生性关系这两个最大犯罪企图的反应。"②

佩德森-克拉格认为读者对侦探小说的浓厚兴趣源于他们童年时代看到父母性行为后被抑制的记忆,侦探小说会唤起他对两个偷偷摸摸做坏事的人的强烈好奇心,这种好奇心类似于精神分析学中论及的儿童对"原初场景"(the primal scene,此处指父母的性行为)的观察。③ 犯罪犹如性行为,在暗地里进行。受害者犹如父母中孩子与之对立的那一方,罪犯则是孩子在情感上较为亲近的一方,孩子希望他(父亲)/她(母亲)参与隐秘的犯罪行为。

在《超越享乐原则》中,弗洛伊德由自己一岁多的孙子玩的"不见啦/在那

---

① 弗洛伊德:《精神分析学引论·新论》,罗生译,南昌:百花洲文艺出版社,1997年,第14—15页。
② Sigmund Freud, "Some Character-Types Met with in Psycho-Analytic Work", in James Strachey, ed., *The Standard Edition of the Complete Psychological Works of Sigmund Freud*, Vol. 14, London: Hogarth Press and Institute of Psychoanalysis, 1957, p. 3118.
③ Geraldine Pederson-Krag, "Detective Stories and the Primal Scene", in Larry Landrum, Pat Browne and Ray B. Browne, eds., *Dimensions of Detective Fiction*, Bowling Green: Bowling Green State University Popular Press, 1976, pp. 59—60.

儿"(Fort/Da)自娱自乐的游戏联想到孩子对焦虑的自我控制,以及以(在场的木线轴)象征替代现实(不在场的母亲)的心理机制。弗洛伊德从这个游戏中实际上观察到的是儿童最初始的情欲或性欲(erotics)流露,它可以令儿童在心理上应对他/她所依恋的母亲不在场引起的焦虑,本质上是一种象征主义。侦探小说文本的叙事范式与这个游戏相似:作为享乐的源泉,它以初始状态("在那儿")呈现,经过失落、追踪和搏斗("不见啦"),最终以罪犯被揭露、秩序恢复回归初始状态("在那儿")。据此,丹尼斯·波特指出,侦探小说一类的通俗文学带来的启发是,目睹敌人的毁灭比窥见两性结合会给读者带来更强烈的快感。[1]

作者不仅发掘安东尼的无意识思想轨迹,譬如弑父的欲念,亦显示证据、罪犯、侦探三者间的相互依存关系,与20世纪50年代拉康提出的无意识三界说,即实在界(the real)、想象界(the imaginary)、象征界(the symbolic)在某些方面可以相互映衬、阐发,令人玩味后顿生"英雄所见略同"的感受。拉康借助"波罗米安结"(the Borromean Knot)消除内外之分的二元对立,解开凸显实在界、想象界与象征界的彼此环扣,意欲探究不时浮现于人思维表面的意象。

"波罗米安结"由三个相互套在一起的圆环组成。这个符号被拉康借用,以表达三界相通的象征意义,即只要解开其中一个圆环,其他两个圆环亦会开放,其寓意是意识与无意识的层次重叠或渗透。

象征界是种种差异并存的封闭系统,它大体相当于弗洛伊德的"超我"概念,是区分彼此间差异的基础。想象界是心理投射与认同系统,它大体相当于弗洛伊德的"自我",是异同二元认知模式的基础。实在界大体类似弗洛伊德"无意识"的概念,因此不可望文生义,将它误认为传统的"实在"。所谓"实在界"的范畴可涵盖一切无法界说,可以意会却不可言传的虚无缥缈之物,因此法国精神分析大师马无名(Guy Massat)将实在界称之为"无名"。"想象"是拉康的重要概念,也是一个悖论,"想象"其实并无法想象,人只能在与实在和符号构成的杂乱纠葛中臆测想象为何物。

K死于老年痼疾,但是,出于对K家人的恶感,H逼迫K的儿子安东尼承认弑父。安东尼确有弑父之心,却无弑父之实。H的阴险和执拗与安东尼的逃避和认输在自由与必然的较量中由象征界的差异出发,进而过渡到想象界非此即彼的二元认知,最终会以H预料到的法医专家们提出质疑,遁入

---

[1] See Dennis Porter, *The Pursuit of Crime: Art and Ideology in Detective Fiction*, New Haven and London: Yale University Press, 1981, p. 104.

实在界的无以名状,回归"寂夕寥夕"的"无名"之初始。虚无与荒诞,这仅仅是实在界可定义的部分性质。更具认识论意义的是,它消解行动与思想之间的距离,进入非此非彼,即此即彼的超验境地。侦探小说与精神分析有相似性,但是经典或传统侦探小说与硬派侦探小说分别代表两种不同的"想象错觉"(imaginary delusion),两种"错觉"均意图回避关于人类欲望的实情。这部小说的情节与精神分析丝丝相扣,是对传统"究凶"式侦探小说的戏仿,它关注弗洛伊德时代人们对心理现实的探究,借安东尼的心路历程披露深陷爱与恨纠葛之中的现代人的矛盾心态。

弑父,"想象错觉"中的犯罪焦虑

弑父似乎是这个故事的焦点,也是 H 试图强加于安东尼的罪名。在安东尼是否弑父,弑父欲念的成因,弑父引出的种种道德、伦理、宗法和法律等人际问题以外,贡布罗维奇其实更关注人内心的本源性焦虑,即 K 的家人(尤其是安东尼)神经症性质的对犯罪的焦虑。

追本溯源,这个故事的情节令读者不禁联想起侦探小说雏形之一的俄狄浦斯王弑父故事。俄狄浦斯调查老国王拉伊俄斯的死因,却在无意间使自己杀父娶母的可怕罪行昭然若揭。

弑父与现代伦理相悖,具有弑父心理倾向的人只能将他的意愿抑制在心中。安东尼没有实施过扼死父亲的犯罪,却在弑父愿望的支配下不止一次想象过杀死父亲的场面,而被压抑在这一层次中的邪念受到 H 导引后逐次回归无意识、前意识及意识层次,最终使安东尼认罪。至此,侦破术蜕变为诛心术。

H 观察、分析安东尼言语、形体动作、表情和情绪变化,根据安东尼两次应对是否爱自己的父亲的诘问,推断出他对其父爱恨交加的矛盾心态。

> "您非常爱您的父亲?"我问道……
>
> 这个问题显然叫他措手不及,他没有思想准备。于是他低头不语,扭头去看别处,先咽下一口唾沫,才低声以无以名状的拘谨态度,甚至是反感情绪咕哝道:"就算是爱吧……"
>
> "就算是爱?那就是说不很爱喽。算是爱!就是这样?"
>
> "先生,您问这个干什么?"他质问道,说话的声音像是喘不过气来。(57)

> "或者,您感到羞愧也许是因为您爱过他。也许您真的爱过他?"
> 带着嫌恶、绝望的表情,他费力地嗫嚅道:"好吧。既然……既然您

坚持要这么说……好吧，就算是这样好了……我爱他。"(69)

弗洛伊德将这种矛盾的心态笼统地一概归结为人类与生俱来，因"力比多"受到压抑而产生的谋杀父亲的欲念，即"俄狄浦斯情结"。他的假说认定男孩的无意识中有一种对母亲的性欲望，会仇恨潜在竞争对手甚至杀死他们，包括自己的父亲。强调儿子会在无意识中占有母亲，杀死父亲的"俄狄浦斯情结"是一种泛性论的观点。而在现实生活中，几乎所有的人都会应对亲子关系中的矛盾情感，顺利度过童年的情结勃发期，直至在青春期迎来正常性欲。虽然读者可在文学作品中发掘出"俄狄浦斯情结"的存在，却并不适宜用于解释所有父子矛盾冲突。在人类历史上，弑父是一种常见现象。因此以往的文学不乏对弑父的关注，譬如希腊神话史前期的卡俄斯（Chaos）生活在宇宙出现之前的混沌时期，被自己的儿子厄瑞波斯（Erebus）所杀。不仅如此，卡俄斯家族每一代人均弑父。

匈奴首领冒顿鸣镝弑父一类的史实表明，父子之间的关系亦是，而且首先是一种经济－政治关系，而"俄狄浦斯情结"不具普遍性，而且因人而异。待人类生活为错综复杂的经济－政治关系左右以后，性不再是最重要的事情，父亲便沦落为性霸权的一种符号。

对于死者K，母亲和妹妹与安东尼的态度是一致的，出于没有说明的一致的或不同的心理，他们全都希望他死去。"直到现在我才开始明白也许我们当时正期待着发生什么事情，也许我们正等着事情发生，也许我们已有了一种不祥的预感。"说到这里，他突然野性地大叫大嚷道："出于恐惧、出于羞愧，我们全把自己锁在房间了……这是因为我们希望父亲——希望父亲——自己了结生命！"(71)

弗洛伊德以表现这一主题的文学史上的杰作《俄狄浦斯王》《哈姆雷特》和《卡拉马佐夫兄弟》作为论据，试图证明"俄狄浦斯情结"。实际上，他是在论据与论点之间画出一怪圈，相互论证，即以作品支撑他的这一情结假说，再以情结假说论证作品揭示真理。"……在这三部作品中，十分明显的是，弑父行为的动机都是与情敌去争夺一个女人。"①

在《陀思妥耶夫斯基与弑父者》一文中，弗洛伊德虽然提及弑父者的弑父动机同俄狄浦斯和哈姆雷特一致，是"与情敌去争夺一个女人"，同时亦指出，卡拉马佐夫兄弟的心理活动真实可信的根本原因在于陀思妥耶夫斯基以自身经历作为铺垫（譬如他因对父亲的愧疚心理诱发癫痫病），使儿子期盼父亲

---

① 西格蒙德·弗洛伊德：《陀思妥耶夫斯基与弑父者》，孙庆民等译，车文博主编：《弗洛伊德文集》(7)，长春：长春出版社，2004年，第152页。

死去的阴暗心理跃然纸上。他谈到心理上的替代作用,即儿子希望父亲死去,因为他即是父亲,癫痫(极端形式的歇斯底里)的发作是对自己希望父亲死去的一种自我惩罚。

弗洛伊德在对两种典型神经症(癔症和强迫症)的研究中创立了精神分析学说,其中至关重要的压抑理论认为压抑使人精神失常,而人觉得心情不爽或受到压抑的最主要心理原因是其"力比多"受到压抑。"力比多"是一种与性本能有联系的潜能量,泛指一切身体器官的快感,是人的心理活动和行为的动力。"俄狄浦斯情结"正是男孩"力比多"的表现,而"力比多"释放对象滞后,自我不能及时转变为关注焦点则会导致以焦虑为症候的神经症。

安东尼没有明显表现出因"力比多"受到压抑而产生谋杀父亲的想法。善于攻心的预审法官 H 提及三个案例:某侄儿将一根帽针戳进叔叔的后背,某个女人告诉丈夫吃下一条虫子,某贵族之家的儿子企图以不断对其母亲说"请坐"的怪诞方式谋杀她。这三个案例中仅有第二例涉及性变态,即那女人"在最隐秘的内心深处对一条硕大的牛头犬怀着有悖常理的感情"(62)。

H 所说的"爱与恨本是一件事物的两张面孔"(71—72)正是安东尼心中涌动的父子之爱——弑父冲动的循环往复,是想象错觉的涌现。精神分析师窥探病人的无意识,从中捉取可以名状的心理活动。侦探 H 亦步步为营,操纵安东尼的心理活动,揭露以爱掩饰的恨,最终使其无意识中的弑父图谋递进到意识层面。从 H 一波又一波袭来的凌厉心理攻势中,我们可以看出他深谙作为精神分析学之核心的无意识理论。H 成功"破案"更重要的原因是,H 窥探安东尼心理活动的参照系正是他自己。此后,他只需以己心忖度安东尼之腹。如常言所道,捉住贼的关键在于捉贼者能够像贼那样思考。

受命运播弄,俄狄浦斯在无意间弑父,并为自己的罪行憎恨自己;安东尼早已萌生弑父之意,却没有付诸实施,只是为长期萦绕在心头的邪恶念头惶惶不安。俄狄浦斯与安东尼以不同的方式敲开"壁橱",暴露藏在里面的"骷髅"。他们的故事分别代表"俄狄浦斯情结"的极端形式和一般形式。安东尼将他的父亲视为潜在的敌人,希望他死去,但是他敌视父亲并非因为他深爱母亲,而是另有言之成理的或荒诞不经的原因。

弗伦奇指出,"对于一个侦探而言,精神分析学似乎已成为隐藏或被认同的副文本,与其说寻找罪案的实情,倒不如说他或她是在发掘自己以往生活的实情或创伤"[①]。H 的叙事丝毫没有涉及自己的生活,也没有证据显示他

[①] Patrick Ffrench, "Open Letter to Detectives and Psychoanalysts: Analysis and Reading", in Warren Chernaik, Martin Swales, and Robert Vilain, eds., *The Art of Detective Fiction*, New York: St. Martin's Press, Inc., 2000, p. 225.

同陀思妥耶夫斯基有过相似的犯罪心理。但是他对弑父的案例津津乐道,表明早已关注此类案件。就对人物心理活动的探究而言,《一件臆想杀人案》可谓《卡拉马佐夫兄弟》的"互文",只是贡布罗维奇刻意突出"谁做的"这一主线。

恐惧、羞愧是焦虑的表现。弗洛伊德对焦虑有深入的研究。"焦虑这个问题是各种最重要问题的中心,我们若是猜破了这个哑谜,便可明了我们的整个心理生活。"①萦绕在心里挥之不去的弑父念头是安东尼焦虑的主要原因,他有贼心无贼胆,长期处于确有可能犯下弑父之滔天大罪的本源性恐惧之中,并且时有歇斯底里发作的情形,那是因为希望父亲死去而施行的自我惩罚。H 的心理暗示使他心中的焦虑得到舒缓,自我防御机制最终启动,将自己有弑父之念等同于切实的弑父之罪。反之,倘若安东尼从未有过弑父的念头,H 将一筹莫展。

关于罪的形而上思辨

对罪的焦虑,尤其是对自己犯罪的焦虑,体现了人类的道德伦理意识。在这个故事中,安东尼和家人的焦虑主要以罪疚感的形式出现。罪的概念并非永恒,会因时空转换而变化,然而弑父却始终是源于本我的,受死的本能驱使的文明之禁忌,一向为人类道德伦理所不容。

如同安东尼期待甚至企盼的那样,父亲因病死去。但是父亲的死并未使他解脱。H 在傍晚时分赶到 K 家叩门,看到出来开门的安东尼心神不宁,"像是被人从睡梦中刚刚唤醒"(37)。

对罪孽与罪恶感深感兴趣的美国作家霍桑在他的一篇不很知名的小说《幻想的陈列柜:一种美德》中,以寓言式文体讲述了一个退休老人正在家里自斟自饮,透过放在桌上的一杯马得拉白葡萄酒看到拟人化的"幻想、记忆和良心"来拜访他。这三个人历数他年轻时代萌生过,却又不能或不曾付诸实施的种种邪恶念头,意图说明意念中的罪行比已付诸实施的罪行更加邪恶。

> 罪是什么?是灵魂上的一个污点。灵魂是否会感染这类深藏不露、穷凶极恶,由曾策划过并决心去实施的行为孕育而生的污点是广泛的兴趣所在,然而这些污点实际上根本未曾存在。人的手和可见的形体是否一定要将灵魂中邪恶的念头密封起来,使这些念头能有效地与犯罪者斗争?换言之,在尘世的法庭上虽然可以审理确凿的罪行,罪恶的念头是

---

① 弗洛伊德:《精神分析引论》,高觉敷译,北京:商务印书馆,1984 年,第 15 页。

否会在永恒的最高法庭上使判决全然失效?与罪恶的念头相比,罪行只是一些幻影而已。半夜独自一人待在屋里之时,或是在沙漠之中,远离众人,或是身体跪在教堂里的那一刻,灵魂却在用我们惯于认为完全是肉欲的罪恶玷污自己。如果是实情,这是可怕的实情。①

弗洛伊德将意识喻为海面上的冰山,将无意识喻为辽阔的大海。意识只是显露在水面上的那一部分,是自我的表露。无意识虽出自同一主体,却仿佛是在以陌生的话语表述他者的思想。意识与无意识在前意识层面相遇,使得处于自我分裂(self-splitting)的主体表面光鲜,以完整的人格示人,实际上这只是一种假象,一种抵御现实的心理机制。

拉康重新解释"俄狄浦斯情结",认为这个情结是一个与现实中进退两难的人类某种微妙关系不同的象征结构,涉及婴幼儿从形象阶段向多义性符号阶段发展的内心活动。通过对处于"镜像阶段"婴幼儿的观察,拉康注意到主体分裂过程揭示了主体处于存在缺席境地里的迷惘和无助。婴幼儿获得语言和识别符号的能力后,镜像阶段自己的映像及其意义会发生变化。此时婴幼儿成为分裂的主体,主体与自身镜像分离,这便是想象界中母子二元关系的建立。"俄狄浦斯情结"意味着由想象界向象征界的过度,借助父亲的意象构筑一个三元结构,解构母子二元关系。作为第三项的父亲意象只是一个象征席位,使婴幼儿感悟到自己与母亲处于欲望对象的位置上,排斥这个终止它欲望的意象。H 的探心术令自我镜像化的安东尼甚至对自己的言行产生"想象",认同内心的弑父阴暗念头。他在迷惑中"认罪",符合拉康对弗洛伊德无意识学说的修正,即无意识具有表意性质,并非仅仅受力比多支配,亦可由外界刺激产生,尤其是来自他者的刺激。

……他垂着脑袋,活像一个被打垮的人。他抬起头来,他盯着我,带着无限怨恨,清晰地对我说:

"是我。我去过。"

"什么意思,您去过?"

"我说了,我去过,做完了一切。如您所说,机械地做完了一切。"

"什么?这么说这是真的!您认罪了?是您干的?您——真的是您?"

"是的。我去过。"(72)

---

① Nathaniel Hawthorne, "Fancy's Show Box, A Morality", in *Twice Told Tales*, Boston: American Stationery Co., John B. Russell, 1837, p. 307.

主体被确定之前，其无意识已经显现。自我分裂的主体不免在外界刺激下心猿意马，譬如《圣经》中提及的那些"动淫念"的男人便是安东尼的近亲。"凡看见妇女就动淫念的，这人心里已经与她犯奸淫了。"（《圣经·新约·马太福音》）一个"动淫念"者只是潜在的犯罪者或负罪者（sinner），尚未付诸犯罪行动。在英美文学传统中，哈姆雷特、史蒂文森的"化身博士"，狄更斯在《远大前程》中塑造的"双面人"贾格斯、温米特等均是具有心理障碍的人物。表面上，他们心智成熟，而且工于隐藏自己的自卑和脆弱，往往以强者的面貌出现。实际上，他们具有多重人格，身心分离，知行脱节。

H认为"犯罪一向是灵魂深处的行为"（61），与霍桑所说的"灵魂上的污点"之说相似。安东尼情愿认罪，并且主动配合H解决缺乏物证，"尸体上并没有留下被人勒死的痕迹"（73）的难题。他悄悄溜进停尸的房间，在"死者的脖子上留下了清晰可见的十个指印，一个不少。"（74）他为达目的不择手段，以极端的方式歪曲现实，使自己不再受焦虑侵袭。

王阳明心学倡导"无心外之理，无心外之物"①。又将"心""意""知"分别论述。"身之主宰便是心，心之所发便是意，意之本体便是知，意之所在便是物。"②若将"心""意""知"比附为无意识、前意识与意识未免牵强，但是其中似已含有分裂的主体之隐义。王阳明提倡致良知，要人依自己的真性情行事。后人解释为"有心为善，虽善不赏；无心为恶，虽恶不罚"③。弑父的行为是罪行（crime），而这种欲念只是一种内疚（guilt）。安东尼心中"贼"被破，遂愿受到法律的惩处，以解除焦虑，换得心灵的平静，自我惩罚是他依自己的本心做事，回归真性情之始。

"艺术作品之所以有生命，正是因为它们以自然和人类不能言说的方式在言说。"④这篇作品以"故意否定全部侦探故事"⑤形式言说，在"究凶"这条主干上还攀附着其他枝节，暴露K的家庭这个微缩社会中围绕隐性权力的矛盾和斗争。精神分析学、"俄狄浦斯情结"、弑父似乎切题，但是这些仍是箭

---

① 王守仁撰：《王阳明全集》（上），吴光、钱明、董平、姚延福编校，上海：上海古籍出版社，1992年，第6页。
② 同上。
③ 蒲松龄：《聊斋志异》会校会注会评本（上），张友鹤辑校，上海：上海古籍出版社，2011年，第1页。
④ 西奥多·W.阿多诺：《美学理论》，王柯平译，成都：四川人民出版社，1998年，第7页。
⑤ Patricia Merivale and Susan Elizabeth Sweeney, "The Game's Afoot: On the Trail of the Metaphysical Detective Fiction", in Patricia Merivale and Susan Elizabeth Sweeney, eds., *Detecting Texts: The Metaphysical Detective Story from Poe to Postmodernism*, Philadelphia: University of Pennsylvania Press, 1999, p.3.

垛。令安东尼惶惶不安的是萦绕不去的弑父念头，而焦虑的真实原因仍是内疚感。

作者对生者的兴趣远大于死者，他发掘证据、罪犯、侦探三者间的相互依存关系，窥探"凶手"安东尼如何在无意识与意识，在三界间苦苦跋涉。对K死亡之谜的破解只是一个伪课题，是侦探H出于报复心理施展的探心术。简单的情节，非理性主义，本体论性质的对主观意识的探寻、自我指涉、自恋等玄学侦探小说的特征凸现，使《一件臆想杀人案》成为后现代主义侦探小说。梅里韦尔将后现代主义侦探小说分为Ⅰ、Ⅱ两种基本形式，Ⅰ型着力于人物的心理活动，Ⅱ型侧重人物的外部行动。[①] 这部小说在极简主义的情节中构筑迷宫，追踪人物的心路历程，可归于Ⅰ型，是典型的借助精神分析法破案的玄学侦探小说。作品蕴含哲理，立意高远，对后世的类似作品产生过深刻影响，如对斯蒂芬·金的恐怖小说的影响。

正如弗洛伊德的学说只是难以证实的假说，贡布罗维奇对精神分析学等理论的借用、揶揄、发挥亦是随意的，难以证实、证伪，却超越证实与证伪的范畴。侦探必须证实方可昭示其价值，作为思想者的作家则会在行文中彰显不确定性。所谓荒诞，即是不按牌理出牌，无厘头，因此荒诞派小说的表现形式有多种。本章仅局限于对作为玄学侦探小说的《一件臆想杀人案》的初探，远未触及贡布罗维奇小说的荒诞性质。

[①] See Patricia Merivale and Susan Elizabeth Sweeney, "The Game's Afoot: On the Trail of the Metaphysical Detective Fiction", in Patricia Merivale and Susan Elizabeth Sweeney, eds., *Detecting Texts: The Metaphysical Detective Story from Poe to Postmodernism*, Philadelphia: University of Pennsylvania Press, 1999, p. 18.

第十章 《塞巴斯蒂安·耐特真实的一生》中的"寻觅"母题

纳博科夫在其作品中表现出的后现代性已引起许多当代批评家的瞩目。倘若不是考虑到他最不喜欢谈论作家的相互影响,大家大概早已将他誉为"美国后现代主义的俄国舅父"①。他漫长创作生涯中最辉煌的"美国阶段"是以第一部由英文写作的小说《塞巴斯蒂安·耐特真实的一生》②开始的。这部传记体小说故事情节平淡,主题隐晦,研究者相对较少。在后现代主义文学现象已得到充分关注的今天,我们有必要由新视角审视这一已显出"元叙事"(meta-narrative)端倪,凸现全新认知方式的作品。如今《洛丽塔》(*Lolita*)、《微暗的火》(*Pale Fire*)、《埃达》(*Ada*)等已被批评家们视为后现代主义小说典范之作,而以传记形式呈现的玄学侦探小说《塞巴斯蒂安·耐特真实的一生》实为后现代主义的先声。

现代版的俄狄浦斯神话

小说在基本顺叙的大框架下试图以一个个头绪纷乱、支离破碎的倒叙和解说片断重构俄裔英国小说家塞巴斯蒂安·耐特"真实"的一生。第一人称叙事者是书中人物之一、主人公的同父异母弟弟 V。他力图从文本和证人的证词两方面发掘塞巴斯蒂安短暂一生中的种种曲折隐情,为此仔细研读过塞巴斯蒂安留下的所有作品(《七色宝石》等五部长篇和三个短篇)和曾担任塞巴斯蒂安秘书的古德曼先生为塞巴斯蒂安撰写的第一部传记《塞巴斯蒂安·耐特的悲剧》,又不辞辛劳地四处造访这位同父异母兄长的至爱亲朋。V 最终发现他的调查结果完全同调查过程重叠在一起。换言之,这是一场无法令人满意的调查,塞巴斯蒂安的一生中仍有许多空白有待填补,仍存在不少尚

---

① Maurice Couturier, "Nabokov in Postmodern Land", *Critique*, 34.2 (1993): 247.
② 耐特(Knight)意为"骑士",是塞巴斯蒂安英国裔母亲弗吉尼亚的姓。作者大约是在借此暗示其母亲祖上的悠久历史和显赫家世,虽然将它直译为汉语反倒会令人产生误解。(1993年台湾出版的一部纳博科夫作品中译本在"作者简介"中便将此书名译为《塞巴斯蒂安骑士记》。)

不为人知的隐秘。"不论他的秘密是什么,我总算也明白了一个秘密,即灵魂只是一种存在的姿态,而并非一种始终不变的状态。随便哪一颗心灵都可能是你的,只要你找到它并紧跟它颤动的节奏。"(192)①

奥科特等人发现小说中暗藏着"象棋意象"(chess images)和绵绵不断地对"巧合"(coincidence)等影射技巧的运用,如36这个数字在塞巴斯蒂安的一生中多次出现。这无疑是极有见地的观点。但是他同时亦引用书中V对塞巴斯蒂安的作品《可疑的水仙花》的评价,认为《塞巴斯蒂安·耐特真实的一生》是一部作者意图模糊不清的作品,是对诸多主题的"玩弄",使它们"碰撞或狡黠地混合在一起,表达隐藏的意义……"②

利奥塔认为后现代主义的特征之一即是对知识话语的强调。为验证自身的合理存在,知识日益依附于"叙述",直至最后同叙述混为一谈。纳博科夫在此作品中阐发的主题正是现代人在处于"真实"与"不真实"之间的话语迷宫中徒劳地跋涉,却不知两者的分界线在何处、执拗地寻觅(quest)根本不存在的"真实"。

"寻觅"是欧美文学中的传统母题,而"寻觅"过程中应运而生的"认知英雄"(the cognitive hero)则是永远受人景仰、爱戴的人物。这是一个与欧美哲理思维和积极进取的人生观并行不悖的问题,也是反映"寻觅"过程的写作纷纷以侦探小说形式充当载体的根本原因。源自古希腊与古希伯来的西方智慧以探求真理为基石,探求真理无不以寻觅具体与抽象的未知之物开始,以探究真相开始。我们很难想象其他主题能与侦探小说这一文类配合得如此天衣无缝,如《等待戈多》无论怎样也无法成为一部侦探剧。《塞巴斯蒂安·耐特真实的一生》中最主要的原型意象是希腊神话中有关俄狄浦斯生平的传说。作为侦探先驱的俄狄浦斯对自己身世的调查是欧美文学中记述过的人类最早侦探行为之一。纳博科夫对这一原型意象加以改写,在已有的"身份迷惘"情怀中又增添早已告别远古时代的现代人的苦恼,即对以历史文本形式呈现的知识是否真实可信的质疑。或者,套用被新历史主义者所津津乐道的术语,这便是对"历史的文本性"的质疑。破解作者有意设置的种种"障眼法"后,读者不难发现它所刻意表现的基本思想仍是俄狄浦斯式的,作为主体

---

① 由于《塞巴斯蒂安·耐特真实的一生》的引文均由作者译自 Vladimir Nabokov, *The Real Life of Sebastian Knight*, London: The Shenval Press, 1960。本章下文凡引用同一译文,仅在引文后标明页码。

② Anthony Olcott, "'A Chronology of Events in *The Real Life of Sebastian Knight*, Appendix' to 'The Author's Special Intention: A Study of *The Real Life of Sebastian Knight*'", in Carl R. Proffer, ed., *A Book of Things about Vladimir Nabokov*, Ann Arbor, Mich.: Ardis, 1974, pp. 104—121.

的人对自身与周围的客观世界以及主客体之间关系的迷惑不解。俄狄浦斯神话之所以具有永恒的生命力并派生出许多各具时代特色的现代版本正是因为它既发人深省地反映人类认知世界的必要性，也揭示这类认知活动的局限性。因此，罗兰·巴特把所有的叙事文本都视为俄狄浦斯的故事的翻版。

俄狄浦斯毕竟是成功的，他最终探明了有关自己生平的真相，虽然也为此付出了惨痛的代价。同他相比，《塞巴斯蒂安·耐特真实的一生》中的V则不那么幸运。在此经典侦探小说赖以赢得读者的三个基本因素，即基本顺序性、悬念和结局完全被颠覆。侦探小说将事件按照容易分辨的次序排列，采用"碎片化"叙事技巧把故事人为地分为若干部分，再使它们散布于话语之中。它既可以再现过去的事件，也可以延缓对这些事件的认识。这样一个依照时间顺序，呈线性发展的情节往往以罪犯对秩序的破坏作为开端，随即描写侦探为恢复秩序而做的努力，最后以罪犯被遏制收场。读者在小说中看到塞巴斯蒂安的活动（抽象意义上的"犯罪的故事"）和V对其活动的调查（抽象意义上的"侦破的故事"）被分割成一个个来源于不同渠道，无序排列的片断，呈犬牙交错状。这里的时间关系是任意的，而且每一特定时间并不保证附着于它的事件完全真实、可靠，如博尔赫斯在诗《阿尔伯诺兹的米隆加》中发出的感慨："时间是遗忘，也是回忆。"例如第一章以描述塞巴斯蒂安出生那天的天气开始（根据奥尔伽的日记），以塞巴斯蒂安本人对其父参加决斗那天及前一天家庭和学校生活的追忆结束（转引自塞巴斯蒂安的作品《失去的财产》）。夹在这两段叙事中间的则是V少年时期从母亲那里听来的，有关他父亲第一次婚姻的逸事，也即调查结果。

书中根本没有跌宕起伏的情节发展，最扣人心弦的场面莫过于V在病房里耐心地等候塞巴斯蒂安从昏迷中醒来，以便同他倾心交谈的那一幕。但是机敏的读者读到V同在医院里看更的法国老头儿的对话时便悟到这注定只是一个"情景反讽"，一个不成为悬念的"悬念"。

玄学侦探小说惯用的"无解"（nonsolution）叙事策略在这部小说中得到淋漓尽致的发挥。读至卷终的读者不仅仍对神秘人物塞巴斯蒂安的生平所知甚少，而且产生新的疑惑，即塞巴斯蒂安与V是否就是同一个人。纳博科夫对俄狄浦斯神话的现代阐释正体现在对自我的放逐和迷失的思考，一个永远新鲜的话题。在此纳博科夫让V完成由认识论思维向本体论思维的过渡，对包括自身在内的世界本源的质询替代如何认识并解释具体客观世界的疑问。小说以V对塞巴斯蒂安这一"他者"身份孜孜不倦的调查开始，以对自己身份的质疑结束。

"塞巴斯蒂安·耐特1899年12月31日生于我祖国的故都。"(1)作品开篇便开宗明义地把传主同作为第一人称叙事者的传记作家紧密联系在一起，也向具备侦探身份的读者提出挑战。何以不明确申明主人公生于"俄罗斯故都"？"我"与塞巴斯蒂安仅仅是同父异母兄弟吗？这个故弄玄虚的谜底始终困扰着读者，使他直至掩卷处仍无法得出明晰的结论。叙事者多项选择题式的解释只是再度把结局引向开篇的又一个"能指"，"结局就是结局。大家都回到各自的日常生活里去（克莱尔也重返她的墓穴），然而主人公却流连忘返。这是因为无论我怎样努力也无法走出自己扮演的角色，塞巴斯蒂安的面具紧贴在我的脸上，那种似曾相识的感觉是无法洗去的。我是塞巴斯蒂安，或者说塞巴斯蒂安是我。或者也可以说我俩都是另一个人，一个我俩都不认识的人。"(192)

读者从这样一个并非结局的非理性"结局"中无法享受读至传统侦探小说末尾处所体会到的欢愉。在对同父异母兄长的身份调查过程中，V 对自己的身份产生疑惑。苏格拉底号召其弟子"认识自己"，"照顾自己的心灵"，从此以人本身的存在作为衡量世间万物的尺度便成为不言而喻的金科玉律。古往今来认知英雄们的业绩均在以"认识自己"（也包括认识自己厕身于其中的客观世界），使自己心安理得追求终极目的的"寻觅"过程中建立。伊阿宋寻找金羊毛的探险，亚瑟王和他的圆桌武士探访金杯的传说，哈姆雷特对其父暴死的调查，现代侦探的鼻祖迪潘为找回失窃的信而进行的缜密推理，陀思妥耶夫斯基的人物对深藏在自己灵魂深处的罪恶感的探究……我们从这些形式大相径庭的认知活动中看到寻觅的对象经历着由具体到抽象，由客体到主体，由特殊到一般的演变过程。纳博科夫对这类题材做"互文式"借用，同时也阐发出前辈作家不曾探讨过的新意。小说中的叙事者为重构传主一生的不懈努力是同时在两个层面上进行"探寻"的，具体的、针对"他者"的与个别的、旨在澄清事实的对塞巴斯蒂安生平的探究颇具反讽意味地以对抽象的、关于自身的、具有普遍意义的人类存在状况的"后认知"(post-cognitive)式质疑而结束。作者仍因循对往昔神秘事件重新建构的传统侦探小说程式，十分巧妙地嵌入所谓"解合法化"(de-legitimization)式的对这一建构过程的消解。

侦探行为无疑是"寻觅"的现代模式之一。V 是小说中的侦探。作为一部引证各种材料的传记，小说可谓内容翔实，这应归功于 V 的努力。在展开调查活动之始，V 并不称职，后来才渐渐进入角色。他不善于与人交往，在与传主一生中重大事件的见证人打交道时常常败北。如他去见克莱尔·毕舍普（塞巴斯蒂安在伦敦生活时的女友），却被克莱尔的丈夫三言两语便打发走。在博蒙特旅馆，V 竟无法说服旅馆经理把 1929 年夏天的住宿登记簿拿给他看,而他已确信使塞巴斯蒂安伤心失意的最后一位情人尼娜当时曾在此下榻。很难设想福尔摩斯、波洛或钱德勒的"硬汉"私家侦探在这类场合下会就此罢休。

经历挫折和磨难后,V 终于成长为干练的侦探。他不满足于凭蛛丝马迹重构兄长的一生,希望以科学而又精确的调查超越兄长的传记作家古德曼先生。他同所有可能了解传主生活中的某一阶段、某一侧面的人会面,诸如童年时代的家庭教师、塞巴斯蒂安母亲唯一尚健在的亲戚斯蒂顿、塞巴斯蒂安在剑桥时的好友普拉特、曾为塞巴斯蒂安画像的画家、孩提时代的伙伴罗沙诺夫兄弟,等等。

在寻找塞巴斯蒂安的俄国情妇尼娜过程中 V 表现不凡,其机敏和应变能力堪与经典侦探小说中的一流大侦探比肩。根据退休职业警探塞尔伯曼提供的名单,V 启程去拜访所有可能认识这位俄国女郎的知情人。V 遇到的一个女人在谈话中无意间提到一位擅长逆向签名的人,而 V 不久前曾见到过这个人,听说他是俄国女郎前夫的亲戚。但是 V 猜疑她便是自己苦苦寻找的这位神秘俄国女郎。为证实自己的揣测,他漫不经心地用俄语对另一位客人说女主人后颈上有一只蜘蛛。出于本能,这位自称是法国人的女郎果然立即伸手去拂自己脑后,可以想见,这是 V 从经典侦探小说中学来的识别对手真实身份的方法。

V 在实践中增长才干,所用的语汇也日益符合自己的侦探身份,如他把调查活动的目的地称为"猎场",而搜集到的有关传主生平的资料则被称为"线索"和"猎物"。在查询某一知情人地址时,他甚至承认自己用过"福尔摩斯手法"。小说中的另一有趣现象是作为侦探的 V 与作为作者的 V 在语词密林中相互追逐,这场游戏既消解了侦探故事的"真实性"也消解了所有叙事与子叙事的可信性。言语和写作是作者的专利,思考和行动则是侦探的本分。V 声称自己准备为塞巴斯蒂安写一部新的传记,所有的侦探行为均是为这一目标服务的。我们看到在这位侦探成长过程中,那位作者暂时隐退到他身后。起初他的行为表明他对文本(尤其是别人的文本)的不信任,如对古德曼的传记的攻击。无论是对传记作家还是对侦探而言,应塞巴斯蒂安的要求烧毁两位情妇致传主的信件都是无法弥补的错误。后来 V 亦萌生悔意,但他为自己开脱道:"我遗憾地说我身上较为善良的一面占了上风。"(35)摆脱"信件"这一文本的束缚不仅使他的侦探活动增添神秘色彩,也使他得以构建自己的文本。这当然也是在暗示文本的存在是虚妄的,毫无"真实性"可言。

V 识破以法国贵妇身份出现的女人正是当年的俄国女郎,立即告辞,这段精彩的"内心独白"既是对侦探小说的戏拟,也借对文本、写作和自己作者身份的再次确认提醒读者注意摊在眼前的文本的虚妄,从而揭示所谓关于"真实的一生"的叙述只是对虚构的再次虚构。"我用我们气度不凡的俄语说,'你非常,非常聪明。你一直叫我以为你在谈论你的朋友,但实际上你是在谈论你自己。若不是命运捉弄你,你这小把戏还能再玩一阵子呢。现在你把奶酪洒啦,因为我恰巧见过你前夫的表亲,那个会倒着写字的人。于是我做一个小小的实验。我在一旁嘟囔一句俄语,你便下意识地听进去……'不,这些话我连一个字也不曾说出口。我只是鞠躬,退出花园。她会收到这本书。她会明白的。"(162)

类似关于该书写作的提醒多次出现,如塞尔伯曼先生答应为V展开调查后不要报酬,只要V寄一本书给他便可。(121)V说:"如果他真的看到《塞巴斯蒂安·耐特真实的一生》,我希望他读到我是多么感激他的鼎力相助。"(124)可以想见,V末对尼娜做的这类解说在福尔摩斯与华生之间或波洛和罪犯之间都是免不了的。这些大侦探不会放过这样一个卖弄本领的好机会。叙事者以双重身份交替出现有助于丰富作品的意蕴,具体表现在以下几方面:

—— 巴赫金认为小说本来就是"多音齐鸣"(heteroglossia)的文类,纳博科夫在此将这一概念明晰化,他让V从不同的身份、视角出发去臧否人物,将话语权力让同一人物的两种角色分担,从而使"虚构之虚"与"虚构之实"的相互对比更加鲜明。对这部小说的不断提及实际上是在提示读者注意这一对照。侦探身份与作者身份此消彼长,最终仍以本原身份的迷失结束。

——V的身份在故事中的随时变更也是使"事由"(motivation)陌生化的一种努力,是情节设置的需要。这部以"传记"形式出现的伪传记本身当然是一种"事由"。V不满足于仅仅从死的文本中发掘写作传记的素材,于是伪传记或为作传记而写的札记中便又嵌入侦探故事的形式。V的旅行和调查活动均成为顺理成章的事。

——叙事者兼人物(他总是被排斥在自己的研究对象的生活范围之外)的双重身份在一定程度上互为"他者",而摹写事物本质的愿望只与主体产生关联。这一微妙的身份是否在暗示中介者的不存在和认知对象的不可知?

虚与实之间的文本策略

以往的研究者所关注的焦点之一是这部作品能否构成一部完整的传记或自传,即使这是一部虚构的传记或自传。这是由于他们均被叙事者预备为塞巴斯蒂安作传的声明所迷惑,又拘泥于对小说主题人物(titular hero)生平的探究中而不能自拔。

葛拉贝斯很实在地把 V 的叙事视为塞巴斯蒂安的一部基本可信的传记,①尽管有很多证据表明 V 是一位拙劣的传记作者,如他鲁莽地烧毁曾在塞巴斯蒂安生活中扮演重要角色的两位情妇的来信,又不负责任地从传主的小说中摘取片言只字,对其进行断章取义的解释,以迎合自己写作传记的需要。而这正是他所不齿的塞巴斯蒂安的第一部传记作者古德曼先生惯用的手法。当亲身采访和文字材料均无法提供传主的某段经历时,V 会毫不踌躇地以自己的臆想去填补空白。葛拉贝斯还落入作者预先设置的另一圈套,认为若要消除 V 不是一位拙劣的传记作家的疑惑便得设法证明叙事者与塞巴斯蒂安是同一个人。读者的确会发现在叙事过程中 V 的风格同传主的风格越来越相像,如两人均以感人的诗化语言描述鸽子从凯旋门上腾空而起的情景。然而这类考证仍无法证明这个既给想象提供驰骋的旷野,却又永远无法得出结论的假设。我们面对的是一个积极启发、诱导、训诫典型读者(the model reader)的开放式文本。它本没有一成不变的答案,寻找这类答案的企图当然不会成功。

菲尔德揣测 V 也许是塞巴斯蒂安臆想中的一个虚构人物,塞巴斯蒂安本人才是作品中的真正叙事者。② 这样《塞巴斯蒂安·耐特真实的一生》便成为经主人公改头换面后抛出的一部自传。自传可算是一个后现代悖论,它同"死亡"密切相关,除非假设自己已经死去,否则便无法作传。这一悖论亦是对中国成语"盖棺论定"的绝妙注解。

也有人认为 V 在某种意义上通过对塞巴斯蒂安小说的研读和吸收变成了塞巴斯蒂安本人。波依德附和这种观点,认定 V 的传记旨在使死者"复活"的同时也试图证实作者在自己作品中的存在,但是纳博科夫以失败告终。"防止失败的措施是使 V 和塞巴斯蒂安成为同一个人。如果 V 可以使传记变成自传,纳博科夫也可以。事实上 V 在传记和自己的生活中已重构塞巴斯蒂安的灵魂,也即他的'存在姿态',这使 V 和塞巴斯蒂安的确成为同一个人。"③

这些可大致归纳为"传记说"的观点将这部小说视为传记,或自传,或传

---

① Herbert Grabes, *Fictitious Biographies: Vladimir Nabokov's English Novels*, Paris: Mouton, 1977, p. 36.
② Andrew Field, *Nabokov: His Life in Art*, London: Hodder and Stoughton, 1967, pp. 26—32.
③ Michael Boyd, *The Reflexive Novel: Fiction as Critique*, London and Toronto: Associated University Presses, 1983, pp. 154—155.

记兼自传。这些看法均有助于从不同角度加深对作品的理解,尤其是对作品体裁及主题的理解。但是研究者同时也落入作者的"寻觅"陷阱而不自知。其实,作为"关于叙述的叙述",它主要讲述的是为撰写传记而做的准备工作,包括对所有文本的研究和对知情人的采访。两者皆是广义上的侦探行为。纳博科夫的先锋性体现在对侦探行为与阅读行为之间形而上相似性的刻意凸现,从而把读者引入这一层峦叠嶂之中的语词迷宫,比托多洛夫等人注意到两者之间的联系早三十多年。

即使仅仅把它作为"阅读性"(readerly)文本,也不难看出贯彻始终的隐性侦探小说范式。"这是侦探小说程式的重复:一具尸体、一位侦察员、几张模糊不清的照片和被烧毁的信件、一两个神秘的女人、若隐若现的线索……"①若考虑到它企图表现的"自我指涉性""不确定性"(indeterminacy)、"参与"(participation)、"反阐释"(against interpretation)、"开放"(open)、"分离"(disjunction)等后现代主义文学特征,以及上文论及的对传统侦探小说形式的全面颠覆,将它归入"玄学侦探小说"也许更恰当。不妨认为纳博科夫在传记作者 V 和传主塞巴斯蒂安的身份问题上布下迷魂阵的根本目的便是把读者引入这个"书写性"文本,向读者已习以为常的依赖心理提出挑战,诱导读者展开想象的双翅去建构自己的结论。有论者认为,无法卒读的文本才是体现文学终极目的的文本。虽然《塞巴斯蒂安·耐特真实的一生》尚未到达此境界,将它置于后现代主义文论制定的游戏规则下衡量,我们发现它仍是一部文体游离于实(传记类写作)与虚(侦探故事)之间,宣泄作者自身感受的独辟蹊径之作。V 恰好是纳博科夫的名字"Владимир"转写为英文 Vladimir 后的首字母。

如果将作为传记/自传的《塞巴斯蒂安·耐特真实的一生》与作为侦探小说/玄学侦探小说的《塞巴斯蒂安·耐特真实的一生》视为实与虚的相互映衬,V 的侦探活动与他的陈述便是物体与其镜中影像的关系。V 的叙述中语焉不详之处甚多,如他虽交代塞巴斯蒂安的出生地和出生日期,他们的父亲在战争期间的情况、父亲的第二次婚姻等基本"事实",但从未按照侦探小说的惯例说明这些资料的来源。这已在暗示,根本不存在真相。书名本身更是显而易见的反讽。"真实"是对何而言的? 对其他文本,从古德曼的传记到假托于塞巴斯蒂安名下的"作品中的作品"? 如果 V 的文本尚不足信赖,更遑论这些镜中之镜所折射出的虚妄影像。V 预备写进传记里的许多素材均来

---

① Page Stegner, *Escape into Aesthetics: The Art of Vladimir Nabokov*, New York: The Dial Press, 1966, p. 35.

源于这些作品,如关于塞巴斯蒂安和他自己家庭背景的趣闻逸事(传记作者和传主又一次不可避免地纠缠在一起)。一个经常被读者忽略的反讽是,V用整整一章的篇幅集中火力攻讦古德曼先生和他的"纪实性"作品《塞巴斯蒂安·耐特的悲剧》,竭尽讽刺挖苦之能事,说作者该为这部本应起名为"《好好先生的闹剧》"("古德曼"意即"好人")的垃圾之作"脸红"。(59)"简而言之,古德曼先生本该挨一通臭骂的,不料反倒受到鼓励。"(58)然而 V 自己也毫不踌躇地从塞巴斯蒂安的虚构作品中搜集材料,如有关他们父亲的性格、第一次婚姻、因捍卫荣誉而举行的决斗及死亡等绘声绘色的描述均源于此。

"故事中的故事"是投入一潭死水中的一颗石子,在水面上形成一串同心圆的涟漪,由里向外,逐渐扩大。它以玩笑式的戏拟嘲弄作者,嘲弄以往的经典文学作品及其模式,最后也不免嘲弄自己。(如婚外恋和由此引起的决斗均是 19 世纪俄国小说经常涉及的情节。)

根据 V 的转述,我们了解到古德曼先生在他的作品里洋洋自得地记述传主青年时代在英国求学期间的一些逸闻趣事。其中有些故事是传主自己亲口讲给古德曼听的。"第三个故事:塞巴斯蒂安谈到他的第一部小说(从未出版,并且已销毁),说它叙述的是一个肥胖的青年学生在外地旅行后回到家里,发现母亲已嫁给自己的叔父,而正是这位以耳病专家为职业的叔父谋杀了父亲。"(61)

古德曼先生反应迟钝,没有觉察到塞巴斯蒂安是在拿他寻开心。这是《哈姆雷特》中的"戏中戏",英语国家的中学生也耳熟能详的故事。剧中的丹麦王子用这出"戏中戏"影射叔父的罪行,如今古德曼又在懵懂中把它用在传记中,使之成为另一个"故事中的故事"。为说明古德曼不学无术,V 不惜第三次复述这个已用滥的情节,使之成为"故事中的故事中的故事"。挪揄古德曼之余,塞巴斯蒂安也被挖苦了一番。尼娜曾说塞巴斯蒂安惯于让自己沉溺于"梦,梦中梦,以及梦中之梦里的梦之中"。这个拿秘书寻开心的陈腐故事也许是又一钩沉索隐式的玄想。这一"元影射"(meta-allusion),也是针对日趋僵化、程式化的侦探小说的。

读者不难看出,小说中的退休警探塞尔伯曼(Slibermann)是影射塞巴斯蒂安的短篇小说《月亮背面》中的塞勒(Siller)先生的。塞勒在等车时助三位旅客一臂之力,塞尔伯曼则在去斯塔斯伯格的车上与 V 相遇。两人名字拼法相似,相貌也相仿。应 V 的要求提供那份包括塞巴斯蒂安的情妇在内的名单时塞尔伯曼先生甚至用发音不甚标准的英语告诫 V:"我觉得这没有用。你看不见月亮的背面。别去找那个女人,过去的事就让它过去……"(123)

对经典侦探小说俗套的嘲弄在另一"故事中的故事"中达到高潮,这就是塞巴斯蒂安的"逆反式侦探小说"(the anti-detective fiction)《七色宝石》。一所公寓里发生一起凶杀案,死者是贩卖艺术品的 G. Abeson 先生。警方请一位福尔摩斯式的伦敦私家侦探来侦破此案,但他因在路上不断出事而姗姗来迟。与此同时警方调查所有房客,发现他们彼此间都有血缘、姻缘或职业上的联系。这一段冗长的调查结果使小说不再像一个破案故事。伦敦赶来的侦探终于抵达,于是小说言归正传。正当他预备在大庭广众之中揭露凶犯之际,一个警察闯进来报告说尸体失踪了。一阵沉寂之后,案发后进来询问有无空房出租的老头儿 Nosebag 脱下假发,摘下眼镜说自己可以解释其中的奥秘。"你们瞧,谁也不喜欢被人杀掉。"原来尸体并未被人肢解,老头就是 G. Abeson先生。Nosebag 是 G. Abeson 的逆写。(86)

V 对这篇文字游戏发表评论:

> 塞巴斯蒂安·耐特将戏拟当作跃入严肃情感之最高领域的跳板……他以差不多是狂热的憎恶心理翻捡出一度新鲜活泼,现已破烂不堪,夹杂在有生命力的事物中间的僵死的玩意儿。这些东西冒充生命,虽被人再三摹画仍为那些懒得动脑筋思考,对骗局茫然无知的人所接受。也许这一陈腐的观点本身是十分单纯的,也许继续去发掘这个或那个已完全用滥的主题或文体并不是什么罪过,只要它仍旧令人开心愉悦。可是在塞巴斯蒂安·耐特那儿,最不起眼的招式也会蜕变为一具肿胀、发臭的尸体,譬如侦探小说中的方法。(85)

这番评论反映出 V(也即纳博科夫)对日益僵化的侦探小说的看法。同样,这一戏拟在小说中也再度遭到戏拟。塞巴斯蒂安有一次躺在书房的地上喊道:"我没有死。我刚刚构筑起一个世界,这是我的学术休假。"(69) V 同样不能胜任古德曼无法完成的使命,两人的写作俱是对已逝去的时光进行徒劳的剽窃,是在无可奈何的心境中发泄"悟以往之不谏"式的悔恨,也是对过去做过某事或未做某事的懊悔。"重构过去"是荒唐的念头。"小说"的基本内涵正是"虚构"。那么对虚构进行再度虚构实际上是放弃传统的"艺术模仿生活"文学观。我们今天审视这部多年前写就的小说时倘若仍拘泥于对其虚构的可信度和形式的探讨,便会像前人一样误入歧途。小说中的"真"与"假"只是虚构之"真"与虚构之"假"。"小说是一种假装。但是,如果它的作者们坚持让人留意这种假装,他们就不再是在假装。"[①]

[①] 华莱士·马丁:《当代叙事学》,伍晓明译,北京:北京大学出版社,1990年,第229页。

"说作家实在地描写一个假装的世界(传统的看法),或者说作家假装描写一个其实在性无关紧要的世界,此二者之间的区别何在?"①作为玄学侦探小说的《塞巴斯蒂安·耐特真实的一生》拒绝并摒弃真与假(或者说虚构的现实与虚构的想象)的二元对立,从而迈进后现代主义的本体思辨范畴。"在哲学和批评理论中,'后现代主义'这个术语适用于正在进行的各种争论中的许多概念、方法和立场,但是其中最有意义的是关于真实与非真实之间说不清、道不明的联系的,也即对意义、真理和历史的建构,以及主体性和同一性所带来的种种错综复杂的问题。"②"假作真时真亦假,无为有处有还无。"这部以寻觅始以迷失终的小说所表露的正是这样一种含混、暧昧的关系。这是一部"失去天真"③的时代的悲剧。

纳博科夫曾借《礼物》中的人物康乞维也夫之口表明真正的作家写作时心目中只有未来的读者。或许以往《塞巴斯蒂安·耐特真实的一生》的阐释不能令人心悦诚服,但这并不表明我们这一代读者就是作者心目中的"未来的读者"。同 V 的"寻觅"尚未结束一样,笔者也预感到在这个复杂的文本以及这个文本中的所有文本中的"寻觅"还将继续下去,无限地向前延伸。

附录:《塞巴斯蒂安·耐特真实的一生》中的大事记④

1899 年 12 月 31 日:塞巴斯蒂安出生。

1904 年:弗吉尼亚·耐特离开丈夫。

1905 年秋:塞巴斯蒂安的父亲与 V 的母亲结婚。

1906 年:V 出生。

1908 年冬:弗吉尼亚·耐特探访儿子。

1909 年:弗吉尼亚死于罗克布鲁恩。

1913 年 1 月:父亲在决斗中受伤。

---

① 华莱士·马丁:《当代叙事学》,伍晓明译,北京:北京大学出版社,1990 年,第 232 页。
② Paula Geyh, Fred G. Leebron, and Andrew Levy, eds., *Postmodern American Fiction: A Norton Anthology*, New York and London: W. W. Norton & Company, 1998, p. x.
③ 艾柯在《〈玫瑰之名〉后记》中曾以一个生动的事例说明我们所处的是一个失去天真的时代,话语、写作不再是初始的。"我认为,后现代观念即是一个男人爱上一位很有学识的女士,却明白无法对她表白'我疯狂地爱着你',因为他明白,对方知道(而她也知道他明白这一点),巴巴拉·卡特兰(当代英国著名小说家)已经这样写过。"
④ 翻译并引自 Anthony Olcott, "'A Chronology of Events in *The Real Life of Sebastian Knight*, Appendix' to 'The Author's Special Intention: A Study of *The Real Life of Sebastian Knight*'", in Carl R. Proffer, ed., *A Book of Things about Vladimir Nabokov*, Ann Arbor, Mich: Ardis, 1974, p. 119.

第十章 《塞巴斯蒂安·耐特真实的一生》中的"寻觅"母题

1913年2月:父亲死去。
1916年夏:塞巴斯蒂安爱上娜塔莎·罗沙诺夫。
1917年夏:塞巴斯蒂安同潘家人去辛比尔斯克,V在克里米亚。
1918年11月:全家逃往芬兰。
1920年:塞巴斯蒂安入剑桥。
1921年:塞巴斯蒂安去巴黎看望家人。
1923年春:V的母亲死去,塞巴斯蒂安结束学业并来参加葬礼,此后他去摩纳哥的罗克布吕讷,但是走错了路。
1923年:V进入索尔伯尼读书。
1924年春:塞巴斯蒂安邂逅克莱尔·毕舍普。
1924年4—10月:塞巴斯蒂安写作《七色宝石》。
1924年11或12月:V遇到克莱尔,塞巴斯蒂安在巴黎。
1925年:《七色宝石》出版。
1925年7月—1927年4月:塞巴斯蒂安写作《成功》。
1926年夏:塞巴斯蒂安发现自己罹患莱曼氏症。
1927年秋—1929年夏:塞巴斯蒂安写作三个短篇小说《古怪的山峦》《穿黑衣的白化病人》和《月亮背面》。
1929年6月:塞巴斯蒂安去布劳伯格,在那里邂逅尼娜。
1929年6或7月:塞巴斯蒂安与V在巴黎相遇,一起在一家俄国餐馆里吃饭。
1929年7或8月:尼娜与帕霍·里奇诺依离婚。
1929年9月:塞巴斯蒂安与克莱尔分手,与尼娜同居。
1930年11月:塞巴斯蒂安开始写《失去的财产》。
1932年:以《古怪的山峦》为书名的短篇小说集出版。
1933年:罗依·卡斯威尔为塞巴斯蒂安画肖像。
1934年:塞巴斯蒂安解雇古德曼。
1935年春:《可疑的水仙花》出版。
1935年:塞巴斯蒂安最后一次试图找到尼娜。
1935年8月:塞巴斯蒂安病重。
1936年1月中旬:塞巴斯蒂安用俄文给V写信,要他烧毁尼娜的来信。
1936年1月中旬:斯塔罗夫医生给V拍电报,要他赶来,塞巴斯蒂安死在圣达米耶医院。
1936年1月底:V造访塞巴斯蒂安的伦敦公寓,烧信。
1936年2月:V访问剑桥。
1936年3月1日:V拜访古德曼。
1936年3月:V与海伦·普拉特、P.G.谢尔顿谈话,试图同克莱尔交谈。
1936年3月底:V拜访罗依·卡斯威尔,看到肖像。
1936年3或4月:V遇到塞尔伯曼先生。
1936年4月:V开始写《塞巴斯蒂安·耐特真实的一生》。

1936 年 4 月:V 去柏林会见海伦·格林斯坦。

1936 年 4 月:V 去巴黎,同帕霍·里奇诺依、勒克浮夫人和波希姆斯基夫人交谈。

1936 年 4 月:V 去勒克浮的乡间别墅,查清尼娜的真实身份,路上第二次经过圣达米耶医院。

第十一章 《玫瑰之名》：
以"互文"呈现的侦探小说

意大利当代符号学家、哲学家、历史学家昂贝托·艾柯借以表现自己学术思想的玄学侦探小说《玫瑰之名》是他的首部小说，应在出版社工作的朋友之邀而作。这是一部已引起多层次、多方位探讨的奇书，出版后引起轰动。本章拟探讨这部作品对其他侦探小说类文本"互为文本性"①（亦称"互文性""互文"）式的广泛借用，窥见后现代主义文学观念对侦探小说范式的揶揄与颠覆。

继萨特之后，艾柯是另一位借助小说传播自己理念的理论家。他十分看重文学，特别是小说。"我们无论如何都不应该不读虚构作品，因为我们会有幸在这些作品中找到一种程式，它赋予我们生活的意义。"②他读过许多侦探小说，自己也多次借侦探小说范式抒发思想，吸引读者。理论往往艰涩费解，将其包装在有趣的故事里则更便于读者接受。

"互文性"与侦探小说程式

《玫瑰之名》可以有多种读法，如传奇、历史—政治小说、成长小说……每一种读法均有充足的理由。阴森恐怖的中世纪修道院中的种种匪夷所思的离奇事件令人浮想联翩，环环相扣的情节铺陈确是绝妙的传奇笔法。作者以一个后现代主义者的眼光审视中世纪背景与文化氛围中的众生百态，影射法国异端审判官贝尔纳·居伊（Bernard Gui，1262—1331）、英国哲学家罗杰·培根（Roger Bacon，约1214—1293）等历史人物和黑死病、教会关于财产的辩论等中世纪史实，发掘其中具有超越时空意义的哲理。本尼狄克派少年僧侣

---

① 在后现代主义文论各抒己见的自由学术氛围中，对"互文性"的解释以及它与类似观念的关系尚无公认的定论，譬如 Graham Allen 在其专著中介绍过"互文性"在马克思主义、结构主义、解构主义、女性主义等流派中衍生出的不同意义。参见 Graham Allen, *Intertextuality*, London and New York: Routledge, 2000。因此，笔者姑且将"互文性""互文"等术语留在引号之中，而且在本书中仅涉及此概念的基本意义。

② Umberto Eco, *Six Walks in the Fictional Woods*, Cambridge, Mass.: Harvard University Press, 1994, p.173.

阿德索在几天的旅程中经历颇丰，与菲尔丁的《汤姆·琼斯》(*The History of Tom Jones, a Foundling*)中的同名主人公、毛姆的《人性的枷锁》(*Of Human Bondage*)中的菲利普等众多成长中的少年经历相似，体验性事，目睹死亡。他在碎片、引文、未写完的语句、残缺不全的书籍中孜孜探求，成为一位寻觅英雄。

侦探小说的基调在作品开篇处便已确定，威廉师徒在赴修道院途中遇到一群修道士，威廉凭自己缜密的逻辑推理便断定修道院长的坐骑丢失，并准确说出它的下落、外貌乃至名字，令修道士们大为钦佩。"它还可能有什么名字？对啦，布鲁纳路斯。就连那位就要在巴黎出任校长的了不起的布里丹，他在逻辑学范例中提到马时也总是叫它布鲁纳路斯。"[①](19—20)这一番对走失马匹的推理源于法国哲学家伏尔泰的哲理小说《查第格》中同名主人公对一匹被盗御马之下落的推断，[②]是侦探小说问世之前欧美文学中对侦探行为的描写，被誉为侦探小说的原型之一。艾柯曾在一篇论文中分析过查第格的推理过程，威廉在小说中所用的语汇同他使用的语汇相似。[③]

论及"互文性"，人们不免会谈到文本存在的意义在于它与其他文本的联系。侦探小说是使用"互文"最多的小说形式之一，所有侦探小说均与某一或多种前文本(pretext)有联系，大同小异的叙事模式与情节建构使"互文性"愈发突出。但是，与其他文本的联系，这只是"互文性"的基础。"理论家们声称，阅读行为将我们置于文本联系的网中。解释一个文本，发现它的意义或多重意义，便是追踪这些联系。"[④]进一步考察，"互文性"是关于意义在文本之间迁徙的理论，既指文本现象，亦是文学批评概念。艾伦使用"追踪"一词，令笔者联想到侦探小说中侦探的工作、侦探小说的程式以及这类小说间的"互文性"。可以想见，作为一种突出情节的高度程式化小说，侦探小说的"互文性"不仅体现在意义方面，亦与情节建构等密切相关。和情节建构与叙事相比，意义(significance)，尤其是文学范畴之内的"意义"在侦探小说中通常是次要的。意义水乳交融般地隐含于情节建构之中，使侦探小说中的"互文性"范围更加广博。

---

① 出于《玫瑰之名》的引文均由作者译自 Umberto Eco, *The Name of the Rose*, William Weaver, trans., New York: Warner Books, Inc., 1986。本章下文凡引用同一译文，仅在引文后标明页码。
② Voltaire, *Zadig*, John Butt, trans., New York: Penguin Books, 1964, pp. 28—31.
③ Umberto Eco, "Horns, Hooves, Insteps: Some Hypotheses on Three Types of Induction", in Umberto Eco and Thomas A. Sebeok, eds. *The Sign of Three: Dupin, Holmes, Pierce*, Bloomington: Indiana University Press, 1984, pp. 11—54.
④ Graham Allen, *Intertextuality*, London and New York: Routledge, 2000, p. 1.

第十一章 《玫瑰之名》:以"互文"呈现的侦探小说

除情节建构之外,侦探小说中罪犯与侦探的种种常用的"招数"(gimmick)亦令人想到"互文性"的广泛应用。醉心于侦探小说的读者可以指出文本间的相仿甚至雷同,譬如当代美国作家劳伦斯·布洛克(Lawrence Block, 1938—)的《装蒜》(Going Through Motions)中的第一人称叙事者便是凶手,这一文本结构始见于克里斯蒂的名著《罗杰疑案》。两部作品中的叙事者不时留下犯罪的痕迹,供读者追踪,有经验的读者不待卷终便可锁定凶手。随着侦探小说的程式化,成文或不成文的写作规则日益增多。这些规则并未受到作者认真对待,却催生出提醒读者留意的多种"警示"(the red flag)。仅犯罪者的"双重身份"(the double identity),便有数种模式,如一人扮演另一人的角色、孪生或面貌酷似的兄弟姐妹互换身份,等等。继柯南·道尔、克里斯蒂等之后,此类被贬抑的"招数"绵绵不断,延续至今。①

"互文性"是《玫瑰之名》的创意之一,参照博尔赫斯的言语迷宫,艾柯醉心于"互文",曾多次论及"互文"。他在"互文"基础之上构筑了一座"故事中的故事"式的迷宫,声称眼下读者看到的这部小说至少经过四人之手。

> 我开始一遍遍地读中世纪编年史,以便掌握它们的节奏和朴实无华的风格。它们会为我代言,我不会受到怀疑。我不会受到怀疑,但是却无法逃脱"互文"的回声。因此我发现了一个作家们早就知道的事实(而且一遍遍告诉我们):书籍总是替其他书籍代言,每一个故事讲述的都是一个已经讲过的故事……我的故事只能从被发现的手稿开始,甚至这自然也是一个引文。于是我立即写出引言,把我的叙事放进箱子的第四层,外面裹着其他三个叙事。我复述瓦雷所述,瓦雷复述马毕伦所述,马毕伦复述阿德索所述……
>
> 如今我没有什么可以害怕的啦。②

略去瓦雷的译本丢失等枝蔓,这一神秘文本的"渊源"可大致按照时间顺序用下表表示。

序号	作(编译)者	状态	文本	成书或出版时间
1	阿德索	原稿	拉丁文	14世纪末
2	马毕伦	修订稿	拉丁文	17世纪

---

① 譬如,中国当代作者燕返的新作《替身》讲述孪生妹妹为姐姐报仇的故事。参见韩璞编:《2016年中国侦探小说精选》,武汉:长江文艺出版社,2017年,第110—137页。

② Umberto Eco, *Reflections on The Name of the Rose*, William Weaver, trans., London: Secker and Warburg, 1985, pp. 19—20.

续表

序号	作(编译)者	状态	文本	成书或出版时间
3	瓦雷	译本(自拉丁文)	法文	19世纪
4	艾柯	译本之译本	意大利文	20世纪

类似于产生递归视觉形式的德罗斯特效应(Droste effect),经过多次润饰的文稿的"互文"仍源于博尔赫斯。博尔赫斯在许多作品开篇处不厌其烦地列出详尽的参考文献,就人物、事件发生的时间与地点做了一番考证。闪烁其词,经过多人迻译、编辑、阐释,最终使"事实"消弭于无形之中的文本总是令他为之心醉。关于"互文性"如何呈现,理论家们尚未有定论。如果我们视"互文性"为一种总体文本策略,明晰的引用与曲折的"影射"可以列为第一层次的分类。"影射"也即是用典,尤其是中国古典文学中字面不易看出用典痕迹的"暗典""翻典"等,譬如"庄生晓梦迷蝴蝶,望帝春心托杜鹃"一类。

"互文"在当代元小说中的表现形式不尽相同,如纳博科夫的《塞巴斯蒂安·耐特真实的一生》主要以反讽手法暗示"真实"之无稽,而在当代英国小说家拜厄特(A. S. Byatt, 1936—)的《占有》(*Possession*)和当代加拿大小说家阿特伍德(Margaret Atwood, 1939—)的《盲刺客》(*The Blind Assassin*)中,"互文性"则以混杂(pastiche)、拼贴等体现,如引文的嵌入。如果"互文"是一种属(genus),影射构成艾柯式"互文"的亚属(subgenus),影射的具体策略或方法主要是戏仿、反讽等。小说中众多的人物以及对往昔作者与作品的借鉴令读者联想到艾柯对博尔赫斯作品的互文式参照,只是这些参照并非一望即知的明白晓谕,而是影射式的戏仿与反讽。

克里斯蒂娃为"互文"所下的定义是:一种(或数种)符号系统的易位,如小说便是宫廷诗、学术话语等几种不同的符号系统重新排列的结果。① 艾柯在这部长达几十万字的小说中不断不加诠释地引用前人的文本,他对经典侦探小说以及与犯罪文学有关的所有文献的借鉴实质上是在以文学创作的形式描绘这一文类的演进过程。早在20世纪60年代,艾柯便表现出对侦探小说叙事的浓厚兴趣。他认为侦探小说牵着读者沿着事先确定的小径前行,其作者谨慎地施展叙事才能,以便在适当的时候、适当的场合使读者产生怜悯、恐惧、激动或沮丧的情感。他把侦探小说叙事看作典型的"封闭"式文本,认为一个"封闭"式文本(即仅仅期待读者做出有限的、可预见的反应的文本)与

---

① Julia Kristeva, *Revolution in Poetic Language*, Margaret Waller, trans., New York: Columbia University Press, 1984, pp. 59—60.

一个"开放"式文本(即一个积极启发、诱导、训诫"典型读者"的文本)存在差别。

艾柯刻意在高雅和通俗文学之间构筑一座桥梁,这座桥梁就是"标识"(marker)明显,易为读者分辨出的"互文性"。初次尝试写小说的艾柯对"互文"的借用是在影射中重估、解构侦探小说的尝试,也是以自我指涉的姿态借古讽今。借阿德索之口,艾柯抒发思古之幽情。"从前男人英俊高大(如今他们只是孩子和侏儒),不过这只是证明一个衰老中的世界面临灾难的事实之一。年轻人不再想研究学问,学术在衰败。乾坤颠倒,盲人带领同样看不到的人徐徐前行,让他们坠入深渊。鸟儿尚不会飞便离开鸟巢,蠢驴弹奏七弦竖琴,公牛跳舞。玛丽不再喜欢凝神沉思的生活,玛莎却不乐意过忙忙碌碌的日子,利亚不育,蕾切尔目光淫荡,卡托逛窑子,卢克莱修变成女人。所有的事情全乱套。"(8)

不仅需依赖过去阅读经验中所有被影射的文本,读者还应大致知晓这些文本的文化、哲学、神学价值,否则便无法读出此书中的深层意蕴。小说中被影射的文本卷帙浩繁,指涉的事件纷乱杂陈。在此笔者将仅涉及文学性的,尤其是与侦探小说有关的部分"互文"。

以侦探小说形式出现的《玫瑰之名》集传统和玄学侦探小说之大成,将作者对中世纪经院哲学、异教传说、本体论人生思考、后现代主义文学观等融入其中。作者将众多"封闭"的文本巧妙组合后构造出具有多种阐释方案的"开放"性文本。"这些文本实际上对所有'脱离常规的'解码方式均开放,它们着魔般地意欲引起预计中读者的恰当反应,这些读者(孩子们、看肥皂剧上瘾的观众、医生、守法的公民、赶时髦的人、长老会教众、农民、中年妇女、戴着水下呼吸器的潜水员、衰老的势利鬼,或可以想见的符合某一社会心理的人群)或多或少具有某种翔实的经验。"①

在小说日益变得"多余",新技法层出不穷的当代,传统侦探小说是欧美小说艺术中硕果犹存的"化石"。它的叙事结构具有层次分明、情节简练的特点,可为读者带来轻松愉快的阅读享受。虽然琐细的局部变化使此作品与彼作品得以区分,它的基本情节建构与人物则已定型。在读者的思维定式已经形成,已被动接受日趋枯燥、重复自己的传统侦探小说之际,作者可以令读者大吃一惊。"按照常理,人们将某一部侦探小说归于那类无法预见结局或情节耸人听闻的读物,以满足读者的趣味。然而事实却有悖常理,读者会为全然相反

---

① Umberto Eco, *The Role of the Reader*: *Explorations in the Semiotics of Texts*, Bloomington: Indiana University Press, 1979, p. 8.

的缘由去读同一部作品,好像应邀去体验某一可以想见的、熟悉的、预见到结局的故事。"①作者化腐朽为神奇,在中世纪的修道院里给当代读者当头棒喝,鞭策他们透过一部侦探小说以"自我指涉"方式勘破当下社会的弊病。

戏仿式"互文"中的自我指涉

玄学侦探小说颠覆经典侦探小说叙事,超越对建构神秘事件的种种细枝末节的调查,着力探究关于存在与认知的秘密。它常常以"自我指涉性"突显自己的文体革新。"自我指涉性"本是一个逻辑学和数学领域内的术语,意指集合 X 上的二元关系 R 是自我指涉的,若所有 a 属于 X, a 便关系到其自身。用于文学领域中的文本"自我指涉性"则是对叙事的自我指涉,大体可理解为文本具有主体性,可以进行情节以及情节描述方式的自我指涉式的"反思"。文本不再提醒读者注意"反映"现实之权威性,而是展示自己与"现实"之间的差异,暗示文本完全可能独立于限定叙事的某种意识形态,即人们想当然地认为是正确的、予以接受的一套范式。意识形态在现当代文学中通常以不易察觉,却又不容辩驳的方式呈现。经典侦探小说在破解悬疑案件过程中间接地颂扬理性,符合读者的心理,久而久之形成一种完全契合刻板模式(stereotype)的思维定式。现代主义、后现代主义兴起后出现的玄学侦探小说则力图破解循规蹈矩的实证主义思维模式,重构"现实",虽然这里的"现实"只是读者眼中的一种文本现实,并非人们通常理解的客观生活中的现实。文本"自我指涉性"主要是一种话语意识,因此康纳将"自我意识"(self-consciousness)视为"自我指涉性"项下的一种表现形式。② 亦有人将情节中藏有骗局,不时提醒读者在读小说时须留意这些骗局的元小说直接命名为"自我意识小说"(the self-conscious novel)。③ 玄学侦探小说的"自我指涉性"就是"寓言式地再现此类文本写作的过程"④。寓言以象征手法传达寓意,

---

① Umberto Eco, *The Role of the Reader: Explorations in the Semiotics of Texts*, Bloomington: Indiana University Press, 1979, p.120.
② Steven Connor, *Postmodernist Culture: An Introduction to Theories of the Contemporary* (Second Edition), Cambridge, Massachusetts: Blackwell Publishers, 1997, p.5.
③ Brain Stonehill, *The Self-Conscious Novel*, Philadelphia: University of Philadelphia Press, 1988.
④ Patricia Merivale and Susan Elizabeth Sweeney, "The Game's Afoot: On the Trail of the Metaphysical Detective Fiction", in Patricia Merivale and Susan Elizabeth Sweeney, eds., *Detecting Texts: The Metaphysical Detective Story from Poe to Postmodernism*, Philadelphia: University of Pennsylvania Press, 1999, p.2.

"寓言式地再现此类文本写作的过程"似指从众多经典作品中抽象出关于侦探小说写作的见解,并以别出心裁的颠覆式文本婉转表达出这些见解。

玄学侦探小说以"旧瓶"装"新酒",侦探小说的程式化情节成为"自我指涉性"的载体。《玫瑰之名》继承自爱伦·坡以来的主流侦探小说传统,引导读者关注复杂侦探过程。它也是一部旨在表现作者理念和学术思想的自我意识小说,通过"互文"体现的影射手段揶揄主流侦探小说,无情地颠覆它的常规模式。此处所谓"自我指涉性"由嵌入小说的含沙射影式批评表现出来,它不仅是针对传统侦探小说和侦探小说批评的,也针对广义的现代性话语,尤其是现代主义文学。小说中令人眼花缭乱的大量"互文"正是以此为目的而设置的。《玫瑰之名》中最机智,给人印象最深的影射和戏仿是针对玄学侦探小说本身这一后现代主义文类的。与传统侦探小说杰作具有相仿之处的《玫瑰之名》在此对戏仿进行再度戏仿,将后现代主义文学的自我指涉性质表现得淋漓尽致。研究以"互文"形式出现的影射和戏仿,读者得以用批评的眼光重新审视一百多年来的侦探小说史。

艾柯巧妙"借用"或"复述"的文本主要是博尔赫斯的玄学侦探小说,有研究者已注意到艾柯对博尔赫斯及其有关作品的影射。① 艾柯自己承认,这些春秋笔法意在向博尔赫斯"还债"②。小说中的反面人物,视异教为洪水猛兽的"博尔戈斯的豪尔赫"(Jorge de Burgos)是书中最耐人寻味的人物之一,他的名字是对豪尔赫·路易斯·博尔赫斯(Jorge Luis Borges)的影射。博尔赫斯曾任阿根廷国立图书馆馆长,晚年双目失明。故事发生时,"博尔戈斯的豪尔赫"已失明多年,是修道院图书馆的前任馆长。有论者曾指出,修道院的图书馆与博尔赫斯在《巴别的图书馆》里描述的那栋建筑相似。③ 两座图书馆以及其中的迷宫、镜子、布局以及怪诞的内部结构都在宣示世界的不可知和绝对真理的不可企及。它不仅是检验真理与谬误的试金石,也是微缩后的大千世界。"世界本来就是迷宫,没有必要再建一座。"④

在博尔赫斯的所有小说中,《玫瑰之名》借鉴较多的当首推他最负盛名的玄学侦探小说《死亡与罗盘》。《死亡与罗盘》中的黑社会头子夏拉赫设置了一连串迎合警官伦罗特胃口的怪诞线索,使执迷于对称菱形之美的伦罗特误

---

① See Leo Corry and Renato Giovanolli, "Jorge Borges, Author of the Name of the Rose," *Poetics Today*, 13.3(1992): 419—445.
② Umberto Eco, *Reflections on The Name of the Rose*, William Weaver, trans., London: Secker and Warburg, 1985, pp.27—28.
③ Walter E. Stephens, "Ec(h)oin Fabula", *Diacritics*, 13.2(1983): 58.
④ 豪·路·博尔赫斯:《死于自己迷宫的阿本哈坎-艾尔-波哈里》,《博尔赫斯文集·小说卷》,王永年、陈众议等译,海口:海南国际新闻出版中心,1996年,第308页。

读文本,从此误入歧途。豪尔赫如法炮制,假手他人导演了一系列与经老修道士阿利纳托之口说出的预言相吻合的凶案,并如愿以偿地把威廉引入迷宫般的图书馆,以便伺机杀死他。《玫瑰之名》中的一连串罪行起初似乎是在验证《圣经》中有关七个天使吹号角的预言,"第一位天使吹号,就有雹子与火掺着血丢在地上,地的三分之一和树的三分之一被烧了,一切的青草也被烧了……"(《圣经·新约·启示录》)。其实,第一个修道士的死只是偶然事件。豪尔赫将计就计,让威廉相信七个天使吹号角的预言,于是他让第五个修道士被地球仪砸死,与第五位天使预言中的"三分之一的天象毁损"吻合。威廉听信虚妄的预言,终使侦破工作徒劳无功。

这两部作品均试图借犯罪－探罪这一侦探小说的俗套说明阅读行为如何微妙、艰难。错误的阅读很可能是致命的,譬如,伦罗特的错误促使他做出"拉比式阐释",跌入死亡陷阱。如果说伦罗特的阅读主要是抽象、玄奥的,威廉在阅读中面临的危险则是双重的。在具体的阅读行为中,他与已捧在手中的文稿失之交臂,因为他执拗地寻找的是一部希腊文文稿,而这部文稿就装订在篇首是阿拉伯文的文稿之后。第二次,他机智地先戴上手套再去触碰书,从而免受书页上的毒药之害。然而,在抽象的阅读行为(侦破)中他却一败涂地。最终他找到谜底,却不是通过一系列演绎推理,而是偶然撞上的。

"……唯一的真理在于我们应学会解放自己,不再狂热地追求真相。"

"但是,大师,您如今这样说,因为您内心受到伤害。可是今晚您发现了真相,那是您反复揣摩这几天得到的线索,根据分析得到的。豪尔赫赢了,不过您揭露他的阴谋,打败了他。"

"没有阴谋,我的发现是歪打正着。"(598—599)

威廉最终失误,因为他先前正确。"你对,所以你错。"这就是艾柯式后现代主义悖论。一如艾柯所见,读者甚至没有意识到,这是一部没有做出多少发现,以侦探失败收场的侦探小说。传统侦探小说中无所不能的理性在这里显得荒谬可笑。较量的双方均企图以自己的方式将知识保留下来,结果却以文化的毁灭结束冲突。

同艾柯天道难违的主题相呼应,每一人物的阅读基本上都是无效的。豪尔赫自欺欺人,一厢情愿地把凶杀同基督的第二次降临联系在一起,在导演几起凶杀后又不惜自杀去实现《圣经·新约·启示录》中的预言。他为威廉设置"误读"陷阱,最后竟使自己也坠入其中。皓首穷经的阿利纳托、院长阿博及以下的修道士们大都对这一番"天使吹号角"的鬼话深信不疑,可见他们均未读懂《圣经》,遑论人生这部大书。

现代侦探小说问世前,欧美文学中最早的侦探行为大概要算希腊神话中俄狄浦斯对自己身世的调查。后世作者以此神话为蓝本创作过许多作品,其中最负盛名的当数索福克勒斯的《俄狄浦斯王》。俄狄浦斯可算是欧美文学中的早期"认知英雄",这位现代侦探的先驱在剧终时因自己弑父娶母的滔天大罪而痛不欲生,于是放弃王位,自行刺瞎双目,从此踏上自我放逐的不归之路。这时,剧作家借合唱队队长之口道出对狂妄者的劝诫。

忒拜本邦的居民啊,请看,这就是俄底浦斯,他道破了那著名的谜语,成为最伟大的人;哪一位公民不曾带着羡慕的眼光注视他的好运?他现在却落到可怕的灾难的波浪中了!

因此,当我们等着瞧那最末的日子的时候,不要说一个凡人是幸福的,在他还没有跨过生命的界限,还没有得到痛苦的解脱之前。①

亚里士多德认为这类告诫对观众(读者)有"净化"作用。《玫瑰之名》探讨生与死的本体论课题,表达类似的哲理。

后现代主义文学往往以"无解""无结局"收场。虽然威廉和阿德索侥幸破译墙上的密码,弄清一系列谋杀事件的来龙去脉,但贯穿小说的侦破工作没有结局,没有胜利者。最终,大火吞噬修道院,修道士们死尸狼藉,一切归于灰飞烟灭。仿佛血腥味儿还不够浓,死者还不够多,阿德索又向读者交代威廉死于二十多年后的瘟疫。而阿德索本人也不止一次提到自己"如同尘世一样,已垂垂老矣"(3)。这些关于死亡的宣示或预告都是对《俄狄浦斯王》中合唱队对死亡进行的反思的再度反思,告诫世人勿对尘世过眼烟云般的荣辱盛衰过于执着。最后,阿德索对死亡将带来的极度欢乐、静寂、荒漠般的神学世界的憧憬,也隐晦曲折地表达了凡夫俗子不可能享有幸福的观点。

在小说结尾,面对一片混乱中的断墙颓垣,威廉告诫自己的学生:"要接受宇宙间并不存在秩序的想法是不容易的,因为这违背上帝的自由意志和他无所不能的权柄。所以上帝的自由即是我们获罪的缘起,至少是我们因自以为是而获罪的缘起。"(600)此语照应开篇处的伏笔:"理性的启蒙力量作用有限。"(10)至此作者终于点明作品的主旨:人类认识世界的努力固然值得称颂,但是天道难违,永远无法企及终极真理。这是对图书馆馆长豪尔赫反理智宗教狂热的批判,对威廉本人受逻辑演绎支配的侦破工作的反思,也是对当代人狂妄自大,不可一世地企图"征服"自然的回答("自然"只是"天道""神"或"上帝"的更现代、更科学的同义词)。

---

① 索福克勒斯:《俄底浦斯王》,罗念生译,《罗念生全集》第三卷(《索福克勒斯悲剧五种》),上海:上海人民出版社,2016年,第113页。

反讽式"互文"中的隐匿反叛

传统侦探小说的情节建构突出经典叙事(如神话传说、寓言、民间故事等)的三个基本要素,即顺序、悬念和结局。它把事件按照最容易理解或最吸引读者的顺序排列,设置一个跌宕起伏的悬念,最后的结局是"封闭式"的。读者毫无悬念地可以预见到正义的一方必定胜利,他所要做的仅仅是去预测取得胜利的具体形式或手段。在这类小说中,善与恶是泾渭分明的,最扑朔迷离的奇案最终也会真相大白。一切细节都自有其存在的意义,即使这意义暂时尚不为读者所知晓。侦探小说崇尚理性,试图为读者在一个日益变得非理性的世界上开辟一片乐土。"侦探小说颂扬人类的理性,'神秘事件'变为逻辑上的缺陷,世界变得容易理解。"[1]"无结局"是对侦探小说弘扬理性的努力的解构,小说的反讽意味至此完全显露。

在欧美侦探小说发展史上,作者无不为自己笔下的罪犯所采用的杀人方法绞尽脑汁。每一种新颖奇特的手段付诸笔墨后都会引起读者极大的兴致,同时也会使潜在的作者们懊恼。因为他们的选择方案又少了一种。在某种意义上,这也是评定侦探小说优劣的标准之一。故德·昆西将谋杀提升为一种艺术,从审美的角度探讨人类的嗜血性。早在 1928 年,范戴恩便做出规定,"谋杀的方法以及侦破的手段都必须是合理的、科学的"[2]。

在后现代文化范畴中,对规则的遵守很可能是以隐匿的方式反叛。艾柯遵循范戴恩的规则,证明所谓上帝按照《圣经·新约·启示录》中关于七个号手的预告施行惩罚的说法纯属无稽之谈。读者发现七宗凶杀案以四种方式进行:除第一宗阿德尔莫自杀,第四宗塞马里努斯被砸死,第六宗院长阿博被关在暗道里窒息而死外,第二、三、五、七宗凶案中的受害人均死于毒药(豪尔赫先服毒自杀,后又被烧死),而下毒的方法恰与中国文学史上的一个传说呈"互文"。一心捍卫基督教教义的豪尔赫在禁书的每一页上都涂满毒汁,中世纪欧洲的亚麻纸质量不似现代,书页往往粘连在一起,读者必须用唾液润湿指头方可揭开。就笔者有限的阅读所及,艾柯为豪尔赫设计的谋杀手段在以往的现代欧美侦探小说中似乎尚无人使用过。这种方法带有鲜明的时代印

---

[1] Patricia Waugh, *Metafiction: The Theory and Practice of Self-Conscious Fiction*, London and New York: Methuen, 1984, p. 82.

[2] S. S. Van Dine, "Twenty Rules for Writing Detective Stories", in Howard Haycraft, ed., *The Art of the Mystery Story: A Collection of Critical Essays*, New York: Biblo and Tannen, 1976, p. 191.

第十一章 《玫瑰之名》：以"互文"呈现的侦探小说

记，见于中国古代的一些传说，如诸葛亮在兵书中下毒，毒死司马懿。《金瓶梅》的成书经过和对作者身份猜忖则有详细记载，其中一种见于清代《缺名笔记》的说法。"金瓶梅为旧说部中四大奇书之一，相传出王世贞手，为报复严氏之督亢图。或谓系唐荆川事。荆川任江右巡抚时，有所周纳，狱成，罹大辟以死。其子百计求报，而不得闻。会荆川解职归，偏阅奇书，渐叹观止。乃急草此书，渍砒于纸以进，盖审知荆川读时必逐叶用纸粘舌，以次披览也。荆川得书后，览一夜而毕，蓦觉舌木强，镜之黑矣。心知被毒……"①

这类传说共有十二个"版本"。这个子报父仇的故事大同小异，"必是好事者所逞的口舌之快"②。艾柯是否读过这十二个"版本"中的某一个？或是听别人转述过？巴特认为，"互文"表明"生存于无限文本之外的不可能性"③。由此可见，文本性的存在前提正是互为文本性，而互为文本性既可以是有意参照，也可以是无意间同以往作者思路不约而同。

作为玄学侦探小说的《玫瑰之名》首先是一部侦探小说，与柯南·道尔的福尔摩斯探案有千丝万缕的瓜葛。有论者指出，"巴克斯维尔的威廉"一定会使读者联想到柯南·道尔脍炙人口的名作《巴克斯维尔魔犬》。④"犬"隐喻侦探，因此这是言之成理的分析；而且英文词"警犬"(sleuth)的派生意义正是"侦探"。而对威廉的容貌、秉性的描述又是对另一个爱尔兰人，大侦探福尔摩斯的影射："他比常人个儿高，因为瘦削显得更高。他目光犀利，洞察一切；薄薄的鹰钩鼻子使他显得十分机警。"(8)同福尔摩斯一样，"巴克斯维尔的威廉"也常常沉溺于某种药物带来的幻觉而不能自拔。在情节建构和叙事技巧方面，两位作家的思路似乎也很相像。如威廉对院长坐骑分毫不差的描述会令读者想起福尔摩斯常常在委托人开口陈述案情前便洋洋自得地根据其外貌推断出来人的身份、社会地位、人生经历，等等。威廉与他的徒弟阿德索携手破案，并由阿德索叙述侦破经过，这个人物自然是华生医生的翻版。艾柯甚至在序言中戏称"麦尔克的阿德索或阿德生(Adson)"(xv)，Adson 暗喻 Watson。

威廉破案时依仗的推理、归纳在很多场合下只是小前提没有或无法得到

---

① 吴晗：《金瓶梅的著者时代及其社会背景》，姚灵犀编：《金瓶梅研究论集》，香港：华夏出版社，1967年，第5页。
② 魏子云：《金瓶梅的问世与演变》，台北：时报文化出版事业有限公司，1981年，第18页。
③ Roland Barthes, *The Pleasure of the Text*, Richard Miller, trans., New York: Hill and Wang, 1975, p.36.
④ Brian McHale, *Constructing Postmodernism*, London and New York, Routledge, 1992, p.147; John Muller and William J. Richardson, eds., *The Purloined Poe: Lacan, Derrida and Psychoanalytic*, Baltimore and London, The Johns Hopkins University Press, 1988, p.185.

证明的"不明推理"(abduction)。才智超人的福尔摩斯等大侦探的"不明推理"使侦探小说颂扬理性的论断受到质疑,"尽管福尔摩斯经常提及他的推理,但是在描写他的经典作品中推理过程很少展示。归纳,这是福尔摩斯最常用的推理方法,也很少涉及。更确切地说,福尔摩斯只是不断展示查·桑·皮尔斯称之为诱导的手段"①。

写作这部挪揄侦探小说的"逆反式侦探小说"时,艾柯自然不会忘记这一文类的鼻祖爱伦·坡和他的典范之作,如《莫格街谋杀案》。浪迹天涯、行为不端的修士萨尔瓦多在阿德索眼中活像一个怪物:"……额头很低,若是有头发也会同眉毛连为一体,那两道眉毛倒是又粗又浓。小圆眼珠滴溜溜转个不停……那鼻子简直不能唤作鼻子,因为两眼之间只是一根骨头,一隆起马上就又塌下去……"(46)这副尊容令人联想起《莫格街谋杀案》中不懂人类语言的猩猩,阿德索意识到萨尔瓦多"会说所有的语言,但又什么都不会说"。(47)

一件珍贵物品的失而复得,这是《被窃之信》开创的侦探小说的另一程式。在爱伦·坡身后,侦探小说史上类似的情节层出不穷,如柯南·道尔的《波西米亚丑闻》。艾柯亦巧妙地运用这一经典情节,小说中有一部书稿在侦破过程中不翼而飞,其内容直至卷终方为读者窥见一二。拉康认为,在《被窃之信》中,每一个暂时获得信件的人都依次使自己成为下一次行窃的牺牲品。在《玫瑰之名》中,得到这部禁书的后果却是暴死。威廉认为,书存在的目的即是被阅读。由此可见,修道士们偷书,不惜出卖肉体甚至谋杀同道以获得书固然是罪过,但将书藏在不见天日的隐秘之处已是犯罪。此罪引起彼罪,故读者不妨认为失窃的书原来便一直处于失窃状态。被人藏匿的书与失窃的信虽然同为语言符号,意蕴却全然不同。前者所要表现的是权力对知识的支配,这是后现代主义文学所关注的问题之一。后者则只是文学研究中的一种象征或意符,因研究方法有别而呈现不同的意义。譬如,拉康认为爱伦·坡的故事将失窃的信作为能指,代表去势(部长因收藏信件而被阉割,从而完成女性化的过程)。②

有趣的是,《被窃之信》以及其他文本被后世作者戏仿的过程也就是"失窃"的过程。《玫瑰之名》不但戏仿传统侦探小说,也挪揄侦探小说的读法。读者无须再从阅读中去发现真理,只要识别出那些似曾相识的"标示"便已达到阅读的目的。在为豪尔赫们设置陷阱的同时,艾柯也为自己的读者设置了

---

① Umberto Eco and Thomas A. Sebeok, eds., *Sign of Three: Dupin, Holmes, Pierce*, Bloomington: Indiana University Press, 1983, p. 68.
② John Muller and William J. Richardson, eds., *The Purloined Poe: Lacan, Derrida and Psycho analytic*, Baltimore and London: The Johns Hopkins University Press, 1988, p. 185.

一个陷阱。他多次提及《圣约·新约·启示录》和礼拜仪式,误导读者留意发掘个中的玄机,从"情节"中探寻"故事",从扑朔迷离的神秘事件中寻觅蛛丝马迹。结果,读者期望的结局并未出现。小说讲述的是前现代的故事,但是这个故事被置于知识缺席的后现代语境中。在侦探小说中,知识即是真相,也即是真理。不幸的是,艾柯有意使知识落入话语的束缚之中,让它消失,真相、真理也就从此被隐匿。

文稿与书籍是知识的隐喻,《玫瑰之名》与艾柯的另一部作品《傅科摆》中的侦探角色的扮演者均受到挫败。他们失败的根本原因是误读关键的文本,即青年僧人维南蒂乌斯用"黄道字母"蘸着隐形墨水写的密码信和退役上校阿丹迪的圣殿骑士文件,因此功亏一篑。艾柯大概从柯南·道尔的《赖盖特之谜》(*The Reigate Puzzle*)、克里斯蒂的《ABC谋杀案》(*The ABC Murders*)……直至《死亡与罗盘》中得到启发,将破案的密钥归于某一神秘文本的解读。在《死亡与罗盘》中,伦罗特将首位被谋杀的犹太教学者亚莫林斯基打字机上未打出的文字"名字的第一个字母已经念出"误当作寻找"指代神的四字母词"(Tetragrammaton)的杀手留下的,从此受到夏拉赫误导,将一起偶发的谋杀案误当作连锁杀人案的开始。显然,博尔赫斯期望读者将这个已经念出第一个字母的人名与《莫格街谋杀案》中迪潘与"我"常提及的拉丁诗句"第一个字母不再发音"①联系起来,伦罗特的灵感正是来自此处。这仍是文本,仍是文本的不可信赖。艾柯从符号学角度审视符号"能指"范畴之内的文本,它的不确定性会在迁徙中体现。人们通过文本认识世界,但是文本无法呈现世界,这是一个悖论式的反讽。

除爱伦·坡等大家外,艾柯还广泛采纳这一文类的发展史上各流派作家曾用过的各种套路。密码、无懈可击的不在犯罪现场的证据、封闭的房间、迷宫式建筑、附录于正文之后的修道院平面图等均是塞耶斯、克里斯蒂等在"究凶"式侦探小说中使用过的。这类小说中的侦探大抵都是单凭过人的智能,依靠分析推理破案的"安乐椅侦探",不仅善于推理,也善于行动。由于故事发生在远离人寰,孤零零矗立在荒野上的中世纪修道院中,威廉和阿德索的侦破工作不时需诉诸暴力,卷入性事纠葛,这似乎是对20世纪30年代美国"硬汉"小说的调侃。钱德勒等作家笔下的侦探为达到目的往往不择手段,威廉为解开谜团也不惜编造谎言。《玫瑰之名》中的案情由一系列相互关联的罪案组成,有些是由侦破活动直接或间接引起的。这种一环套一环的情节设

---

① 埃德加·爱伦·坡:《莫格街谋杀案》,奎恩编:《爱伦·坡集:诗歌与故事》(上),曹明伦译,北京:生活·读书·新知三联书店,1995年,第458页。

置是模仿"硬汉"小说的。在结局到来之前,这些侦破活动始终令读者茫然如堕五里雾中。直到最后一刻,作者才解开所有罪案之谜,揭露隐藏于其后的腐败社会现象。诸如此类的借鉴俯拾皆是,不胜枚举。它们都从不同的逻辑角度证明人类的理性始终是可以信赖的,无论时代发生何种变迁。

为便于读者接受计,"互文"饶有趣味,但是对于不熟悉文本来源,又未能读出其中妙处的读者无益。尽管作者本意是要使《玫瑰之名》成为一部雅俗共赏的书,且此书问世后的确取得了巨大成功,但是仍有不少读者无法读至卷终。[1] 此书中译本亦已付梓多年,似未有十分热烈的反应。令中国读者望而却步的原因之一便是,他们在令人眼花缭乱的阅读迷宫中找不到有助于理解的"标识"。

在"互文"中,小说的主题得到阐发,以现代主义、欧洲中心主义、中产阶级价值观、白人独尊、男性至上、异性爱为特征的欧美文化得到重新评估。作者一方面赞成追求有序、理智的形而上学,另一方面又反对形而上学对永恒终极真理的执着追求,不承认人生具有某种固定模式,甚至认为智慧即是灾难。这同一命题的两个并行不悖的论点是否表明作者的哲学体系是对形而上的折中?不属于本章讨论范围,却又很值得提出的一个问题是:崇尚理性的亚里士多德主义与崇尚灵性的柏拉图主义,日神精神与酒神精神是否能在文学乃至人生中达到和谐一致?

---

[1] Theresa Coletti, *Naming the Rose: Eco, Medieval Signs and Modern Theory*, Ithaca and London: Cornell University Press, 1988, p. 200.

第十二章 《一桩事先张扬的凶杀案》中的"罪"

加西亚·马尔克斯的《一桩事先张扬的凶杀案》(1981)以一起凶杀案的始末激发读者的解读欲望,作品发表后引起轰动,因为一桩这样事前张扬的凶杀案是闻所未闻的。故事中的悖谬是,张扬杀人的目的本是避免杀人。杀人者图谋的不是谋杀而是有人出来阻止谋杀的实施,这就是他们张扬的目的,这一悖论"是这出悲剧惟一真正新奇之处"①。在这个新闻报道无法细察的悖论中作品的社会意义得到凸现,作者在抨击给人们的生活带来灾难的各种世俗偏见之余反思社会弊病、人与人之间无法消除的隔膜。

作者在侦探小说叙事模式内杂糅式地纳入其他文体,貌似明朗的案情引发一系列次生神秘事件,迫使读者重构与惨案有关却无法证实的"真相"。作品的古典悲剧丰富内涵在这一现代叙事中以反讽、戏仿等方式呈现,跌宕起伏的情节中一系列突转与发现不仅带来阅读快感,亦令读者思索劫难之后的幸存者在残酷无情的世间如何继续生活下去这一本体论课题。

激发解读欲望的"化石"

化石是古生物的遗体,研究化石可知晓生物的演化过程和规律。我们称文学中的侦探小说因子为"化石"只是一个隐喻,从中可以领悟类似于俄狄浦斯身世般神秘、富有诗意的叙事原型。这个叙事原型不会因人类知识的增进与生活方式的变化而改变,改变的只是承载原型的文学体裁。《一桩事先张扬的凶杀案》采用"故事中的故事"叙事技巧,"故事"(初始叙事)是"我"回乡调查纳赛尔被杀事件,"故事中的故事"(元叙事)是镇上人对事件的回忆。构成主体的元叙事又由多元、零散、往往相互矛盾的环形子叙事组成。故事游离于犯罪与侦探活动之间,由马尔克斯根据自己的朋友卡耶塔诺1951年在全镇人面前惨遭杀害的真实事件加工而成,讲述圣地亚哥·纳赛尔被杀害的始末。为重构这起惨案,作者重返故地,逐一寻访案件的参与者和目击者,采

---

① 加·加西亚·马尔克斯、普利尼奥·阿·门多萨:《番石榴飘香》,林一安译,北京:生活·读书·新知三联书店,1987年,第35页。

访所有当事人与知情人,企图重构事件真相。

富商巴亚多·圣·罗曼来到加勒比海沿岸的一个小镇上,爱上家境平常的美貌姑娘安赫拉·维卡略。几经挫折之后,圣·罗曼终于说服维卡略的父亲将女儿嫁给他。然而,就在举行狂欢节式的盛大婚礼当晚,圣·罗曼发现维卡略并非处女,遂按照习俗连夜将新娘送回娘家。事关家族荣誉,因此家人逼迫维卡略交代夺去她贞操的男人是谁。情急中,维卡略供出圣地亚哥·纳赛尔,镇上一个阿拉伯移民的儿子。为维护家族的荣誉,维卡略的两个哥哥手持杀猪刀去找纳赛尔复仇,在路上经过的每一个酒馆中磨刀、喝酒,向镇上居民大肆张扬他们要去杀掉纳赛尔,实则欲让纳赛尔知晓此事并逃走。案发之前,镇上有许多居民听说兄弟俩扬言要杀人的消息,但是大家听之任之,没有采取行动制止杀人者。

叙事者援引几十位知情人的证词和法官的报告,也根据自己的记忆再现往事。他的叙述随意性很强,不断变换时间和视角。于是事件的背景被分成大段偏离主题的子叙事,插入纳赛尔生平,尤其是他活在世上的最后一个小时的细节。先后登场的被谋杀者、凶手、事件的调查人以及弥漫全书的神秘气氛均使读者觉得这是一部侦探小说,但这里绝无此类作品中不可或缺的悬念可言,只有始终没有谜底的一系列谜。除凶手为何未得到制止外,破坏维卡略贞洁者的真实身份也始终是一个未能披露的秘密。

夺走维卡略贞洁的男人真是纳赛尔吗?如果不是,维卡略为何指责他?没有证据支撑维卡略的供词。或许她只是不想让事态扩大。纳赛尔一家是外来移民,背景不深厚,事发后不致引起大规模械斗。果然,镇上的阿拉伯人在纳赛尔被杀后只是表达不满,并未采取对抗行动。

以往的批评家关注作者的叙事技巧与社会观念,却较少涉及这部作品的侦探小说性质。受到侦探小说叙事程式的启发,作者为小说起名为《一桩事先张扬的凶杀案》,并精心因循此类作品的范式设计情节。然而这个耸人听闻的书名隐含反讽意味,几乎贯穿"凶杀案"的始末(受害者、凶手、作案动机,等等)。几乎在"凶杀案"被"事先张扬"的同时,真正令读者关注的是与案情有关的一系列神秘事件,特别是事先事后均神秘莫测的"失贞案"。马尔克斯悄悄用"失贞案"替换"凶杀案"。叙事人"我"在故事中扮演私家侦探的角色,在案发多年后意欲调查案件原委。小说一反常规侦探小说以罪犯暴露、社会秩序得以恢复的结局,维卡略的贞洁究竟为何人所夺等精心设置的谜最终无解,只是引导读者读下去的路标。

早在案发之前,纳赛尔性命危在旦夕的秘密便已为某一"身份一直没有得到证实的"人所知。"有一个人——此人的身份一直没有得到证实——在

第十二章 《一桩事先张扬的凶杀案》中的"罪"　163

门下面塞进一封信来,通知圣地亚哥·纳赛尔有人守在门外要杀他,写了地点,写了原因,还写了有关这个阴谋的精确的细节。当圣地亚哥·纳赛尔从家里出来时,这封信就丢在地上,但是他没有看见,迪维娜·弗洛尔也没有看见,直到这件凶杀案发生后很久,才被人发现。"①

《一桩事先张扬的凶杀案》融合侦探小说、世情小说、司法报告、新闻报道、回忆录等体裁,将凌虚的想象与古朴的纪实融为一体,是一种杂糅式小说。在后现代主义语境中,某种体裁的文本会超越边界,与其他体裁的文本混杂。在几种文体的相互渗透中,超自然与自然神秘事件层出不穷,贯穿小说情节始终,暗示命运本身的神秘性。在情节设置上,小说的叙事方式更贴近"倒置式侦探小说"。一系列与犯罪—探罪情节搭界的事件若隐若现、扑朔迷离,只是作者故弄玄虚的障眼法。作者淋漓尽致地描写犯罪行为,意欲揭示罪之成因。他细致入微地刻画探案过程,旨在引导读者窥见社会现实。这是一桩事先张扬的案件,杀人者身份以及作案动机等均不是秘密。

第一人称叙事者"我"在小说开篇便叙述纳赛尔清晨在去迎候主教的途中遇害的经过。彼得罗·维卡略和巴布洛·维卡略在广场上唯一开门营业的牛奶店伏击纳赛尔,杀死了他。"晨鸡的啼鸣把我们惊醒,使我们想到去梳理造成那桩荒唐的凶杀案的数不清的巧合事件。显然,我们这样做并不是为了澄清秘密,而是因为如果我们每个人不能确切地知道命运把我们安排在何处和给了我们怎样的使命,就无法继续生活下去。"(107、108)

小说由罪案开场,探究人物生活中遇到的种种难以破解的难题。如何在纷乱无序的人世间"继续生活下去",这恰好与此类实验性侦探小说关注生者甚于死者的主旨一致。维卡略兄弟张扬杀人之企图,希望有人阻止他们,这样既可挽回家族荣誉,又不致违法,这是他们难以启齿明确说出的"活法"。心灵处于孤寂之中的众人"活法"各异,却又纷纷以己之心,忖人之意,因此任凭兄弟俩招摇过市,最终眼睁睁地看着纳赛尔被杀。

酒店老板、警察、卖牛奶的……所有冷漠的知情者都是欣赏罪行的看客、杀人者的帮凶,也是犯罪者。他们无言的旁观实质上是接受蔑视法律、屠戮同类的暴行。叙事人的使命不是澄清这个貌似神秘的血案原委,而是告诫众人如何带着几分愧疚审视自己的愚昧、残忍,进而克服变态的冷血心理。

马尔克斯采用侦探小说的范式,但是舍弃侦探小说读者意料之中、有所"发现"的结局。借矫情的细节描写达到独特的效果,凶杀以及有名无实的犯

---

① 加西亚·马尔克斯:《一桩事先张扬的凶杀案》,李德明、蒋宗曹等译,北京:中央编译出版社,2004年,第6页。本章下文凡引用同一译文,仅在引文后标明页码。

罪调查具有诱惑力,这是他成功的秘诀之一。"死去的躯体是最佳欲望目标,是引发侦探(以及读者)解读欲望的缘由,也即它(案件)如何发生、谁是杀人者?"①从《俄狄浦斯王》到《一桩事先张扬的凶杀案》,悲剧与侦探小说均围绕这个解读欲望铺陈情节,模仿人的活动,表现人的多彩生活。《一桩事先张扬的凶杀案》是以侦探小说形式写就的现代悲剧,类似忒拜城中百姓因国王的神秘罪孽饱受灾祸与瘟疫磨难的情境,加勒比海沿岸这个小镇上井然有序的生活被一桩血案破坏。《俄狄浦斯王》的观众对剧情了如指掌,杀父娶母者身份仅对俄狄浦斯本人构成悬念,观众在戏剧反讽(dramatic irony)中悠然自得地等着看"大师级侦探搜寻大师级罪犯"这样一个堪称高超侦探小说的戏。同样,《一桩事先张扬的凶杀案》的读者洞悉罪犯的身份以及他们的作案动机。虽然仍有谜待解,常规侦探小说引发读者解读欲望,随即以推迟案件破解的方式既控制又刺激这种欲望的本意亦不复存在。

侦探小说中的冲突往往以罪犯与受害者对决的形式呈现。这部小说中的冲突则是弥漫式的个人与社会的对决,除纳赛尔外、圣·罗曼、安赫拉·维卡略、维卡略兄弟等主要人物均像与风车搏斗的堂吉诃德,徒劳地与根深蒂固的主流意识形态对抗。

是特意借侦探小说的形式探究复杂的课题,还是无意间将涉及此类问题的"严肃文学"写成了一部侦探小说?是借尸还魂,还是灵魂出窍?与艾柯集多种学问于一体的《玫瑰之名》相比,马尔克斯在这部小说中的情节结构实验多半是无心插柳,却写出一种别样的侦探小说。直到20世纪末,这部小说尚未进入玄学侦探小说研究者的视野。近年来,它得到更多关注,有人甚至将它列入五十部"后现代神秘小说"之一。

"突转"与"发现"中的悲剧内涵

一如亚里士多德对悲剧的描述,侦探小说中有隐藏(无辜者显得有罪,有罪者显得无辜)和展现(真正有罪者被察觉),还有"突转"。"突转",在此并非命运的反转,而是由表面看起来有罪到无辜,由表面看起来无辜到有罪的双重反转。② 审视悲剧与侦探小说的构成,我们会发现情节是这两种体裁共有的重要成分。亚里士多德认为悲剧由六个成分构成,情节居首。情节模仿行

---

① Slavoj Žižek, *Looking Awry: An Introduction to Jacques Lacan Through Popular Culture*, London & Cambridge: MIT Press, 1991, p.143.

② W. H. Auden, "The Guilty Vicarage", in Robin W. Winks, ed., *Detective Fiction: A Collection of Critical Essays*, Englewood Cliffs, N. J.: Prentice-Hall. Inc., 1980, p.16.

动,实为悲剧的灵魂。侦探小说以情节取胜,它的情节既是高度程式化的,又在宏观不变中隐藏、包孕、新生令读者回味的微观变化。

> 对于绝大多数人来说,只有一个受害者,即巴亚多·圣·罗曼。悲剧的其他主要人物都尊严地,乃至颇为杰出地完成了生活赋予他们的使命。圣地亚哥·纳赛尔受到了惩罚,维卡略兄弟俩表明了他们像个男子汉大丈夫。被愚弄了的妹妹重新获得了荣誉。(93)

这些人的想法具有反讽意义。与俄狄浦斯不同,惨死于屠刀之下的纳赛尔只是被命运随机选出的替罪羊式的受害者。幸存者的状况更具悲剧性,令人感喟。圣·罗曼郁郁寡欢,离开小镇,从此独自生活。抑郁中的安赫拉·维卡略却鬼使神差地爱上起初对之完全没有好感的圣·罗曼,在沮丧、悔恨中给他写了两千多封情书。受传统价值观左右的杀人者维卡略兄弟并非恶人,却在狱中饱受煎熬。镇上的邻人也陷入迷惘和悲伤,却忘记这场悲剧正是因自己的冷漠酿成的。处于麻木、疏离中的人们在自责之余自欺欺人地将人为的灾难归咎于宿命。古希腊悲剧中因祸得福或由福入祸的人物尚有好人、坏人之分,而小说里镇上的小市民在道德层面上几乎处于同一水平,均是背离伦理,受金钱、情欲、习俗驱使的可怜虫。作者似乎在暗示,现代的悲剧人物不再是俄狄浦斯式形单影只的个人,而是与犯罪者不相上下的芸芸众生。有意无意间,他揭示出现代犬儒文化背景下的实质,即如在没有英雄的年代里,做一个人亦十分不易。①

> 我们就是俄狄浦斯,以一种永恒的方式
> 我们也是那漫长的三角野兽,
> 我们将是的,我们曾是的一切。②

表面上,这部小说中描写的触目惊心的血案是巧合造成的意外。其实这类悲剧性事件在工业革命后出现的城市里屡见不鲜,城市化和经济发展并不能自动消除市民心中根深蒂固的传统观念。作者通过一连串巧合昭示人的命运神秘莫测,正是这些巧合令人信服地展现了这个貌似命运作祟的悲剧性杀人事件是符合社会发展逻辑的。如果新娘安赫拉·维卡略顶住家庭的压力拒绝嫁给圣·罗曼……如果她在新婚之夜仍保持处女之身或作假蒙混过关……如果她在被母亲和哥哥逼供时不说出圣地亚哥·纳赛尔的名字……即使在维卡略

---

① 诗人北岛的诗《宣告》:"我并不是英雄,在没有英雄的年代里,我只想做一个人。"
② 豪·路·博尔赫斯:《俄狄浦斯和谜语》,《博尔赫斯文集·诗歌随笔卷》,陈东飚、陈子弘等译,海口:海南国际新闻出版中心,1996年,第133页。

兄弟多次扬言要杀圣地亚哥·纳赛尔之后，如果有人真心出面阻止他们或通知圣地亚哥·纳赛尔及时逃命……这桩事先张扬的血案便不可能发生。

镇上人将这些巧合归咎于命运，这是他们为逃避责任和良心谴责的托词。他们受陈腐观念左右，无法主宰自己。无意识不仅可以铸成个人的独特性格，也会渐渐形成群体的思维定式。乡愿、犬儒、从众的卑下心理，性别、地位与财富带来的等级观念等均是镇上居民的思维定式或集体性格特征。这些性格特征转化为以想当然的态度看待世界的意识形态，据此形成人们的行为准则。他们根据这些准则行事，并让神秘叵测的命运为自己做或不做什么带来的后果负责。荣格所说的"性格决定命运"实际上是性格改变人生，命运则在多数场合下缺席。

这些小说情节上的巧合类似亚里士多德讨论希腊悲剧时谈到的"突转"，由无知到获得重大发现的过程引发，其中最具戏剧性的是圣·罗曼发现新娘不是处女。然而在众多机缘与巧合中，"发现"与"突转"并不一定依照常理、逻辑、因果关系或时序（chronological order）排列，由此可见书名亦含有反讽意义。譬如镇长没收维卡略兄弟的屠刀，并做出符合逻辑却十分幼稚的推理，认为他们既然没有凶器，便无法再去杀人。又如纳赛尔自幼就学会使用武器，平时喜欢摆弄各种枪械，但是却毫无理由地在紧急关头拒绝听从女朋友父亲纳希尔·米盖尔的忠告，或躲在女友家里，或带上枪自卫。

读者不难看出，作为引出凶案的前奏，圣·罗曼与安赫拉·维卡略的恋爱是一个翻转（reversed）的灰姑娘的故事，即一个出身贫寒的美貌姑娘克服艰难险阻，最终迎来美满婚姻。灰姑娘（Cinderella）的童话源于公元前 1 世纪，是欧美民间文化的积淀，在世界上广为流传，有千余种互文，尤以 19 世纪经德国格林兄弟整理加工的版本最为人熟知。

美貌的灰姑娘在仙女的帮助下，克服来自恶毒继母的重重阻挠，参加王子举行的舞会。王子被她迷住，立即邀她共舞。灰姑娘离开时仓皇遗下一只水晶鞋，王子便派大臣在全国寻找穿上这只水晶鞋最合脚的女孩。虽然有继母等恶人的多方阻碍，大臣终于找到灰姑娘。王子向灰姑娘求婚，从此两人幸福地生活在一起。

灰姑娘忍辱负重，在艰难困苦中亦心存善良，自尊自爱，向往美好未来。此类故事顺理成章地迎合读者对波澜不惊的平民生活中亦会发生奇迹的憧憬，倘若没有弄人的命运作祟，安赫拉·维卡略或许会成为另一个灰姑娘。既然是童话，便不免落入俗套，即穷人家的女儿必是善良、美貌的，最后必定战胜邪恶，获得爱情、财富和地位。马尔克斯在此做翻案文章，颠覆"从前，有个美丽的女孩……"一类读者耳熟能详的童话，令婚前失去童贞的美女安赫拉·维卡略从此孤苦伶仃地苦度余生。安赫拉·维卡略与灰姑娘的相似之处在于两人均心地善良,貌美如花。安赫拉·维卡略宁肯去死也不屑使用把丈夫灌醉,把红汞药水染在床单上之类的卑劣手段欺骗苦命的丈夫,这充分显示了她的高贵品质。"她出生的时候脐带绕在脖子上,跟历史上伟大的王后们一样。不过她有一种孤独无依,消沉萎靡的气质,预示了她捉摸不定的未来。"(30)

富家子弟巴亚多·圣·罗曼邂逅安赫拉·维卡略的经过则是小说中另一个语焉不详的神秘事件。"关于他们是怎样相识的,一直没有人说得清楚。据巴亚多·圣·罗曼寄宿的男子单身公寓的老板娘说,9月末的一天,巴亚多正在摇椅上睡午觉,这时安赫拉·维卡略和她母亲挎着两篮绢花走过广场。巴亚多·圣·罗曼当时半醒着,看到了这两个身穿重孝的女人。在下午两点的沉寂中,那儿似乎只有她们两个活人。巴亚多问那个姑娘是谁,老板娘告诉他,那是同她走在一起的女人的小女儿,名叫安赫拉·维卡略。"(31)

获悉姑娘名叫安赫拉(Angela,意为"天使")后,圣·罗曼称赞她的名字"起得真好"。他嘱咐公寓老板娘:"等我醒来时,请提醒我,我要跟她结婚。"(31)与舞会上王子与灰姑娘一见钟情的情景相仿,安赫拉·维卡略的美貌令圣·罗曼为之倾倒,虽然她自己颇有自知之明,并没有非分之想。安赫拉·维卡略家境清苦,她的父亲西奥·维卡略是首饰匠,为养家糊口,西奥拼命工作,后来双目失明。这位家长的悲惨身世令读者联想到刺瞎眼睛、自我放逐的俄狄浦斯。或许这是作者的影射,或许是一种巧合。但是在安赫拉·维卡略的婚事上,情节的发展是意料之中的。"在金钱上游泳"的将军之子圣·罗曼很快便被安赫拉·维卡略家人接受,他们"强迫她同一个刚刚见面的男人结婚"(38)。

这桩引发凶杀案的曲折婚事揭示出人的意识滞后存在状态的灾难性结果。来历不明的外乡人圣·罗曼用经商得到的金钱买到豪宅、友谊、尊重,甚至美貌的妻子,但是与镇上男人们一样,他对女人的贞洁的想法仍停留在崇尚男权的前现代宗法社会里。既然安赫拉·维卡略已非处女,她的美貌也就不再有价值。圣·罗曼作茧自缚的想法最终酿成处女膜引发的血案,使他成为遇到原本不应遭遇的厄运的主要悲剧人物,也使镇上冷漠的居民在悔悟中萌生恐惧与怜悯的心情。虽然宿命或人物自身的过失会导致他的毁灭,酿成悲剧的主要根源正是人物在无意中遵从的意识形态。鲁迅将悲剧概括定义为"将人生的有价值的东西毁灭给人看"[1],其实这有价值的东西正是虚无缥

---

[1] 鲁迅:《再论雷峰塔的倒掉》,《鲁迅全集》(第一卷),北京:人民文学出版社,1981年,第192、193页。

缈的意识形态。悲剧人物在不同的时代里受不同的禁忌限制、折磨。俄狄浦斯生活在挥之不去的弑父娶母阴影中，萦绕在圣·罗曼心头的则是藏在处女崇拜托词之下男人的虚荣心。换言之，如果俄狄浦斯不接受弑父娶母是滔天大罪的主流舆论，如果圣·罗曼不在乎他的新娘是否是处女，冥冥中所谓的命运与无意间的过失（杀死自己的父亲、爱本不该爱上的女人）岂能奈何他们？

生与死之间的心理现实映射

多年以后，"我"重访独守空闺、渐入老境的昔日被休新娘，不禁为现实的残酷无情发出感慨。"看见这个女人这般模样坐在富有诗意的窗户里，我不愿相信那就是我要找的那个女人，因为我不愿承认生活最终竟是与拙劣的文学作品如此相似。"（99）这是所谓"生活模仿艺术"的又一生动案例。奥斯卡·王尔德也许是最不遗余力地鼓吹"生活模仿艺术"假说的文艺理论家。"自然并非生育我们的伟大慈母。她是由我们创造的，她在我们的思想中获得生命。万物如此皆因为我们如此看待它们，而我们所看到的以及观察事物的方式全取决于感化我们的艺术……生活模仿艺术更甚于艺术模仿生活。这不仅是由于生活的模仿本能，也是由于人生的自觉目标即是寻觅表现方式……"①他这番离经叛道的表白似乎是对传统的现实主义文学观的亵渎，但也使人重新思考生活与艺术究竟为何种关系。"现实生活中并没有悲剧，正如词典里没有诗，采石场里没有雕塑作品一样。悲剧是伟大诗人运用创造性想象创作出来的艺术品。"②原本不存在的伟大悲剧动人心弦，让一代又一代读者为之倾倒的根本原因是它们符合生活逻辑，契合人的心路历程。

风流倜傥的圣·罗曼来到小镇上，给人们的宁静生活注入活力，也引起众多姑娘的注意。他选择安赫拉·维卡略做新娘，婚后安赫拉·维卡略被退回娘家，情急之下她供出一个男人的名字，这是后来发生的一连串惊悚事件的起因。套用德国戏剧家古斯塔夫·弗赖塔格（Gustav Freytag，1816—1895）用于描述他的五幕剧叙事金字塔（Freytag's Pyramid）的术语，我们发现这个故事的情节是由"上升部"（the rising action）直接过渡到"回落部"（the falling action）的，高潮（climax）始终缺席，悬念保持到了最后。作者不屑考证

---

① Oscar Wilde，"The Decay of Lying"，in *Complete Works of Oscar Wilde*，London：Harper Collins Publishers，2003，pp. 1086—1091.
② 朱光潜：《悲剧心理学——各种悲剧快感理论的批判研究》，张隆溪译，北京：人民文学出版社，1983年，第243页。

第十二章 《一桩事先张扬的凶杀案》中的"罪" 169

安赫拉·维卡略供出的纳赛尔是否真是夺去安赫拉·维卡略贞操的罪魁,却让读者的注意力转向这个男人被安赫拉·维卡略两个孪生哥哥杀害的经过。

纳赛尔家境宽裕。关于他的为人,邻里间有见仁见智的说法,叙事者"我"认为他谨慎、正派,"从父亲那里学到了勇敢和谨慎的优良品德"(8)。随即又描述他调戏厨娘维克托丽娅·库斯曼的女儿:

> 她去接空杯子时,圣地亚哥·纳赛尔抓住了她的手腕。
> "你到了该变成温顺的小羊羔的时候了,"他对她说。
> 维克托丽娅·库斯曼向他扬了扬沾满鲜血的刀。
> "放开她,白人,"她厉颜疾色地命令道。"只要我活着,你就别想吃这块天鹅肉。"(10)

厨娘年轻时曾被纳赛尔的父亲诱奸,因此时刻提防纳赛尔对女儿的非分之想。她对纳赛尔的敌意可以解释当她知道纳赛尔生命危在旦夕后的反常举止,她没有及时通知他躲避。"向他扬了扬沾满鲜血的刀"的举止既表明她的态度,也是一种伏笔(foreshadowing)。起初她推说自己和女儿都不知道有人要杀死纳赛尔,后来承认知道,但是为自己开脱,说这是因为她无法确信消息是否属实。同其他知情人一样,她并不认为自己有义务把这性命攸关的消息告诉纳赛尔,救他的命。至少在无意识中,厨娘希望看到纳赛尔被杀,以满足报复纳赛尔父子的隐秘欲望。

纳赛尔的形象始终朦朦胧胧,虽然"我"做过纳赛尔"从父亲那里学到了勇敢和谨慎的优良品德"类的表述。关于纳赛尔的人品究竟如何,是否奸污过安赫拉·维卡略,读者无法从自相矛盾的描述中做出客观的判断。

> ……当预审法官侧面问她是否知道被杀的圣地亚哥·纳赛尔是谁的时候,她不动声色地回答说:
> "就是侮辱了我的那个人。"
> 案卷上就是这样记录的,但怎样侮辱了她,在什么地方侮辱了她,都没有任何说明。(112)

根据一位深谙西班牙文和英文研究者的评述,法官问安赫拉·维卡略是否认识纳赛尔时,她用一个隐喻回答这个问题:"他是我的作者。""用这个惯用语如此回答,她便将性行为与创造性行为混为一谈。"① 多年以后,"我"又

---

① Jorge Olivares, "García Márquez's Crónica de una Muerte Anunciada as Metafiction", *Contemporary Literature*, 28.4 (1987): 486—487. 作者在此文中指出,英文译者"Rabassa 未按字面意思翻译,却译为'他是侮辱了我的那个人',这种译法冲淡了西班牙原著中隐喻的力量"。

以可疑的有限视角信誓旦旦地宣称"没有人相信那件事果真是圣地亚哥·纳赛尔干的",虽然安赫拉·维卡略坚持说:"就是他。"(100、101)但是纳赛尔曾对"我"说过:"你的这个傻表妹瘦极啦。"(35)由此可见,他对安赫拉·维卡略并无特别好感,无论是外貌还是个性。

与人物形象相比,作为背景,自然的变化较少。作者让身份、视角不同的人物表述后,读者仍然如堕五里雾中,完全不得要领。譬如,关于纳赛尔被杀的那天早晨是否下雨,众说纷纭。

> 不少人回忆说,那天早晨,阳光明媚,风和日丽,海上的微风透过香蕉园轻拂而来,确是这个季节中典型的美好的二月风光。但是大多数人都说,那天天色阴沉,周围散发一股死水般的浓重的气味;在那不幸的时刻,正飘着蒙蒙细雨,正像圣地亚哥·纳赛尔在梦境中看到的森林景色一样。(4)

厨娘维克托丽娅·库斯曼却断言那天根本没有下雨,而且整个二月都没有下雨。"恰恰相反,"在厨娘去世前不久我去看她时,她告诉我说,"太阳火辣辣的,比八月份还厉害。"(9)

> "我记得清清楚楚,那时快五点了,并且开始下起雨来,"拉萨罗·阿蓬特上校对我说。(63)
> "那时没有下雨,"巴布洛·维卡略回忆说。"不但没有下雨,"彼得罗·维卡略回忆说,"还刮着海风,天上只有几颗开亮时的星星。"(69、70)
> "显然没有下雨,"克里斯托·贝多亚对我说,"还不到七点,金色的阳光已经从窗户中射进来。"(119)

纳赛尔在被杀前便不断梦到自己冒着蒙蒙细雨穿过榕树林,全身落满鸟粪。果然,在纳赛尔死去之前那一刻,他看到的正是这使自己欢欣鼓舞的一幕。雨是文学作品中反复出现的意象,具有上天赋予的活力、受苦受难、厄运等复杂的象征意义,①而死亡自然是终结性的苦难,是毁灭。如果同意弗洛伊德关于梦是欲望的满足的看法,我们发现,这个关于蒙蒙细雨的梦具有明显和隐晦的双重含义,分别展现依附本我、以象征形式表现自己的"生的本能"与"死的本能"。在纳赛尔身上,"生的本能"与"死的本能"纠葛在一起。两种本能都处于兽性的状态,时刻在寻求满足。纳赛尔刚刚调戏过厨娘的女儿,释放出力比多,便出门去拥抱死亡。这个梦是一个凶兆,揭示死神在无意

---

① Michael Ferber, *A Dictionary of Literary Symbols*, Cambridge: Cambridge University Press, 2007, p. 165.

识中渐渐逼近。

诸如纳赛尔恰好在天主的使者、为世人带来福音的主教到来那天殒命，海鱼在安赫拉·维卡略的卧室里乱蹦乱跳，子弹拐着弯穿过几道墙击碎圣像一类有悖常理的现象寓意深刻，可令读者得出不同的阐释。有论者认为，马尔克斯声称作品是"采访"记录，并未改变他的风格，"'魔幻现实主义'不仅未在这部小说中消失，而且色彩还相当浓郁"①。的确，作者再度使用置身将来、回忆过去的倒叙手法。"二十七年之后，他的母亲普拉西达·内罗回忆起那个不幸的礼拜一的细节时……"(1)使人联想到《百年孤独》脍炙人口的开篇："许多年之后，面对行刑队，奥雷良诺·布恩地亚上校将会回想起，他父亲带他去见识冰块的那个遥远的下午。"②

在小说中，仍以现实为基础的魔幻现实主义之"流"的"源"其实是心理现实主义，即对危机降临前后，处于生死关头的各色人物心理的现实映射。马尔克斯在这部小说中构筑语词迷宫，将幻想与现实混为一谈，打破时空界限，将小镇内外，将现在、过去、过去之过去等量齐观，将再现与被再现的客体融为一体。倘若与强调生活细节真实、人物形象典型可感的常态或意欲超越、粉饰现实的"现实主义"作品比较，读者发现马尔克斯的夸张乍看起来荒诞不经，仔细咀嚼回味后转而对符合人物个性的思维逻辑产生似是而非的认同心理。

被砍伤后，纳赛尔手捧从伤口中流出的肠子摇摇晃晃地往家走。这一幕本是客观现实，但是从阅历不同、心理积淀各异的人物视角望过去，客观现实演变为主观的心理现实。纳赛尔清晰地在"阳光下看见自己洁净发绿的肠子"(136)，他母亲在远处只是依稀看到"挂在外面的肠子"(136、137)。庞乔·拉纳欧一家两代人也目击纳赛尔在路上行走，他们的感官印象与以上符合生活经验的景观全然不同。"他们正要开始吃早饭的时候，看见圣地亚哥·纳赛尔满身鲜血、用手捧着一串肠子走进来。庞乔·拉纳欧告诉我：'我一辈子也忘不了那股刺鼻的粪便味。'但是，大女儿阿尔赫尼达·拉纳欧却说，圣地亚哥·纳赛尔仍然像往常那样潇洒地走着，那张撒拉逊人的脸，配上被弄乱了的鬈发，显得比任何时候都更为英俊。"(136、137)厨娘的女儿自信、稚气，完全不知人心叵测，江湖凶险。作者借她寥寥数语的观感使一个未谙世事的小姑娘跃然纸上，诗意盎然，充满对生活的挚爱。"我看得清清楚楚，他穿着白衣服，手里拿着什么看不太清楚，但是我看像是束玫瑰花。"(133)

---

① 陈光孚：《魔幻现实主义》，广州：花城出版社，1986年，第144页。
② 加西亚·马尔克斯：《百年孤独》，黄锦炎、沈国正、陈泉译，上海：上海译文出版社，1984年，第1页。

突出人物的主体意识,让他们以自述的方式呈现伪装下的真实自我,这使小说获得生命力,予以读者常读常新的感受。此类关于人物、背景以及情节含混不清、模棱两可的表述正是侦探小说特有的策略。作者不拘泥于生活真实,以读者易于接受的心理真实描绘、塑造现实,将写实与荒诞的象征、幻象融为一体。他的魔幻现实乍看起来荒诞不经,读者仔细琢磨后觉得倒也符合逻辑。小说再现现实的方式不一而足,并无定规。马尔克斯在作品中描写的"现实"并非生活现实,而是艺术现实,是与现实生活没有直接关联的一种文学建构。他从素材中选取片段,以折射而非映射的方式再现这个关于所有生者与死者故事的"虚构之实"。

社会生活中必然会产生伦理问题引发的矛盾,圣·罗曼、安赫拉·维卡略、维卡略兄弟等人的欲望或自由意志受到男尊女卑、金钱万能等小镇上人人认同的陈旧、愚昧观念限制、影响,他们在迷茫中被生活裹挟着前行。这些观念构成主流意识形态,在它无形的桎梏、威胁下纳赛尔等最终成为替罪羊,他们的牺牲或磨难使被短暂颠覆的秩序得以恢复。多种预兆和梦幻掩盖下的凶杀案的真实根源正是这种主流意识形态,它是镇上居民想当然地判断是非善恶的准绳。

文学可以传播意识形态,但是其本身也是一种意识形态,它借助语言确立自己的主体地位,自有其理念、价值观,甚至偏见。将这部作品视为侦探小说的读者不免在其中亲身扮演侦探角色,在模棱两可,甚至相互矛盾的文本中探究本不存在的真相。倘若将它作为一部戏仿古典悲剧的世态小说,读者会关注到凶案发生后处于无以名状的焦虑与顾影自怜中的芸芸众生的萎靡生存状态。马尔克斯似乎意欲借这个离奇的案件警示读者,犬儒主义已经成为当今无悲剧英雄的岁月里迷茫者的普遍思维,孤独、琐屑与卑微则是劫后余生的圣·罗曼们无法摆脱的噩梦。

第四编

另辟蹊径的中国犯罪文学

第十三章　公案小说与侦探小说异同辨

　　褒扬公案小说者认为它是中国古已有之的侦探小说，比源自欧美的现代侦探小说更高明。欣赏侦探小说者则反其道而为之，认为公案小说在诸多方面逊于源自欧美的侦探小说。考察这两种在地域、时间上相隔甚远的小说的瓜葛，我们可以想到，以往的争论皆起因于对它们的发生、发展过程、文学内外的目标以及所承载的社会学与美学观念的认识不足或误解。醉心于两者间比较研究的学者大多没有意识到它们其实是产生在不同文化境地（milieu）之中，在"道"层面上风马牛不相及的小说形式，剥离表象之后，二者仅有的交集只是"术"层面上叙事技巧的巧合以及与"器"层面上侦破方法与技术的契合。

　　文学批评的关注焦点往往是文学创作中的热点话题，而某一文类或次文类的蓬勃发展则是它拥有众多读者的明证。公案小说一度是，侦探小说如今仍是拥有众多读者，为批评家所关注的文学类型。艾布拉姆斯的文学"作品、宇宙、作家、受众"四要素理论[①]中的"受众"（audience）自然也包括批评家，正是读者与批评家的热情使彼时的公案小说和当下的侦探小说生机勃发。

　　关于公案小说的考察是中国小说史的重要组成，历代文人学者均留下极有见地的著述。公案小说受到关注是近代小说得以登上大雅之堂以后的事情，鲁迅、胡适等均有精彩论断。为行文清晰，枝蔓分明起见，笔者采用先分述后合论的方式，分析公案小说的特点，探讨公案小说与侦探小说的异同，论证它们何以不具有可比性。当然，在论证其不可比的过程中笔者亦不免悖论式地论及其"可比性"。

中国文化与文学视域里的公案小说

　　公案小说出现之前，从某一角度涉及"罪与罚"以至"犯罪－探罪－罚罪"主题的神话、传说、寓言、史实等已见诸文字，大约由商周延续到隋唐，连绵两

[①]　M. H. 艾布拉姆斯：《镜与灯：浪漫主义文论及批评传统》，郦稚牛、张照进、童庆生译，王宁校，北京：北京大学出版社，1989年，第5页。

千余年。早在远古时代,人们为抵御严酷的自然灾害,躲避猛兽,便已采取群居的生活方式,譬如原始公有制的部落。生产力较为发达后,人们产生私有观念,私有制渐渐风行,最终建立家庭与国家。无论何种体制,人类的群居必然导致矛盾,而矛盾的激化会引发人际冲突。为调解矛盾,控制冲突的规模,人们必须制定规范,确定哪些逾轨之举是不可接受、应受到惩罚的。作为公平原则的粗略规范逐渐演变为精细周全的法律,某些逾轨行为最终被认定为罪行。

中国古代神话中有关獬豸的传说反映出初民对正义的关切。獬豸是古人根据某些动物的形貌衍生出的神兽,体形大者如牛,小者如羊,类似麒麟,毛发浓密黝黑,双目明亮有神,额上通常长一角,称独角兽。獬豸懂人言知人性,能辨是非曲直,能识善恶忠奸,是司法公正的象征,故亦称"任法兽""直辨兽""触邪"。传说帝尧的刑官皋陶饲养獬豸,治狱以獬豸助辨罪疑,凡遇疑难不决之事俱由獬豸裁决。东汉王充在《论衡》中记载上古传说中华夏司法鼻祖皋陶用獬豸治狱的传说:獬豸"一角之羊也,性知有罪。皋陶治狱,其罪疑者,令羊触之,有罪则触,无罪则不触。故皋陶敬羊"。有学者将公案小说的萌芽阶段上溯至远古神话中司法之神"獬豸"等传说、先秦诸子与两汉史传文学中有关罪与罚的故事。① 中国的刑事侦查制度可追溯到上古时期,由各级行政长官统摄司法断案是直至清代的一种社会现实,必然会在文史著作中得到反映。

中国民间传统中,七十二行皆有祖师爷,譬如读书人奉孔子为祖师爷,梨园弟子朝拜唐明皇……以此类推,獬豸可称为"原始法官",有关獬豸的传说是断案故事的雏形。

法律虽然精细周全,专制主义语境中"罪"的定义与执法力度总是因人因时而异,受儒家的规范"礼"调节、约束,即所谓"刑不上大夫,礼不下庶人"。《后汉书·酷吏传》记载东汉洛阳令董宣探听到湖阳公主的苍头(奴仆)犯下杀人大罪后藏匿在公主家,便伺机在他随公主出行时,将他拖下车来,依法处死。"……主即还宫诉帝。帝大怒……帝令小黄门持之,使宣叩头谢主,宣不从,强使顿之,宣两手据地,终不肯俯。"史书中"强项令"董宣一类的逸事寄托着对司法公正的向往,也隐晦地传达出官府横行,民众生活在黑暗政治中的现实。魏晋南北朝时期颜之推的志怪小说集《冤魂志》(宋以后改称《还冤志》)中有多则宣传因果报应、揭露冤狱的故事。晋代干宝撰笔记体志怪小说

---

① 黄岩柏:《中国公案小说史》,沈阳:辽宁人民出版社,1991年,第16—47页。

集《搜神记》,记述神灵怪异之事,其中部分传说与司法断案有关。

与早期欧美文学中类似题材的作品相比,前公案小说时期的此类作品道德寓意十分突出,对何谓罪,有关罪的一系列问题则认识不甚分明。法律完全是统治的工具,而且当它与统治者的利益或社会习俗相冲突时,前者往往被后者取代。

淮南为橘,淮北为枳。不同的生活环境与社会形态使中国与欧美对犯罪问题的认识迥异,这是自然的,也难以简单断言孰优孰劣。现代侦探小说问世之前的欧美文学作品用很多篇幅描写探明罪案的始末以及作案者的心理动机或随后的社会影响,对犯罪者的惩罚仅仅只是罪行昭示后的必然结果,顺笔带过。中国类似作品则反其道而为之,渲染犯罪者家破人亡的灾难性结果。在此,严厉惩罚犯罪者以伸张正义只是冠冕堂皇的道德说教,警示民众不可作奸犯科才是根本目的。对罪案的侦破并非作品主线,罪犯的身份或开始便为读者所知,或由官员以技术含量不高的非侦破手段知悉。

《冤魂志》中《苏娥》的同名女主人公被鹄奔亭的亭长龚寿杀害,罪犯逍遥法外多年。后来交州刺史何敞夜间留宿鹄奔亭,苏娥的冤魂托梦给何敞,诉说被杀的隐情。何敞发掘龚寿埋尸首之地,证实苏娥的说法,遂捕获、处死龚寿,为苏娥昭雪。在这个故事中,案子告破的关键在于冤魂托梦给阳世官吏,几乎没有科学的侦破因素。

在前公案小说时期,不再依赖超自然因素破案的小说在唐代始现。唐代牛肃撰写的小说集《纪闻》中的《苏无名》文笔生动,情节符合逻辑,令人信服。湖州别驾苏无名派人守候在墓地,发现一群举止反常的扫墓者。

> 胡至一新冢,设奠,哭而不哀,亦撤奠,即巡行冢旁,相视而笑。
> 无名喜曰:"得之矣。"
> 因使吏卒尽执诸胡,而发其冢。冢开,割棺视之,棺中尽宝物也。

虽然苏无名承认自己"非有他计,但识盗耳",他的准确观察力值得称道。

源于历史逸事(《苏娥》)或民间传说(《东海孝妇》)的文言笔记体故事涉及司法断案,因此被归入公案小说或视为此种小说的雏形,但是它们并非现今意义上的文学作品,只是司法案例的记载。这类故事亦见于史书、趣闻逸事等,它们以实际案例为素材,原原本本描写审案断案的始末,包括案件的侦破过程。原作者或编者意欲翔实记载审案断案的经验,特别是审案阶段的调查方法,以资后人借鉴。

公案小说的萌芽或成型应由文学本体论的角度审视、判断,也就是"公案"何时成为此类作品的名称。公案小说的雏形可追溯至东晋时期干宝编撰的《搜神记》中的某些篇什,譬如叙述冤魂托梦给地方官员,致使杀人案告破的《苏娥》,以及因"六月飞雪、大旱三年"的反常气候引起官府注意,使孝妇得以平反雪冤的《东海孝妇》。东海孝妇的故事影响深远,元代戏曲家关汉卿在此基础上写出悲情公案剧《窦娥冤》。①

"'公案'一词最早当出现在唐五代,大多是在谈论法律或公务问题时使用。"②"公案"原指官府处理公事(如审理案件)时用的几案,后由此本义衍生出一些引申意义,如官府的文件、档案(尤指涉及司法案件的)、司法案件、佛教禅宗中宗师的言行范例。以官府审理案件为主要情节的小说(话本)与戏剧,如《龙图公案》与《感天动地窦娥冤》,亦是"公案"的引申意义之一。

"说话有四家:一者小说,谓之银字儿,如烟粉灵怪传奇。说公案,皆是搏刀赶棒及发迹变态之事。"③

当时行文不用标点符号,按照今人断句方案,"说公案"一词下读"皆是搏刀赶棒及发迹变态之事"则是"说公案"的具体内容。但是亦有一种下读方案,将"说公案"与烟粉、灵怪、传奇并列,将"皆是搏刀赶棒及发迹变态之事"视为烟粉、灵怪、传奇、说公案的内容。

耐得翁的记述虽然屡被征引,争论犹存。因此有论者认为"很难确知'说公案'具体何指"④。

当代研究者亦从下读方案,"小说,以讲烟粉、灵怪、传奇、公案等故事为主"⑤。

耐得翁以及论及"公案"的《梦粱录》作者吴自牧等均是宋人,此种意义上的"公案"实始于宋。此前,包括三国两晋南北朝的所谓"文言文公案小说"只是公案小说的漫长准备阶段。其实,有关"罪与罚"的此类文言文笔记体司法断案故事源于先秦两汉,后与白话话本长期并存,如收入宋代郑克编著的《折狱龟鉴》中的篇什,一直延续到清代,如蒲松龄的《聊斋》。

宋代是中国历史上发展迅速的时代,经济发达,商业繁荣,文化昌盛,人民生活富庶,自由度高。萌芽于宋,成熟于元、明的理学对宋代社会、经济发

---

① 公案剧亦称"公吏"杂剧,描写官吏审理诉讼、平冤决狱的故事。以现代人的眼光看,公案剧多为悲剧,以清官洗冤雪枉为主要情节,某些公案剧的确由公案小说演变而来。鉴于戏曲、戏剧属于另一体裁,本章不拟讨论。
② 苗怀明:《中国古代公案小说史论》,南京:南京大学出版社,2005年,第45页。
③ 耐得翁:《都城纪胜》,孟元老等:《东方梦华录(外四种)》,上海:古典文学出版社,1957年,第98页。
④ 苗怀明:《中国古代公案小说史论》,南京:南京大学出版社,2005年,第40—41页。
⑤ 袁行霈主编:《中国文学史》第二版(第三卷),北京:高等教育出版社,2005年,第259页。

展影响巨大。理学认为理是宇宙万物的起源,推究事物的道理可以最终认识真理,即"格物致知"。理学标志着儒家学说在儒、道、佛交汇与互补基础上的复兴,对权力亦有一定的道德约束作用,使得宋代的政治相对开明。

在经济基础方面,除农业外,海内外贸易、印刷业、造纸业、丝织业、制瓷业发达。这些产业使人口相对集中,极大促进了城市化。北宋汴京、南宋临安均是当时世界上最大的都市,人口曾超过200万。城市生活丰富多彩,予以公案小说更适切的氛围。"三言两拍"中的许多公案小说以城市作为背景,描写市民生活。

宋代是科技进步的时代,医学分科更细致。宋慈(1186—1249)的《洗冤集录》是世界上最早的论及现场勘查与痕迹检验的法医学著作,说明中国古代刑事调查已趋于科学化。宋代文学繁荣,文学素材更多,领域更宽,诗、词、散文均有传世之作。"说话"首创于宋代,非常流行。"说话"就是如今人们所说的"说书"或"讲故事",依据的文本是《大宋宣和遗事》等话本,"说公案"亦在其列。

与同时期各国相比,中国的司法制度相对健全,秦、汉两代已确立县尉的职责为维护治安,缉捕盗贼。司法在隋唐代已制度化,大理寺、刑部和御史台三个司法机关共同审理重大案件,是为"三司推事"。宋代基本沿袭唐代的体制,确立地方各级行政长官负有亲自侦讯与审理辖区内民事、刑事案件的责任。因此公案小说的主角包拯等均是地方官,他们集行政与司法大权于一身。

宋代文学非常繁荣,诗、词、散文均有一流佳作传世。相比之下,白话公案小说在当时只是不入流的边缘化作品。其写作初衷是为说书人提供娱乐大众的文本,满足他们的猎奇心理(如今的说法是"偷窥"心理),与主流文学创作的"文以载道"宗旨基本无涉。有论者认为,这类作品是应时代潮流而生的反映社会现实之作。"宋元时代,官府昏庸、吏治腐败现象的日趋严重,是导致大量公案故事产生的主要原因。它反映出民众对不公平、不合理现象的关注,以及对生存权利、社会治安的深重忧虑。"①

宋代的公案小说是未成文的话本小说,是勾栏瓦舍中说书人表演的记录,故名之为"说公案"。鲁迅认为小说"起于休息",由"说公案"演变而生的公案小说娱乐性强,尤为如此。"人在劳动时,既用歌吟以自娱,借它忘却劳苦了,则到休息时,亦必要寻一种事情以消遣闲暇。这种事情,就是彼此谈论故事,而这谈论故事,正就是小说的起源。——所以诗歌是韵文,从劳动时发

---

① 袁行霈主编:《中国文学史》第二版(第三卷),北京:高等教育出版社,2005年,第261页。

生的；小说是散文,从休息时发生的。"①

在"文以载道"的说辞遮掩下,权力将经过包装的官方或正统意识形态纳入文学,渐渐形成文学不啻为说教的根深蒂固传统。宋元时期的说书人大概是中国古代文学史上追求文学娱乐精神的绝响之一,表现出民间向往心灵解放、羡慕荣华富贵的理想,与宣扬逆来顺受的种种"存天理、灭人欲"说教格格不入。小说的问世挑战了延续千年的礼教与伦理,使心如死水的读者得以窥见有活力的人生,这或许正是它始终处于文学之末流,为权力鄙视的原因。通览历史,我们不难发现"官府昏庸、吏治腐败"是贯穿中国两千余年封建统治的普遍现象,并非某一朝代的特色。与其前后的皇朝相比,宋元时代,特别是宋代,是物质与精神文明程度、民众自由度较高的阶段,彼时文学的繁荣与公案小说的产生也是顺乎情理的意料中的事。公案小说既表现极度紧张的人际冲突,又描写被市民阶层熟悉的生活,使作者易于以隐讳的文字宣示自己有悖正统儒家的纲常礼教的理念。

公案文学曾以话本、戏剧、长短篇小说等形式呈现,依照媒介的性质,公案小说可大体分为白话与文言两类(文言文和白话文公案文本曾长期共存),其中又可依照体裁细分,如"文言笔记体、书判体、话本体"②,等等。白话公案小说作者的写作初衷并非反映现实,最终目的是以耸人听闻的审案断案情节获取经济利益。作品中虽然也有"警世""醒世"的说教成分,主要是一种作者企图自证"政治上正确"的点缀,或虚应故事以表白自己的正统文人身份,如抨击不孝敬父母的逆子的《赵六老舐犊丧残生 张知县诛枭成铁案》(《初刻拍案惊奇》),或借助故事总结教训以兜售明哲保身的市民处世哲学,如《错斩崔宁》(收入《醒世恒言》,改名为《十五贯戏言成巧祸》)的教寓意义是"劝君出话须诚信,口舌从来是祸基"。古代文学虽然有文治教化的功用,犯罪文学以及公案小说担负的份额却是微不足道的。

考察几部知名的公案小说,我们不难看出它的性质、主题、一般情节建构,以及受到公众喜爱的原因。

《三现身包龙图断冤》叙述大孙押司(宋代州、县衙内管理案卷、文秘工作的吏)算命得一凶卦,卦主"今年今月今日三更三点子时当死"。果然,孙某当晚半夜突然起床狂奔入河,自溺而死。不久,孙妻改嫁丈夫同事小孙押司。之后,孙某阴魂三次现身,嘱咐使女迎儿为他申冤,留下一首诗:"大女子,小女子,前人耕来后人饵。要知三更事,掇开火下水。来年二三月,句已当解

---

① 鲁迅:《中国小说的历史的变迁》,《鲁迅全集》(第九卷),北京:人民文学出版社,1981年,第302—303页。
② 孟犁野:《中国公案小说艺术发展史》,北京:警官教育出版社,1996年,第22页。

此。"新任知县包拯夜间得梦,梦见自己坐堂,堂上贴着一副对子:"要知三更事,拨开火下水。"对子正是诗中的一行。包拯解读谜语诗,审明冤情。

"大女子,小女子,"女之子,乃外孙,是说外郎姓孙,分明是大孙押司,小孙押司。"前人耕来后人饵",饵者食也,是说你白得他的老婆,享用他的家业。"要知三更事,拨开火下水",大孙押司,死于三更时分,要知死的根由,拨开火下之水,那迎儿见家长在灶厂,披发吐舌,眼中流血,此乃勒死之状。头上套着井栏,井者水也,灶者火也。水在火下,你家灶必砌在井上。死者之尸,必在井中。"来年二三月",正是今日。"句已当解此","句已",两字,合来乃是个包字,是说我包某今日到此为官,解其语意,与他雪冤。①

阴魂现身,鬼神托梦,破解字谜……这些因素使包拯破获小孙押司恩将仇报,与大孙押司的老婆通奸,又设计谋杀大孙押司的凶案,浪得"日间断人,夜间断鬼"大名。小孙押司和大孙押司老婆作案手法巧妙,借算卦人所说的"天命"害死大孙押司。算卦人的职责本是预卜未来,在此处因果被倒置,卦象成为支持罪犯、掩盖罪行的说辞,破坏了作者精心设置的悬念。按照侦探小说中常见的逻辑推理,算卦人本应在案中另有角色,很可能是帮凶或从犯,但是小说没有做出交代。如果作者的观念是大孙押司劫数难逃,故事中并没有关于命运弄人的表述,反倒认为这是一场可以躲过的灾难。"孙押司只吃着酒消遣一夜,千不合万不合上床去睡,却教孙押司只就当年当月当日当夜,死得不如《五代史》李存孝,《汉书》里彭越。"②

《简帖僧巧骗皇甫妻》源于收入现存刊印最早的话本小说集《清平山堂话本》中的《简帖和尚》,后辑入《喻世明言》。故事叙述一个和尚见皇甫松的妻子杨氏貌美,心生邪念。他派人送匿名简帖给她,帖中故作暧昧之辞。皇甫松起疑后休妻。就在杨氏生计无着之时,和尚的帮凶僭称杨氏的姑姑出面,安排杨氏嫁给和尚。后来皇甫夫妻偶遇,杨氏旧情萌发,和尚为表诚心才将自己如何精心设圈套得到她的经过和盘托出。皇甫夫妻破镜重圆,和尚与假冒的姑姑被治罪。

作者精心构思,将故事讲得娓娓动听。但是开封府钱大尹并未在破案过程有丝毫建树,倒是皇甫夫妻注意到伪装的"官人"相貌与受托捎信的僧人一致。

---

① 冯梦龙:《警世通言》,北京:华夏出版社,2008年,第122—123页。
② 同上书,第116—117页。

> 小娘子着眼看时，见入来的人：
>
> 粗眉毛，大眼睛，蹶鼻子，略绰口，头上裹一顶高样大桶子头巾，着一领大宽袖斜襟褶子，下面衬贴衣裳，甜鞋净袜。
>
> 小娘子见了，口喻心，心喻口，道："好似那僧儿说的寄简帖儿官人。"①

这篇小说情节曲折，结构严谨，让读者经由僧人和皇甫夫妇的视角"看"透骗婚和尚的真面目。但是作品的"公案"性质不强，开封府钱大尹的活动甚少，形象模糊。

公案小说因官府审理案件时用的几案得名，当时这一命名与认定是任意、随机的，后来却在表面定型于"能指"的状态下延异，成为一个在历代各色批评家那里指向不同的"所指"符号。不错，我们可以说公案小说是古典小说的一个品种，但是同时必须认识到这是一个极其宽泛的定义。小说的情节必须由矛盾与冲突建构，由此可见公案小说只是一种矛盾与冲突非常激烈的世情小说或社会小说而已。公案叙述一件罪案的发生和侦破过程，作者可以平分秋色地将这两个故事娓娓道来，亦可刻意渲染其中之一。②

依照"说话有四家……"的下读方案推论，理论上似乎应有与"说公案"并列的烟粉、灵怪、传奇。有趣的是，我们从未听说过类似"公案小说"的"烟粉小说""灵怪小说"之说法。可见"公案小说"是一种甚为现代的表述，至少是在西方的现代"小说"的概念引入中国之后的表述，是梁任公所力主"欲新一国之民，不可不先新一国之小说"之"小说"③，并非《庄子》中"饰小说以干县令"中的"小说"④。

公案小说的创作在清代末年式微，其绝响《三侠五义》与侠义小说合流，成为侠义公案小说。此后，清官的公案渐渐让位于侠客的刀剑。武侠小说，一种新时代的浪漫主义文类，应运而生。在文学史研究、文学批评界，"公案

---

① 冯梦龙：《喻世明言(下)》，赵俊玢、文飞校注，西安：陕西人民出版社，1985年，第515页。
② 黄岩柏：《中国公案小说史》，沈阳：辽宁人民出版社，1991年，第1页。
③ 梁启超：《论小说与群治之关系》，阿英编：《晚清小说丛抄·小说戏曲研究卷》，北京：中华书局，1960年，第14—19页。
④ 谢无量在他编的《中国大文学史》(1918)中仅提及"宋之小说""平话"，没有论及"公案小说"。游国恩等人编的《中国文学史》(1964)论及"公案类的作品"，亦未提及"公案小说"。袁行霈主编的《中国文学史》第二版(2005)则在"元代文学"部分用一大段篇幅叙述作为小说话本之一的"公案故事"。可见公案小说日益为人重视，而且与侦探小说的传入与普及不无关系。

小说"渐渐成为一个读者耳熟能详的术语。① 侦探小说传入中国之前,公案文学(小说、话本、戏剧等)是描写民事、刑事调查的最常见、最受欢迎的文类。

附会于侦探小说视域里的公案小说

"公案小说研究是伴随着中国古代小说研究这门现代学科的建立而展开的,并直接受到西方侦探小说译介和小说界革命的影响。"②

清代末年,社会改良的潮流驱动文学界的革命。外国文学的译介使人耳目一新,"翻译小说尤胜于创作小说"③。在翻译小说中,侦探小说所占比重甚大。堂而皇之的理由是,"翻译的目的是为了广义的教育——亦即开拓国民的视野"。实际上,侦探小说在中国受到读者追捧只是一种英、美等国已经历过的普遍现象。④

欧美侦探小说引进中国后,批评家重新发掘、审视本国文学史上"古已有之"的类似体裁,延续近千年的"说公案"随即获得一个与外国文学接轨的现代名称"公案小说",并与侦探小说相提并论,相互映衬。

在汉译侦探小说冲击下,已是强弩之末的公案小说呈现出杂糅性质。在吴沃尧的《九命奇冤》中,公案小说和侦探小说的因素成分被掺杂在一起。胡适认为它可算是近代"全德的""在技术方面要算最完备的一部小说"⑤。此书的问世标志着公案小说在中国小说史上消失,侦探小说的时代开始。

由于早期译者以归化(domestication)的翻译方法将公案小说的范式用于侦探小说译文,过早泄露故事的妙处、透露凶手的身份,初览侦探小说的论者以公案小说比附侦探小说,将这两种时空上相距甚远的文类混为一谈。比

---

① 虽然本章的题目是"公案小说与侦探小说异同辨",笔者在此仍需简略提及欧美学者对中国犯罪文学的认识和见解。"早在公元前,吸引人的犯罪、侦破和苏格拉底式的仔细调查便见于中国经典文史著作中,这些记述类似西方批评家在《圣经》和《俄狄浦斯王》发现的早期犯罪文学。" Jeffery C. Kinkley 认为短篇公案小说就是判案故事(court-case fiction),也是一种"倒置式侦探小说",因为读者先于法官知晓罪犯(有时是鬼魂)是谁。犯罪手段很有独创性,最后案件得以破获,罪犯也受到廉明机智的法官惩处。详见 Rosemary Herbert, ed., *The Oxford Companion to Crime & Mystery Writing*, New York and Oxford:Oxford University Press,1999,pp. 64—65。
② 苗怀明:《中国古代公案小说史论》,南京:南京大学出版社,2005 年,第 1 页。
③ 袁行霈主编:《中国文学史》第二版(第四卷),北京:高等教育出版社,2005 年,第 548 页。
④ 孔慧怡:《还以背景,还以公道——论清末民初英语侦探小说中译》,王宏志主编:《翻译与创作:中国近代翻译小说论》,北京:北京大学出版社,2000 年,第 88—117 页。
⑤ 胡适:《五十年来中国之文学》,易竹贤辑录:《胡适论中国古典小说》,武汉:长江文艺出版社,1987 年,第 603—604 页。

附的路径大致有公案小说与侦探小说等同说,公案小说先于、优于或包含侦探小说之说,等等。

> 俄国侦探小说最著名于世界,然吾甚惜中国罕有此种人、此种书。无已,则莫若以《包公案》为中国唯一之侦探小说也。①
>
> 我国的侦探小说(古属"公案小说"范畴)历史悠远。②
>
> ……《太平广记》中……精彩的公案小说当属《苏无名》。《苏无名》是一篇杰出的侦破小说。③
>
> 悠久的"侦探"历史,高度发展的刑侦科技,是侦探小说产生发展的肥沃土壤。所以,中国早期的公案小说中就有侦探作品。④
>
> 中国侦探小说以《包公案》为代表。⑤

将这两种小说混为一谈,相互比附的主要原因是它们类似的情节,即对案件的侦查、审理与判决。"产生于中国的'公案小说'和诞生于西方的'侦探小说'都是描写作案和断案过程的小说,但是由于它们产生于完全不同的社会文化背景之中,从而形成了描写同一母题的迥然不同的两种小说样式。"⑥细究两类作品中的由发案到结案的全过程,我们发现公案小说的情节围绕官府某公断案展开,侦探小说的情节则渲染侦探破案之经过。作者名佚的清代公案小说《武则天四大奇案》(又名《狄公案》)描写狄仁杰如何平断冤狱,整肃朝纲,政治色彩浓厚。虽然有狄公带人查验尸体,扮作江湖郎中微服私访等探案情节,破案线索却来自他从一本求签册子中读到的诗。后来,荷兰汉学家高罗佩据此书繁衍而成的系列小说《大唐狄公案》(Celebrated Cases of Judge Dee),描述断案如神的狄公在不同官任上侦破"铜钟案"等疑案的传奇,则是以公案小说为名,行侦探小说之实的杂糅式作品。

正是因为"产生于完全不同的社会文化背景之中",它们的母题不会完全相同,而不同的母题势必产生"迥然不同的两种小说样式"。经典侦探小说没有严格意义上的母题,接近母题的元素是探究犯罪者的身份,即回答罪案是

---

① 佚名:《小说丛话》,阿英编:《晚清小说丛抄·小说戏曲研究卷》,北京:中华书局,1960年,第334页。
② 黄泽新、宋安娜:《侦探小说学》,天津:百花文艺出版社,1996年,第1页。
③ 孟犁野:《中国公案小说艺术发展史》,北京:警官教育出版社,1996年,第12页。
④ 卜安淳:《刑案与侦探——谈公案小说中的侦探作品》,《古典文学知识》1992年第2期,第92页。此文将《严遵》《折狱龟鉴》《聊斋志异》《中国侦探案》等作品均视为"侦探作品"。
⑤ 于洪笙:《幻影城里的真与假——从侦探文学看东西方审美意识的不同》,《文艺报》1999年4月11日第7版。
⑥ 黄永林:《中国"公案小说"与西方"侦探小说"的比较研究》,《外国文学研究》1994年第3期,第41页。

"谁做的"这个直率的问题。后来出现的社会派侦探小说的母题则是对"罪"多方探讨,日益与暴露社会问题为己任的主流现实主义小说趋向一致。

公案小说"其性质原为娱乐计"①,但是文人们必须以教化作为幌子。公案小说的道德寓意突出,它的主题受到其道德寓意规范,可大体归结为惩恶劝善、宣扬因果报应的"罪与罚"。当然,为平反雪冤,伸张正义,断案者首先必须"探罪",找出真正负有罪责的人。侦探小说的情节以侦探的调查为主,围绕破案逐渐展开,以公堂为主要场景,围绕涉案人物的命运设置悬念。公案小说的情节以官吏的庭审为主,如何断案是主要看点,以公堂为主要场景。侦探小说引入后,惜红居士的《李公案》等晚期公案小说受其影响,叙事焦点渐渐由断案转移到破案,有逻辑推理运用。亦有徐哑钵《奇童侦探案》,因奇童侦探采用现代技术,被后人誉为"侦探公案型小说"②。

批评家们也注意到两类作品的诸种细微区别,但是仍然试图将它们做一番比较,这类研究常常置于"比较文学"的领域之内。"公案小说和侦探小说是中国近现代小说中的小说流派。虽然其文学渊源不同,却几乎同步产生,且在表现对象、叙事特征、文化观、道德观等方面具有一致性。同时,人物设置的主从与互补、文本内蕴的人治与法制、叙事进程的客观呈现与主观推断等方面,则凸显出二者的差异。"③公案小说是否属于中国近现代小说中的小说流派,以及公案小说和侦探小说是否"同步产生"的问题不辨而自明,无须赘言,"表现对象、叙事特征、文化观、道德观等方面"是否一致则需细致考察。

"侦探"与"侦探小说"在现代出现,是工业革命与资本主义社会形态的间接结果,是错综复杂的现代性的一种呈现方式。中国批评家只是借用"侦探"这个时髦的词以附会、类比本土的公案小说,一种貌似侦探小说的本土文类。所谓"附会"即是生硬地将风马牛不相及的事物联系起来。"何谓附会?谓总文理,统首尾,定与夺。"(《文心雕龙·附会》)。类比,是依据两种事物某些共有的性质推断它们可能相同或相似,是一种主观、不充分的似真推理。犹如译员向外国游客介绍《梁山伯与祝英台》剧情时可以姑且说它是中国的《罗密欧与朱丽叶》,我们也可用类比的方法告诉不谙中文的外国人《三侠五义》即是中国的《侠盗亚森·罗平》。同理,作为权宜之计,一百年前的批评家们借侦探小说映衬公案小说,宣称两者实际上是同一种文类也是可以理解的。

---

① 佚名:《小说丛话》,阿英编:《晚清小说丛抄·小说戏曲研究卷》,北京:中华书局,1960年,第343页。
② 范伯群主编:《中国近现代通俗文学史》(上卷),南京:江苏教育出版社,2010年,第615—616页。
③ 刘淼:《公案小说与侦探小说比较研究》,《天中学刊》2015年第5期,第84页。

但是，如果我们今天仍以侦探小说作为参照系诠释公案小说，这种参照本身便是缺乏文化自信心的表现。有论者认为:"悠久的'侦探'历史，高度发展的刑侦科技，是侦探小说产生发展的肥沃土壤。所以，中国早期的公案小说中就有侦探作品。早期侦探作品常以刑案侦查的技术手段为主要描写内容，如《搜神记》中的《严遵》……"同时他也认识到，"中国古代公案小说中的侦探作品和欧美侦探小说不能用同一种概念来衡量"①。

在中国文化背景与语境中，人们对"侦探小说"的理解与欧美并不一致，对"侦探"的理解也不尽准确。现代性启蒙了小说家，使他们萌生全新审美观念，侦探小说是现代性的产物，"全部的独创性都来自时间打在我们感觉上的印记"②。中国的侦探小说亦经历过大体一致的历程，20世纪初受现代性的感召应运而生，此后亘连几十年的战争与革命、改革与开放见证过作为意识形态的现代性观念遭到压抑与再度勃发，见证过现代化进程的停滞与复兴，与时代共生共荣。

现代性原指中世纪后形成于欧洲，后来传播到全世界的一套社会一文化规范，亦指这些规范在人的主观经验中造成的印象以及对人类文化的影响。在不同的领域内，现代性有不同的表现方式或"面孔"。侦探小说是英美小说家从以往文学中汲取灵感，繁衍"罪与罚"主题与情节的结果。它背离传统，反叛既定价值观，摒弃资产阶级的审美趣味以迎合市民的欲求。侦探与侦探小说和日新月异的时代同步，吉拉德·德兰迪（Gerard Delanty）等社会学家认为现代性具有普遍性，因此不宜等同于西化。但是这类观点并不完全适用于文学。侦探小说完全是西方语境的产物，它进入中国后促使中西文学观念在一定程度上融合，促进国人的文学观念现代化，也即西化。

参照丹纳（Hippolyte Adolphe Taine，1828—1893）提出的种族、环境和时代的艺术三种基本动因，我们发现在创作宗旨、主题承载、审美理念等方面，公案小说与侦探小说相似之处不多。既然如此，众多的比附著述令我们质疑这两种时空上相隔十分遥远的小说形式究竟在何处发生交集？

综上所述，将时空上相距甚远、文化背景截然不同的侦探小说与公案小说连接在一起的不是"作案和断案过程"，而是"探罪"。正是"探罪"这唯一的共同点使诸多研究者注意到并且考察公案小说与侦探小说的异同，甚至将两者视为实质相同、名称有异、相互包容的同一文类。的确，本土语境下新生或移植而来的侦探小说与公案小说的共性大于个性，而且个性呈现在次要

---

① 卜安淳:《刑案与侦探——谈公案小说中的侦探作品》,《古典文学知识》1992年第2期,第91页。
② 波德莱尔:《现代生活的画家》,郭宏安译,杭州:浙江文艺出版社,2007年,第39页。

第十三章 公案小说与侦探小说异同辨

层面。

"探罪"在侦探小说中即是"侦探",英文"侦探小说"(detective fiction,或 the detective story)中的 detective 是形容词。汉语"侦探小说"中的"侦探"既可指从事侦探者,亦可指侦探工作,因此可以将"侦探小说"视为一个名词修饰名词的词组。侦探小说传入中国后,人们发现用"侦探"描述公案小说中官府对罪行的勘察活动亦是很贴切的说法。由"探罪"这一共同点出发,两种小说在侦探活动上交集。

胡适是较早注意到公案小说中的侦探小说元素的批评家之一,他在《〈三侠五义〉序》中三次提及"侦探"这一当时尚属新潮的词。

> 在这些侦探式的清官之中,民间的传说不知怎样选出了宋朝的包拯来做一个箭垛,把许多折狱的奇案都射在他身上。包龙图遂成了中国的歇洛克·福尔摩斯了。
>
> 他大概颇有断狱的侦探手断。
>
> 这时期里,这个故事(李宸妃的故事——笔者注)还很简单;用不着郭槐,也用不着包龙图的侦探术。①

在以上引语中胡适是将"侦探"作为形容词用的,"侦探式的清官"包龙图在此处被类比为"中国的福尔摩斯"。与众多批评家不同,胡适既避免了时代错误,又间接说明了两种小说之间的内在联系。

在第一章中,笔者追溯 19 世纪中期出现的英语名词 detective 的词源。只有在现代警察制度下才有可能出现《荒凉山庄》中的"侦探警官"(detective officer)巴克特这样的人物,中国的"侦探"的出现亦与现代警察制度的确立以及刑事侦查方法的运用密切相关。

有人认为,侦探小说因内容而得名,"其一以小说之内容,而侦探、历史、科学、言情等等名之者"②。反之,亦有人认为,赋予作品一"名",它也就自动获得一"实",因此生硬地附会。"吾读译本侦探案,吾叩之译侦探案者,知彼之所谓侦探案,非尽纪实也,理想实居多数焉……吾之辑是书也,必求纪实,而绝不参与理想;非舍难而就易,舍深而就浅也。无征不信,不足以餍读者,且不足以塞崇拜外人者之口也。惟是所记者,皆长官之事,非役人之事,第其迹近于侦探耳。然则谓此书为中国侦探案也可,谓此书为中国能吏传也,亦

---

① 胡适:《〈三侠五义〉序》,易竹贤辑录,《胡适论中国古典小说》,武汉:长江文艺出版社,1987 年,第 470、471、479 页。
② 觉我:《余之小说观》,阿英编:《晚清小说丛抄·小说戏曲研究卷》,北京:中华书局,1960 年,第 43 页。

无不可。"①

吴趼人如此解说选辑《中国侦探案》的用意,也是一种自我解构。他标榜自己辑录的作品是源于现实生活的,而欧美"之所谓侦探案,非尽纪实也,理想实居多数焉"②。如果我们将"理想"理解为"浪漫主义",他对侦探小说的认识确是很有见地的,但是对公案小说的理解则是一厢情愿的"现实主义"。他收入此书的三十余篇所谓"探案"中有多篇实为"炒冷饭"式的重写,如与"烧猪作证"相似的情节见于《疑狱集》中辑录的三国时张举烧猪辨奸,来自《洗冤集录》"火死"的记载:"凡生前被火烧死者,其尸口、鼻内有烟灰"③,成书于清代乾隆、嘉庆年间的《施公案》中施士伦烧羊验尸,等等。

吴趼人视侦探小说中的侦探为"役人",其"侦探案"中履行侦探职责的多为长官,仅有"自行侦探"中被冤杀女子的兄长、"开棺验尸"中县官的岳父等是例外。吴趼人既将故事集命名为"侦探案",又自我解构,用腐朽的观念和陈陈相因的题材行公案小说之实。"是书所辑案,不尽为侦探所破,而要皆不离乎侦探之手段。"④然而他的努力没有多少新意,"迹近于侦探"的长官破案事迹古已有之,如《搜神记》中记述严遵听到丧夫女子"哭声不哀"遂起疑心,通过验尸证实自己对这个女子"以淫杀夫"的猜疑。

清末民初的文人学士接受"侦探"这一术语并借用比附,描述公案小说。笔者揣测,他们认为公案小说与侦探小说差别不大是出于"古已有之"式的民族自尊,或是不理解"侦探"的时代内涵。中国哲学中名实概念以及相互关系十分重要,各派均将它作为探讨课题。遗憾的是,介绍侦探小说入中国的近代学者们对"名"后之"实"认识并不明确,却一厢情愿地用中国泛伦理的逻辑解释"侦探"。即使以墨子"非以其名也,以其取也"的实用主义态度审视,我们也可看出两者不符。

诸多误解由"侦探"而来,这是中国文人懵懂之中赶时髦所致,也表明欧美文学具有吸引力。为今后不再混淆两类小说计,笔者建议论及公案小说中的"探罪"情节时不妨使用"勘察"替代"侦探"(名词或动词),"勘察"的来历便是《勘皮靴单证二郎神》中的"勘"。

现代侦探小说出现之前的"旧的犯罪文学",譬如新门监狱小说一类的罪

---

① 吴趼人:《〈中国侦探案〉弁言》,魏绍昌编:《吴趼人研究资料》,上海:上海古籍出版社,1980年,第247页。
② 同上。
③ 罗时润、田一民译释:《〈洗冤集录〉今译》,福州:福建科学技术出版社,2005年,第162页。
④ 吴趼人:《〈中国侦探案〉凡例》,魏绍昌编:《吴趼人研究资料》,上海:上海古籍出版社,1980年,第244页。

犯自传、渲染酷刑和公开处决的作品在主题与情节上更接近公案小说,它们都聚焦于"罪与罚"。

南辕北辙的道统使两类小说无法交汇

近代,中西多次军事交锋皆以中国惨败收场。许多有识之士不得不认同科技落后于西方的残酷现实,但是他们仍然坚持中国当时的政治体制无比优越的传统观念。这种"中体西用"的思想实为中国知识界对西方咄咄逼人之势的一种无奈的回应。对"中体"的诠释是以儒家学说为核心的传统思想,即道统,"中学为体"即是以儒家学说为核心的传统思想为道统。最早的中体西用思想表述见于冯桂芬在《校邠庐抗议》中提出"以中国之伦常名教为原本,辅以诸国强国之术"的主张。改良派的代表人物王韬则再度诉诸经典文库中自动获得尊贵地位的形而上与形而下之辨别解析"中体西用"的主辅关系,"形而上者中国也,以道胜;形而下者西人也,以器胜"①。这类观点认为西方以具体的技术见长,但是意识形态远不及作为儒家思想核心的道统。

体与用,道与器之说本是中国文化范畴之内的概念,在中西文化冲突中,张之洞、王韬等人却一厢情愿地将体与用、道与器主观地分别加诸中国与西方。兴办"洋务"后,"器"的运用并未改变落后挨打的局面,有识之士这才意识到西方不仅拥有坚船利炮等"器",亦早已修成自成一体的"道",只是其"道"与中国之道不同而已。待到随着变法维新到来的现代化进入"形而上"的思想文化领域,文学界的革命终于发动。在文学内部,体与用、道与器的概念本不宜用于另一语境或另一文化范畴之内的西方文学形式,如小说或侦探小说。

唐代韩愈等提出"文以明道",后经宋代儒者周敦颐修正为"文以载道":"文所以载道也。轮辕饰而人弗庸,徒饰也,况虚车乎。"(《通书·文辞》)。在公案小说中,"道"的内涵即用于教化民众的儒家道德伦理。

小说,尤其是宋元话本以降的中国小说受到权势的蔑视,但是它的作者们仍遵守政文合一的创作宗旨,固守"文以载道"的传统以表现自己政治上的正确。他们的逻辑是功利的,也是入世的。虽然常有"怪力乱神"之类的神秘因素在《包公案》之类的作品中助力,他们的表现手法基本上是写实的,至少是假托或讽喻现实。因此,中国人对小说的多种定义大抵不出"借助情节反映人生与社会生活"之窠臼,基本上是反映论的。"其体通俗,故能叙述纤屑

---

① 王韬:《弢园尺牍》,汪北平、刘林编校,北京:中华书局,1959年,第30页。

猥琐之事,无所不尽。又因各有所激,而为荒唐哀艳奇恣不可究诘之词。虽或虚造故实,实近于游戏。颇杂淫靡。然察其志所寄托,亦有发愤之意。"① 消遣是首要目的,教化是次要的。审美的标准貌似是当时的道统,其实只是迎合读者的趣味。因此公案小说以长篇累牍的生动情节吸引读者,在结尾处则不忘点缀以说教性极强的诗词、箴言等警示读者。

除《严遵》等文言笔记小说外,《勘皮靴单证二郎神》大概是宋元话本出现后在叙事结构(犯罪的故事＋勘察的故事),人物(若干嫌疑人、罪犯、捕快),情节(实地调查、重证据)诸方面最贴近侦探小说的公案小说。它可以成为上述观点的佐证,即公案小说以入世的心态兼顾情理,喻示人物的人生追求。

受害者韩玉翘是皇宫里一位美貌妃子,"妙选入宫,年方及笄……体欺皓雪之容光,脸夺芙蓉之娇艳"。但是皇帝宠爱安妃,韩玉翘"不沾雨露之恩",不免性饥渴,久而久之,居然思春成病。于是皇帝恩准她出宫疗养,就住在先前推荐她入宫的杨太尉家。

根据弗洛伊德的学说,我们不难推断她患的是性压抑引起的歇斯底里症,除非有正常的性生活,一时难以治愈。太尉夫人遂建议她烧香许愿,求二郎神庇护。果然非常灵验,一个月后韩夫人"端然好了"。于是她赴二郎神庙还愿,在庙中看到"丰神俊雅,明眸皓齿"的二郎神像,"目眩心摇,不觉口里悠悠扬扬,漏出一句悄语低声的话来:'若是氐儿前程远大,只愿将来嫁得一个丈夫,恰似尊神模样一般,也足称生平之愿。'"庙官见有机可乘,便装扮成二郎神下凡来太尉府上与她幽会,使她失贞。"夫人倾身陪奉,忘其所以……每到晚来,精神炫耀,喜气生春。"由此段描写可见作者视女人的性欲为合理需求,宽容韩玉翘的失贞。她没有受到惩处,却"了却相思债,得遂平生之愿","改嫁良民为婚"。具有讽刺意味的是,这位受害者(victim)实际上正是受益人。《勘皮靴单证二郎神》背离"存天理、灭人欲"的程朱理学道统,毫不隐讳地张扬情欲。这个故事是冠以"公案小说"之名的世情小说,所承载的主题不是破解怪诞事件,而是中西方文学共有的"及时行乐"(carpe diem)。

太尉发现韩夫人屋里藏有男人,吓得魂不附体,生怕皇帝怪罪。他先后请来法官与道士来捉拿这个"淫污天眷,奸骗宝物"的"妖人",却只捡到"二郎神"遗落的一只皮靴,这只皮靴是侦探小说中的"线索"(clue),而定制靴子的张干办、靴子的第一个主人杨知县均是转移读者视线的"熏青鱼"②。太尉请示蔡太师后,这个"淫污天眷,奸骗宝物"的复杂案件由上级向下级逐级交办,

---

① 梓潼、谢无量:《中国大文学史》,上海:中华书局,1918年,第23页。
② "熏青鱼"(red herring),本用于猎人吸引猎犬离开踪迹。

由府尹(首都市长)布置王观察(公安局长)调查,再由王观察委托手下的"三都捉事使臣"冉贵担任具体侦破工作。

"三都捉事使臣"是缉捕,身份大致相当于现今的刑警。冉贵"极有机变",由靴子入手,先找到制靴人任一郎,再化装为收杂货的小贩,由另一只皮靴锁定作案的庙官孙神通。①

在欧美,虽然小说(fiction)的定义众说纷纭,均认同小说不外乎是"用散文写就的想象性作品"②。而长篇小说"novel"又有"新奇"之意,仍聚焦于想象力。除小说的一般特点外,侦探小说充分体现了亚里士多德关于文学之愉悦功能的观点,其表现手法大都是浪漫主义的。虽然侦探小说描写侦探与罪犯的较量,却少有宣谕式的教化,最多只是体现出作者社会使命感的"担当"意识。

公案小说无法脱离、超越道统,它或维护、遵循道统(如《十五贯戏言成巧祸》),或违背、颠覆道统(如《宋四公大闹禁魂张》),或以伪道统取而代之,如《勘皮靴单证二郎神》以破解"淫污天眷"为由头,隐晦地宣扬及时行乐。对于感喟"可惜妾身颜色如花,岂料命如一叶乎"的杜丽娘,儒家卫道士们尚无法接受,又怎能容忍出轨享受床笫之乐的韩玉翘? 由此可以想见,昔日这类话本不仅难登大雅之堂,也是被道统排斥的低级下流读物。

用中国传统道与器、道与术、形而上与形而下的二元对立模式分析,我们不难看出公案小说中道统是有形的,形而下的,它所载之"道"并非文学之"道",而是道德伦理之"道",也就是某种趋时趋势的"道统"。虽然许多作品表现出对司法公平的追求,审理案件的官吏们其实是在以维护民权的方式捍卫皇权。近代西方普遍认同的法治观念在古代中国完全缺失。因人而异,伸缩性甚大的法律至多只是发挥法制(rule by law)功能。进入官府衙门的民众得不到近现代欧美人在法庭上受到的公民待遇,几乎所有公案小说均有问官在堂上使用酷刑审案或惩罚"刁民"的情节,即使是包公这样的廉吏亦无例外。

经典侦探小说与意识形态或欧美的"道统"全然无涉,它是超越道统的。侦探小说本是一种现当代的犯罪文学,揭露形形色色的犯罪只是它的主旨,并非意识形态。在文学范畴之内,它的作者遵循自己的逻辑,依照本体之"道"或逻各斯写作,譬如范戴恩的"20条准则"等。虽然琐屑,这些界定使侦探小说自成一体,形由道立,先道后术,先道而器。后来的社会派侦探小说则

---

① 冯梦龙:《醒世恒言》,北京:华夏出版社,2008年,第169—185页。
② J. A. Cuddon, *A Dictionary of Literary Terms*, New York: Penguin Books, 1979, p. 270.

日益接近社会问题小说,大有融入主流文学之势。

"形而上者中国也,以道胜;形而下者西人也,以器胜。"这是高明的论断,但是若以公案小说与侦探小说的今昔而论,我们看到王韬仅言中一半。

两种小说,一"为人生",一"为艺术",反映出不同的文化在作者与读者观念中集体无意识式的积淀,本无优劣之分。然而文学中反映的某种现实千百年来在生活中多次再现则令人更加执着地秉持反映论,怀疑表现论,使文学的功利性渐强,审美价值愈弱,难以摆脱沦为道统之附庸的宿命。

> 看官听说,这段公事,果然是小娘子与那崔宁谋财害命的时节,他两人须连夜逃走他方,怎的又去邻舍人家借宿一宵?明早又走到爹娘家去,却被人捉住了?这段冤枉,仔细可以推详出来。谁想问官糊涂,只图了事,不想捶楚之下,何求不得。冥冥之中,积了阴骘,远在儿孙近在身。他两个冤魂,也须放你不过。所以做官的,切不可率意断狱,任情用刑,也要求个公平明允。道不得个:"死者不可复生,断者不可复续。"可胜叹哉!①

作者代审案的府尹"推详","果然是小娘子与那崔宁谋财害命的时节,他两人须连夜逃走他方"。"这段冤枉,仔细可以推详出来。"但是小娘子与崔宁"受刑不过,只得屈招了",这个案件的破获完全出于巧合,断案过程中逻辑推理完全缺席。故事无法当作侦探小说读,却是典型的公案小说,其道德寓意十分鲜明。"捶楚之下,何求不得⋯⋯做官的,切不可率意断狱,任情用刑⋯⋯"②

千年以降,中国司法的历史与现实中仅凭口供得"断"的案件层出不穷。对真理的犬儒主义含混态度使人们普遍缺乏追求真相的热情,寻找犯罪证据,依照犯罪证据实现司法公正这一现代性课题依然任重道远,这也彰显出为历代国人看重的文学之教化作用其实微乎其微。

受德·昆西等的影响,消遣类文学作品中"犯罪—探罪—罚罪"主题在欧美被凌虚化。由于文化氛围所迫,中国的倡导者们则必须谈"侦探小说的功利观",以扩展读者的理智、培养观察力、增进社会经验等侦探小说的"科学化"方面作为号召③。与某些"近于游戏"的中国小说不同,经典侦探小说正

---

① 冯梦龙编:《醒世恒言》下,钟仁校注,西安:陕西人民出版社,1985年,第740页。
② 同上书,第739—740页。
③ 程小青:《谈侦探小说》,吴福辉编:《二十世纪中国小说理论资料》(第三卷),北京:北京大学出版社,1997年,第82页。

是读者暂时逃避平庸甚至痛苦的日常生活的游戏。

"关于科学与实用技术一层,我们须先承认中国古代之文化,分明是注重实用技术的,故传说中之圣王,都是器物的发明者。"①根据《严遵》等记载判断,早期的中国刑侦思路、方法与技术的确不逊于欧美。但是公案小说并未因此自然过渡到侦探小说,其根本原因似乎不能归咎于形而下范畴之内的近代技术发展滞后,亦不是"过重道德的实践"导致的"不能暂保留对于客观世界之价值的判断"②,而是人本主义思想的缺失,逻辑推理等思维方法的落伍。

现代欧美犯罪文学自然不免描述诲淫诲盗之事,但是公平正义的法治观念像龙王的定海针一般隐身其中。在中国古代历史上,司法从未独立,法律在很大程度上只是统治者治理国家的工具。因此,公案小说中涉及的法制观念具有浓厚的意识形态色彩。

"公案"本是一张静止不动的桌子。"侦探"既是一个充满活力的人,也是一种现代的工作或技能。"公案"可以被视为昔日具有坚实文化基础的道统的隐喻,已有千年历史的公案小说已因旧的道统不复存在而消亡,但是窦娥蒙冤赴死前的呼吁在今天仍是符合读者心理的。虽然已有诸多种变形,以游戏为宗旨的经典派渐渐让位于社会派,侦探小说名实俱在,隐身于其背后的意识形态则是不易察觉、温文尔雅的"对肉体的政治干预"③。纵使无法对等、比附,对两种小说的研究与比较研究仍将继续,更多的发现势必加深人们对它们的认识。清代末年的维新派不刻意强调中西文化的体用分明,而是寻求二者的交融,建立一种"不中不西""即中即西"的新文化体系。他们的包容、开放心态值得当代文学研究者借鉴,何况破除中西壁垒、夷夏之辨以增进各民族的相互理解正是歌德所说的"世界文学"④的理想。

---

① 牟宗三、徐复观、张君劢、唐君毅:《中国文化与世界——我们对中国学术研究及中国文化与世界文化前途之共同认识》,张一兵、周宪主编:《唐君毅新儒学论集》,南京:南京大学出版社,2008年,第206页。

② 同上书,第207页。

③ 米歇尔·福柯:《规训与惩罚:监狱的诞生》,刘北成、杨远婴译,北京:生活·读书·新知三联书店,1999年,第30页。

④ 爱克曼辑录:《歌德谈话录》,朱光潜译,北京:人民文学出版社,1978年,第113页。

第十四章　在文学观嬗变中沉浮的中国当代犯罪文学

笔者此处论及的"文学观念"主要指作者在作品中委婉或直率表露出的对文学的笼统认识,特别是文学的功用。作者的文学观念在有形或无形的意识形态影响下形成,受到它的束缚而不自知之。文学观念是作者个人的见解,文学中的意识形态则是一种得到共识,相约遵守的群体认识,是升华的文学观念。在犯罪文学中,意识形态操控作者的文学观念,使作品表现出鲜明的时代与地域特色。

法国哲学家德斯蒂·德·特拉西(Destutt de Tracy,1754—1836)在《意识形态的要素》(Eléments d'idéologie)中首先使用"意识形态"一词时,它的本义为提升到本体论高度的"关于观念的科学"。虽然"意识形态"有意识的理论化与系统化等含义,包含各学科的分支系统,它的朴素含义则不过是人们在不自觉中接受的价值体系,特别是政治观念。西方人士常说,"意识形态即是人们认为是理所当然的事情"。这是朴素易懂的语言,却也道出文学中的意识形态的本质,即操纵者或权威希望作者传达,读者无意中欣然接受的系统观念。文学本身亦是一个意识形态系统,文学观念则是其中一个子系统。消解文学中的意识形态,使之成为"纯文学",是不切实际的理想,也是一种悖论,因为此种消解论本身也是一种鲜明的意识形态。但是,考察文学中意识形态系统的建立与意识形态的隐形呈现方式是有益无害的,有助于人们更全面地认识文学。

新型犯罪文学侦探小说的勃发与式微

衡量一种文学形式被移植后是否成功,便是看这种形式能否本土化。清末至民国初年,作为欧美小说的主要品种,侦探小说被翻译家们大规模引入中国,引起读者热烈反响,模仿者如过江之鲫,小说的创作由热潮引发。译介欧美小说的热潮由查尔斯·狄更斯、瓦尔特·司各特、华盛顿·欧文、仲马父子、巴尔扎克、雨果等经典大家开始,很快关注焦点便转向大众化的读物。读书界对侦探小说表现出极大热情,它随即成为翻译小说中最受欢迎的品种,约占总数的一半。①

1890年前后,那些为欧美和日本的惊人成就倾倒的读书人发现小说是启蒙大众的理想工具。它的社会功能被梁启超等人不恰当地夸大到可以影响国家兴亡的地步:"欲新一国之民,不可不先新一国之小说……何以故?小说有不可思议之力支配人道故。"②新小说的热情倡导者欲使翻译小说成为启蒙工具以推动社会改革,但他们"把伟大的小说和为狭隘的市场目的而生产的产品混为一谈"③,从来没有意识到当时受到读者热捧的某些文类(如侦探小说)在它们的故乡主要是一种向读者提供娱乐的形式。周桂笙是欧美侦探小说的第一个中译者,他参与译事的时间比晚清最负盛名的文学翻译家林纾更早。"侦探小说"这个译名正是由他首创,从此为人接受并沿用至今。

然而文化人借助小说宣传文明与现代化,教育民众的初衷始终是民间的想法与话语,并没有得到权力的完全认可。西风东渐的风气受到国粹派的阻击,但是文学新潮仍不断涌入。在文化传播模式与市场规律的作用下,"新一国之民"这一倡导译介欧美小说的本初目标逐渐让位于为读者提供一种新颖类型小说的权宜之计。在上海等地,阅读逃避现实的消遣之作是消费文化的一部分。周作人后来愤愤地谴责道,"那里的(姑且说)文化是买办流氓与妓女的文化,压根儿没有一点理性和风致"④。

倡导译介欧美小说的初衷是严肃的,但它最终也不以人的意志为转移地发挥双向作用。它的确起到扩大民众视野的教育作用,但同时也令读者明白无误地领略到文学具有消遣娱乐的功用。自孔子删改《诗经》以来,"思无邪"的道德立场与"温柔敦厚"的审美原则一直是本土正统文学创作的至尊指导原则,"文以载道"虽成为历代文人不可动摇的信念,完全疏离于"道"之外,以抒发个人情感为主的作品始终被边缘化,甚至被拒之于文学的殿堂之外。在西方,虽有柏拉图竭力排斥、压抑人的自然性情,"控告诗歌的最大罪状"是"腐蚀最优秀人物"⑤。他的弟子亚里士多德修正其偏激的道德教化文艺观,认为文学具有宣泄、消遣等多重功用,爱伦·坡等的此类作品以消遣功用为主,宣泄功用为辅,是对亚里士多德文学观念的现代诠释。

周瘦鹃、程小青、张碧梧等几十位留下姓名的民国初年侦探小说家均从

---

① 阿英:《晚清小说史》,北京:人民文学出版社,1980年,第180页。
② 梁启超:《论小说与群治之关系》,陈平原、夏晓虹编:《二十世纪中国小说理论资料》(第一卷),北京:北京大学出版社,1997年,第50页。
③ Rene Wellek and Austin Warren, *Theory of Literature*, New York: Harcourt, Brace & World, Inc., 1956, p.212.
④ 周作人:《谈龙集》,上海:开明书店,1927年,第157—158页。
⑤ 柏拉图:《理想国》,北京:商务印书馆,1986年,第405页。

翻译侦探小说起步,直接从译文中获得灵感。主要侦探小说家程小青、孙了红、俞天愤等的写作高峰大体处于两次世界大战之间的侦探小说"黄金时代"之内,"在总体上并未能跳出《福尔摩斯探案集》的叙事模式"①。

即使以当代读者的审美眼光审视,他们的作品均有相当高的艺术水准,带有经典式的"究凶"色彩,程小青的霍桑、孙了红的侠盗"东方亚森·罗平"、赵苕狂的常败侦探胡闲都塑造得相当成功。从"五四"运动前后到20世纪30年代中期,侦探小说的繁荣持续了大约20年。此后新文学崛起,又适逢抗战军兴,侦探小说创作从此陷入低谷。

这种新型的犯罪文学在中国获得众多读者的原因何在?

首先是读者的接受心理随着社会环境的改变发生变化,执行法律,废弃独裁专权成为普遍诉求,侦探小说可以不失时机地满足这种诉求。侦探小说在封建帝制从衰弱走向灭亡之际引进,在犯罪现场实地调查的侦探取代高坐在公堂上,动辄拷打嫌犯的官员是符合读者心理状态的。对犯罪的惩处终于被对犯罪的调查取代,"这是对犯罪的美与崇高的发现"②。

其次是侦探小说的主题、人物、情节建构、叙事模式与智力游戏性质,令中国读者领略独具一格的新颖小说写法,遂产生新奇感。"犯罪—探罪—罚罪"主题比传统的"罪与罚"主题更宽泛,由私家或警方侦探出任主人公,以第一人称部分全知视角逐渐展现的程式化而又不乏细微变化的基本情节建构,均是中国文学史上演义、述史中不曾出现过的。其有规则的"游戏"吸引读者积极参与智力竞赛,在"费厄泼赖"原则的感召下根据已知晓的线索得出答案。

侦探小说译者与作者本意中确有以此类型小说作为国民现代化启蒙教科书的成分,结果却使读者在消遣中领略一种新颖的小说。食髓知味,教化之目的很快便被所有人忘却。

1949年后,同几乎所有"通俗文学家"一样,程小青等侦探小说家曾长期作为"鸳鸯蝴蝶派"成员受到歧视,理由是他们在作品中表现出颓废的,甚至反动的、殖民主义的倾向。被批评家归入这个流派的作家甚多,所有的标签或定义都不免流于含混和空泛,部分或带有偏见地揭示问题的某一侧面。近年来,以鲁迅和胡适为代表的"新文学"派与"鸳鸯蝴蝶派"之间的真正分歧才渐渐较真切地为人窥见。这一分歧可简略归纳为对文学传统的不同态度,即抛弃传统还是有取舍地继承它。

"至于清代以后出现的那些神怪武侠小说,还有那些从资本主义国家输

---

① 杨义:《中国现代小说史》(第三卷),北京:人民文学出版社,1991年,第758页。
② 米歇尔·福柯:《规训与惩罚:监狱的诞生》,刘北成、杨远婴译,北京:生活·读书·新知三联书店,1999年,第75页。

入的探险小说、侦探小说,如美国的西部小说和徐訏的《风萧萧》之类,干脆就是为帝国主义的殖民政策和蒋匪帮的法西斯统治做宣传的。"①这篇论"区别"的文章在此未能区别其作者论及的几种小说,而以抗战为背景的间谍小说《风萧萧》被贴上"特务文学"标签,受到批判。一段时间,以福尔摩斯式的私家侦探为主人公、叙述"究凶"之曲折经过的探案完全销声匿迹。文学史家和批评家们皆注意到它的突然消失以及取而代之的警探小说,以及包括警探小说在内的以往各种形式的犯罪文学的历时联系,不过他们的解释似乎缺乏足够的说服力。

有论者认为正处于功败垂成之际的侦探小说的式微是由于作为一种职业的私家侦探在发生重大社会变革的1949年后已不复存在。如果一种社会现实消失,它便不再继续在文学中被表现。② 这可算是原因之一。刑事调查的各个环节由公安机关全权负责,各单位的治安保卫部门和一些受到信赖、比资本主义国家的"线人"范围更为宽泛的个人从中协助,私家侦探因而失业。

此类观点仍旧源于真实再现客观世界的机械现实主义论,并非中国批评家的独创。其他社会主义国家的研究者也发表过类似的观点。"显而易见,这类侦探文学在一个社会主义国家里是不可想象的,其首要原因是不存在相应的社会现象。"③其实欧美人早在几十年前便提出过类似的看法。"显然,在侦探出现之前不可能有侦探故事(事实上也无)。"④但是,没有侦探头衔却行侦探之事者很久以前便已出现,如伏尔泰的哲理小说《查第格》中推理出被盗走的马下落的同名主人公,或《勘皮靴单证二郎神》中扮成杂货商查访皮靴来历的"三都捉事使臣"冉贵。倘若这一推论成立,我们便无法解释同时期内除侦探小说外其他传统上属于通俗小说的文类何以继续存在,如科幻小说、童话、含有武侠小说因素的历史演义和宫廷演义等,尽管读者十分清楚这些小说的情节并不比侦探小说更多地反映社会现实。

---

① 张侠生:《〈水浒传〉〈西游记〉和武侠神怪小说有什么区别》,洪子诚编:《二十世纪中国小说理论资料》(第五卷),北京:北京大学出版社,1997年,第123页。
② 萧金林:《中国现代通俗小说选评·侦探卷》,上海:上海文艺出版社,1992年,"序"第1页。
③ Ernst Kaemmel, "Literature under the Table: The Detective Novel and Its Social Mission", in Glenn W. Most and William W. Stowe, eds., *The Poetics of Murder: Detective Fiction and Literary Theory*, New York: Harcourt Brace, 1983, p. 61.
④ Howard Haycraft, "Murder for Pleasure," in Howard Haycraft, ed., *The Art of the Mystery Story: A Collection of Critical Essays*, New York: Biblo and Tannen, 1976, p. 161.

新语境下取代侦探小说的警探小说

从哲学意义上审视,作为一种文学形象的私家侦探的消失也体现中国文化中根深蒂固的对个人的忽略。"中国文化之最大偏失,就在个人永不被发见这一点上。"① 在中国思想史上交替占据支配地位的儒、道两家在崇尚权威,压抑个人才能方面基本一致,包公一类的官老爷的神明总是比平民霍桑的睿智更易为读者接受。

无论情节多么引人入胜,侦探小说的题材不外乎对谋财害命一类的寻常刑事案件的调查。对于以再现风云变幻的大时代为己任的现实主义文学而言,这未免过于琐碎,它不免被更宏大的题材取代,而私家侦探则被公家的警察取而代之。于是程小青等奠定的中国现代侦探小说在20世纪50年代被描写公安人员侦破工作的警探小说②取代,他们与西方警察职能相当。

此后本属于"俗"文学的犯罪文学作品日趋减少,1966年"文化大革命"开始后则销声匿迹,这也是清末民初发轫的中国犯罪文学的式微。范伯群认为,"文学的母体应分为'纯'、'俗'两大子系,那么,我们曾将'俗'文学排斥在

---

① 梁漱溟:《中国文化要义》,上海:学林出版社,1987年,第259页。
② 除"侦探小说"和"警探小说"外,当代中国批评家们在描述"犯罪—探罪—罚罪"为主题的作品时无法就其名称达成默契,常用的术语(如"公安文学""法制文学""大墙文学""反特小说""犯罪文学"……)语义时有重叠。笔者以为可用"警探小说"概括描述1949年后中国被冠以各类名目的犯罪文学,它们的共同点是侦探具有官方身份,是警察(亦包括地方和军队保卫干部等),他们不仅亲身参与破案,也是侦探活动的组织者。

其他几个带有浓郁民族、国情特色的术语,其意义往往相互抵牾。

"公安文学"是使用最多,概括性最强,也是语义最模糊的术语。无论是主流还是通俗作品,只要其题材涉及捍卫国家安全和人民的安宁均可归入此类。有论者将"公安文学"的概念推衍至所有与公共安全有关的当代主题,而不仅仅局限于惊险的破案故事。依照此种宽泛定义,甚至可以包括老舍的《我这一辈子》等与犯罪文学风马牛不相及的作品。参见高洞平、张子宏、于奎潮:《中国当代公安文学史稿》,北京:群众出版社,1993年,第4页。

"法制文学"是20世纪80年代"普及法律知识"运动的产物,同样是一个语义含混的术语,其大部分内涵已由"公安文学"覆盖。"法制文学"大体相当于欧美的"犯罪文学",它以形形色色离奇古怪的刑事案件为素材,涉及犯罪的成因。

"大墙文学"是"公安文学"中一种语义含混的特别形式,因丛维熙的《大墙下的红玉兰》而得名。起初仅特指描述"阶级斗争扩大化"的年月里好人蒙冤情形的作品,后来也包括描写罪犯接受改造以及管教人员如何工作的作品。

20世纪50年代中期后十分流行的"反特小说"与欧美的"间谍小说"相仿,这两个术语指涉的是同一概念,只是前者是特定时代的产物。作品中的侦探大多具有官方身份,故仍可视为广义的警探小说。

亦有人使用国际通行的术语"犯罪文学",但是不甚流行。

文学的大门之外"①。"纯""俗"之分野,似乎由古典文学的雅俗两分法而来,以权力认同的正统文学为雅,已发源于民间的世俗文学为俗。《三国演义》等雅文学脱胎于俗文学,因此雅俗只是一个特定时空中的概念。不仅在研究界如此,在20世纪六七十年代的中国文学中"纯""俗"之辨也难以成立。"纯"文学之"纯"主要体现在有助于权力实施道德统治的"教育人民"的功用之上,至于是"俗"是"雅"则不在考量范畴之内。独立的文学的景观不复存在之后,在突出政治的氛围中文学被高度社会化,"纯""俗"的界限被消弭于无形之中。换言之,"俗"的对立面不再是"雅""纯"之类的反义词,它与它的对立面均被超越具体文学概念,凌驾于此类两分法之上的传统的"文以载道"观念遮蔽。无产阶级意识形态是"道",本是政治逻辑,这时亦成为至高无上的文学逻辑。"50年代以后的近30年间,中国小说(指大陆部分)的整体趋向,是更加强化小说与政治的关系。"②

在此期间,受社会主义现实主义创作原则指导的主流小说家们将阶级斗争的观念在自己的作品中予以图解,将"反特小说"的基本情节建构推广到各类体裁的文学作品中,描写无产阶级专政条件下阶级斗争在社会生活各个领域内的继续。通常它们叙述暗藏的敌人阴谋破坏革命或建设事业,有时甚至在己方人员丧失警惕的情况下初步得逞,但最终被大智大勇的无产阶级英雄揭露并挫败,而麻痹大意的己方人员也从自己的错误中汲取教训,从此绷紧阶级斗争之弦。被列为八出样板戏之一的现代京剧《海港》与浩然的长篇小说《艳阳天》均是这类题材的典范之作,阶级斗争不仅是此类作品的主题,也是最激动人心的情节。《海港》以弘扬无产阶级的国际主义精神为政治背景,码头工人们执行援外任务,抢运援助非洲的稻种。暗藏的阶级敌人调度员钱守维趁机将玻璃纤维掺进货包,企图破坏我国声誉。装卸队党支部书记方海珍及时发现阴谋,组织工人连夜翻仓,调回散包,胜利完成援外任务。《艳阳天》描写了20世纪50年代农村社会主义与资本主义两条道路的斗争,党支部书记萧长春最终战胜以马之悦为代表的资本主义复辟势力。对峙中地主马小辫把萧长春的儿子小石头推到山崖下摔死,这一谋杀情节显然是作者对犯罪文学的借用。

两部作品的艺术表现手法有特色,但是无论从何种标准衡量都不是现实主义的手法,如指控马之悦、马小辫妄图复辟资本主义即是令人迷惑的说法。生活色彩苍白,深刻主题缺失,带有明显的时代烙印,这一切使它们难以

---

① 范伯群主编:《中国近现代通俗文学史》(上卷),南京:江苏教育出版社,2010年,第1页。
② 洪子诚编:《二十世纪中国小说理论资料》(第五卷),北京:北京大学出版社,1997年,第3页。

传世。

犯罪文学的复苏及与"纯"小说的重叠

20世纪70年代末是以警探小说形式出现的中国犯罪文学的复兴时期,此后中国犯罪文学的轨迹时隐时现,被纳入娱乐、载道、言志等几条并行不悖、目标各异的轨道,一是以消遣为目的的传统侦探小说的回归;二是警探小说与主流文学范畴之内社会小说的重叠,意在"载道";三是先锋小说家具有实验性质的"逆反式侦探小说"问世,具有表现主义的"言志"性质。第二、三类中的部分作品在技法上借鉴欧美作家,堪称玄学侦探小说。

"文化大革命"结束以后,作为一种通俗文学的犯罪文学凤凰涅槃般地逐渐走上复苏的道路。20世纪80年代以来,有《啄木鸟》等二十余种可归属犯罪文学的杂志发行。虽然它们被笼统委婉地称作"专业侦探小说期刊"[①],其中程小青式的经典侦探小说篇目并不多,大多叙述警方如何侦破刑事案件。以警探小说形式出现的社会派侦探小说得以延续,王亚平的《神圣的使命》(1978)、李迪的《傍晚敲门的女人》(1985)等作品承接1949年以来的传统,续写新时代的故事。《神圣的使命》等后来被改编为电视剧和电影,在文化生活单调、人们消遣方式较少的年代里收到了万人空巷的热烈反响。但是,与侦探小说"原产地"长期隔绝,新一代作者对此种形式的小说的生疏,最后也是最重要的是读者将此种小说归于通俗文学的传统观念,使程小青定义的"纯正的"侦探小说尚未复苏便再度被边缘化或并入社会小说的轨道。

《傍晚敲门的女人》是中国当代犯罪文学史上一部里程碑式的社会派侦探小说,它与《神圣的使命》的"载道"内容截然不同。它不再反映现实中的政治,不再担负传播意识形态的使命,转而借对一桩复杂的杀人案的侦破过程探究性爱中的伦理道德问题。情场老手王少怀被杀,一个小学生无意间看到当天来敲过死者门的那个女人的背影。预审员梁子从这条线索入手,锁定这个傍晚敲门的女人是王少怀的女友之一欧阳云。多次审讯后,欧阳云供认自己是杀人凶手。梁子洞察欧阳云企图尽快结案的心理,认定她想掩盖真情,保护真凶。他改变思路,终于迫使真凶丁力自首。

这本是生活中屡见不鲜的刑事案件,作者却借王少怀的女友欧阳云和情敌丁力之口控诉被谋杀者玩弄女性,道德败坏。虽然作品以欧阳云自杀,丁

---

① 任翔、高媛主编:《中国侦探小说理论资料(1902—2011)》,北京:北京师范大学出版社,2013年,第581页。

力被判死刑结束,作者显然是同情杀人者的。自《傍晚敲门的女人》付梓起,中国当代犯罪文学,特别是警探小说,不再以紧跟政治潮流、反映政治斗争为唯一的"道"。在"犯罪－探罪－罚罪"的主题之下,人与社会的种种冲突以及这些冲突在个人生活中留下的深刻印记均在此后的作品中展现。《傍晚敲门的女人》以及先锋小说家余华的《河边》、格非的《敌人》等试图在最大程度上再现心理现实。他们的作品被译为外文,这不仅意味着侦探小说的复苏,也标志着中国当代犯罪文学已融入世界文学。

当代犯罪文学的技巧日趋娴熟,拥有许多读者。社会小说家们秉持针砭丑恶现象的批判现实主义理念,关注生活,他们在创作中借鉴犯罪小说的情节建构,甚至将"犯罪－探罪－罚罪"的主题延伸到社会小说中。于是,在同一叙事范式中,"纯"小说与犯罪文学重叠,具体表现在侦探小说因子被纳入作品。

侦探小说的范式虽然同先锋派结下不解之缘,其迷人的魅力也深受一些被归于主流文学的写实派作家青睐。傅爱毛在其处女作《瓜田里的郝教授》中,借对一具女尸的调查质询被调查对象的生活方式的合理性。写实派小说家方方、尤凤伟等在自己的社会问题小说中探讨犯罪问题,焦点不在案件的侦破,却注重揭露当代社会时弊,揭示人物心理活动,深刻反思人性中丑恶的一面。方方在《行为艺术》中心平气和地探究作为行为艺术的杀人与破案。她在一个轻松的恋爱故事中插入一个震撼人心的复仇故事。热爱艺术的刑警"我"在桥头救下一位意欲投河自尽的姑娘飘云,没想到自己成为飘云的行为艺术中的配角。在工作中,"我"奉上级杨高之命去调查模范教师马白驹,最终查明马白驹为报杨高之父强奸自己的女友、强娶她为妻之仇,假手黑社会残杀杨父的告密案。"我"听到马白驹称呼上门来的老妇人"阿竹",立即联想到日前在马老师家看到的文竹,以及马夫人生前不喜欢文竹的故事,判断"阿竹"即是马白驹昔日的恋人,杨高的母亲,其推理能力令人佩服。罪犯马白驹根据已掌握的信息巧妙证实"我"的身份是邰姓警察,与"我"棋逢对手。杨高之父的身份是警察,方方此作品更贴近现实主义的宗旨。作者将纷乱无章法的世事看作行为艺术,将所有的人视为行为艺术家,可以理解为对现实主义或新写实主义的感悟。毕竟,人只是棋盘上的一个棋子,不由自主。"一瞬间我觉得人活在这个世界上是何其渺小,他们永远互相操纵,彼此都活在对方的艺术过程中。"①

《行为艺术》的姐妹篇《埋伏》描写警方破获灭门案的喜剧式过程,杨高在

---

① 方方:《行为艺术 中北路空无一人》,北京:人民文学出版社,2006年,第71页。

罪犯可能出现的地点设伏,但是判断错误使他在 21 天后下令埋伏人员撤回。负责通知保卫科干事叶民主这一组的同事没有传达杨高的命令,结果却使罪犯铤而走险后被擒获。这个错误举措会导致积极结果的故事构思与瑞士小说家杜仑马特(Friedrich Dürrenmatt,1921—1990)的《诺言》恰好相反,其中马泰侬警官丝丝入扣的正确推理永远无法验证,因为一起交通事故在罪犯再次作案前夺去了他的生命。但是命运支配下的古老的生活悖论却在两部作品中得到完全一致的体现:对即是错,人算不如天算,侦探小说的缜密逻辑在描写无序生活的社会小说中遭到无情解构。方方的作品亦揭示理性的局限与生活的荒诞,她不直接涉及政治,却在字里行间揶揄人性,具有社会批判力度。

另一写实派作家尤凤伟在技法上受到当代欧美玄学侦探小说的启迪,同时在作品中显露出对社会问题的关切。他在《一桩案件的几种说法》中借用侦探小说叙事范式,以类似马尔克斯在《一桩事先张扬的凶杀案》中让叙事者兼侦探去访问众多知晓案情者的方式,将话语权力分给不同身份、持不同立场、由不同视角观察事件的人物分担,从而使现实之虚妄性与艺术之写实性的相互对比更加鲜明。镇上的乡亲们从不同视角复述那件血案的手法,使一个故事以三个略微不同的版本呈现。返乡看望老姨的第一人称叙事者与《一桩事先张扬的凶杀案》中的"我"不同,他并不主动去寻访知情人,却满足于倾听故事的三种说法:老姨的、远亲于纯本的和先群嫂的,他亦可被视为探究一个悲惨事件始末的侦探。故事的基本情节十分清晰:青年农民于先刚交不起集资款,要求宽限五天,待菜园中的菠菜收获后用卖菜得来的钱补交,但遭到人格污辱,被逼无奈,一气之下拉响绑在腰间的炸药,同前来催款的乡长一行三人同归于尽。引爆炸药这一惊心动魄的犯罪行为在三个版本里完全相同,不同的只是引发犯罪的原因,而三种原因均暴露当下农村社会中触目惊心的热点问题。作者首先对故事的"纪实性"做了一番表白:"一个本来只会有一种事实存在的事件怎么三传两传间变得如此大相径庭,眉目不清?我不知道该以哪个讲述人的说法为准,同时也不想以写小说的惯用伎俩对这多种讲述进行概括与虚构,而只想将这诸多的说法一一记述,实实在在,原原本本。"[①]

这两篇小说都具备侦探小说的基本要素,即一个有待破解的神秘案件。

熟悉侦探小说叙事程式的读者不难看出,引发犯罪的三种原因多半出于叙事者的主观臆想,死者已无法辩驳。血案发生时在场,后来得以生还的乡

[①] 尤凤伟:《一桩案件的几种说法》,《小说月报》2000 年第 1 期,第 50—51 页。

长的司机本可提供有关"大队部里究竟发生了什么事情"的可靠证词,但是唯独此人的"说法"付之阙如。这无疑违反写作侦探小说的基本原则:读者必须了解侦探知晓的一切,所有的线索都必须明白无误地予以交代。① 常规侦探小说中结局的功用是恢复一度遭到破坏的秩序,在这个故事里它被没有说服力、未做出交代的无结局所取代或彻底取消。

写实的《一桩案件的几种说法》与《一桩事先张扬的凶杀案》均印证对现实主义的另类理解和表述。"艺术通过摈弃现实——这并非一种逃避主义形式,而是艺术的一种承继特性——而为现实进行辩护。"② 也许这是一个耐人寻味的悖论:艺术若企图表现现实便必须摈弃现实。两个故事均像是对某一社会新闻荒诞不经的加工,均表现出对世道人心的深切关怀。揭露并谴责深深植根于人性中的愚昧、偏见和野蛮时,两位作者将悲惨的结局分别归咎于冥冥之中借各种"巧合"肆意玩弄受害者的宿命和严酷的社会现实。令人惊诧的是,耸人听闻的怪诞情节仍遮掩不住作者们感怀世事的古道热肠。这是在陈述现实的同时充分展示叙事本身魅力的表现方法,在现实人生与叙事艺术的相互观照中,现实主义不再只是一种写作方法,而成为目的本身。

《一桩事先张扬的凶杀案》反映芸芸众生的冥顽不灵,人与宿命的对抗的悲壮过程。作者表现现实,却不拘泥于现实,善于透过本土透视人类共同关心的问题。通过对世俗偏见的揶揄,叙事者对基于现实的宿命、幻觉等抽象概念所做的哲理思辨使作品进入形而上的层面。尤凤伟在《一桩案件的几种说法》里也有"无巧不成书"的情节设置,但是叙事者对种种具体的丑恶现象的抨击主要停留在形而下的社会学层面上,于先刚的命运仍是社会的缩影。这篇小说用有关个人体验的"小叙事"取代以往中国现当代犯罪文学关于无产阶级与其敌人的生死搏斗等"宏大叙事",其中对时弊的针砭仍是自《包公案》起千百年来贯穿中国犯罪文学的批判现实主义精神的继续。

中国犯罪文学虽具有消遣性,仍受强烈的文学观念支配,表现出特定时空中凝重的教化性质。虽然也有荷兰人高罗佩撰写的狄仁杰断案故事等在国外被接受的情形,"越是民族的便越是世界的"这一论断基本不适用于中国犯罪文学。待20世纪80年代中期先锋小说家的玄学侦探小说出现,它才首次具备世界性。

---

① S. S. Van Dine, "Twenty Rules for Writing Detective Stories", in Howard Haycraft, ed., *The Art of the Mystery Story: A Collection of Critical Essays*, New York: Biblo and Tannen, 1976, p. 189.
② 阿多诺:《美学理论》,王柯平译,成都:四川人民出版社,1998年,第3页。

第十五章 中国当代玄学侦探小说发生论

本章旨在审视当代中国先锋作家如何借用侦探小说这一外来的、高度程序化的文类从事元小说写作。这些实验性的写作是过去十余年来源于欧美的后现代主义文学思潮的部分结晶,也是本土社会－文化环境发生巨大变化后引发的语境改变的表征。通过对中外某些作品的分析解读,按照同世界文学"接轨"的思维,笔者借用英文中的术语 the metaphysical detective fiction,将此种 20 世纪 80 年代后大规模出现的实验小说称为"玄学侦探小说"。

中国人是很早便确立犯罪文学传统的民族之一,但是从主题学的角度审视,20 世纪初这一文类随着欧美文化的大规模输入成为文学"舶来品"之一种,中国文学史上有犯罪文学而无现代意义上的侦探小说。无论中国文学中土生土长的同类题材作品技巧如何成熟、精妙,它们毕竟同侦探小说有质的不同。

中国犯罪文学的发展自成体系,它所因循的轨迹由千百年来沉淀在民族心理中的传统文化因素设定。百年前欧美侦探小说的传入使它大幅度偏离原来的轨迹,而近年来一批先锋小说家利用传统侦探小说形式所做的玄学侦探小说写作实验则在进一步缩小中西犯罪文学之间的差异,亦以实绩表明现代主义与后现代主义先锋文学可以超越社会－经济发展水平,在尚未进入后现代的国度里崭露头角。"白马非马。"不再完全是侦探小说的玄学侦探小说是一种反叛其母体、挑战传统侦探小说作法的杂交文类。它出现在小说面临危机的时代,这一事实本身也许就是耐人寻味的。

玄学侦探小说生成的理论背景

"文化大革命"结束后,解放思想与借鉴久违的当代欧美文学理论令人耳目一新。文学界对统领中国文坛多年的现实主义理论的认识发生变化,这是玄学侦探小说出现的一个重要理论背景。现实主义的创作方法由来已久,可以追溯到《诗经》与荷马史诗时代。在一定程度上,现实主义理论正是在描述古往今来此类作品的基础上生成的。它提倡客观冷静地观察生活,按照生活的本来面貌描写现实,力求细节真实、形象典型、描写客观。现实主义理论立意高远,摈弃粉饰现实的种种谎言。"现实主义"一词之前本是无修饰语的,尤其是在用于描述19世纪巴尔扎克、狄更斯、托尔斯泰等现实主义作家时。"据我看来,现实主义的意思是,除细节的真实外,还要真实地再现典型环境中的典型人物。"①恩格斯此语是现实主义的理论依据之一,虽然恩格斯所处的前工业时代已被当下的后工业时代替代,仍很有说服力。

此后,小说中的现实与现实主义成为一个得到众多理论家从不同政治与哲学立场角度阐释的话题。20世纪早中期,经过苏联等社会主义国家领袖人物对此见解的阐释,作为文学艺术基本创作理论与方法的现实主义被冠以"社会主义现实主义"的名称。苏联文艺理论家卢那察尔斯基依据苏联权威人物的观点发挥,认为社会主义现实主义是依照科学社会主义的政治理念修正现实主义的结果,是一种发展中的运动。"社会主义现实主义是一个广阔的纲领。""社会主义现实主义把现实理解为一种发展,一种在对立物的不断斗争中进行的运动。但他不仅不是静止论者,他也不是宿命论者。"他主张"从发展中分析现实",倘若有人指出一所建造中的房子尚无屋顶,"这真话其实是谎言"②,因为屋顶早晚总是会有的。

与此几乎同时,在社会主义国家之外,无论是否由某一修饰语限定,现实主义理论渐渐淡出人们的视野,尽管许多作家仍在写作,许多读者仍在阅读被视为现实主义的作品。

> 在欧美,人们一般认为根本不存在现实主义这回事,现实主义只是一系列视觉幻象。现实主义手法完全是一种技巧……我认为把现实主义当成对现实的真实描写是错误的,唯一能恢复对现实的正确认识的方法,是将现实主义看成是一种行为,一次实践,是发现并且创造出现实感的一种方法……我们还可以把现实主义看成是一个用来和另一个旧的故事相对立的新故事……可以看出,现实主义的力量来自于对一个旧叙事范式的取消。③

百年来现实主义的创作方法充分展示了自己的亲和力,赢得了许多忠实的读者,其价值是不言而喻的。时至今日,现实主义风格的作品仍在流行,但是在新的语境下某些现实主义的理论难以自圆其说,已成强弩之末。

---

① 恩格斯:《恩格斯致玛·哈克奈斯(4月初)》,《马克思恩格斯选集》(第四卷),北京:人民出版社,1972年,第462页。
② 卢那察尔斯基:《社会主义现实主义》,《论文学》,蒋路译,北京:人民文学出版社,1978年,第61页。
③ 杰姆逊讲演:《后现代主义与文化理论》,唐小兵译,北京:北京大学出版社,1997年,第242—245页。

后现代主义理论家们认为根本不存在现实主义的另一原因是,在文学中,至少在先锋文学中"现实"并不存在。"当代元小说写作既是对一个更深入人心的概念的回应也是贡献,即现实或历史是假定的,世界不再由永恒真理构筑而成,而是一系列建构物、骗局和临时的建构。"① 这些临时的建构在自诩是"现实主义"的作品中屡见不鲜,不断被无情解构。元小说读者在阅读之前必须接受一个常识,即所谓真实并非传统小说开篇处常常由作者自我标榜的真实,如读者以往常常在作品展卷处读到的说明:"这个故事是根据我的亲身经历写成……"文学中的真实只是一种文本真实,与现实生活中的真实全然无关。现实超越由语言建构的文本,因此小说或是彻头彻尾的谎言,或"不可指称",因此其真实性无从谈起。

20世纪80年代以来,中国先锋小说家们以自己的作品重新建构并阐释这一原本质朴的理论,并将其纳入超越现实主义原则的语言实验之中。他们以自己的作品修正理论家们对现实主义的一厢情愿的认识,在时间上亦是超前的。"由于长久以来过于科学地理解真实,真实似乎只对早餐这类事物有意义,而对深夜月光下某个人叙述的死人复活故事,真实在翌日清晨对它的回避总是毫不犹豫。因此我们的文学只能在缺乏想象的茅屋里度日如年。在有人以要求新闻记者眼中的真实,来要求作家眼中的真实时,人们的广泛拥护也就理所当然了。而我们也因此无法期待文学会出现奇迹。"②

玄学侦探小说家们汲取后现代主义理论家企图揪着自己的头发离开大地的失败经验,在实验中以"旧瓶装新酒"的策略吸引读者,其中自然包括现实主义的技巧。后现代主义以现实主义为敌,但是"元小说并不抛弃'真实的世界'以换取想象的自恋式愉悦。它再次审视现实主义常用的手法,意在发现一种与当代读者文化上发生关联并且可以被他们理解的小说形式"③。

从认识论的角度入手,我们会意识到所谓的客观现实不可呈现,每一个人对客观世界的观感均是与众不同,独一无二的。因此,所有被感知的"现实"只是现实之一种,是主观的,并没有普遍意义。再者,小说读者读到的现实只是被作者感知的世界的记录,只是呈现作者感知的文本,而且在记录过程中会走样。况且,他感知的"现实"与读者感知的"现实"必有差距。"在现

---

① Patricia Waugh, *Metafiction: The Theory and Practice of Self-Conscious Fiction*, London and New York: Methuen, 1984, p.7.
② 余华:《虚伪的作品》,洪治纲编:《余华研究资料》,天津:天津人民出版社,2007年,第47页。
③ Patricia Waugh, *Metafiction: The Theory and Practice of Self-Conscious Fiction*, London and New York: Methuen, 1984, p.18.

实主义写作中，读者有一种幻觉，他们会依据文本中的词语构筑自己对真实世界中的事物的阐释。"①企图在文本中展现无法展现之"现实"，这似乎是现实主义式微的一个内在原因。作者不能因为不可展现的"现实"放弃写作，因此他展现的种种"现实"至少应该是读者心理上可以接受的"现实"。换言之，如果"现实主义"前可以加入"每日""艺术"等修饰语，"心理现实主义"似可成立。此处"心理现实"不仅表现在象征、梦幻等非理性主义因素对当代现实主义创作的影响，亦指"可以想象到的现实世界，却不是现实或从前生活中的现实世界"②，即读者心理上欣然接受的作者书写过程中主体意识的显露。生活在社会主义现实主义故乡的陀思妥耶夫斯基并不刻意营造人与物的准确、精密再现，他追求的正是此种显露。"人们称我是心理学家，这是不对的，我只是更高意义上的现实主义者，也就是说，我描绘人心灵的全部隐秘。"③浪漫主义性质的侦探小说仍需以心理现实主义为基础，以仿真为策略。仿真是除寓言、神话、童话等一望即知不可能在现实生活中发生的事情以外，所有形式的叙事文学赢得读者的法宝，不拘泥于细节的"仿真"可以成为再现读者心理真实的一种写作技巧。侦探小说本是以情节取胜的文类，侦探小说家可以发挥想象力去设计激动人心的情节，但是他编造的故事必须遵循一定的逻辑关系，必须显得"逼真"，必须先让读者或观众在不经意间信以为真，虽然仔细琢磨后或许不以为然。"心理现实"也即是人们认为生活中可能发生，细究之下现实生活中未必发生过的事情，是以再现人生真相为目标的文学虚构。

　　欧美侦探小说家不以再现生活中的真实为宗旨，却在无意间遵循心理现实主义的原则。柯南·道尔的短篇小说《斑点带子案》叙述罗伊洛特医生用豢养的毒蛇杀害继女，他绘声绘色地描写毒蛇如何顺着一条由天花板垂下的绳子爬到床上咬人，天亮时听到主人的口哨召唤，便由原路返回栖身处。但是，了解蛇的习性的动物学家指出蛇没有听觉，也不会沿着绳子攀爬。④ 然而，柯南·道尔违反现实的描写并不妨碍读者接受并欣赏这个符合心理现实的、浪漫主义的"仿真"故事。

　　马尔克斯的《一桩事先张扬的凶杀案》、马丁·艾米斯（Martin Amis，

---

① Patricia Waugh, *Metafiction: The Theory and Practice of Self-Conscious Fiction*, London and New York: Methuen, 1984, p. 23.
② John Fowles, *The French Lieutenant's Woman*, New York: Signet, 1970, p. 86.
③ 陀思妥耶夫斯基:《陀思妥耶夫斯基论艺术》,冯增义、徐振亚译,桂林:漓江出版社,1988年,第390页。
④ John A. Hodgson, "The Recoil of 'The Speckled Band': Detective Story and Detective Discourse", *Poetics Today*, 13.2 (1992): 310.

1949—)的《夜车》(Night Train)等均采用传统的写实手法,作者更注重揣摩读者的接受心理,以心理现实影响读者。他们的实践足以印证对现实主义的另类理解和表述。"艺术通过摈弃现实——这并非一种逃避主义形式,而是艺术的一种承继特性——而为现实进行辩护。"①艺术若企图表现现实便必须摈弃现实,这是一个耐人寻味的悖论。

由"逆反"到"玄学"的侦探小说

"逆反式侦探小说"②是一个含混的术语,见于一些研究者的著述,有时意指"玄学侦探小说"的预备阶段,有时与"玄学侦探小说"同义。本章中论及的"逆反式侦探小说"大体出现在"玄学侦探小说"之前,有悖甚至颠覆奥登等描述的经典侦探小说,通常只是在情节发展中有某一反常态之处。在文学中,范式一旦形成便是陈腐(cliché),便有待被突破。施蛰存的《凶宅》③等均可视为某种"逆反式侦探小说",他们戏仿读者已习惯的形式,堪称中国玄学侦探小说家的先驱。《凶宅》中没有侦探出场,由凶手、受害人亲属等讲述一年内在同一所屋子里三个妇人"自缢"而死的故事集合而成。记者詹姆士缢死妻子的故事由他自己供出,而俄国珠宝商佛拉进司基谋害妻子的故事则有待读者根据其日记推理出。小说受爱伦·坡作品的影响,营造恐怖气氛,刻意探索心灵深处隐藏的人性之恶。

几十年后,施蛰存等未完成的"逆反式侦探小说"实验由先锋小说家们继续,这便是由"逆反"向"玄学"的演进。中国当代玄学侦探小说的诞生首先应归功于后现代主义理论的引进以及这些理论在文学创作中的应用。盛宁、王逢振、王宁等学者对后现代主义理论表现出巨大的热情,他们译介利奥塔、杰姆逊、巴特、福柯、德里达等人的著作,并在诸多场合下论及后现代主义话题,诸如中国的后现代主义思潮、后现代性等。这本是一个后工业化国家的问

---

① 阿多诺:《美学理论》,王柯平译,成都:四川人民出版社,1998 年,第 3 页。
② 1972 年,William V. Spanos 首次用类似的说法"逆反式侦探剧"描述 T. S. 艾略特未完成的诗剧《斗士斯威尼:阿里斯托芬式情节剧片段》(Sweeney Agonistes: Fragments of an Aristophanic Melodrama,1932);"艾略特在这部伟大的逆反式侦探剧中不让中产阶级逃亡者组成的观众满足实证式的需求,即体验一个剧情得到解释、净化心灵的结局。"参见 William V. Spanos, "The Detective and the Boundary: Some Notes on the Postmodern Literary Imagination", boundary 2.1.1 (1972):152。
③ 施蛰存:《凶宅》,施蛰存著,刘凌、刘效礼编:《施蛰存全集·十年创作集》,上海:华东师范大学出版社,2011 年,第 207—222 页。

题,因此中国学者的积极参与亦引发国外同行的注意。① 在这些理论家的引导下,在其作品中显露出后现代主义元小说性质的欧美玄学侦探小说作家也渐渐为中国同行所知,如纳博科夫、马尔克斯、博尔赫斯、艾柯等。他们的作品无疑为几乎所有中国当代先锋小说家提供样板,王朔、格非、叶兆言、陈染、苏童、余华、洪峰、潘军、北村等的习作则预示着中国当代玄学侦探小说繁花似锦的前景。

"侦探小说本是一种旨在迎合读者的期待、使其心满意足的'粗俗'文类,而以'逆反式侦探小说'这一逆反形式出现后则成为后现代主义的理想媒体。它使读者的期待受到挫败,把本属于大众传媒的文类变为深刻表现先锋派细腻情感的文类,以松散、混乱的神秘事件和不了了之的结局替代以侦探为中心人物的格局。"② 除该文类的一般特点外,中国玄学侦探小说在成型过程中还表现出另外两个颇具解构意义的特征。这就是对建构在现实主义基础之上的冗长史实式、记述的陌生化以及对宏大叙事的摈弃。从欧美引进的后现代主义文学思潮在此过程中发挥加速器的作用,这些观念同时也间接诱发本土后现代主义文学观念的萌芽,如上述两个中国玄学侦探小说特征的出现。

仿佛在质询欧美对后现代主义文学的描述是否是唯一正确的版本,中国先锋派小说家们在写作玄学侦探小说过程中对其重新界定,这一阐释行为实际上是本土意识形态革命及文化批判与外来思潮之间循环往复的妥协和对话过程。先锋文学出现之前,"文以载道"是文学创作的根本目标。小说家们将文学视为"载道"之"器",而不是"道"本身的一种存在形式,以独具特色的警探小说为代表的犯罪文学亦是为主流意识形态服务的"器",受到生活在文学作品匮乏的年代里的读者青睐。

自从我们所理解的第一篇侦探小说问世以来,小说家们遵循约定俗成的发案、探案、结案情节范式,虽有变化亦是局部的。玄学侦探小说与常规侦探小说的不同之处主要在于:

一是尽管它也采用常规侦探小说中侦探调查罪案的基本程序,却颠覆其中的许多或全部规范,如逻辑演绎、侦探的英雄角色、神秘事件的圆满解决,

---

① 1997 年秋季,美国杜克大学以研究后现代主义理论与文学为宗旨的学术刊物 *boundary* 出版由 Arif Dirlik 与张旭东编辑的"后现代主义与中国"专号,收录王宁、廖炳惠、陈晓明、张颐武等的论文。特里·伊格尔顿等欧美学人亦注意到中国的有关案例,如对后现代主义的理解,等等。参见 Terry Eagleton, "The Contradictions of Postmodernism", *New Literary History*, 28.1(Winter, 1997): 1—6.

② Stefano Tani, *The Doomed Detective: The Contribution of the Detective Novel to Postmodern American and Italian Fiction*, Carbondale, IL: Illinois University Press, 1984, p.40.

而致力于探究与神秘事件无关的各种问题。

二是叙事者在涉及侦探的身份及游离于侦探过程之外的事件时，常常不禁陷入自我指涉式的沉思冥想。

在某些作品中甚至连对一桩罪案的调查是否真的展开也变得无关紧要，作者的兴趣转向构筑由一系列元叙事重叠而成的语词迷宫。这些作品往往把文本本身当作一个神秘事件予以解码。在北村的《聒噪者说》中朦胧的神秘感和悬念逐渐加强，由日常生活琐事引发的悬案使读者越读越糊涂，直至掩卷处也无法得出结论。如果作者不吝惜一个具体的小小神秘事件，如王朔的《玩的就是心跳》，这个故事的可读性便强一些，也更接近常规侦探小说。"失踪的人"是玄学侦探小说通常采用的叙事套路，而在常规侦探小说中则多以一具死尸展开故事。梅里韦尔认为，这两类侦探小说并非一前一后，而是大致在同一时期出现，首创者均为爱伦·坡。以迪潘为主人公的系列故事均有死尸出现，是常规侦探小说的先驱；而《人群中的人》等描写偏执狂的篇什皆以寻找"失踪的人"为主线，此人实际上是一个身份不明的人。这类元叙事性质的故事正是玄学侦探小说的滥觞之作。

关于"失踪的人"，梅里韦尔如是说："不再描述地毯上的尸体和另一个（显然是'他者'）把尸体摆在那儿的人，玄学侦探小说更可能写一位韦克菲尔德①，一位失踪者。侦探漫无边际地暗中在错综复杂的街道上搜寻一位时隐时现、影子般的人，但是总是找不到他，因为他从未真正存在过，因为他过去是、现在仍是失踪者。"②故事是搜寻一个从未存在过的人或核实某人（往往是侦探本人）真实的或幻觉中的身份，只是事件之间没有因果、逻辑或时间联系，读者无法借此重新构筑略去或隐藏的情节。结局的功用是恢复一度遭到破坏的秩序，如今被没有说服力、未做出交代的"终止"所取代或彻底取消。梅里韦尔对尸体和失踪者的区分似乎以二元对立的模式为基础：实在与虚构、存在与不存在、有形与无形，等等。不过读者在阅读过程中对失踪者身份的重构亦使我们不妨将其视为一个并非一定存在的能指。犯罪文学中从所指（一具实在的尸体）到能指（一个名义上的失踪者）的转换形象地证实符号只是一个不稳定的实在，而伊哈布·哈桑在《后现代主义转折》里归纳出的后现代主义文学的某些

---

① 美国作家纳撒尼尔·霍桑所著同名短篇小说中的主人公，离家出走达二十年之久。（本书作者注）

② Patricia Merivale, "Gumshoe Gothics: Poe's 'The Man of the Crowd' and His Followers", in Patricia Merivale and Susan Elizabeth Sweeney, eds., *Detecting Texts: The Metaphysical Detective Story from Poe to Postmodernism*, Philadelphia: University of Pennsylvania Press, 1999, p.105.

其他特质也在转换中得到印证,如缺席、游戏、无中心、不确定性、反阐释等。

受哈桑辨识现代主义与后现代主义的对照表①启发,笔者制成侦探小说与玄学侦探小说对照表如下。常规和玄学侦探间纠葛重重,欲泾渭分明地区分两者是不可能的,故该表只是讨论此类问题时的一种参照,其主要文本依据是某些中国作品。如"英雄崇拜"与"自恋"的对照在现当代中国文学中具有特别的意义,"自恋"一度被看作资产阶级的极端个人主义表现,受到谴责;但是崇拜除自己外的英雄人物则是受推崇的审美原则。当然,对照表中每个术语意蕴之丰富自不待言,不符合二元对立模式的例外亦不少见。

侦探小说	玄学侦探小说
合乎逻辑的	违反逻辑的
集中	分散
连贯、惊心动魄的情节	不连贯的情节片断,有时很枯燥乏味,甚至没有情节
通常关于一具死尸	通常关于一个失踪者
理性行为	非理性行为
令人满意的结局	令人失望的中止
认识论性质的调查	本体论性质的探寻
关于外部的	关于内心的
主人公是一位英雄人物,甚至是一个超人	主人公是同常人一样的凡人
耸人听闻	平铺直叙
高度程序化的	不受任何程序的约束,但是做出受约束的姿态
明白无误的所指	可疑的能指
往往是阅读性文本	往往是写作性文本
建构性的	解构性的
有章可循的	混乱的
宣传某种价值观或伦理道德观	在伦理道德上无倾向性或持无所谓的态度

---

① Ihab Hassan, *The Postmodern Turn*:*Essays in Postmodern Theory and Culture*,Columbus:Ohio State University Press,1987,pp.91—92.

续表

侦探小说	玄学侦探小说
依据一报还一报准则设置的因果报应	反因果报应,坏人逍遥法外,有时甚至未被揭露
将时间作为具体的瞬间呈现	将时间作为无生命的角色,于不确定的时段呈现
按照因果关系排列的重大事件	随意分布的琐碎事件
英雄崇拜	自恋
关于客观现实的	关于主观意识,往往是自我指涉的

上表展示的玄学侦探小说的种种与常规侦探小说相反的特征是从文学批评的不同切入角度归纳出的,如文化研究、主题研究、精神分析学、叙事学,尤其是后现代主义审美观。与其说是对已出现的变化做出的总结,它更像对未来发展的预测。后现代主义文学拒绝受任何常规和规则的指引,因而此番探讨也不过是权宜之计。

玄学侦探小说也是一种"先锋小说"。近年来"先锋小说"是用来统称有后现代主义文学倾向和特征的小说的术语,这类作品大多是20世纪80年代中期后出现的。在此之前的短短几年间小说界已昙花一现般地兴起过一系列流派:"伤痕文学""改革文学""反思文学""寻根文学",等等。然而,直至"先锋"这个源于法文的术语出现,中国当代小说的进化只是无一例外地体现为题材和内容的改变,叙事策略并无变化。

后现代主义在当代文学中的具体体现便是先锋小说、非非诗派、荒诞戏剧等实验形式,而尤以小说为最理想的载体。待中国先锋小说家们终于发现玄学侦探小说的魅力后,"犯罪－探罪－罚罪"的主题在名义上得以保留,它的道德说教或政治观念灌输色彩渐渐消退。不过这一新文类从未被冠以"玄学侦探小说"的名目,而是同其他类型的实验小说一起含混地被统称为"后新潮小说"。

当代中国玄学侦探小说无疑是欧美后现代主义影响在文学领域里的一种表现形式,同时它仍带有浓厚的东方色彩,与过去和现在的中国哲学、历史、政治、经济等因素不无关系。它也是对本土犯罪文学的叛逆,尤其是对警探小说这种特殊样式的叛逆。

较之于其他特指这类"逆反式侦探小说"的名称,如"后现代神秘小说"①"解析性侦探小说"②"元小说式侦探小说"③,等等,"玄学侦探小说"在最大程度上揭示这一文类的认识论与本体论哲理探究性质,尤其是后者。"'玄学'这个术语似乎至少在切斯特顿那儿保留规范的哲学意义的某些痕迹。"④霍尔奎斯特用这个术语描述一些后现代主义作家采用侦探小说的方法,又舍弃它的结局的尝试。"假如在侦探小说中死的问题必须得到解答,在新的玄学侦探小说中必须解决生的问题。"⑤它不再破解某人的死亡之谜而转为探究人生旅途中的种种迷惘,往往不提供令读者"满意"的谜底。笔者在这些术语中选用"玄学侦探小说",因为它较准确地描述最终使常规侦探小说改变性质的所有变形。再者,它也顺理成章地唤起对以约翰·邓恩为代表的17世纪英国玄学诗派的联想。当代玄学侦探小说家们似乎已从玄学派诗人们那里得到某些灵感,如神秘的环境烘托、似非而是的妙语、自相矛盾、自我指涉式的沉思冥想以及嵌入作品的哲理思辨。

"形而上学"是西方哲学的一个分支,研究现实的终极性质与构成,即真何以为真。顾名思义,"形而上学"的字面意思是"在《物理学》之后",因为它是亚里士多德继《物理学》(Physics)之后完成的著作。在西方哲学史上,人们对形而上学曾有过不同的解释,譬如对事物基本属性的探究,对现实的研究,等等。宇宙、上帝的存在、灵与肉、物质的性质等都曾是形而上学研究的对象。形而上学与知性主义、因果关系、认识论、本体论等均有关联,它始终

---

① Kevin J. H. Dettmar 曾在其论文 "From Interpretation to 'Intrepidation': Joyce's 'The Sisters' as a Precursor of the Postmodern Mystery" 中使用这一术语。参见 Ronald G. Walker and June M. Frazer, eds., *The Cunning Craft: Original Essays on Detective Fiction and Contemporary Literary Theory*, Macomb: Western Illinois University Press, 1990, pp. 149—165。

② 这一术语仅见于 John T. Irwin 的著作 *The Mystery to a Solution: Poe, Borges, and the Analytic Detective Story*, Baltimore and London: The Johns Hopkins University Press, 1994。

③ Carl D. Malmgren, *Anatomy of Murder: Mystery, Detective, and Crime Fiction*, Bowling Green: Bowling Green State University Popular Press, 2001, p. 113.

④ Patricia Merivale, "Gumshoe Gothics: 'The Man of the Crowd' and His Followers", in Patricia Merivale and Susan Elizabeth Sweeney, eds., *Detecting Texts: The Metaphysical Detective Story from Poe to Postmodernism*, Philadelphia: University of Pennsylvania Press, 1999, p. 103.

⑤ Michael Holquist, "Whodunit and Other Questions: Metaphysical Detective Stories in Postwar Fiction", in Glenn W. Most and William W. Stowe, eds., *The Poetics of Murder: Detective Fiction and Literary Theory*, New York: Harcourt Brace, 1983, pp. 149—174.

属于客观实在与虚无缥缈之间的对峙,并且作为哲学概念将自己同各种实验性质询区分开。在许多场合下,它就是"哲学"的同义词。

两个常用的"metaphysics"中译方案是哲学术语"形而上学"或"玄学"。"形而上"首见于《易经·系辞上》,指无影无踪、不可言状的事物。"玄"首见于《道德经》:"玄之又玄,众妙之门"。"玄"用以指代非人的智力可及,只可意会不可言传的观念。对"玄"进行探究的本意在于考察与具体世俗事务无关的本体生存的基本问题,即世界赖以存在的基础或"本末有无"。"玄学"是"形而上学"的别称,原为道家哲学概念,尤指魏晋时代的道家哲学思潮。亚里士多德的著作 *Metaphysics* 始传入中国时曾有《玄学》之译名,后由严复根据《易经·系辞》"形而上者谓之道,形而下者谓之器"之说,改译为《形而上学》。时至今日,译者们仍多用"形而上学"对译"metaphysics",也即欧美哲学中的本体论研究。正是在本体论这个焦点上,欧美与中国的术语取得对应。①

不自知自觉的实验者

同文学史上的所有演变一样,中国玄学侦探小说的生成始于作者将它的母体常规侦探小说当作传达某一信念的载体予以颠覆、改造的初衷。它的众多形态使人无法用概括性的术语描述,但是如果我们将20世纪50年代至80年代独具一格的中国警探小说看作对欧美警探小说的颠覆,以后的先锋派的种种试则是对颠覆的再度颠覆。后一颠覆同欧美作家的革新不约而同地达到同一目的,故至少从玄学侦探小说这个窗口望进去的中国当代文学的确已获得某种普遍意义。

中国玄学侦探小说家们探讨这类题材的方式同他们有意无意间效法的欧美作家相同或相似,如将失败的侦探刻画成"反英雄"、略去读者期待中的符合逻辑的结局、让文本本身构成亟待解释的神秘案情。其他常见于欧美玄学侦探小说的模式和手法亦多次出现:失窃的信、被嵌入的次文本、失踪者或丧失自我身份带来的困惑、案情的无意义,等等。

中国玄学侦探小说的成型应归功于王朔及擅长讲述趣闻逸事的多产作家叶兆言、细腻而又常常陷入"自省"的陈染等。此后刁斗等也投入实验,使

---

① 笔者在中国首篇论及玄学侦探小说的论文《旧瓶中的新酒:玄学侦探小说论》中首次将"metaphysical detective fiction"译为"玄学侦探小说",参见《兰州大学学报》(哲学社会科学版)1998年第1期。

之日趋成熟、完善,该文类大致经历过它在欧美的类似变迁。他们在作品中用戏仿、反讽、拼凑、影射等陌生化技巧改变常规写法,与此同时也领悟到这一富有弹性的形式可以在保持吸引力的前提下承受各种变形,在此过程中一种新文类应运而生,只是作家们已经写出当之无愧的玄学侦探小说而不自觉。

在王朔游戏人生的笔触下,一切与正统意识形态话语有关的事物均遭到鄙薄,如崇高理想、政治信念、道德伦理规范,等等。社会地位不同的芸芸众生均是他讽刺挖苦的对象,甚至警察也未能幸免。他并不是第一个向现代读者熟悉的宏大叙事道别的作家,却率先用充斥戏仿、反讽、有意误置的陈词滥调和行话的活泼口语体替代僵硬的程式化文体。王朔的玄学侦探小说使他在20世纪80年代中期后形成的先锋作家阵营里占有一席之地,笔者将在另一章中详述他的探讨与实验。

叶兆言是一位对"犯罪—探罪—罚罪"主题情有独钟的小说家,他以一批"伪推理小说"①对中国玄学侦探小说的生成做出了贡献。与王朔留意采用侦探小说技巧的做法不同,叶兆言更感兴趣的是犯罪的动机和方式,也即故事的前半部分。他把自己的这类作品称为"犯罪研究",因为"从形式到内容可能都是旧的犯罪,譬如通奸杀夫,譬如谋财害命,却永远不会'过时',变得不时髦,无数次伸张正义,丝毫不能使犯罪销声匿迹"②。

他笔下的警察只是名义上的侦探,而警察的地位则由有名或无名的叙事者篡夺。在警方出场的故事里老李和小张以"反英雄"的形象出现,他们是无关紧要的普通人,甚至没有名字。

叶兆言的作品破立兼备,既颠覆传统也别开生面。《古老话题》《最后》《五千元》《五月的黄昏》等着眼于发掘人生的"原状",而不屑于解释神秘事件。《走进夜晚》(另一版本名为《今夜星光灿烂》)、《绿色陷阱》《绿河》等均有不俗的情节构思,也更贴近常规侦探小说,以迁就趣味趋"俗"的读者。

枯燥又无高潮的《五月的黄昏》是最早探讨语言的不可靠性和阐释的不确定性的作品。扮演侦探角色的林林无法解释对一个自杀者的评价何以如此众说纷纭,此人集忠实的丈夫与寻花问柳的好色之徒于一身。死者生平中的空白为故事增添了几分神秘色彩。这个故事的情节与纳博科夫的《塞巴斯蒂安·耐特真实的一生》有不少相似之处。然而《五月的黄昏》中对过去的重

---

① 叶兆言:《绿色陷阱》,哈尔滨:北方文艺出版社,1993年,序,第3—7页。
② 叶兆言:《古老话题》,南京:江苏文艺出版社,1994年,序,第1页。

构只是意欲针砭现实,作者借谴责窥探他人隐私抨击传统文化对人际关系的负面影响。

《最后》是把犯罪和侦破当作调味品的元小说,也即"关于小说的小说"。作者明白无误地告诉读者叙事者如何谋篇布局,因而这不过是一部虚构的作品,不必对此过于认真。已到中年的潦倒文人的窘迫和烦恼被插入对阿黄杀人事件的绘声绘色的叙述中,如血腥的谋杀、兽性的性征服、边远乡村的森林法则和虐待狂的恶毒。这个叙事圈套是三重的,杀人事件这个文本中的文本中的文本处于核心,其次是"作家"对该事件的描述,"最后"是作家叶兆言对前一描述的再度描述。

《走进夜晚》十分富有想象力,是叶兆言在侦探小说领域内最具雄心的尝试。"后现代小说将从西部小说、科幻小说、色情文学以及其他一切被视为次文学的文类汲取养分。它将填平精英文化与大众文化之间的沟壑。"[①]这部小说在"填平沟壑"方面取得了成功,在一定程度上实现了"雅俗共赏"。

它的"雅"主要体现在基本摆脱此类作品从社会—政治—经济角度考察犯罪的模式。马文的旺盛性欲和因此发生的乱伦行为与他被打成"右派"没有多大关系,倒是超常的"力比多"在作祟。同理,他的家人杀死他的动机只是要除去一个衣冠禽兽,以捍卫女儿的贞操。它的"俗"则表现在对传统情节设置的继承,如公案中常用的"此案引发彼案"模式。公案小说无疑也是作者侦破知识的来源,警官们毫不犹豫地用哄、骗、吓的手段逼迫嫌疑犯招供,这正是包公们常用的方法。

  老李说:"我们可以找人和你对质,有人可以证明是你杀死了何老板。"
  "谁?"
  "周家少东家的小老婆。"
  "她还没死?"
  "怎么?你以为她死了?"
  "她又不知道,"阿二已经慌得顾不上自己的话会露出破绽,"再说,何老板死的时候,她根本就不在场。她不可能知道的。"

[①] Hans Bertens, "The Postmodern Weltanschauung and Its Relation with Modernism: An Introductory Survey", in Douwe Fokkema and Hans Bertens, eds., *Approaching Postmodernism: Papers Presented at a Workshop on Postmodernism, 21—23 September 1984, University of Utrecht*, Amsterdam/Philadelphia: John Benjamins Publishing Company, 1986, p. 34.

"难道她就不可能偷看吗,从窗户里偷看?"

阿二彻底地垮了,无可奈何地说:"她真的看到啦?"①

警官老李与他的情人的恋情似乎是受某些肥皂剧的影响添进去的次要情节,不仅不符合传统侦探小说写作范式,而且有"媚俗"之嫌。

透过对通奸(《古老话题》)、绑架(《绿色陷阱》)、乱伦(《走进夜晚》)、凶杀(《最后》和几乎所有以上提及的故事)等犯罪活动被揭露的过程描述,人生的悲怆和冥冥中命运带来的无奈在马文、阿黄、张英等市井小民的生活中被发掘出来,展现巴特所说的"人与规训对抗时的心境"。

王朔和叶兆言对以警探小说为代表的当代中国犯罪文学进行颠覆,使读者对稍后出现的先锋派更大胆的实验具有心理准备。《人莫予毒》和《最后》一类荒诞不经的"反现实主义"小说逐渐兴盛,读者终于接受"小说不过是虚构的故事"这一近乎冗赘的语义重复的常识。令人憎恶的犯罪与对犯罪的描写之间的距离日益得到认可,德·昆西倡导的"作为一种艺术的谋杀"终于在中国得到响应。

从马原到残雪,几乎所有的先锋作家都敏感地注意到侦探小说这一十分吸引人的形式并加以改造,使之为自己的主题服务。这些文本以令人眼花缭乱的诸多形式呈现在读者面前。虽然有些范式是欧美作家用过的,它们仍旧是现当代中国小说史上最具独创性的一批作品,完全可与欧美同类作品媲美。余华的《鲜血梅花》、洪峰的《极地之侧》、苏童的《养蜂人,你好》《美人失踪》讲述的均是"失踪的人"的故事。

陈染的中篇小说《沙漏街的卜语》中的神秘悬念是"谁是我",但是读者读至掩卷处只是获悉有关"在这场不清不白的事故中忽然失踪的一位年轻女子"的"疑案刚刚开始"。"谁是我"的怪异提问方式令人联想到本体论的基本问题"我是谁",也暗示有人僭越"我"的法定身份。"十五年前,我根据自己的预感,写了一篇富于神秘主义色彩的貌似于侦探小说的小说。""十五年之后,一个深患幽闭症的叫做陈染的年轻女子才写出了第二篇这样的'侦探小说'。"②虽然这个关于身份的悬疑故事令人伤脑筋,但是读者在关于郎内诡秘之死的"故事中的故事"中获得了心理补偿。虽然这是一个貌似侦探小说的小说戏仿侦探小说的范式,却是有情节有结局的真正侦探小说。郎内在这个故事中的故事中出入,使"我"的虚构行为昭然若揭。从身份疑案进入凶杀

---

① 叶兆言:《走进夜晚》,上海:上海文艺出版社,2010年,第70—71页。
② 陈染:《沙漏街的卜语》,长春:时代文艺出版社,2001年,第105页。

疑案,作者关于现实与虚构世界分野的探讨令人不安。十五年的时光悄无声息地消失。在对侦探小说的戏仿中,读者企图分辨"现实"和"幻想"的愿望受到嘲弄。尽管这个故事在技巧方面尚有不足之处,却表现出玄学侦探小说的本体论价值。"如果我们还能指望,除了我们自己建构的现实外还能指望什么?在这个意义上,玄学侦探小说的确与玄学有关。"①

有些作品过于"玄",使得凶杀也不再激动人心,尸体也不再带来令人心满意足的结局。北村的《聒噪者说》、余华的《此文献给少女杨柳》、潘军的《南方的情绪》等没有连贯、合乎逻辑的情节的文本为喜爱侦探小说的读者带来的只是费解。

继王朔之后,刁斗是对侦探小说很有心得的小说家,读者从《作为一种艺术的谋杀》《重现的镜子》《讯问笔录》等作品中均可看出他对侦探小说的借用与革新。

我们可以将中国玄学侦探小说的生成视为整个20世纪本土传统与当今欧美潮流碰撞、交汇、互融的结果,最后仍是外来因素居多。多方面的原因使这一新文类应运而生,它不仅受欧美后现代主义文学观念启发,颠覆常规侦探小说模式,也拒绝本土文化中的强权意识。它正在实验中经历由模仿向创新的过渡。

颠覆和拒绝的结果是作品所表现的"犯罪—探罪—罚罪"主题逐渐由公众事务演变为与社会发生某种联系的个人私事。关于公共安全、无产阶级与其敌人的生死搏斗、无产阶级专政条件下阶级斗争的新动向等"宏大叙述"被有关个人体验的"小叙述"取代,而且其是非往往不易用道德伦理或意识形态的标准衡量。而王朔等对"宏大叙述"的冷淡、超然的态度恰好从另一角度证实在总体上中国玄学侦探小说的"小说"成分多于"元小说"成分,现代性多于后现代性,针对外部客观世界的观察多于内省式的自我指涉。也许,在描述一些作品时"非常态"是比"玄学"更贴切的修饰语。

实现对母体实质颠覆的玄学侦探小说可以成为一种无所不能、无处不在的文类,与几乎所有其他"雅"和"俗"的小说形式发生相交、相融的联系,如政治小说、成长小说、传记小说、回忆录、言情小说、战争小说、忏悔录、讽刺小

---

① Patricia Merivale and Susan Elizabeth Sweeney, "The Game's Afoot: On the Trail of the Metaphysical Detective Fiction", in Patricia Merivale and Susan Elizabeth Sweeney, eds. , *Detecting Texts: The Metaphysical Detective Story from Poe to Postmodernism*, Philadelphia: University of Pennsylvania Press, 1999, p. 4.

说、家族小说、心理小说,等等。采用"旧瓶装新酒"的手段的结果是"严肃小说与侦探小说之间的界线越来越趋模糊"①,这与后现代主义消除习惯上的文学雅俗二分法策略一致,"后现代主义既是学术的、精英的,又是通俗、易懂的"②。在已有过实验的元小说形式中,玄学侦探小说或许是距此目标最近的文类。

---

① 王逢振:《漫谈西方的侦探小说》,《啄木鸟》1985年第6期,第234页。
② Linda Hutcheon, *A Poetics of Postmodernism*: *History*, *Theory*, *Fiction*, New York and London: Routledge, 1989, p.44.

第十六章　王朔,当代玄学侦探小说的开拓者

　　本章审视王朔对中国当代犯罪文学,特别是侦探小说的独特贡献。在源于欧美的侦探小说与中国绝缘 30 年后,王朔以先锋的姿态将欧美传统侦探小说与当代中国警探小说叙事模式融为一体,采用完全背离传统的方法在汉语语境中创造出可与当代欧美同类作品相提并论的中国非常态侦探小说,以及玄学侦探小说。他的贡献不仅限于技巧和结构,也在亦庄亦谐,寓庄于谐的"反宏大叙事"中以针砭现实的讽喻手法深刻表现出当代社会—文化环境发生的巨大变化。

　　1978 年以来,中国侦探小说在中断几十年后得到复兴和再生。王朔在 20 世纪 80 年代末推出的侦探小说实为改革开放国策确立之后文学复兴的典范。他是最具创意的当代侦探小说家,既写以"究凶"为旨归的正统侦探小说,也套用侦探小说的形式探讨社会问题,以"一点正经也没有"的油嘴滑舌揶揄"正统"的、已为中国当代文学界接受的信条。不仅如此,王朔在不自觉中也颠覆了中外侦探小说家公认并大体遵守的创作准则,成为中国侦探小说史上第一位具有鲜明先锋个性的侦探小说家。

被忽略并误读的侦探小说家

　　王朔的侦探故事写作大体可分为两个阶段。较早的作品均以警官单立人为主人公,后收入《火欲——警官单立人的故事》。这些作品大体上仍囿于常规侦探小说的模式,即一个或若干个警方侦探几经挫折后终于使疑案真相大白。《我是"狼"》《玩的就是心跳》等具备更多玄学侦探小说的特征。他在犯罪文学领域里的试验虽然得到注意,其革新意义并未被人领会。

　　囿于对侦探小说的偏颇理解以及有关常识的缺失,批评家们对争议甚多的王朔此类实验性写作一向轻视,忽略不计。① 文学评论界主要从社会学—马克思主义批评的角度审视王朔此类写作,对其嗤之以鼻。"作为通俗小

---

① 2005 年,葛红兵、朱立冬编辑出版四十余万言的《王朔研究资料》甚少论及他的侦探小说,其中收录的"研究论文索引"中四百余篇论文无一涉及此问题。

说家的王朔,哪怕是在他自认为是'纯文学'的创作中,也脱离不了'爱情＋案情'的操作模式,他习惯成自然了。"①或许是受评论界的影响,或许是对照欧美典范作品之后自惭形秽,王朔自己也不看好这些中短篇小说,认为写好侦探小说不易,自认能力不逮。

当时被忽略的不仅仅是王朔的侦探小说,还有在欧美被视为"神秘小说"的各种所谓"逃避现实"(escapism)之作,主要是各种类型小说,譬如侦探小说、犯罪小说、惊险小说。类型小说的确是通俗小说的存在方式,但是它超越传统上的雅俗之辨,自创经典。

王朔对以警探小说为代表的当代中国犯罪文学进行的反类型化改造使读者对稍后出现的格非、余华等更大胆的实验做好了心理准备。《人莫予毒》一类荒诞不经的"非常态"侦探小说逐渐兴盛,现实生活中令人憎恶的犯罪与对犯罪的虚构之间的距离日益得到认可。"不管王朔把自己看成谁,我一直认为他应该呆的地方是当一个正经的通俗小说作家。如果他坚持要写的话。在他的创作过程中,只有一次做出了正确的选择,就是写那本侦探小说《单立人探案集》。十分可惜的是这次他又碰到了困扰他的老问题:想法和能力的差别——想到了却做不到。逻辑思维能力也不是谁想有就能有的。"②

王朔将自己的早期作品分为纯情、挚情、矫情、谐谑四类,其侦探小说写作主要可归于谐谑类。王朔服膺欧美侦探小说大家,其本意是效法克里斯蒂等的技巧,写出超越某种或所有道德伦理规范的正统侦探小说。"侦探小说的有趣之处既不是展示暴力也不在乎歌颂警官和什么震慑犯罪,而是大家一起做一个智力游戏,猜一猜谁是坏人,他是怎么被发现的。"③事与愿违,王朔的故事取材于"文化大革命"后的当代中国现实,无论如何曲折隐晦,他仍旧无法超越现实。

王朔的侦探故事可大体分为常态侦探小说、非常态侦探小说和玄学侦探小说。除《玩的就是心跳》外,这些小说主要见于均以警方侦探单立人为主人公,以他的助手曲强作为陪衬的侦探小说集《火欲——警官单立人的故事》。

《枉然不供》《毒手》《人命危浅》《各执一词》等虽有新意,仍属于常态侦探小说。

《人莫予毒》《无情的雨夜》是非常态侦探小说,其意义局限于文本解构和人物形象。

---

① 萧元:《王朔再批判》,长沙:湖南出版社,1993年,第49页。
② 王朔:《我看王朔》,葛红兵、朱立冬编:《王朔研究资料》,天津:天津人民出版社,2005年,第84页。
③ 同上。

《我是"狼"》《玩的就是心跳》的情节虽然有线索可循，较之常态侦探小说玄虚，可称之为"玄学侦探小说"。

本章着重探讨第二、三类作品，审视王朔对当代中国侦探小说的贡献。

载道之器，或理念小说

宋代周濂溪（1017—1073）所说的"文所以载道也"（《通书·文辞》）之"道"本是秉承中国儒家传统的本体论式的思辨，后来也被理解为某种认识论范畴内的思想。虽然文以载道犹如车之载物，凡文字必定会传达某种思想，将文学视为"载道"之"器"，而不是"道"本身的一种存在形式注定会使文学丧失独立存在的价值。

阿多诺提出的欧美的"理念文学"观念与中国的"文以载道"相近，却比后者表述更加准确。"道可道，非常道"，此言在此亦不谬。根据作家在作品中对客观事物的态度，阿多诺将文学分为两类：理念文学，即信奉某种理念或受某种理念支配，担当的文学（the committed literature）与自主的文学（the autonomous literature）。"理论上，担当应与倾向或对某一特定党派立场的拥护区分开来。严格地说，介入性的艺术无意导向具体措施、立法，或制度的建立，诸如从前意识形态化的文本中对花柳病、决斗、堕胎法案，或少年感化院的抨击。它只是有助于形成一种态度，比如，萨特将选择作为存在之可能，反对持旁观者的中立立场。"①

"侦探小说自有其规范，'发展'这些规范也即是使它们受挫，'改进'侦探小说也即是在创作文学，而不是侦探小说。"②王朔的侦探小说不仅是文学，也是受某种理念支配的文学。他重新启动侦探小说写作，客观上在替原本是逃避现实之作的侦探小说"减负"，使之重新成为消遣读物。然而，在一定程度上他却在有意无意之间再度使自己"担当"。王朔对现有的表现形式进行戏仿，在侦探小说范式内讽喻现实，而传统"正宗"侦探小说本不甚关心"案子是谁作的"之外的问题。

源于心理现实的幽默感和游离于现实之外的荒诞感使王朔的先锋式小说语言具有拿捏到位的政治话语特色。"老子黑天半夜地卖力儿，他小子倒

---

① Theodor W. Adorno, *Notes to Literature*, Vol. Ⅱ, Shierry Weber Nicholsen, trans., Shanghai: Shanghai Foreign Language Education Press, 2009, p 79.
② Tzvetan Todorov, *The Poetics of Prose*, Richard Howard, trans., Ithaca: Cornell University Press, 1977, p. 43.

挺逍遥。过来，帮老子干活，我家可不培养修正主义苗子。"①理论上，凡有悖正统观念的思想均可冠以"修正主义"之称谓。木匠指责自己的十几岁的儿子是"修正主义苗子"，这一番上纲上线的批评使语义发生偏移，造成滑稽的反讽效果。在后现代主义时代，并置往往以生拉硬扯的语言暴力方式呈现，如将"五讲四美"与"人五人六"相提并论，用"高高山上一头牛"与"两个凡是三棵树"对仗。

王朔对社会问题的关注既是对他心目中道统的继承，亦与后现代主义文学思潮兴起后小说各种变体之间的兼容趋势一致。因此，笔者将他的此类作品冠以"非常态侦探小说"之名。他刻意模糊侦探小说与传统严肃文学的界线，以隐晦的方式在故事中宣示理念，宣泄情感。笔者在此回避"讽刺小说"这个更常用的术语，因为"讽喻"的程度弱于"讽刺"，大体归于"兴、观、群、怨"中的"怨"，更符合王朔以夸张变形的笔触折射、针砭现实的宗旨。

有论者认为，王朔是"文化大革命"后"垮掉的一代"的代言人，追求感官享受，用虚无主义的目光冷眼看待世界。事实上，至少在这类作品中，王朔以曲折的笔触表达深刻的思想，而且对导致人际关系失调的社会问题及走势非常敏感。作家对现实生活的模仿本不应是初学绘画者一笔笔临摹，更不应是缺乏生气、灵气，以"源于生活、高于生活"为宗旨的美化，而是以反映带普遍性的事物本质为目标的创造性写作，字里行间洋溢着作者的独立见解，揭示事物发展的趋势。

在《无情的雨夜》中，刑警单立人、曲强受命调查担任舞剧《浣纱女》主角的资深舞蹈演员周妩遭到痛打的事件。他们推测作案人是剧团内部一位舞艺精湛，希望取而代之的年轻同事，犯罪动机是迫使周妩让出剧中主要角色。知晓内情后，警察同情已知而又尚未被揭露的罪犯，因为该老演员对舞台生涯不识时务的留恋使更具才华的青年同事无法崭露头角。经此大难后，受害者也大彻大悟，并不督促警方破案，却任凭罪犯逍遥法外。这个无结局的探案表明案件只是幌子，侦破过程中暴露的问题使得结局不再重要。表面上，案情凸显出两代演员相互不理解的代沟问题，但是了解作者写作历史背景的读者也读出对"文化大革命"后退休制度尚不健全，老一辈（尤其是领导者）"恋栈"的含蓄批评。不再提供令读者心理上感到满足的谜底，无解、无结局启发读者思考问题。过程远比结果重要，这是传统侦探小说结构在现代主义、后现代主义时代受到的颠覆。

---

① 王朔：《火欲——警官单立人的故事》，北京：群众出版社，1989年，第185页。本章下文凡引用同一作品，仅在引文后标明页码。

《各执一词》批判锋芒直指国民劣根性中的世俗偏见、愚昧无知、低级趣味。应对纯洁的中学生李飞飞之死负责的正是有窥淫癖外加施虐狂的片儿警和联防队员、死者的母亲等"没事还老找事"的庸俗小市民看客。年纪较大的读者自然会读出他对偏执、无理性和暴虐的抨击，而不仅仅将《各执一词》视为《罗生门》式的破案故事。

《毒手》描写单立人等不为表面现象迷惑，仔细分析当事人心理活动后破获一起养子杀死养父的凶案。笔者首次读《毒手》时很快便猜出凶手，但是没有料到作者完全没有涉及"俄狄浦斯情结"。小说意欲反映子女教育、亲子关系等家庭伦理问题。

《人命危浅》叙述单立人等赴乡下调查其智障侄女被拐卖的曲折案件，以破获一个组织严密的贩卖人口犯罪集团结束。小说显露出美国"硬汉"侦探小说和南方哥特故事对作者的影响，情节引人入胜，叙事严谨。这篇小说也是作者最贴近现实，干预现实的作品之一，字里行间流露出"一种先行者、殉道者的悲壮与执着"①。

阿尔都塞摈弃柏拉图等将政治融入文学的传统，认为理想的文学应与意识形态若即若离。王朔此类问题小说锋芒直指社会丑恶现象，只是他的笔触较为曲折，正是阿尔都塞所说的"暗指"一类。"我相信艺术的独特性就是'使我们看'、'使我们感知'、'使我们感觉'某种暗指现实的东西……艺术使我们看到并因此以'看'、'感知'和'感觉'的形式（不是认识的形式）给予我们的东西是产生和浸润艺术的意识形态，但艺术所以是艺术，是因为它脱离开意识形态，同时暗指着意识形态。"②在"犯罪—探罪—罚罪"的主题掩蔽下，王朔的侦探小说类作品探讨社会进步和个性解放，在罪犯与侦探激烈对立中揭露理想和生存方式的不协调。

双重博弈：案件侦破中的游戏

侦探小说本是一种高度程序化的写作，虽然这一程序在一定范围内容许读者发挥想象力，在作品预设的情节演进模式内参与案件的侦破，侦探小说的潜在审美价值仍有赖具有鲜明时代感、迎合读者心理的生动文字才得以实现。文学具有无限的空间，想象可以超越社会伦理价值观，因此亘古至今数

---

① 王蒙：《躲避崇高》，葛红兵、朱立冬编：《王朔研究资料》，天津：天津人民出版社，2005年，第339页。

② 路易·阿尔都塞：《关于艺术问题给安德烈·达斯普莱的复信》，拉曼·塞尔登编：《文学批评理论——从柏拉图到现在》，刘象愚等译，北京：北京大学出版社，2003年，第466页。

量极为有限的主题可以用诸多的方式表述,其妙诀在于可用无数种方式排列组合的文字。

王朔"一点正经也没有"的亦庄亦谐、寓庄于谐的语言使本是游戏的案件侦破成为双重博弈,文字的表层结构下蕴藏着一把意在解构侦探小说以及其在中国的诸种变体的锋利匕首。侦探小说成为"新的犯罪文学"后便与现实脱离关系,以新颖的浪漫主义姿态赢得读者,福柯甚至直白地宣称,"凶手与侦探之间的纯粹斗智则构成冲突的基本形式……重大凶杀案变成了举止高雅者不动声色的游戏"①。侦探小说的日益程式化则使得研究者注意到在阅读与侦破的过程中读者受到尽早获悉真相的强烈好奇心驱使,会试图赶在侦探之前发掘出真相,因此与侦探处于竞争状态。这是动态的阅读过程中的第一重博弈,有机会参与侦破,甚至赶在侦探之前确定罪犯的身份也是众多爱好者乐此不疲地迷上侦探小说的原因之一。

阅读亦是侦破,第二重博弈即是隐喻式的作为作者的罪犯与作为读者的侦探争夺"意义"的竞争。作者不仅像木偶戏幕后面的牵线人那样牵动包括侦探在内的所有人物,亦在试图误导读者。传统侦探小说总有侦探在其智商较低的助手面前重构案件的"最终解释之场景"(the final explanation scene),后来的戏仿式作品则在隐身于暗处的作者窃笑中落幕,所有的情节或线索都被证伪,所有的努力都归于徒劳。构思巧妙的《玩的就是心跳》与立意仅在解构的"逆反式侦探小说"亦不完全相同,故事是对虚构的再度虚构,也是王朔小说中最贴近元小说的作品。叙事者或其中的人物以游戏人生的心态在生疏的环境中冷眼观察世界,不时厕身于侦探过程之外,使情节尾大不掉。"写到最后,不能自圆其说……干脆玩的就是心跳吧。"②

《玩的就是心跳》就是一个凶杀故事。这个凶杀故事不能再现,所有的线索都被搞乱了。故事以探究一具无头"死尸"的名义引诱读者上钩,实际上是关于"失踪的人"在大都市里漂泊流浪的经历。方言和他的复员兵战友们在新的社会环境里沦为无所事事的流浪汉,厌倦吃喝嫖赌的消极享受人生方式之后,他们再次玩起"让我们假装……"的孩提时代游戏。这一次玩的是谋杀,而且将警方引入游戏。习惯侦探小说读法、扮演侦探角色的读者会失望,

---

① 米歇尔·福柯:《规训与惩罚:监狱的诞生》,刘北成、杨远婴译,北京:生活·读书·新知三联书店,1999年,第75页。
② 王朔:《创作谈(王朔答问)》,葛红兵、朱立冬编:《王朔研究资料》,天津:天津人民出版社,2005年,第36页。

作者的"最终解释"是，书中的人物"什么都没干"①，而且他只是一个"狂人日记"式文本里的读者，"坐在隆隆疾驶的火车窗旁看一本书……故事的主人公沉溺赌博，不务正业，忽一日被警方怀疑有杀人前科，遂一日日整理记忆，拜访旧友，理出一本生活流水账偏偏仍缺七页"②。荒诞不经的情节使它远离几代中国人理解的"现实主义"，显露更多后现代文学的特征。

方言不时为臆想、白日梦、健忘症等精神障碍所困扰，这些失常行为被用来解释各种超验现象。由方言在无意中扮演侦探，患上偏执型精神分裂症的"嫌疑犯们"时而回到过去，时而置身于现在，他们浑浑噩噩地消费人生，他们对流逝时光的察觉给故事抹上悲剧色彩。在某种程度上他们像保罗·奥斯特的"纽约三部曲"里的奎因，陷入所指与能指之间的相互作用的旋涡之中而不能自拔。

《我是"狼"》叙述"我"去一个海岛上旅行，被警方当作杀人疑犯调查的经过。"这个自称是警察名叫单立人的汉子盘问我一早晨了，把我上岛后的每一行动细节都记录下来。事情很简单，今天早晨，一年轻女人的尸体被海浪冲上岸，和尸体同时冲上岸的还有一只印有这个宾馆标记的拖鞋，这只拖鞋便是我住的这个房间的，昨天晚上我一直穿着它。"(223) 这具从大海里捞出的女尸与"我"昔日的女友周瑶有一共同之处，两人都留有当时尚不多见的黄头发。因此，"我"，一个无所事事的退伍军人，成为嫌疑人，受到单立人和他的助手调查。

《我是"狼"》也许是作者以侦探小说的形式探究人的无意识心理活动的一种尝试。激动人心的凶杀根本不曾发生，淹死前女友的行动只不过是一个精神分裂症患者的幻觉，叙事圈套设置在悄然移动的现实和幻觉之间。单立人审讯叙事者，重构此人不光彩的过去以戳穿他的谎言的生动场面同样也是叙事者的臆想。一具尸体通常总会引出一个神秘事件，而这里的尸体预告的神秘事件却并未发生。在这里个人隐私成为一个值得探讨的问题，福柯所说的全景敞视主义的监视（surveillance）受到诘难。

> 你让我觉得你就是那号帽檐压得低低的、拿着个小本到处偷听别人谈话并逐字逐句记录下来的无耻小人。你竟连我十年前在天涯海角随便说的话都知道得一清二楚，莫不是那会儿你就开始监视我了？真可怕，我总以为自己在不被人注意地生活，而结果却是在被聚光灯照的十

---

① 王朔：《创作谈（王朔答问）》，葛红兵、朱立冬编：《王朔研究资料》，天津：天津人民出版社，2005年，第42页。

② 王朔：《玩的就是心跳》，昆明：云南人民出版社，2004年，第252页。

分亮堂的舞台上,一举一动都受到窥探。

我是微不足道的,你应该对人民雪亮的巨眼有所体会。

这巨眼的结构应该是类似苍蝇的那种复眼吧?①

在《人莫予毒》中"群众专政"这种全景敞视主义受到质疑,人们对终日互相盯着"看"的生活感到厌倦。然而王朔仍钟情于一个有头有尾的故事,于是他笨拙地将第一人称叙事转向全知视角。但是读者希冀看到符合逻辑的结局的心理并未得到满足,延宕之后是急转直下的反高潮,"实情遭到漠视、规避、丢失"②。患精神分裂症的叙事人在交替扮演根本不存在的凶手和有名有姓的警探。

以侦探小说形式出现,《我是"狼"》反映了社会转型时期人们的适切性问题。隐匿在轻薄口吻之下的是对因陷入迷惘而自我放逐的那一代人心态的探索。除一具与"案情"不相干的尸体,故事根本不涉及犯罪和侦破。它以幻觉的形式记录下一个与现实格格不入的青年的情感历程,他的自恋实际上是抗拒失落、沮丧心理的自卫行为。昔日的浪漫史和失恋是患者确曾有过的经历,它激发起忧愤的怀旧情绪,也反映出社会形态发生剧变后一个典型落伍者的心境。这是人类历史上往往会出现的人的思维定式(上层建筑)与物质文明(经济基础)的发展不能彼此适应,思维定式超前而物质文明滞后的问题。这个不合时宜的落伍者的前女友代表讲求实际的一群,她能将过去与现在、物质与精神截然分开,缅怀昔日的情怀并不妨碍她享受眼下养尊处优的舒适生活。

尽管王朔对正统意识形态竭尽揶揄讥讽之能事,他对警探小说的颠覆仍基本停留在社会学层次。去除构思巧妙的情节、诙谐而又空洞的对话以及对主流文化的拒绝姿态,王朔的作品便只剩下逃避。文学中的逃避现实历来有众多捧场客,当作表现手段的种种奇思遐想能使人暂时忘却生活中的烦恼,从枯燥乏味的日常劳作中得到解脱。神秘案情、激动人心的侦破行动和始料不及的结局组成的叙事模式赋予侦探小说消遣性,而读到别人受难会使人更深切地感受到自己作为旁观者的安全地位。除此类常规外,王朔小说中的逃避还具有另类自我指涉的意义。他的人物醉心于自欺欺人的神侃、大吃大喝、性事,直至"人造的"冒险,以宣泄被压抑的愤怒和绝望。这在不少读者那里得到赏识,也说明他的逃避依然是政治性的逃避。哈桑归纳出的后现代主

---

① 王朔.《我是"狼"》,《火欲——警官单立人的故事》,北京:群众出版社,1989年,第234页.

② Roland Barthes, *S/Z: An Essay*, Richard Miller, trans. New York: The Noonday Press, 1974, p. 33.

义文学的多种不确定性,如含混、间歇性、异端邪说、随意性、反叛性、反常变态等表现方式均在王朔的作品中出现,它们最终彻底改变中国犯罪文学的写法。

有论者认为妄想或偏执症(paranoia)与精神分裂症(schizophrenia)分别是现代主义与后现代主义的特征之一。①《我是"狼"》中的"我"患的是国外侦探－犯罪小说中常出现的"自罪妄想"(delusion of crime),是偏执性精神病和精神分裂症共有的一种症状。患者自认为犯有谋杀等滔天大罪,或无中生有地列举自己的种种罪状,或尽力夸大自己以往微不足道的过失,遂前往警察局"自首",甘愿受到惩罚。②

"我"后来道出的"实情"是,"我"与另一个女孩发生性关系,并被周瑶发现。"我"在大道上拦住周瑶解释,但是被周瑶断然拒绝,斥责"我"是流氓,"我"因此受到军纪处分。这件事给"我"造成严重心理创伤,进而产生自罪妄想,遂反省自己的过去,梳理凌乱的往事,企图证明自己谋杀过周瑶,其无意识中流露出深藏的懊悔之情。

"实情"本不存在,患精神分裂症的叙事人在交替扮演根本不存在的凶手和有名有姓的警探,却始终未有满足符合侦探小说逻辑的结局出现。作品在现实的环境中着力渲染"我"的复杂而又扭曲的变态心理,在阐发社会转型之际,青年一代迷惘失落的叙事中彰显汉语的十足魅力,这足以令读者在绚丽多彩的语言游戏中暂时迷失方向。

无法以二分法归纳的人物形象

不言而喻,侦探与罪犯是作品中最重要的人物。既然是游戏,其中的人物的离经叛道倾向似乎更容易接受。在王朔貌似玩世不恭的笔触下,正统意识形态话语遭到鄙薄,正反派人物的二分法也随之被解构。所有的人均是他讽刺挖苦的对象,警察亦未能幸免。警官单立人("山里人"的谐音)是一个令读者失望的人物,尤其是习惯高大、正直、无所不能的警察形象的读者。套用欧美的术语,这是一个"反英雄"或"一反常规的英雄"。"从开始发胖他就不穿警服了,老是一身的确良蓝便装,一年四季不换。烟虽没忌掉,抽得也不多,有茶喝茶,没茶白开水也行。跟谁都是和和气气,犯人也不例外。没事时,除了爱按自己的胖脸外,其它什么嗜好也没有,完全是个地地道道的阔脸

---

① Ihab Hassan, *The Postmodern Turn: Essays in Postmodern Theory and Culture*, Columbus: Ohio State University Press, 1987, p. 92.
② 由彭发导演,2012 年出品的电影《追凶》是典型的描述"自罪妄想"的故事。

单眼皮扁鼻头,与世无争,安分守己,闷头闷脑过日子,放在人堆就找不出来的普通市民形象。"(98)

比较"文化大革命"结束后不久的作品中的另一老警察王公伯,我们发现昔日英雄的形象更丰满,也更具诗意。"现在,这个老警察双手习惯地插在裤兜里,迈着苍劲的步子在省公安局大厦的走廊里走着,走着。这里的每个房门,每个台阶对他来说都是那样的熟悉,又是那样的陌生。战争年代,这里是敌人的指挥部。他这个地下党的敌工人员曾体验过多少仇恨和喜悦、痛苦和幸福的感情。若是把他所经历的事如实记录下来,那实在是一部充满着大智大勇、惊心动魄的小说。"①王朔对单立人的"祛英雄化"明白无误地反映出转型时期人们对英雄概念的重新理解,这种心理的改变是以现实为基础的。

在中篇小说《人莫予毒》里,侦探单立人与罪犯白丽换位。他们之间的换位也是"强者"间的换位。这是王朔给读者设下的一个连环套的破案故事,单立人成为第一条转移读者注意力的"熏青鱼"。在一个陌生的城市里,单立人遭到刘志彬、邢邱林等人算计,被刘志彬和他煽动起来的围观者打得鼻青脸肿,他们确信他是流氓。此后他竭力想解开谜团,重构由一起骗奸案引发的巧妙杀人案的曲折过程。不般配婚姻的受害者白丽智力超群、报复心强,自恃"人莫予毒",不把警力放在眼里。她自行执法,巧妙地报复加害于她的两个男人,警方虽然推理无误,虽认定确有一"李代桃僵"者,却未能及时弄清此人的身份。他们跟在白丽身后亦步亦趋,始终显得笨拙、迟钝,处于被嘲弄的尴尬位置,比以私家侦探面目出现、立志复仇的白丽慢半拍,只是一连串犯罪的尴尬证人而已。最后,单立人以偷偷录下白丽的供词勉强挽回脸面,终结这起因自己处置不当,由强奸、诈骗案演变出的杀人案。这是富有想象力的安排,但是由单立人蒙冤被打开始的情节发展到找到真正徐宝生后便出现败笔。作者交代,邢邱林或冒牌徐宝生是偶然间被单立人在街上发现的,当时他正在电话亭里打电话。

先后被刘志彬和白丽捉弄的单立人不再是百战百胜的英雄,倒更像是一个不称职的侦探兼受害者,他的犹豫不决和判断错误使得故事缺乏侦探小说应有的张力。警方守候在邢邱林楼下,看到白丽来找他,助手曲强意识到邢邱林危在旦夕。"别是她截听了电话,来复仇的吧。那要出人命的。"(69)但是单立人执意十分钟后再上楼,致使邢邱林断送性命。

在经历过"文化大革命"等一系列运动,信奉犬儒主义的民众眼里,警察已不再是英雄。"胖胖的女服务员看看年轻民警不阴不阳地说,'人家是警察的

---

① 王亚平:《神圣的使命》,《人民文学》1978年第9期,第52页。

大官,你能随便打人家?'"(10)颠覆小说写作中正反面人物的明晰区分后,所有人物均成为作者揶揄的靶子,他们或书生气十足,或滑稽可笑、卑鄙下流。

　　白丽,一个地质专业的大学生,说话的口吻自然是文绉绉的。"你就在那无边的黑暗中去哭泣、去后悔吧,没人救得了你。真是一失足成千古恨呵!真是一着不慎满盘皆输呵!真是一生心血付诸东流呵!真是机关算尽反送了卿卿性命呵!"(85)白丽是王朔作品中为数不多的强势女性,工于心计,意志顽强。她既是手段高超的罪犯也是精明强干的侦探,集二任于一身。令读者不解的是,警方的口吻亦如出一辙。"年轻民警指着单立人问白丽:'你能确认你当时进的就是这间房子,那个李代桃僵趁机奸污你的无耻之徒就是这个躺在床上的人吗?'"(12)

　　谋杀手段历来是侦探小说写作中的重要技术问题,常见的谋杀手段不外乎投毒、枪击、刀砍、扼杀、制造交通事故等。针对新手们设计的种种匪夷所思的新奇怪诞的方法,范戴恩规定"杀人手法和破案手法必须理性而且科学"①。白丽将话语变成一种谋杀手段,她欺骗邢邱林,谎称他已中毒,诱使他感到绝望,遂自杀了断。在两场语言游戏曲终人散之时,刘志彬服毒自杀(未遂),邢邱林从楼上跳下,"犹如一口袋土豆重重摔在细细的水泥道上"(95)。白丽采用的谋杀方法无疑是对"文化大革命"等政治运动中因言获罪,依言治罪等"文字狱"式政治迫害方式的一种观照。语言,是杀人的利器。《人莫予毒》委婉地以夸张的笔调借一起婚变揶揄不称职的警方,只是缺少杜仑马特的《诺言》或罗布-格里耶的《橡皮》中微妙和形而上的思辨,单凭闹剧式的情节取胜。

　　王朔作品中的种种奇思遐想能使人从枯燥乏味的日常劳作中得到暂时解脱。神秘案件、激动人心的侦破行动和始料不及的结局组成的叙事模式赋予侦探小说消遣性,读到别人受难会使读者更深切地感受到自己作为旁观者的安全地位。

　　王朔笔下的人物张扬个性的逃避不仅具有另类的自我意义,也是对当时仍流行的宏大叙事的解构。含混、间歇性、异端邪说、随意性、反叛性、反常变态等后现代主义文学表现方式均在王朔的作品中出现,它们彻底解构并重构了中国侦探小说类作品的写法,也成为其作者确具有先锋性的佐证。

---

① S. S. Van Dine, "Twenty Rules for Writing Detective Stories", in Howard Haycraft, ed., *The Art of the Mystery Story: A Collection of Critical Essays*, New York: Biblo and Tannen, 1976, p. 191.

第十七章　格非早期作品中的弗洛伊德主义

格非是对侦探小说情有独钟,刻意利用或借用侦探小说的范式图解理念的新时期小说家。笔者对他的《敌人》《迷舟》《青黄》等侦探小说的关注大概始于20年前。《敌人》是笔者讨论或涉及的中外侦探小说类作品中最早的一部,笔者曾写过一些札记,也在"后现代主义文学概论"等课上分析过这部作品。

在课堂上讲到格非,笔者则不可不涉及其作品的解读,尤其是将这些作品作为一种侦探小说解读。侦探小说大多有明快的结局,教师难以用能指的"延异"一类的遁词搪塞。传统的发掘微言大义式的解释、欧美的文本分析,甚至贴标签均是不可免的。

弗洛伊德的学说是破解文学文本中人物性格以及人际关系之谜的利器,他的见解并非无中生有的臆想,是观察、梳理、概括人类精神活动并使之明晰化的成果。弗洛伊德的精神分析学是关注人类精神状态的理论,也是实用的治疗方法。回顾以往的西方文学经典作品描写的人类隐秘的精神活动,我们意识到文学文本可以作为解释并阐发人格结构与意识层次等理论的素材。许多精神分析案例读起来像文学作品,而莎士比亚、陀思妥耶夫斯基等人的作品读起来却像弗洛伊德的个案,两类文本可以互相交融。弗洛伊德主义或其精神分析学说与侦探小说渊源深厚,相互映衬,相互阐发。"弗洛伊德成了精神病学界的福尔摩斯,通过细微的线索寻找各种疑难问题的答案。"[①]

窥探人心的悬疑式侦探小说

与依照传统二分法将文学分为雅俗,鄙视通俗小说的作家不同,格非坦言:"我个人非常喜欢西方的神秘小说,如爱伦·坡和阿加莎·克里斯蒂,非常值得借鉴。"[②]如果持宽泛的定义,认为凡是旨在破解一个神秘事件的故事就是侦探小说,格非的许多作品均可视为侦探小说。《敌人》中的线索与伏笔

---

① D. M. 托马斯:《弗洛伊德说》,任小红译,北京:商务印书馆,2013年,第27页。
② 黎宛冰:《格非:先锋和〈敌人〉》,《北京青年报》2001年6月22日。

敷设、《迷舟》中插入的手绘地图、《蚌壳》中的不在现场证明(alibi)……均显示出格非对侦探小说的熟稔，尤其是经典侦探小说。

不仅具有侦探小说的形式，《敌人》令人毛骨悚然的情节确是一部长篇侦探小说的情节。作者不以揭露真相为目的，但是这并不能消解它的侦探小说性质，只是表明它是另类的侦探小说。神秘的氛围、一连串血腥的神秘犯罪事件、罪犯与侦探的对垒……这些均是侦探小说的情节要素。最耐人寻味的是，读者不知不觉地"入局"，接受侦探的身份，并在无意间与赵家家长赵少忠一起调查扑朔迷离的连环杀人案，将作品变为"可写性文本"。唯一缺失的只是程式化侦探小说结局，即除赵少忠外的罪犯始终未被揭露。

2012年，《敌人》再版。大抵是出于促销的考虑，此小说被贴上包括侦探小说在内的"神秘小说"①标签。二十多年过去了，时间仍不足以加深读者大众对这部在他们看来语焉不详的小说的认识。一些非难之词则表明，部分读者仍以沿袭已久的侦探小说读法审视它。

> 遗憾的是，这本小说虽然名曰《敌人》，从开始到结尾，除了景物描写和心理描写，没有见到"敌人"的一个衣角一个背影。众里寻他千百度，那人却不在小说深处，类似于吃了半碗米饭，混了半个肚饱，怎一个"可恼"了得？
>
> 《敌人》多少显得有些迟滞和匠气，似乎只有借助封底的内容简介才能弄懂作者的苦心，应该说，这部近20万字的长篇在一直铺叙着那些莫名其妙且接踵而来的厄运，积蓄起来的所有恐惧都应该在赵少忠动手的那一刹那！只是可惜得很，杀子的高潮是靠封底的内容简介交代清楚的。②

几桩谋杀案源于长期积累、高度激化的人际矛盾与冲突，赵少忠等以自己的诡秘方式对谋杀案的侦破使《敌人》涉及秘密的暴露，即知识以及知识的获取过程，成为一部侦探小说。因此我们也可以将迪潘、福尔摩斯等侦探视为意欲达到特定认知目标的人物，对真相的探索也即对知识的追求，这不仅是使命，似乎也是孤寂生活中的乐趣之一。

然而，从俄狄浦斯到后现代主义小说中的某些探索真相的人物对于未知事物的态度是矛盾的，有时侦探类人物知晓恶毒犯罪的详情不仅不会随着秩序的恢复而产生祥和感，反倒会令他们迷惘不安。福克纳的《圣殿》

---

① 无天：《作家格非：新版〈敌人〉招来"敌人"一片》，http://blog.sina.com.cn/s/blog_46683c8f0100h2p4.html。

② 同上。

(Sanctuary)中的律师贺拉斯·本博无法鉴别自己获得的信息,因此一筹莫展。王朔《玩的就是心跳》中的方言试图重构过去,其代价便是自身罹患精神分裂症。

依照情节设置,从读者的阅读感受出发,托多洛夫将侦探小说分为究凶、惊悚和悬疑三种。① 悬疑式侦探小说保留"究凶"式的神秘色彩和"两个故事"的结构,即发生在以往的犯罪故事与当下的破案故事。"但是它拒绝将第二个故事简化为一个单纯的发掘真相的故事。"②这类不以发掘真相为目的的悬疑式侦探小说的特征与梅里韦尔等后来归纳的以极简主义、迷宫等为特征的两类后现代主义玄学侦探小说中的第一类③基本重叠。

《敌人》始终无解的悬念似乎暗示侦探在调查过程中试图重构赵家不确定、永远无法证实的过去意味着自身面临隐性的危险、灾难甚至毁灭。《敌人》又是反常规的侦探小说,作者无意遵循经典侦探小说的游戏规则,似乎希冀读者在侦探徒劳无功的探索中得到启示,在探究外部世界的秘密时审视自己的内心。

《青黄》类似寻觅某一不可名状的神秘物件那一类欧美玄学侦探小说,如亨利·詹姆斯的《阿斯彭文稿》。此书通篇情节全然不可信赖,致使结局未卜,虽然诗人的侄女多次提及被"我"觊觎已久的"文稿",却从未在"我"以及读者面前展现这部据说已被付之一炬的诗稿。题为《青黄》的编年史亦不存在,"玄"似乎体现在"青黄"之虚无缥缈。

作者借"我"对谭教授的最新专著《中国娼妓史》第 426 页上一个颇有争议的名词"青黄"的调查,表达对"此在"可信性的思索,是现实与虚构世界的对立。谭教授认为《青黄》是一部记载九姓渔户妓女生活的编年史,扮演侦探角色的"我"的初衷就是找到这部散落在民间的史籍,为此甚至不厌其烦地探问死去的外乡人的棺材中是否有一本书。假想中的能指"书"在调查过程中滑向青春年少的或人老珠黄的妓女、良种狗、草本植物……但是观念中最初的所指始终缺席,它可以是某种具体或抽象事物的名称,也可以是现世不存在的东西。对"青黄"的意蕴的寻觅在虚与实、动与静、生与死的交替中转换,预示人生的无奈,世事的无常和不可捉摸的虚幻。侦探的失败象征着理性在瞬息万变的人世间的无助,情节的空缺则是对书写成文的种种高深理论建构的嘲讽、质疑。成功的认知使人获得自信,失败的认知则使人沮丧,继而领悟

---

① Tzvetan Todorov, *The Poetics of Prose*, Richard Howard, trans., Ithaca: Cornell University Press, 1977, pp. 42—52.
② Ibid., p. 50.
③ 参见本书第九章"《一件臆想杀人案》中的犯罪心理"。

到存在之荒诞不经。

神秘的人与事件常在格非的作品中出现,这些篇什均含有悬疑式侦探小说因子。譬如有关疑案的一些关键情节在肯定与否定之间游移不定,如 T. S. 艾略特在其诗作《J. 阿尔弗瑞德·普鲁弗洛克的情歌》(The Love Song of J. Alfred Prufrock)中所言,作者似乎总会有时间"做出决定,修正决定,一分钟后再推翻重来"。《欲望的旗帜》以曾山家中神秘的半夜来电开篇,接着贾教授的尸体被发现。警方认定教授自杀而死,后来他的学生故弄玄虚道:"我总觉得贾先生的死也许另有原因……"①人们揣测,不等学术会议闭幕警方便会公布有关贾教授死因的正式调查结果,但是最后的交代间接来自慧能院长的评论。"自杀和疯狂,它们才是一对真正的孪生兄弟。"②叙事者对教授之死避重就轻的照应仅限于一些细节,如在第三章交代那个不等接起即被挂断的电话是张末打来的,与贾教授之死无关。

除《敌人》外,格非的其他一些小说亦或多或少采用悬疑式侦探小说的结构、题材,其主要人物是形形色色案件中的嫌犯和业余侦探。《迷舟》描写大战前孙传芳部队的一个旅长萧的"失踪",这位军官身陷阴谋与爱情、谍战与性爱之中而不自知,像迷失在浩渺湖海中的一叶孤舟,随风飘荡,听凭命运摆布。在主人公怀旧的思绪中展开的神秘事件不难破解,但仍是一个螳螂捕蝉,黄雀在后的曲折心理故事。虽有叙事空白有待读者填补,与《褐色鸟群》一类的作品相比,《迷舟》难度较小。悬念迭起,萧的生死系于一线。这个游戏的关键是榆关,一个由萧的哥哥统领的北伐军部队攻陷的小镇。萧的卫士是受命监视萧的侦探兼杀手,他得到的指令是,如果萧去榆关便有通敌嫌疑,就必须杀死他。但是萧赴榆关的目的不是向北伐军传递情报,而是去看望被丈夫割去输卵管的情人杏。阴差阳错,或者是命运的安排,使决心回前线赴死的萧得到情敌三顺的理解与宽宥,最后却死在自己卫士手里。

悬念设置得甚为精妙,"三顺没有走上来,他倚在一棵刺树下,嚼着树叶,冷静地看着他手下的人将萧围起来捅死"③。虽然以性爱与杀戮为经纬编织的情节时有悬念,细心的读者会在阅读进展中循着标识理顺前因后果,找到破解所有悬念的路径。萧是久经沙场的军人,心中十分清楚榆关之行危途叵测,却既无卫士陪伴也不带武器便贸然上路。他的内心活动令读者感到迷茫,最终不免以自己的生活经验比附,得出见仁见智的个性化阐释方案。弗洛伊德的学说在此有说服力,萧自我伤害式的非理性行为似乎在暗示性爱

---

① 格非:《欲望的旗帜》,南京:江苏文艺出版社,1996 年,第 127 页。
② 同上书,第 315 页。
③ 格非:《迷舟》,《格非》,北京:人民文学出版社,2000 年,第 67 页。

(Eros)退场之时也就是死的愿望(Thanatos)登场之际,而"生存本能"和"死亡本能"的交锋是人类社会的普遍现象。文学中的非理性貌似是无法知晓、排他的,实际上探究非理性仍旧必须借助理性。"所以文学可以表现非理性,甚至反理性的活动,但文学作品必须是合乎理性的、可以理解的。"①

中国现代侦探小说历史较短,写作经验积累尚少,多为对欧美同类作品的模仿与借鉴。格非此类作品因袭博尔赫斯等欧美作家对固有范式的颠覆,但是离奇古怪的情节与叙事方式中亦显露出建构中的本土玄学侦探小说范式的痕迹。

"谜的答案始终比谜本身乏味。谜具有超自然,甚至神奇之处;答案只是玩弄手法。"②博尔赫斯这一违背格式塔(Gestalt)或完形心理学的论断在格非作品中被反复演绎。真相不可企及,读者期待中的结局被无限延异,而真相的缺失使先验无法"完形"。

"我想描述一个过程",这是《大年》的题记。在格非的同期作品中,《大年》的场景与时间是十分明晰的,反映抗战期间南方乡村一个青年阿Q式的抗争与湮灭,这个过程延续了整整一个月,从腊月初二到正月初二。在作者诡异的描述下,这个貌似为读者耳熟能详的"打土豪"故事或过程成为一个有待破解的谜,其中的"自我指涉性"在几起未遂与成功谋杀情节中凸现。影子般的人物豹子一贯偷鸡摸狗,不务正业,因此他母亲雇人杀他,却被豹子反制。豹子以酷似阿Q革命的方式加入新四军,凌辱、杀害于他有恩的乡绅丁伯高。谋杀之后是恋情、革命、打家劫舍。最后,豹子被新四军联络员唐济尧摁进水里溺死。处决他的理由是几条互不搭界罪状:洗劫丁家、杀害丁、惯偷、不服从命令。"文本的自我指涉同时指向两个方向,指向叙事中展现的事件,也指向叙事行为本身。"③

20世纪80年代,西方文学思潮纷纷涌进中国,格非等作家注意汲取西方文学的表现方法。他们的作品表现的内容与技巧令人耳目一新,因此理所当然地被贴上"先锋"的标签。格非在情节建构上中断叙事的连续性,在人物塑造方面实验由外向内的转向,以静态的白描手法揭示人物心理活动,采取多种视角反映生活的悖论,通常是以隐形的二元对立模式出现,诸如掩盖在欲望之下的生存本能与死亡本能的抗衡(《敌人》《迷舟》《蚌壳》)、混沌世事中存在与虚无的纠葛(《欲望的旗帜》《大年》《褐色鸟群》)。他在犯罪文学的基

---

① 钱谷融:《文艺问题随想》,《文艺理论研究》1998年第2期。
② 豪·路·博尔赫斯:《死于自己的迷宫的阿本哈坎-艾尔-波哈里》,《博尔赫斯文集·小说卷》,王永年、陈众议等译,海口:海南国际新闻出版中心,1996年,第309页。
③ Linda Hutcheon, *The Politics of Postmodernism*, London: Routledge, 2002, p.72.

本建构中以多种视角探究欲望、友谊、性爱、生死，以激动人心的情节诱惑读者，引导他们由追捧情节转而思考主题。

虽然"先锋"的标签有先入为主之嫌，标签也是最直观最简洁的批评。况且，玄学侦探小说是为先锋派小说家喜爱的形式，它"挫败读者的期待，将一种大众媒介转变为精确表达先锋派敏锐感受的文类。用无序、去中心的神秘事件和无结局替代处于中心人物地位的侦探"①。每一时代均有引领潮流的先锋，具体到格非彼时的作品，则不妨在"先锋"前加上并非仅着眼于历时性的限定词，譬如现实主义（如《欲望的旗帜》）、现代主义（如《青黄》）、后现代主义（如《褐色鸟群》）……甚至可以用"新历史主义"等更精确的定语。

在技巧上，格非在戏仿侦探小说程式的前提下娴熟运用适切不同文学思潮的欧美文本策略与技巧，诸如反讽（irony）、影射（allusion）、拼贴（collage）、碎片化、混杂（pastiche）。"故事中的故事"皆是常用小说技法，在不同风格的作品中显露独到之处。在《蚌壳》中，"故事中的故事"是"我"父亲与长辫子女人的性事。在《大年》中，"故事中的故事"的于玫与唐济尧的暧昧情事降级为隐晦的副情节，在豹子的故事中若隐若现。在《褐色鸟群》中，"故事中的故事"是"自我指涉式"的嵌入。"我"的多重亲身经历与"我"的故事相互衬托、否定，带领被挫败的读者在叙事的迷宫中艰难穿行。

格非不仅熟悉侦探小说，从一些俯拾皆是、驾轻就熟的影射式"互文"中，我们也不难看出作者深受西方经典文学的影响。"晌午时分，他看见村东的一排榆树下远远走来了三个姑娘，她们手里拿着花圈，一边朝村里走，一边停下来向人们打听着什么。"②大年初二，三个姑娘来找赵虎。其中一个挺着大肚子，暗示赵虎在外欠下风流债。为什么不多不少，正是三个？联系到她们对后来情节的预示意义或铺垫，这是莎士比亚《麦克白》中的三个女巫的再现。果然，赵虎的暴死，迹近情杀。

"墙上霉黑的石灰已经剥落了，靠墙放着一张木床，掀开的被褥上依稀可以看出原先的花纹，床架上积满了尘土，枕头的凹坑陷得很深；人的身体躺过的痕迹保留得完好无损，仿佛那个人只是刚刚从床上离开。"（126）赵少忠决定搬入他父亲曾住过的小屋，这是柳柳和翠婶去收拾房间时所见。读过福克纳的哥特小说《献给艾米丽的玫瑰》(*A Rose for Emily*)的人不会忘记令人毛

---

① Stefano Tani, *The Doomed Detective: The Contribution of the Detective Novel to Postmodern American and Italian Fiction*, Carbondale, IL: Illinois University Press, 1984, p. 40.

② 格非:《敌人》,《寂静的声音》,南京：江苏文艺出版社,1996年,第11页。本章下文凡引用同一译文，仅在引文后标明页码。

骨悚然的结尾："后来我们才注意到，旁边那只枕头上有人头枕过的痕迹……"

作品中种种没有做出交代或不符合逻辑的情节似乎暗示格非无意像经典侦探小说家那样探究现实中的秘密，他更留意窥探人心，企图发掘其中难以言表的阴暗。臆想中的"现实"更宜于用玄学侦探小说的形式，以类似精神分析的方法表达，这是格非此类作品不易解读的原因之一。

犯罪起因与弗洛伊德主义的"欲望"

以往主流话语强调精神可以变物质，20世纪80年代格非在文坛出道之时适值知识界"思想解放"之际，这种类似唯意志论的观念受到质疑。"吾所以有大患者，为吾有身，及吾无身，吾有何患。"老子认为有身体便对外部世界有敏锐的感觉，便不免为欲望所羁绊。欲望令人生有所追求，也是痛苦之源。经历多年物质匮乏的磨砺之后，人们受到压抑的欲望再度勃发。他们渴望得到以往被剥夺的一切，在短期内满足马斯洛需求层次理论的所有各级，从日常吃穿用度、性爱，再到自我实现。除此之外，个体主义（individualism）亦彼时国人心中激烈迸发，在与人交往中刻意追求无拘无束的感觉，即自由。较之物欲，情欲更不容易满足。

格非以侦探小说范式与精神分析原理为经纬，定位难分善恶的人物的欲望。这些处于社会底层的平凡人物饱受欲望煎熬，大多欲望是基于补偿心理的对"酒色财气"的觊觎，如《敌人》中的翠婶"体内炽烈的情火"，哑巴对梅梅的父爱转化为对她的花布衫的恋物癖，象征其主人移情别恋的手镯均在暗示这个大家庭匪夷所思的秘事。源于社会与自身的压抑使人心躁动，革命则使原来的社会等级制度瓦解，于是与生俱来的补偿心理极度膨胀。"王侯将相宁有种乎"的平民版本便是对在某一方面比自己优越的他人的嫉妒与敌意，这种心理引发激烈的，甚至你死我活的冲突，这正是格非某些作品中的隐性主题。

然而我们还必须将目光投注到人类相同或相通的补偿心理。此处，弗洛伊德人格理论关于文明与个人之间根本冲突的解释十分切题。文明是人类打造的一把双刃剑，它保护人们免遭不幸，同时也是人们最大不幸之源泉。像其他生物一样，人竭尽所能追求欲望的满足，但是社会逼迫人不得不压抑个性，屈从现实的群体生活。弗洛伊德认为人的精神活动的能量来源于本能（力比多、原欲），这种能量积聚到一定程度就会使机体紧张，寻求释放能量的途径。本能是人一切心理活动的内在动力，其中生的本能与死亡（攻击）本能是最基本的本能。生的本能包括保持个体生存与种族繁衍的性本能,在泛性论者弗洛伊德的观念中,性本能冲动自然专指性欲,但是也泛指人追求快乐的所有欲望,比饮食男女更为宽泛,并非仅仅是交媾与交媾后的杀戮。埋葬赵龙,送走哑巴后,在《敌人》结尾呈现的正是这一幕:

> 赵少忠将那副鸡血色的手镯套在她的手腕上,皮肤上残留的那种凉飕飕的感觉立刻爬遍了她的全身。
>
> 翠婶躺在卧房阴湿的地上,窗洞中洒进来的一缕阳光刺得她睁不开眼,她的耳边灌满了他沉重的喘息声,许多天来一直缠绕着她的晦暗的阴云伴随着屋外远去的风声消失得无影无踪。
>
> 她的呼吸变得越来越急促,衰老的躯体渐渐潮润,她感到高潮正在远远地到来。(208)

作为一种负面社会行为的犯罪,其内在原因或主体责任可以在弗洛伊德的人格理论中得到解释。人格由本我(id)、自我(ego)和超我(superego)构成,我们不妨将犯罪视为罪犯受享乐原则左右的原始本我无法正常过渡到遵从现实原则的扭曲自我,遑论企及或升华到受完美原则支配的理想主义的超我。根据精神分析学,超我人格发育不良是犯罪的首要原因,升华不足或不当则是另一主要原因。① 《敌人》中包括赵少忠在内的嫌犯生活在远离城市文明的乡间,政府与执法、司法官吏全然缺席。赵少忠们未经过社会化的洗礼,似乎是处于混沌状态的自然人,并无守法的观念,善恶全在一念之间。他们不受道德原则约束,又陷入物欲、情欲旋涡中而无法自拔,终于以谋杀手段实现本我追求。

从弗洛伊德的人格理论中寻觅"人何以会犯罪",得到的答案与现代犯罪学中的"返祖现象"②(atavism)基本契合。无论是超我人格发育不良还是升华不足均可归咎人格有缺陷的罪犯对环境或社会的某种"适应不良"(maladaptation),在格非的作品里此种"适应不良"则表现为罪犯试图满足一己私欲而恣意妄为。

中篇小说《蚌壳》是描写犯罪的杰作,也是一个挑战读者推理能力的可写性文本。马那在童年时代目睹父亲与女人私通,身心受到刺激,成年后性能

---

① Frank Schmalleger, *Criminology Today*, Englewood Cliffs, New Jersey: Prentice-Hall, Inc., 1996, p.208.
② "返祖现象"一词由意大利犯罪学家、精神病学家切萨雷·龙勃罗梭(Cesare Lombroso, 1836—1909)造出,他认为犯罪行为是原始冲动的结果,这种原始冲动在人类进化过程中幸免于湮灭。他断言罪犯是一个天生的显露返祖现象的人,迟早会在自己身上再现原始人或低等动物的凶残本能。

力不济,与妻子性生活不和谐,最终被与医生私通的妻子用毒蛇谋杀。充斥整部作品的是几个人物放纵洪水般奔泻的情欲以及为满足情欲而实施的种种阴谋诡计,故事在马那的父亲与长辫子女人、"我"(即马那)与小羊姑娘、马那的妻子与医生这几对男女的性事中展开,淋漓尽致地表现了受情欲折磨、驱使的人物的众生态。《蚌壳》由"我"(即马那)与基本采用外视角的叙述者交替叙事,外视角易于设置悬念,像中国写意画似的"留白",因此常被侦探小说家采用。情节是任意铺陈的,不起眼的故事或本事敷设在其中,欲参与破案的读者必须首先厘清事件发生的先后时间顺序。

经过一个读者重置后的叙事或许是:

1(原2):童年时代,父亲带他去河边摸河蚌,他无意间目睹父亲与那个高大健壮的女人像两条水蛇一般缠绕在一起,震惊不已。

2(原1):"我"去蝙蝠大街7号一家私人诊所看病。从诊所出来,"我"发现自己钥匙丢在那里。"我"回去取钥匙,再度走出诊所时遇到一个来自G省,自称"小羊"的乡下女人,与她首次做爱。

3(原6):"我"再度去蝙蝠大街7号的私人诊所看病。告诉医生"我"梦见妻子要杀掉"我"……医生建议"我"戴墨镜。

4(原3):一个女人在诊所做妇科检查时与她的医生勾搭成奸,事后医生建议她吃毒蛇胆治病。

5(原5):马那与许多天之前在街上相遇的那个来自G省的女人已成为情人,预备这天晚上去与她幽会。傍晚六点零五分,马那对妻子编谎说要出门看望朋友。出门前,马那先去卫生间洗澡,躺在浴盆里时背上被毒蛇咬了一口。

6(原4):一个男人在夜里猝死,虽然背部有伤口出血,警方有悖常理地判断他死于自杀,原因是他从来自G省的那个女人那儿染上梅毒,遂产生轻生之念。

这六节亦可以独立成篇的小故事,依照时间顺序与情节发展重置后又以一个需要读者参与的完整悬疑故事呈现。格非的铺陈合情合理,节奏舒缓有致,前后呼应得当,使情节发展毫无突兀感。他善于细致刻画人物心理,使矛盾冲突显得可信。

马那在对性事懵懂无知的童年时代看到父亲与女人冒雨在芦苇丛中私通,心灵受到极大刺激。待他回到家里——

> 母亲朝他笑了笑。她俯下身咬断被角上的那根长长的白线。阳光从土墙上窗骨的缝隙中照到她身边的地上。

那阳光让他难受。①

作品无疑受到弗洛伊德精神分析学的启发,甚至试图解释弗洛伊德的童年创伤理论的基本思想。通过对梦的解析,弗洛伊德认识到人的不幸童年经历必定使他受到精神创伤。"你们会吃惊地从释梦(最具说服力的是你们自己的梦)中领略到,早期童年获得的印象和经历在人的成长过程中无疑发挥着极大作用……借助多次进步、压抑、升华、逆向形成,一个具有先天别样禀赋的孩子成长为我们所说的正常人,一个承受者,但是在某种程度上他也是一个经历很多痛苦后获得的文明的牺牲品。"②童年受过创伤,力比多无从释放,被压抑到无意识层中,这是马那性格缺陷与性无能的根源。巨人达·芬奇心中尚且留有童年的阴影,"似乎他所有成就和不幸都隐藏在童年的秃鹫幻想之中",遑论马那等"意志薄弱的人……"③

马那首次觉得阳光使他难受时正是回家看到母亲缝被角之时,从此他始终处在"俄狄浦斯情结"的萦绕中④,每每看到阳光射入便会回忆起父亲与那个高大健壮女人的野合。成年后,马那患上一种奇怪的病,看见阳光从窗外射进来便惊慌失措。他向医生讲述过自己童年的这段离奇经历,他的妻子也对警察陈述他看到阳光照在墙上便十分紧张。他想从意识中将此事排斥出去,但是阳光会提醒他。根据精神分析的原理,病人必须在医生的帮助下挖掘身心痼疾的心理根源方可使症状消失。就在心理医生引导马那正视这个根源之际,他死于妻子之手。马那即将进入浴室时,居民委员会的副主任掀开门帘走进来。这个老太太的到访是马那妻子精心策划的反侦探招数,以便案发后让她证明自己案发时不在现场。

在弗洛伊德精神分析学说中,成年后无法准确回忆起的"原初场景"(primal scene,亦译作"原始场景")指孩子首次目睹成人的性行为,尤指父母交媾。孩子不理解此类行为,或许会将它解释为一种神秘的暴力行为。在以独创的"病历"文体写出的《朵拉病历》(*Dora: Fragment of an Analysis of a Case of Hysteria*)⑤中,弗洛伊德转述少女朵拉在谈话中透露她父亲与邻居

---

① 格非:《蚌壳》,《树与石》,南京:江苏文艺出版社,1996年,第207页。
② Sigmund Freud, *Two Short Accounts of Psycho-Analysis*, James Strachey, trans. and ed., London: Penguin Books, 1991, pp.63—64.
③ 西格蒙德·弗洛伊德:《列奥纳多·达·芬奇和他童年的一个回忆》,《弗洛伊德论美文选》,张唤民、陈伟奇译,袁小龙校,上海:知识出版社,1987年,第102页。
④ 弗洛伊德在《图腾与禁忌》中总结自己的研究,提出人类在儿童时代已有性爱意识,而"俄狄浦斯情结"是男人共有的复杂矛盾心理。
⑤ 一种中译本名为《朵拉:歇斯底里案例分析的片段》(弗洛伊德著,刘慧卿译,北京:社会科学文献出版社,2015年)。

K太太的恋情。知晓父母的性纠葛却无能为力,朵拉的唯一出路是罹患歇斯底里症。弗洛伊德认为"朵拉病历"具有普遍意义,儿童时期目击"原初场景"会对人的心理造成持久创伤,引起反常的性冲动或压抑,即成年后粗暴对待或惧怕异性。马那童年时无意间目睹父亲与女人交媾是一种原初场景,他自己后来与妻子的性生活不和谐即源于此,而暗娼"小羊"的善解人意则使他重拾自信。不难想见,"小羊"即在暗示她对马那柔情似水式的驯服。

在更不易读懂的《时间炼金术》中格非采取类似的情节建构,读者必须将由九节构成的几条平行线重构为一个线性故事。孤独的偷窥狂人"我"是另一反常规的英雄,一个午后在医院里孤寂地死去。"我"在少年时代便受到有窥淫癖的同学影响,以捕获前来与"老奸巨猾的国民党上校杨福昌"接头的台湾特务尼克松和安东尼奥尼作为荒诞不经的借口,跟踪杨福昌的孙女、同班女生杨迎,臆想她与男人上床的种种细节。那时"我"便对女性怀有早熟的憧憬,成年后罹患性无能,被妻子抛弃。与马那不同的是,"我"跟踪妻子,企图探明妻子有无外遇,却一无所获。偷窥、窥淫与侦探工作本属于同一性质,即设法窥见某些不为人知的秘密。偷窥、窥淫狂的行径见不得人,侦探的工作则可以在事后解密。实际上,他的(模拟)侦探生涯始于少年时期对臆想的"特务案"的侦破活动,其中亦穿插着对女性身体奥秘的探究。性,尤其是原初场景,与成长有机地黏合在一起,侦探活动则是黏合剂。"成为侦探后,他光明正大地满足了婴儿时期的好奇心,完全克服童年时期便无意识地铭记在心的那种无助的空虚感和焦虑的罪责感。"①

《蚌壳》中的马那、《时间炼金术》中的"我"等主人公均在童年有过不平凡的经历,因此这类作品亦是对成长小说(Bildungsroman)的叛逆。成长小说描写主人公出身卑微,几经磨难,阅尽人世沧桑后终于苦尽甘来,同时也领略到生活的真谛。在格非"一反常规的成长小说"(anti-Bildungsroman)中主人公却不如《人性的枷锁》中的菲利普幸运,童年时代有意的偷窥或无意的窥见使马那们被卑下却又难以满足的欲望萦绕,深陷童年创伤中不能自拔,受辱蒙羞、失败、早夭成为他们的宿命。

弗洛伊德始终是一位复杂的,在诸多方面有争议的人物。他关于人性的见解为持人性善的乐观主义者诟病,为持人性恶的悲观主义者认同。他以读者始料不及的复杂方式言说对于性、梦、无意识等排他性的或难以实证的概念的认识,却被片面理解,一厢情愿地解读。例如,关于爱与欲的分庭抗礼,

---

① Geraldine Pederson-Krag,"Detective Stories and the Primal Scene", in Larry Landrum, Pat Browne and Ray B. Browne, eds., *Dimensions of Detective Fiction*, Bowling Green: Bowling Green State University Popular Press,1976, p. 63.

弗洛伊德深刻地揭示出现代人受到文明的负面影响，违心地表现出病态的欲望。这种欲望似乎不应被理解为单纯的性欲，而是灵与肉交锋中接近物质的一面。谈到英国作家高尔斯华绥描写大学生艾舍斯特与村姑梅根悲剧式恋情的作品《苹果树》时，弗洛伊德指出，"现代文明人的生活再也没有两个人之间简单的自然之爱的任何地盘了"①。这与恩格斯认为的只有在共产主义社会里才能实现以性爱为基础的婚姻的观点一致。况且，在弗洛伊德表述中"爱"常常包括"爱"与"欲"。文明与爱之间的"这种分裂似乎是不可避免的"②。鉴于言语难以准确表述思想或意识、梦具有排他性等尚难以取得突破的限制，弗洛伊德的某些学说（theory）时至今日仍只是假说（hypothesis），有待日后科学实验证实。但是他对欲望的看法甚为中肯，尤其是广义的性欲是人类繁衍与发展的内部助力、个人欲望与文明不免冲突的见解，必将被更多的实例证明。

　　围绕人物的欲望，格非在一些作品中运用弗洛伊德精神分析学说，却并不表明他赞许或责难这种理论。他似乎只是采取戏仿的手法阐发弗洛伊德的学说，有时甚至揶揄他。"我知道你读过很多弗洛伊德的书，我不否认你刚才讲述的那个蚌壳的故事对治疗你的疾病具有一定的价值。据我所知，童年的记忆对一个步入成年的人的精神疾病的诱发并不像弗氏所吹嘘的那样神乎其神。"③为打鬼而借助钟馗，弗洛伊德只是格非的桥段之一。由此出发，他将读者自然而然、合情合理地从侦探小说的范式里引向人们为满足种种欲望而施行的恶行，欺诈、暴力、谋杀……在谈论过所有这些欲望后，我们或许还会在格非作品中窥见人物某种超越"力比多"，无以名状的强烈欲望，也可表述为犯罪学中不明晰的"作案动机"。赵少忠煞费苦心除去家人，仅仅是为享有翠婶的情与爱吗？赵家其他人想要的究竟是什么？他们的欲望不仅是弗洛伊德式的，可以满足的某种具体需要或欲求，也是拉康式的，即从"要求"中减去"需要"后得到的差额。为了莫名的欲望，人们不惜向死而生，铤而走险，这是人类亘古不变的一种痼疾。格非借鉴前辈作家对欲望的描述，亦在自己的可写性文本中以精神分析理论作为种种潜文本的一种"互文"。西方文化的"他者"激发格非的丰富联想，从弗洛伊德深奥假说中想象人物在欲与殇冲突中的挣扎，窥见本土欲望冲突中的"自色悟空"。

---

① 弗洛伊德著，车文博主编：《文明及其缺憾》，北京：九州出版社，2014年，第111页。
② 同上书，第110页。
③ 格非：《蚌壳》，《树与石》，南京：江苏文艺出版社，1996年，第221页。

吸引读者参与的可写性文本

罗兰·巴特提出"可读性文本"(lisible, readerly text)与"可写性文本"(scriptible, writerly text)①一对概念,将以语言为载体的文学写作视为具有所指和能指双重属性的符号学思想的体现,是自我指涉的、想象中的,也是不确定的、开放的。

小说读者熟悉的经典文本大多是可读性文本,以传统的线型叙事展开,叙事内容与形式大抵在他对生活的认知范围之内。这类文本的意义是由作者根据他预测的读者认知水平设定的,相对固定,读者的任务只是被动接受。从寓言时代起,虚构性叙事中充斥着因果报应等超越时空的"正确"观念,这些观念传达明白无误的作者倾向或文学价值,使文学文本成为一种供读者消费的商品。被阅读,这是此类体现某种意识形态的可读性文本存在的唯一理由。利奥塔认为元叙事或宏大叙事即是指具有合法化功能的叙事。可读性文本大多是受同时代或以往社会意识形态的影响或制约,有始有终的定型故事,寄托着某种对未来的憧憬,在伦理即意识形态上"合法"。柯南·道尔《斑点带子案》中的罗伊洛特医生为占有亡妻的遗产谋杀继女,却被福尔摩斯看出端倪,定计设伏使臭名昭著的医生以同一方式死去。恶有恶报,分毫不爽,这类作品可算是一种现代神话。可读性文本充满显性或隐性的说教意味,以高于读者的姿态呈现。由此判断,可读性文本本质上是一种元叙事,带有神话不免染上的理想色彩。

侦探小说,尤其是克里斯蒂等的经典侦探小说是可读性文本,读者可与作者展开公平竞争,发现疑犯,预测结局。读者甚至在展卷伊始便会辨认出高度程式化文本中的某些标识,透过种种障眼法,在开篇时便预测到结局。阅读便是辨认,也是定义。待定义给出并得到验证,阅读便以读者的心理满足甚至心情的愉悦结束。但是,作者的思路不易揣测。即使是在可读性文本中,读者也不免会被愚弄,感到沮丧。P. D. 詹姆斯认为克里斯蒂的线索设计得十分巧妙,足以迷惑读者。在她的一部作品中,一位管家走近紧盯着日历瞧。从字面看,克里斯蒂似乎是要在读者心中植入某一至关重要的线索一定与日期和时间有关联的观念。实际上,她仅仅意欲暗示这位管家是近视眼而已。②

---

① 亦有 Dennis Porter 等译为 readable 与 writable 文本,似乎更易理解。
② P. D. James, *Talking About Detective Fiction*, Toronto: Vintage Canada, 2010, p.99.

作者对侦探小说程式化写作的解构或反叛可令对侦探小说着迷的读者倍感茫然、不知所措,之后少数读者或许会悉心厘清头绪,在最大程度上参与"写作",并从中得到阅读的乐趣。"侦探小说中讲述的故事不无裨益地被描述为写作与阅读的故事,只要它们涉及对'情节'的编写以及破译。"①这便是罗兰·巴特所说的可写性文本,譬如格非的《敌人》与《欲望的旗帜》等。格非甘冒高估读者的耐心与想象力之险,用可写性文本抵御文学的陈规与商品化趋势。

与可读性文本相对的可写性文本实为可以由读者"再度摹写的文本"。可写性文本往往隐含可读性文本予以遮蔽的内容,但是需要由读者自己努力发掘字里行间的微言大义。读者不再被动接受,亦不仅仅满足于与作者展开公平竞争,发现疑犯,预测结局。他在阅读过程中审视、估价、批判作者的文本,建构自己无形的文本,即"再度摹写"。除原作者外,理论上每一读者均是另一作者。在再度摹写中叙事结构被解构,固化的意义则被多重衍生意义取代。面对多重含义,读者成为在语词筑起的迷宫中寻觅出口的探险者。可写性文本无情地使读者解码努力受挫,直至读到卷终处的期待全然落空。格非尤其擅长建构此类文本,譬如《敌人》《青黄》《蚌壳》……

认为侦探小说是一种可写性文本的依据只是文本依赖读者的阅读生成,理论上,多种文本的生成可表述为能指的无限延异。在《敌人》一类解构型文本中,读者苦苦寻觅线索,根据蛛丝马迹得出林林总总、见仁见智的无结局式结局。《敌人》的故事时间跨度为几十年,以子午镇为空间背景,描写殷实的赵家如何在"敌人"暗中攻击下破败。细究之下,读者发现作者并未交代故事发生的具体时间,子午镇位于何省何县亦不得而知,虽然可以根据人物和环境描写大致揣测故事发生在民国时期的江南。

《敌人》从回顾几十年前赵少忠的爷爷赵伯衡时代一场神秘大火开始,这个以倒叙开篇的犯罪故事是侦探小说的传统叙事方法,貌似可信。但是,读者只得自己确定究竟是火灾还是有人纵火。此后的几十年内,赵伯衡、赵景轩、赵少忠祖孙三代均是业余侦探,前赴后继地致力于发现纵火者。赵伯衡临终留下的嫌疑者名单上的人被逐个排除,到赵少忠的父亲赵景轩这一辈时只剩三人。赵少忠在父亲葬礼当天烧毁名单,放弃调查。几十年后,灾难在赵少忠六十大寿前后再度降临。情节发展的走向完全不可预测,产生张力,"前理解"的难度增加,召唤读者再度摹写文本。

---

① Peter Hühn, "The Detective as Reader: Narrativity and Reading Concepts in Detective Fiction", *Modern Fiction Studies*, 33.3 (1987), 451.

第十七章 格非早期作品中的弗洛伊德主义 245

一年内赵家死去五人，出走两人。赵少忠的孙子突然溺死在水缸里，赵太太病死，小儿子赵虎和小女儿柳柳被杀，大女儿梅梅（作者已晦涩地暗示她或许是哑巴的女儿）离开夫家出走，最后是赵家的继承人大儿子赵龙之死与哑巴的离去。在谋杀的阴影笼罩下，赵家人死去散尽，陷入灭顶之灾，也令人联想起那场神秘大火，虽然没有证据表明大火与一系列暴死有关联。至此读者相信一度鼎盛的赵家注定会随着赵少忠的死而覆灭。

"敌人"，顾名思义，是采取敌对态度的人或人群。敌人或因切实的利益冲突产生，如对他人财产、职位、情人等的觊觎，或因虚妄的攀比渐渐不能相容，如职业生涯中的成就与上司的重视程度、社交场上的风头，等等。总之，冲突的起因大抵可归结为"酒色财气"。赵家家道殷实，"几十年前，子午镇上的每一个人都是靠赵家养活的"（158）。遭此无妄之灾，不由赵少忠不信敌人的确存在。"敌人"有实有虚，切实存在的敌人既有历史上的，也有现实中结怨而生的。与赵家暗中较劲儿的三老倌、得不到翠婶的王胡子、被赵龙戴绿帽子的更生、迎娶梅梅的麻脸人……这些人似乎因"新仇"有理由与赵家为敌，却也难排除"旧恨"，虽然他们在火灾发生时或未出生或年纪尚小，却也不能排除他们与赵家流传下来的神秘名单上最后三人有某种关系。格非诱导读者怀着找到凶犯的希望跟踪每一条线索，但是敌人始终隐身于暗处。

赵少忠的孙子猴子溺死在水缸里，貌似被谋杀，使故事开篇便笼罩在经典侦探小说氛围之中。表面上看，猴子的死与在酒席上闹事，摔坏好几只酒盅的麻脸人有关。但是作者暗示，疑凶可能另有他人。赵龙的妻子与人私通，被他撞见后跟情人私奔，一去不返，因此他或许早已悟到孩子并非己出。

> 院子里赵龙和猴子不知为什么事扭打在一起，他们在地上翻滚着，身上沾满了草茎和泥土。翠婶端着一盆衣服笑呵呵地走到廊下，"你看，你们哪里像一对父子，简直就是兄弟俩。"（29）
>
> 十年前，在赵龙的婚礼上赵少忠在众人的起哄中"用含混不清的声音一遍又一遍地重复着使他浑身躁动的那两个字：扒灰扒灰扒灰……"（34）

似乎这是在暗示赵少忠亦有可能是猴子的父亲，然而诸如此类的多处描述均是旨在调动读者参与的障眼法，既无从证实也无法证伪。积极参与的读者或会因失败而感到沮丧，因为作者可以随时放弃循序渐进式（the progressive）的情节，转而设置多重、多种偏离正途的情节（the digressive）或转移注意力的话题以迷惑甚至愚弄读者。读者无法跟上作者的思路，不可避免地会大失所望。

《大年》与《敌人》《青黄》《失踪》等不同，既无含混不清的情节，结局亦十分明晰。但是,并非所有读者都可以循着作者欲盖弥彰的叙事策略看出"借刀杀人"的本土政治以及性爱与革命的纠葛。换言之,读者预料到的结局或许不在作者的预期视域之内。故事的"自我指涉性"引导读者扮演侦探的角色,质疑作者叙事的合理性,从无可挑剔的叙述里窥见小陷阱里的大陷阱,领略"螳螂捕蝉,黄雀在后"谋略与《三国演义》式狡狯。黄雀是谁?唐济尧、二姨太于玫、尼姑法安、新四军挺进中队的某一首长……文本在此成为文字组成的一个圆圈,循环往复。豹子被明正典刑以后,于玫与唐济尧一起失踪。对于此种小说结局,我们不妨借用文学术语"显现"(epiphany)的概念探讨。"显现"在基督教神学家那里本指上帝在尘世间现身,也可指研究中的突破性进展。詹姆斯·乔伊斯(James Joyce,1882—1941)首次在其作品《青年艺术家的肖像》(*A Portrait of the Artist as a Young Man*)中赋予它文学意义,指人物在观察寻常事物时不经意间获得启发,是一种"突如其来的精神显现"。《大年》的结局自有深层意蕴,有可能导向另一"结局"。读者必须发挥想象力,享受侦探小说读者的顿悟式"显现"。梅里韦尔用"anti-epiphany"描述"显现"缺席的状态[1],似乎可以权且译作"显现的隐匿"。

早在20世纪初,弗洛伊德的学说便传入中国,并在鲁迅、郭沫若、郁达夫、穆时英等作家和诗人的作品中留下鲜明的印记。经历过长期沉寂之后,弗洛伊德的学说再度受到关注。囿于当代中国作家的知识结构,弗洛伊德并未在文学中得到广泛反映。学者型作家格非是对弗洛伊德理解最为透彻的当代作家之一,他的早期作品中有部分篇什以欧美侦探小说形式写就,借助弗洛伊德的学说解释文学中不易阐发的种种微妙之处。弗洛伊德借助文学作品论证其学说的合理性,文学家们则在这一学说中发掘以往文学尚未充分表现的"现实",也即人物的心理现实。

  侦探小说与弗洛伊德主义在亘古不变的人性的恶中契合,尤其是那些原始、隐秘、难以表述的恶。罪犯的一己私欲与社会的群体利益形成矛盾冲突,在欲望无法以常规手段达到时,恶性膨胀,诉诸犯罪,而且往往是谋杀之类最极端的形式。格非的作品涉及非理性主义、焦虑以及本能、防御机制、无意识等弗洛伊德热衷的问题,是与弗洛伊德的潜对话,亦是对已进入人类思想史的弗洛伊德学说的阐释与发挥。"现代艺术作品,似乎与历史无关,实际上完

---

[1] Patricia Merivale, "Gumshoe Gothics: Poe's 'The Man of the Crowd' and His Followers", in Patricia Merivale and Susan Elizabeth Sweeney, eds., *Detecting Texts: The Metaphysical Detective Story from Poe to Postmodernism*, Philadelphia: University of Pennsylvania Press, 1999, p. 103.

全与历史相关。"①以侦探小说形式呈现的文学与弗洛伊德精神分析学的交集大体上是一种对后者明晰化、超越式的阐释，产生出有别于弗洛伊德学说阐释文本的间接阐释文本。以弗洛伊德著作为参照系，文学家在时间上或超前，或同时，或滞后，在理念上或趋同，或迥异，或以反讽、戏仿、拼贴、混杂、碎片化等手法在自己作品中呈现某种互文。

文学作品承载并图解某一哲学、政治社会理念或与之交集本是很微妙的事业，不过古往今来无数弄巧成拙的实验既败坏文学也玷污理念。除却庸俗肤浅的宣传品外，完全趋同某一套理念的作品尚不多见，譬如作为文学家的萨特在自己的作品中解说作为哲学家的萨特的存在主义。弗洛伊德主义问世后鲜有全盘接受这种理论的文学作者，在许多欧美作品中，弗洛伊德受到无情的揶揄。在爱尔兰小说家弗兰克·奥康纳(Frank O'Connor, 1903—1966)的短篇小说《我的俄狄浦斯情结》(My Oedipus Complex)②、当代美国小说家布赖斯·沃尔顿(Bryce Walton)的《阿波罗大夫》(Doctor Apollo)③等作品中，俄狄浦斯情结、伊拉克特拉情结(Electra complex, 恋父情结)、俄瑞斯忒斯情结(Orestes complex, 仇母情结)等弗洛伊德经典话语受到嘲弄，被视为不切实际、于事无补的荒诞概念。

在格非的小说中，作者对弗洛伊德理论的解释仍有待读者发掘、探索。但是，为揭开掩盖在可以想象却又无法窥见的生存本能与死亡本能的抗衡这一与生俱来的冲突，弗洛伊德的理论或假说是无法回避的。

---

① 阿多诺：《美学理论》，王柯平译，成都：四川人民出版社，1998年，第47页。
② 《我的俄狄浦斯情结》以第一人称视角回忆"我"五岁时与父亲的种种冲突。小说中译文收入朱敬才、陈淑仪选注的《我的俄狄浦斯情结：弗兰克·奥康纳短篇小说选》(天津：南开大学出版社，2013年)。
③ 据希腊神话所述，俄瑞斯忒斯是特洛伊战争时希腊联军统帅阿伽门农的儿子，他为被母亲克吕泰墨斯特拉谋害的父亲报仇，在姐姐伊拉克特拉的帮助下杀死母亲和她的情人。《阿波罗大夫》描写少年戈尔曼出于仇恨杀死母亲的情人，后来受到"俄瑞斯忒斯情结"的暗示，血腥谋杀自己的母亲。See Alfred Hitchcock, selected, *The Best of Mystery*, New York: Galahad Books, 1986.

参考文献

中　文

A. 阿达莫夫:《形形色色的案件》,尹明华、李佑华译,北京:群众出版社,1981年。

阿多诺:《美学理论》,王柯平译,成都:四川人民出版社,1998年。

路易·阿尔都塞:《关于艺术问题给安德烈·达斯普莱的复信》,拉曼·塞尔登编:《文学批评理论:从柏拉图到现在》,刘象愚等译,北京:北京大学出版社,2003年。

阿加莎·克里斯蒂:《罗杰疑案》,辛可加译,北京:人民文学出版社,2006年。

——《无人生还》,王丽丽、刘万勇译,贵阳:贵州人民出版社,1998年。

阿英编:《晚清小说丛抄·小说戏曲研究卷》,北京:中华书局,1960年。

——《晚清小说史》,北京:人民文学出版社,1980年。

M. H. 艾布拉姆斯:《镜与灯:浪漫主义文论及批评传统》,郦稚牛、张照进、童庆生译,王宁校,北京:北京大学出版社,1989年。

爱克曼辑录:《歌德谈话录》,朱光潜译,北京:人民文学出版社,1978年。

安遇时等编撰:《包公案》,北京:北京燕山出版社,1996年。

乔治·奥威尔:《一九八四 上来透口气》,孙仲旭译,南京:译林出版社,2002年。

切萨雷·贝卡里亚:《论犯罪与刑罚》,黄风译,北京:北京大学出版社,2008年。

柏拉图:《理想国》,北京:商务印书馆,1986年。

——《〈米诺篇〉〈费多篇〉译注》,徐学庸译,北京:北京大学出版社,2015年。

本雅明:《发达资本主义时代的抒情诗人》,张旭东、魏文生译,北京:生活·读书·新知三联书店,1989年。

波德莱尔:《现代生活的画家》,郭宏安译,杭州:浙江文艺出版社,2007年。

——《1846年的沙龙:波德莱尔美学论文集》,郭宏安译,桂林:广西师范大学出版社,2002年。

豪·路·博尔赫斯:《博尔赫斯文集·诗歌随笔卷》,陈东飚、陈子弘等译,海口:海南国际新闻出版中心,1996年。

——《博尔赫斯文集·小说卷》,王永年、陈众议、陈众议等译,海口:海南国际新闻出版中心,1996年。

卜安淳:《刑案与侦探——谈公案小说中的侦探作品》,《古典文学知识》1992年第2期。

曹正文:《世界侦探小说史略》,上海:上海译文出版社,1998年。

陈　恺:《〈徐秋影案件〉忽视了思想性》,《大众电影》1958年第24期。

陈　染:《沙漏街的卜语》,长春:时代文艺出版社,2001年。

陈光孚:《魔幻现实主义》,广州:花城出版社,1986年。

陈平原等编:《二十世纪中国小说理论资料》(第一卷),北京:北京大学出版社,1997年。
程小青:《她为什么被杀》,上海:上海文化出版社,1956年。
狄更斯:《荒凉山庄》(上册),黄邦杰、陈少衡、张自谋译,上海:上海译文出版社,1979年。
恩格斯:《恩格斯致玛·哈克奈斯(4月初)》,《马克思恩格斯选集》(第四卷),北京:人民出版社,1972年。
范伯群主编:《中国近现代通俗文学史》(上卷),南京:江苏教育出版社,2010年。
方　方:《行为艺术 中北路空无一人》,北京:人民文学出版社,2006年。
冯梦龙:《警世通言》,北京:华夏出版社,2008年。
冯梦龙编:《醒世恒言》下,钟仁校注,西安:陕西人民出版社,1985年。
——《喻世明言》(下),赵俊玠、文飞校注,西安:陕西人民出版社,1985年。
西格蒙德·弗洛伊德:《列奥纳多·达·芬奇和他童年的一个回忆》,《弗洛伊德论美文选》,张唤民、陈伟奇译,裘小龙校,上海:知识出版社,1987年。
——《陀思妥耶夫斯基与弑父者》,孙庆民等译,车文博主编:《弗洛伊德文集》(7),长春:长春出版社,2004年。
——《〈俄狄浦斯王〉与〈哈姆雷特〉》,《弗洛伊德论美文选》,张唤民、陈伟奇译,裘小龙校,上海:知识出版社,1987年。
——《精神分析引论》,高觉敷译,北京:商务印书馆,1984年。
——《精神分析学引论·新论》,罗生译,南昌:百花洲文艺出版社,1997年。
弗洛伊德著,车文博主编:《文明及其缺憾》,北京:九州出版社,2014年。
米歇尔·福柯:《规训与惩罚:监狱的诞生》,刘北成、杨远婴译,北京:生活·读书·新知三联书店,1999年。
格　非:《蚌壳》,《树与石》,南京:江苏文艺出版社,1996年。
——《敌人》,《寂静的声音》,南京:江苏文艺出版社,1996年。
——《迷舟》,《格非》,北京:人民文学出版社,2000年。
——《欲望的旗帜》,南京:江苏文艺出版社,1996年。
格雷厄姆·格林:《一支出卖的枪》,傅惟慈译,上海:上海译文出版社,2010年。
葛红兵、朱立冬编:《王朔研究资料》,天津:天津人民出版社,2005年。
维托尔德·贡布罗维奇:《巴卡卡伊大街》,杨德友、赵刚等译,上海:上海文艺出版社,2014年。
何雅洁:《评"徐秋影案件"的人物塑造》,《中国电影》1958年第12期。
洪治纲编:《余华研究资料》,天津:天津人民出版社,2007年。
易竹贤辑录:《胡适论中国古典小说》,武汉:长江文艺出版社,1987年。
黄岩柏:《中国公案小说史》,沈阳:辽宁人民出版社,1991年。
黄永林:《中国"公案小说"与西方"侦探小说"的比较研究》,《外国文学研究》1994年第3期。
黄泽新、宋安娜:《侦探小说学》,天津:百花文艺出版社,1996年。
卡伦·霍妮:《我们时代的神经症人格》,冯川译,陈维政校译,贵阳:贵州人民出版社,2004年。

杰姆逊讲演:《后现代主义与文化理论》,唐小兵译,北京:北京大学出版社,1997年。
金缕曲:《惊险影片创作的歧路——评影片"徐秋影案件"》,《中国电影》1958年第12期。
金雨困:《她为什么被杀》,《人民日报》1955年11月14日。
康　德:《单纯理性限度内的宗教》,李秋零译,北京:中国人民大学出版社,2003年。
孔慧怡:《还以背景,还以公道——论清末民初英语侦探小说中译》,王宏志编:《翻译与创作:中国近代翻译小说论》,北京:北京大学出版社,2000年。
奎恩编:《爱伦·坡集:诗歌与故事》(上、下),曹明伦译,北京:生活·读书·新知三联书店,1995年。
李欧梵:《中国现代文学的传统和创新——以麦家的间谍小说为例》,《中国现代文学研究丛刊》2017年第2期。
黎宛冰:《格非:先锋和〈敌人〉》,《北京青年报》2001年6月22日。
梁漱溟:《中国文化要义》,上海:学林出版社,1987年。
林佛儿:《人猿之死》,《推理》1985年2月第4期。
刘　勰:《文心雕龙注释》,周振甫注,北京:人民文学出版社,1981年。
刘　焱:《公案小说与侦探小说比较研究》,《天中学刊》2015年第5期。
洛　克:《人类理解论》(上册),关文运译,北京:商务印书馆,1983年。
卢那察尔斯基:《论文学》,蒋路译,北京:人民文学出版社,1978年。
卢　梭:《社会契约论》,李平沤译,北京:商务印书馆,2017年。
鲁　迅:《再论雷峰塔的倒掉》,《鲁迅全集》(第一卷),北京:人民文学出版社,1981年。
——《中国小说的历史的变迁》,《鲁迅全集》(第九卷),北京:人民文学出版社,1981年。
华莱士·马丁:《当代叙事学》,伍晓明译,北京:北京大学出版社,1990年。
加西亚·马尔克斯:《番石榴飘香》,见崔道怡、朱伟、王青风、王勇军编:《"冰山"理论:对话与潜对话》(下册),北京:工人出版社,1987年。
——《百年孤独》,黄锦炎、沈国正、陈泉译,上海:上海译文出版社,1984年。
——《一桩事先张扬的凶杀案》,李德明、蒋宗曹等译,北京:中央编译出版社,2004年。
马克思、恩格斯:《费尔巴哈》,《马克思恩格斯选集》(第一卷)。北京:人民出版社,1972年。
毛泽东:《驳"舆论一律"(一九五五年五月二十四日)》,《毛泽东选集》第五卷,北京:人民出版社,1977年。
——《在延安文艺座谈会上的讲话(一九四二年五月)》,《毛泽东选集》第三卷,北京:人民出版社,1966年。
——《在中国共产党第七届中央委员会第二次全体会议上的报告》(一九四九年三月五日),《毛泽东选集》第四卷,北京:人民出版社,1966年。
孟犁野:《中国公案小说艺术发展史》,北京:警官教育出版社,1996年。
J.希利斯·米勒:《解读叙事》,申丹译,北京:北京大学出版社,2002年。
苗怀明:《中国古代公案小说史论》,南京:南京大学出版社,2005年。
牟宗三、徐复观、张君劢、唐君毅:《中国文化与世界——我们对中国学术研究及中国文化与世界文化前途之共同认识》,张一兵、周宪主编:《唐君毅新儒学论集》,南京:南京大学出版社,2008年。

孟元老等:《东方梦华录(外四种)》,上海:古典文学出版社,1957年。

蒲松龄:《聊斋志异》会校会注会评本(上),张友鹤辑校,上海:上海古籍出版社,2011年。

斯拉沃热·齐泽克:《斜目而视:透过通俗文化看拉康》,季广茂译,杭州:浙江大学出版社,2011年。

——《意识形态的幽灵》,斯拉沃热·齐泽克等:《图绘意识形态》,方杰译,南京:南京大学出版社,2002年。

钱谷融:《文艺问题随想》,《文艺理论研究》1998年第2期。

任翔、高媛主编:《中国侦探小说理论资料(1902—2011)》,北京:北京师范大学出版社,2013年。

荣格:《集体无意识的原型(1934/1950)》,《荣格文集》,冯川译,北京:改革出版社,1997年。

让-保尔·萨特:《恭顺的妓女》,让-保尔·萨特著,艾珉选编:《萨特读本》,北京:人民文学出版社,2005年。

萨克雷:《名利场》(一),杨必译,北京:人民文学出版社,1957年。

莎士比亚:《安东尼与克莉奥佩特拉》,朱生豪译,《莎士比亚全集》(十),北京:人民文学出版社,1978年。

——《麦克白》,朱生豪译,《莎士比亚全集》(八),北京:人民文学出版社,1978年。

申丹:《叙事、文体与潜文本——重读英美经典短篇小说》,北京:北京大学出版社,2009年。

——《叙述学与小说文体学研究》(第三版),北京:北京大学出版社,2004年。

申丹、韩加明、王丽亚:《英美小说叙事理论研究》,北京:北京大学出版社,2005年。

施蛰存:《凶宅》,施蛰存著,刘凌、刘效礼编:《施蛰存全集·十年创作集》,上海:华东师范大学出版社,2011年。

石泽英太郎:《隐私知道过多的人》,松本清张、森村诚一等:《日本推理小说选》,吴树文、文朴译,北京:群众出版社,1980年。

奥斯瓦尔德·斯宾格勒:《西方的没落》(一、二卷),吴琼译,上海:上海三联书店,2006年。

罗时润、田一民译释:《〈洗冤集录〉今译》,福州:福建科学技术出版社,2005年。

索福克勒斯:《俄底浦斯王》,罗念生译,《罗念生全集》第三卷(《索福克勒斯悲剧五种》),上海:上海人民出版社,2016年。

——《俄底浦斯在科罗诺斯》,罗念生译,《罗念生全集》第三卷(《索福克勒斯悲剧五种》),上海:上海人民出版社,2016年。

D. M. 托马斯:《弗洛伊德说》,任小红译,北京:商务印书馆,2013年。

陀思妥耶夫斯基:《陀思妥耶夫斯基论艺术》,冯增义、徐振亚译,桂林:漓江出版社,1988年。

王朔:《火欲——警官单立人的故事》,北京:群众出版社,1989年。

——《青春无悔:王朔影视作品集》,北京:中国社会科学出版社,1993年。

——《玩的就是心跳》,昆明:云南人民出版社,2004年。

王　韬:《弢园尺牍》,汪北平、刘林编校,北京:中华书局,1959年。
王逢振:《漫谈西方的侦探小说》,《啄木鸟》1985年第6期。
王小波:《我的精神家园》,北京:文化艺术出版社,1997年。
王亚平:《神圣的使命》,《人民文学》,1978年第9期。
王守仁撰:《王阳明全集》(全二册),吴光、钱明、董平、姚延福编校,上海:上海古籍出版社,1992年。
魏子云:《金瓶梅的问世与演变》,台北:时报文化出版事业有限公司,1981年。
吴　晗:《金瓶梅的著者时代及其社会背景》,姚灵犀编:《金瓶梅研究论集》,香港:华夏出版社,1967年。
吴趼人:《〈中国侦探案〉弁言》,魏绍昌编:《吴趼人研究资料》,上海:上海古籍出版社,1980年。
萧　元:《王朔再批判》,长沙:湖南出版社,1993年。
梓潼、谢无量:《中国大文学史》,上海:中华书局,1918年。
亚里士多德:《诗学》,陈中梅译注,北京:商务印书馆,2009年。
——《政治学》,吴寿彭译,北京:商务印书馆,1965年。
燕　返:《替身》,韩璇编:《2016年中国侦探小说精选》,武汉:长江文艺出版社,2017年。
杨　义:《中国现代小说史》(全三卷),北京:人民文学出版社,1991年。
叶兆言:《古老话题》,南京:江苏文艺出版社,1994年。
——《绿色陷阱》,哈尔滨:北方文艺出版社,1993年。
尤凤伟:《一桩案件的几种说法》,《小说月报》2000年第1期。
维克多·雨果:《九三年》,桂裕芳译,南京:译林出版社,1998年。
于洪笙:《幻影城里的真与假——从侦探文学看东西方审美意识的不同》,《文艺报》1999年4月11日第7版。
袁行霈主编:《中国文学史》第二版(第一——四卷),北京:高等教育出版社,2005年。
萧金林:《中国现代通俗小说选评·侦探卷》,上海:上海文艺出版社,1992年。
周作人:《谈龙集》,上海:开明书店,1927年。
朱光潜:《悲剧心理学——各种悲剧快感理论的批判研究》,张隆溪译,北京:人民文学出版社,1983年。
朱智光:《电影艺术要更好地表现肃反斗争的群众路线——看"徐秋影案件"所想到的》,《中国电影》1958年第12期。

英　文

Adorno, T. W. *Notes to Literature*, Vol. II. Trans. Shierry Weber Nicholsen. Shanghai: Shanghai Foreign Language Education Press, 2009.

Allen, G. *Intertextuality*. London and New York: Routledge, 2000.

Auden, W. H. "The Guilty Vicarage". In Robin W. Winks, ed., *Detective Fiction: A Collection of Critical Essays*. Englewood Cliffs, N. J.: Prentice-Hall. Inc., 1980.

Barthes, R. *S/Z: An Essay*. Trans. Richard Miller. New York: The Noonday Press, 1974.

——*The Pleasure of the Text*. Trans. Richard Miller. New York: Hill and Wang, 1975.

Bassnett, S. *Translation Studies* (Third Edition). Shanghai: Shanghai Foreign Language Education Press, 2004.

Bennett, D. "The Detective Story: Towards a Definition of the Genre". *PTL: A Journal for Descriptive Poetics and the Theory of Literature*, 4 (1979): 233—266.

Black, J. *The Aesthetics of Murder: A Study in Romantic Literature and Contemporary Culture*. Baltimore and London: The Johns Hopkins University Press, 1990.

Boyd, M. *The Reflexive Novel: Fiction as Critique*. London and Toronto: Associated University Presses, 1983.

Burke, E. *A Philosophical Enquiry into the Origin of Our Ideas of the Sublime and Beautiful*. London: Routledge & Kegan Paul, 1958.

Cawelti, J. G. *Adventure, Mystery, and Romance: Formula Stories as Art and Popular Culture*. Chicago and London: The University of Chicago Press, 1976.

Chernaik, W., Swales, M., and Vilain, R., eds. *The Art of Detective Fiction*. New York: St. Martin's Press, Inc., 2000.

Coletti, T. *Naming the Rose: Eco, Medieval Signs and Modern Theory*. Ithaca and London: Cornell University Press, 1988.

Connor, S. *Postmodernist Culture: An Introduction to Theories of the Contemporary* (Second Edition). Cambridge, Massachusetts: Blackwell Publishers, 1997.

Corry, L and Giovanolli, R. "Jorge Borges, Author of the Name of the Rose". *Poetics Today*, 13.3(1992): 419—445.

Couturier, M. "Nabokov in Postmodern Land". *Critique*, 34.2 (1993): 247.

De Quincey, T. "On the Knocking at the Gate in Macbeth". In M. H. Abrams ed., *The Norton Anthology of English Literature* (Fifth Edition), Vol. 2. New York & London: W. W. Norton & Company, 1986.

——*The Works of Thomas De Quincey*, Vol. 6. London: Pickering & Chatto, 2000.

Doyle, A. C. *The Complete Adventures of Sherlock Holmes*. London: Penguin Group, 1988.

Eagleton, T. "The Contradictions of Postmodernism". *New Literary History*, 28, 1 (Winter, 1997): 1—6.

Eco, U. *The Name of the Rose*, Trans. William Weaver. New York: Warner Books, Inc., 1986.

——*The Limits of Interpretation*. Bloomington: Indiana University Press, 1990.

——*Reflections on The Name of the Rose*. Trans. William Weaver. London: Secker and Warburg, 1985.

——*The Role of the Reader: Explorations in the Semiotics of Texts*. Bloomington: Indiana

University Press, 1979.

——Six Walks in the Fictional Woods. Cambridge, Mass.: Harvard University Press, 1994.

Eco, U. and Sebeok, T. A., eds. Sign of Three: Dupin, Holmes, Pierce. Bloomington: Indiana University Press, 1984.

Ferber, M. A Dictionary of Literary Symbols. Cambridge: Cambridge University Press, 2007.

Field, A. Nabokov: His Life in Art. London: Hodder and Stoughton, 1967.

Fokkema, D. Literary Doctrine in China and Soviet Influence, 1956—1960. London: The Hague, 1965.

Fokkema, D. and Bertens, H., eds. Approaching Postmodernism: Papers Presented at a Workshop on Postmodernism, 21—23 September 1984, University of Utrecht. Amsterdam/Philadelphia: John Benjamins Publishing Company, 1986.

Fowles, J. The French Lieutenant's Woman, New York: Signet, 1970.

Freud, S. "Some Character-Types Met with in Psycho-Analytic Work". In James Strachey ed. The Standard Edition of the Complete Psychological Works of Sigmund Freud, Vol. 14. London: Hogarth Press and Institute of Psychoanalysis, 1957.

——Two Short Accounts of Psycho-Analysis. Trans. and ed. James Strachey. London: Penguin Books, 1991.

Geyh, P., Leebron, F. G., and Levy, A., eds. Postmodern American Fiction: A Norton Anthology. New York and London: W. W. Norton & Company, 1998.

Gilford, C. B. "Murder, 1990". In Alfred Hitchcock, selected, The Best of Mystery. New York: Galahad Books, 1986.

Grabes, H. Fictitious Biographies: Vladimir Nabokov's English Novels. Paris: Mouton, 1977.

Grossvogel, D. I. Mystery and Its Fiction: From Oedipus to Agatha Christie. Baltimore and London: The Johns Hopkins University Press, 1979.

Harmon, W. and Holman, C. H., eds. A Handbook to Literature (Seventh Edition). Upper Saddle River, New Jersey: Prentice Hall, 1996.

Hassan, I. The Postmodern Turn: Essays in Postmodern Theory and Culture. Columbus: Ohio State University Press, 1987.

Hawthorne, N. "Fancy's Show Box, A Morality". In Hawthorne, N. Twice Told Tales. Boston: American Stationery Co., John B. Russell, 1837.

Haycraft H., ed. The Art of the Mystery Story: A Collection of Critical Essays. New York: Biblo and Tannen, 1976.

——Murder for Pleasure: The Life and Times of the Detective Story. New York: Carroll & Graf Publishers, Inc., 1984.

Hobbes, T. Leviathan: Of Man and Common-wealth. Chengdu: Sichuan People's

Publishing House, 2017.

Hodgson, J. A. "The Recoil of 'The Speckled Band': Detective Story and Detective Discourse." *Poetics Today*, 13.2 (1992): 309—324.

Hühn, P. "The Detective as Reader: Narrativity and Reading Concepts in Detective Fiction". *Modern Fiction Studies*, 33.3 (1987): 451—466.

Hutcheon, L. *A Poetics of Postmodernism: History, Theory, Fiction*. New York and London: Routledge, 1989.

——*The Politics of Postmodernism*. London: Routledge, 2002.

Irwin, J. T. *The Mystery to a Solution: Poe, Borges, and the Analytic Detective Story*. Baltimore and London: The Johns Hopkins University Press, 1994.

James, P. D. *Devices and Desires*. London: Penguin Books, 1990.

——*The Lighthouse*. London: Faber and Faber Limited, 2005.

——*Talking About Detective Fiction*. Toronto: Vintage Canada, 2010.

——*An Unsuitable Job for a Woman*. New York: Warner Books, 1972.

Johnson, B. "The Frame of Reference: Poe, Lacan, Derrida". *Yale French Studies*, 55.56 (1975): 457—505.

Kastan, D. S., ed. *The Oxford Encyclopedia of British Literature*. Oxford & Shanghai: Oxford University Press & Shanghai Foreign Language Education Press, 2009.

Kelsen, H. *Pure Theory of Law*. Trans. Max Knight. Beijing: China Social Sciences Publishing House, Chengcheng Books, LTD., 1999.

Kermode, F., ed. *Selected Prose of T. S. Eliot*. New York: Harcourt Brace Jovanovich, Farrar, Straus and Giroux, 1975.

Kristeva, J. *Revolution in Poetic Language*. Trans. Margaret Waller. New York: Columbia University Press, 1984.

Lacan, J. *Ecrits*. New York: W. W. Norton & Company, 2004.

Landrum, L., Browne, P. and Browne, R. B., eds. *Dimensions of Detective Fiction*. Bowling Green: Bowling Green State University Popular Press, 1976.

Lyotard, J.-F. "Answering the Question: What Is Postmodernism?" In Thomas Docherty ed., *Postmodernism: A Reader*. New York: Harvester Wheatsheaf, 1993.

Macleod, C. *Grab Bag*. New York: Avon Books, 1987.

Malmgren, C. D. *Anatomy of Murder: Mystery, Detective, and Crime Fiction*. Bowling Green: Bowling Green State University Popular Press, 2001.

Mansfield-Kelley, D. and Marchino, L. A., eds. *The Longman Anthology of Detective Fiction*. New York: Pearson and Longman, 2005.

Marcus, G. *Lipstick Traces: A Secret History of the Twenties Century*. Cambridge, Mass.: Harvard University Press, 2009.

McHale, B. *Constructing Postmodernism*. London and New York: Routledge, 1992.

Merivale, P. and Sweeney, S. E., eds. *Detecting Texts: The Metaphysical Detective Story* from *Poe to Postmodernism*. Philadelphia: University of Pennsylvania Press, 1999.

Miller, H. *Reading Narrative*. Norman: University of Oklahoma Press, 1998.

Most, G. W. and Stowe, W. W., eds. *The Poetics of Murder: Detective Fiction and Literary Theory*. New York: Harcourt Brace, 1983.

Muller, J. and Richardson, W. J., eds. *The Purloined Poe: Lacan, Derrida and Psychoanalytic*. Baltimore and London: The Johns Hopkins University Press, 1988.

Murray, M., ed. *A Jacques Barzun Reader*. New York: Harper Collins Publishers, 2003.

Nabokov, V. *The Real Life of Sebastian Knight*. London: The Shenval Press, 1960.

Nevins, F. M. Jr., ed. *The Mystery Writer's Art*. Bowling Green: Bowling Green University Popular Press, 1970.

Olcott, A. "'A Chronology of Events in *The Real Life of Sebastian Knight*, Appendix' to 'The Author's Special Intention: A Study of *The Real Life of Sebastian Knight*.'" In Carl R. Proffer ed., *A Book of Things about Vladimir Nabokov*. Ann Arbor, Mich.: Ardis, 1974.

Olivares, J. "García Márquez's Crónica de una Muerte Anunciada as Metafiction". *Contemporary Literature*, 28.4 (1987): 483—492.

Payne, M., ed. *A Dictionary of Cultural and Critical Theory*. Oxford: Blackwell Publishers Ltd., 1996.

Peckham, M. *The Triumph of Romanticism*. Columbia, South Carolina: University of South Carolina Press, 1970.

Porter, D. *The Pursuit of Crime: Art and Ideology in Detective Fiction*. New Haven and London: Yale University Press, 1981.

Priestman, M. *Detective Fiction and Literature: The Figure on the Carpet*. New York: St. Martin's Press, 1990.

Redman, B. R. "Decline and Fall of the Whodunit". *The Saturday Review*, XXXV. 22 (May 31, 1952).

Rivkin, J. and Ryan M., eds. *Literary Theory: An Anthology*. Oxford: Blackwell Publishers, 2000.

Herbert, R., ed. *The Oxford Companion to Crime & Mystery Writing*. New York and Oxford: Oxford University Press, 1999.

Rzepka, C. J. *Detective Fiction*. Cambridge: Polity Press, 2005.

Said, E. W. *Orientalism*. New York: Pantheon Books, 1978.

Sanders, A. *The Shorter Oxford History of English Literature*. Oxford: Clarendon Press, 1994.

Sayers, D. L. "Aristotle on Detective Fiction". In Robin W. Winks, ed., *Detective Fiction: A Collection of Critical Views*. Englewood Cliffs, N. J.: Prentice-Hall, Inc., 1980.

——"The Omnibus of Crime". In Howard Haycraft, ed., *The Art of the Mysstery Story:*

A Collection of Critical Essays, New York: Biblo and Tannen, 1976.

Schmalleger, F. *Criminology Today*. Englewood Cliffs, New Jersey: Prentice-Hall, Inc., 1996.

Spanos, W. V. "The Detective and the Boundary: Some Notes on the Postmodern Literary Imagination". *boundary* 2.1.1 (1972): 147—168.

Steele, T. "The Structure of the Detective Story: Classical or Modern?" *Modern Fiction Studies*, 27.4 (1981—1982): 555—570.

Stegner, P. *Escape into Aesthetics: The Art of Vladimir Nabokov*. New York: The Dial Press, 1966.

Stephens, W. E. "Ec(h)oin Fabula". *Diacritics*, 13.2(1983): 51—64.

Stonehill, B. *The Self-Conscious Novel*. Philadelphia: University of Philadelphia Press, 1988.

Sweeney, S. E. "Purloined Letters: Poe, Doyle, Nabokov". *Russian Literature Triquarterly*, 24 (1990): 213—237.

Symons, J. *Bloody Murder, from the Detective Story to the Crime Novel: A History*. London: Papermac, 1992.

——*The Tell-Tale Heart: The Life and Works of Edgar Allan Poe*. New York: Penguin Books, 1981.

Tani, S. *The Doomed Detective: The Contribution of the Detective Novel to Postmodern American and Italian Fiction*. Carbondale, IL: Illinois University Press, 1984.

Thomas, R. R. "Detection in the Victorian Novel". In Deirdre David ed. *The Cambridge Companion to the Victorian Novel*. Cambridge: Cambridge University Press, 2001.

Todorov, T. *The Poetics of Prose*. Trans. Richard Howard. Ithaca: Cornell University Press, 1977.

Trilling, L. *Freud and the Crisis of Our Culture*. Boston: Beacon Press, 1955.

Trotter, D. "Theory and Detective Fiction". *Critical Quarterly*, 33, 2 (1991): 66—77.

Voltaire. *Zadig*. Trans. John Butt. New York: Penguin Books, 1964.

Waldock, A. J. A. *Sophocles*. Cambridge: Cambridge University Press, 1951.

Walker, R. G. and Frazer, J. M., eds. *The Cunning Craft: Original Essays on Detective Fiction and Contemporary Literary Theory*. Macomb: Western Illinois University Press, 1990.

Waugh, P. *Metafiction: The Theory and Practice of Self-Conscious Fiction*. London and New York: Methuen, 1984.

Wellek, R. and Warren, A. *Theory of Literature*. New York: Harcourt, Brace & World, Inc., 1956.

Wilde, O. "The Decay of Lying". In *Complete Works of Oscar Wilde*. London: Harper Collins Publishers, 2003.

Wittgenstein, L. *Philosophical Investigations*. Trans. G. E. M. Anscombe. Oxford: Basil

Blackwell, 1986.

Žižek, S. *Looking Awry: An Introduction to Jacques Lacan Through Popular Culture*. London & Cambridge: MIT Press, 1991.